世界文学与文化论坛

郝岚　吕超　主编

外国名诗鉴赏

曾思艺　著

南开大学出版社

天　津

图书在版编目(CIP)数据

外国名诗鉴赏 / 曾思艺著. —天津：南开大学出
版社，2019.5
（世界文学与文化论坛）
ISBN 978-7-310-05736-8

Ⅰ.①外… Ⅱ.①曾… Ⅲ.①诗歌欣赏－世界 Ⅳ.
①I106.2

中国版本图书馆 CIP 数据核字(2018)第 301153 号

南开大学出版社出版发行
出版人：刘运峰
地址：天津市南开区卫津路 94 号　　邮政编码：300071
营销部电话：(022)23508339　23500755
营销部传真：(022)23508542　　邮购部电话：(022)23502200
*
天津午阳印刷股份有限公司印刷
全国各地新华书店经销
*
2019 年 5 月第 1 版　　2019 年 5 月第 1 次印刷
230×170 毫米　16 开本　21.25 印张　2 插页　389 千字
定价：62.00 元

如遇图书印装质量问题,请与本社营销部联系调换,电话:(022)23507125

纪念我的老师

——诗人彭燕郊教授（1920—2008）

谁想懂得诗，就得走进诗的国度；
谁想懂得诗人，就得走进诗人的国度。

　　　　　　　　　　　　——歌德

前　言

　　我已经出版了十几本学术著作、八本译著、四本创作集了，并且早已写了不少前言，但从来没有一本书的前言像这本书的前言这样，写得如此沉重，如此艰难——竟然拖了整整半年之久！原因颇为复杂。最主要的，还是内心深处有一种十分沉重的隐痛，使得我每次提起笔来，都感到有千钧之重，万般无奈之下只好放弃写作。而这，得从这本书的源起说起。

　　20 世纪 90 年代，湖南省常德市为抗击几乎每年都要来犯的洪水，整固和新建了将近 3 公里的防洪大堤，在此过程中，常德市委市政府接受市政协的提案，利用防洪大堤修建了"中国常德诗墙"，使之不仅具有防洪功能，而且还能在振兴文化、美化城市、开拓旅游等方面发挥作用。"常德诗墙修建办公室"成立，聘请了大批专家、学者，经过七年的努力，从十万数的中外诗歌中精选出一万首，分为"百代沧桑""名贤题咏""武陵佳致""兰芷风华"四大篇章，刻嵌于诗墙上。为了给读者观赏诗墙诗歌提供方便和帮助，又组织专家学者编写了《中国常德诗墙丛书》8 本，主要对诗歌的作者及诗歌本身作简要的介绍和赏析。其中，7 本都是集体合作写成，而收入亚洲、非洲、美洲、大洋洲、欧洲五大洲诗歌的《五洲撷英赏析》，则邀请了著名诗人、湘潭大学的彭燕郊教授（1920—2008）做特邀主编，负责挑选诗歌，湘潭大学的张铁夫教授（1938—2012）则在俄苏诗歌和东欧、非洲的诗歌挑选方面加以协助。彭燕郊教授认为我一向写诗、翻译诗、研究诗，而且颇有悟性和成就，于是竭力推荐我独自撰写那本《五洲撷英赏析》109 首诗的赏析文字。

　　我当时一是感谢彭燕郊教授对我的厚爱与信任，二是觉得这项工作很值得做，因为它既是一个具体的文本赏析工作，也是一项很有意义的诗歌普及工作，于是欣然接受了这个任务。当时我给自己提出的要求是：要比一般的赏析文章写得更好——既要知人论世，又要让读者的想象放得更开；在古今中外的文学尤其是诗歌的海洋中徜徉，对诗歌的形式尤其是艺术技巧分析得要更到位，同时语言又要是诗的语言，优美而生动。为了实现这一目标，我做了大量细致的工作：每写一个诗人，都仔细研究他的传记及相关材料，如为写歌德、米斯特拉尔、聂鲁达、博尔赫斯等人，我首先阅读了《歌德传》《米斯特拉尔》《聂鲁达》《博尔赫斯传》等传记；为写《尼罗河颂》的赏析，我在了解尼罗河概况的同时，还专门阅读了威尔逊·达肯（Wilson S. Dakin）的《世界的大河与文化》；在此基础上，我进一步通读了当时能找到的这些诗人的所有抒情诗，并把需要赏析的那首诗放到诗人的整个创作生涯乃至世界诗歌发展的大背景中来展开。

1999年8月13日写完全书后感觉写得还不错，我在日记中写了如下一段话："基本达到了自己预期的目标。较之一般的鉴赏分析，一是知人论世更为扎实；二是更了解作者全貌，能结合诗人整体诗歌的创作特色进行分析，因而通过一首诗往往能了解诗人的全貌与原貌；三是中西纵横比较，既能增加知识，又能开阔视野，使人在比较中对原诗的理解更清晰；四是加强了对诗歌艺术与技巧的分析，几乎每首诗在这方面都花了较多笔墨，而这方面往往是一般此类诗歌鉴赏书籍较弱甚至缺少的。但问题也有，就是：每首诗展开得还不够深入。这主要是因为按照《中国常德诗墙丛书》的要求，文字要尽量简短。"

书稿完成后，很快就出版了。彭燕郊教授在该书的前言中称其是一部"引人入胜的优秀著作"，诗人的个性，诗歌的民族性、创造性，诗人们不同的艺术风格、历史地位及他们与人民的关系，所有这些在这部著作里"都得到严谨、精辟的论述"。湘潭大学的离休干部、俄苏文学翻译家、"白竹诗人"陈耀球先生（1930—2012）则在七律《贺思艺教授乔迁》中称赞该书富于文采——"五洲赏粹张华彩"（其全诗为：忘年应是有前因，书海同舟寄此身。功力我钦君学者，才情天许本诗人。五洲赏粹张华彩，广论丘公足世珍。今日乔迁情更得，会看群马逸麒麟）。

然而，该书出版后，各大新华书店几乎没有销售，仅仅作为常德诗墙的附属旅游礼品被赠送，或被旅游者购买，因而实际上该书读者面很窄，没能产生多大影响。

这次，天津师范大学文学院外国文学精品课教学团队拟出版一系列外国文学教材，把该书也列入其中。于是，我利用这个难得的机会，又对该书进行了一些修订和增补（包括一些译诗的调换）。实际上，该书出版不久后，因为有些诗歌的赏析文章写得不错，我便加以深化和扩展，写成论文，在《名作欣赏》等刊物上发表了好几篇，如《东方式的生命体悟——松尾芭蕉"寂寞里"赏析》（《名作欣赏》2004年第4期），《意象并置　画面组接——试析丘特切夫、费特的无动词诗》（《名作欣赏》2005年第8期），《以"冬天的心灵""领略松树的霜枝"——李齐贤〈山中雪夜〉赏析》（《名作欣赏》2007年第5期），《对神奇音乐的现代感受——试析索英卡〈忧伤的歌手〉》（《名作欣赏》2008年第2期），

《一首融古典于现代的精美含蓄爱情诗——试析淡莹的爱情诗〈伞内·伞外〉》（《现代妇女》2010 年第 7 期），《"不能写"的隐喻——特朗斯特罗姆〈致防线背后的朋友〉赏析》（《名作欣赏》2011 年第 11 期）。而今除把这些内容收入本书，并对整本书的相关文字和内容加以校正和补充外，还特意补充了《最后审判日》《致凯恩》《呢喃的细语，羞怯的呼吸》及两首屠格涅夫的散文诗鉴赏：《和谐宁静的俄罗斯乡村风景风情画——屠格涅夫散文诗〈乡村〉赏析》（《名作欣赏》2008 年第 6 期），《对人类中心主义的超前否定——读屠格涅夫散文诗〈对话〉》（《名作欣赏》2014 年第 2 期）。全书因此共有五大洲诗歌 116 首，同时也另取书名《外国名诗鉴赏》。

全部书稿编定以后，我几次拿笔准备写作前言，却一直未能写成，如前所述，主要是因为内心深处有一种十分沉重的隐痛。这是怎么回事呢？2008 年，彭燕郊先生因病逝世；2012 年，张铁夫先生又因病去世。他们两人不仅是这本书大多数诗歌的编选者，而且是我的恩师，对我一生影响很大：彭先生对诗歌的痴迷、对艺术的精益求精和无止境的追求，张先生在为人和做学问方面，都对我影响深远，可以说，没有他们两人，也就没有今天的我。两位老师的逝世尤其是与我情同父子的张铁夫老师的逝世，使我痛彻心扉，好长时间没有缓过神来，早在 2013 年 1 月，我就曾写过一首颇为感伤的诗《彭燕郊、陈耀球、张铁夫老师相继逝世有感》①：

熟悉的面孔/一张张一张张/渐渐变成/相册中美好的回忆/暖人的温情/越来越深地/沉入心底/演化成遥远的梦境//那道浓黑的强光/突然锁定/蜗牛的硬壳嘭的破碎/赤裸裸的躯体/毫无遮拦地/颤兢兢直面/吞噬一切的/黑森森的强光

然而，要写这本书的前言，必然要交代清楚编选者，否则就是掠人之美。要写到此书的编选者和此书的来源，必然要写到两位先生。令人憾恨的是，此书尚在并且还能更好地出版，但两位编选者却已长辞人世！尽管已经过去多年，但至今，我内心深处这份隐痛仍在！所以，踌躇再三，难以下笔。今天，我终于鼓起勇气，写完了这个前言，在交待清楚这本书的前因后果后，我愿把这本书献给曾把我引进诗歌创作大门并一直指点我、激励我从事诗歌创作和诗歌研究，并使我能够有机会写成此书的彭燕郊教授，愿他那在天堂的灵魂快乐、幸福！学生会永远记住他的教诲，记住他的恩情，在有生之年以他为榜样，愿终

---

① 我的另一俄语文学翻译老师陈耀球先生也在 2012 年驾鹤仙游了。

生献身于美和艺术，并尽可能多地给后人留下一些有价值的学术著作、创作作品和翻译作品，以告慰他的在天之灵！

2018 年 4 月 8 日

天津华苑新城揽旭轩

目　录

欧　洲　篇

非洲、美洲、大洋洲篇

亚洲篇

大　地

选自印度《梨俱吠陀》，金克木译

真的，你就这样承受了
山峰的重压，大地啊！
有丰富水流的你啊！用大力
润泽了土地。伟大的你啊！

颂歌辉煌地鸣响着，
向你前去，宽广无限的女人啊，
像嘶鸣着的奔马，
你发出丰满的云，洁白的女人啊！

你还坚定地用威力
使草木紧系于土地；
同时从闪烁的云中，
由天上降下纷纷的雨滴。

　　《梨俱吠陀》是印度雅利安人留下的最古老典籍之一，大约出现于公元前3000 年，其作者颇为复杂，最初可能是民间创作，到公元前 1500 年前后，经过具有高度文化修养的宗教祭司整理加工、收辑编订，成为印度最古老的宗教吠陀教的神圣经典，也是印度最早的诗集。《梨俱吠陀》一般分为 10 卷，共收集诗歌 1028 首。"吠陀"意即"神圣的知识"，"梨俱"则是书中诗节的名称。它虽然是一部祭祀时用的祷词集，但由于记载了上古社会的神话传说，表现和歌颂了大自然，反映了上古社会的现实生活和原始宗教，所以体现出印度最早的哲学思想，更由于宗教祭司编集以后被奉为圣典，故其在文学史上的地位，类似于中国的《诗经》、日本的《万叶集》，成为印度文学的源头。其风格清新朴素。

　　《大地》选自《梨俱吠陀》，是印度的先祖雅利安人献给大地的颂歌。开篇即开门见山，以钦敬、感叹的语气抒写承受山峰重压的大地默默负重的形象；进而描写大地在默默负重的同时，以"丰富的水流"润泽土地，并发出饱满厚重的由衷感叹："伟大的你啊！"第二节笔锋宕开，由地上转向天空——把大地比拟为心胸"宽广无限"、心灵纯美洁白的女人——她似乎陶醉于辉煌的颂歌中，激情洋溢，神采焕发，向天空发出"嘶鸣着的奔马"般"丰满的云"。第三节绾合前两节，既写地上，又写天空——大地富有威力地使土地上绿草茵茵、绿树荫浓，神奇地从闪烁的云中降下甘露般的雨滴。

这是公元前3000年的诗歌，带有原始思维的鲜明特征。

首先，原始思维最大的特点是认为万事万物都是有生命的，彼此之间能互相感应，相互影响。这首诗把大地当作有生命的女人，让她默默负重，润泽土地，绿化土地，降下甘霖；同时云也有生命的"丰满"，像嘶鸣的奔马，而且辉煌的颂歌能感动大地，使她发出"丰满的云"。

其次，原始思维的又一特点是形象直观地认识世界，从整体上把握和表现世界。这首诗把大地拟人化、形象化，体现了形象直观的特点。而它一再以"地上—天空""土地—水流"的方式构成诗歌的内在结构，则是整体观照世界的体现。第一节写地上，先写高山，再写水流；第二节写天空，但大地的宽广无限暗含土地，而丰满的云孕育着水流；第三节合写地上、天空，并使天空与地面、土地与水流通过"纷纷的雨滴"而相互连接起来。这样，全诗就在"地上—天空""土地—水流"既二重对立又合为一个整体（即宇宙）的动态过程中形象直观地表现了诗人对世界的认识和把握。

最后，原始思维对女性有一种神秘的崇拜。本诗把大地比拟为一个女人，歌颂其负重、伟大，更歌颂其神奇的繁殖力——润泽大地，"发出丰满的云"，使土地遍布草木，等等，即体现了这一特点。

总之，本诗语言自然、风格古朴、技巧高明、感情炽烈，达到了相当高的艺术水平，颇能体现印度民族热烈奔放而又朴实优美的民族特色。

三百咏（选六）

伐致呵利著　金克木译

四

能识者满怀妒意，
有权者骄气凌人，
其他人不能赏识，
好诗句老死内心。

三十三

热铁上滴水不见踪影，
莲叶上滴水现出珠形，
日近大角星时滴入海蚌便化为珍珠：
上中下三等品质往往由共处而生。

一百二十一

踟蹰在森林树影间，
有纤弱的女郎在行路，
手提起薄薄的胸前衣，
要把皎月的光辉遮住。

一百七十七

我们以树皮衣满足，你却以财富，
满足是一样，突出处是并不突出：
只有欲望无穷者才算是穷苦，
内心满足的人中，谁穷，谁富？

一百七十八

享乐如天上云端轻盈电光一闪，
寿命似风卷云层中纤弱雨滴一点，
青春嬉戏时短暂，应念此即人间，
智者啊！要修炼收心入定，切莫迟延。

三百一十一

我所时刻想念的人，她却不恋我，
她想要的是别人，别人又恋别一个，
又有另一个人却认为我最可意，
去吧！她和他，爱神，这个人，和我自己。

伐致呵利（约生于公元 7 世纪），印度古代著名抒情诗人，生平事迹众说纷纭，难以确定。《宝座故事》说他是健日王之兄，因发现王后和许多妇女的不贞而看破红尘，放弃王位，出家修行。一说他是文法家，兼通哲学。我国唐代僧人义净在《南海寄归内法传》中称他为著名佛教徒，曾七次出家又还俗。但以上说法都不够确切。其诗集《伐致呵利三百咏》，愤世嫉俗而又羡慕富贵，悲叹贫穷而又赞美出家之乐，短小生动，朴素自然，比喻形象贴切，语言洗练清新，具有很强的哲理性。

《伐致呵利三百咏》，简称《三百咏》或《三百妙语集》。"百咏"是印度文学的一种体裁，一般由类型大致相同而韵律不同的 100 首左右短诗组成。《伐致呵利三百咏》是其中流传最广、影响最大的一种，有点类似于我国的《唐诗三百首》。这部诗集包括"正道百咏""艳情百咏""离欲百咏"三个部分，共有短诗 300 多首，分别表达了诗人对社会问题、男女爱情和弃世出家的看法。以下就选其中颇具代表性的六首进行分析。

第一首（《三百咏》第四首）写诗人在社会中的悲剧性遭遇。诗人也是人，在日常生活中他甚或比常人更痴、更笨拙。诗人是天才，当灵感泉涌，他那天才的力量使平凡的一切都放射出纯美、神圣、诗意的光辉。痴拙于常人和超常的敏感、惊人的洞察力的奇异结合，使诗人成为十足的怪人。这样，在世俗的社会中，诗人便受到极不公平的对待。当他痴拙于常人时，被世俗者冷眼相看，被权势者轻蔑。当他天才的力量灿丽如彩虹时，又往往引来识货者的嫉妒，甚至因曲高和寡而得不到大多数人的赏识，深感"高处不胜寒"。我国唐代诗人贾岛在其《送无可上人》"独行潭底影，数息树边身"下自注诗一首："二句三年得，一吟双泪流。知音如不赏，归卧故山秋。"贾岛仅仅因自鸣得意的苦吟诗句遇不到知音就备感苦恼，要归卧故山。相比之下，伐致呵利所写诗人的命运更为悲惨：识货者嫉妒，权势者轻蔑，其他庸庸碌碌之辈因其阳春白雪而不能赏识。在极度的愤懑、沉痛之中，他只有让"好诗句老死内心"，以还击不容天才放射光辉的丑恶社会。

第二首（《三百咏》第三十三首）表达的是一种生活哲理：各种品质只有共处而生才能发现其高低。这样一种抽象的哲理，如果直接宣讲出来，势必枯燥无味，诗人主要采用两种方法使之富于艺术魅力。一是形象化，通过具体形象的多重比照，自然而然得出结论：滴水在热铁上，马上变成热气消失；滴水在荷叶上，则水珠点点，圆润可爱；按照印度传说，当太阳与大角星接近时，雨水滴入海蚌变化为珍珠。水滴在三者间的不同结局，显然是由于三者的品质不同。二是格言化，即把自己所感悟的人生经验以警句的方式生动精练地概括出来——"上中下三等品质往往由共处而生"。全诗就这样化干枯为形象，变平淡为有趣，妙趣横生地寓教于乐。《三百咏》之所以被称为"妙语集"，就是因为其中的不少诗是人生经验形象化、格言化的总结，且妙趣横生。

第三首（《三百咏》第一百二十一首）表现的是对女性之美既爱慕又恐惧的复杂感情。纤弱的女郎踟蹰于森林树影间，幽深、神秘的森林突出了女性的神秘莫测。更神秘的是，这女郎竟提起薄薄的胸前衣，试图遮住皎月的光辉。这既是女郎对自身美的高度自信——没有皎月的光辉，她的美也可光耀森林；也是一种深刻的象征——佛教认为，人的本性或理性恰如一轮满月。（我国唐代诗僧寒山诗："吾心似秋月，碧潭清皎洁。无物堪比伦，教我如何说。"）因此女郎的举动是欲以自身的美遮蔽理性的光辉，让人身陷黑暗（情欲）之中。这样，诗人一方面写出了女性的美，而且不乏爱慕之情（"纤弱"及美得可媲美明月），另一方面又含蓄地写出了自己的恐惧。如果联系《三百咏》前面的一些诗来看，这一复杂的情感便更为明显，如第一百〇一首："展示三叠波浪〔这是诗中的双关语，既指江河，又指美女（印度女性腹上三道纹被认为美）——笔者注〕，闪耀着莲花面庞，/一对鸳鸯戏水，隆起乳房成双，/外观美丽，内怀险恶，是这大江，/若不想沉溺生死海，切莫到其近旁。"又如："在这人生大海中，海鱼为它的渔翁（印度的爱神以海怪或海鱼为标志，此指爱神——笔者注），/将名为女人的钓鱼钩下抛，/不久便钓上贪恋唇边美味的人之鱼，/放在情欲之火上煎熬。"这表现了诗人对女性既爱慕又恐惧的复杂情感。

第四首（《三百咏》第一百七十七首）阐发的是一种人生哲理：有的人有树皮衣穿便感到满足，即只需要最基本的生存条件；有的人则以追求财富的积聚为满足。世上财富无限，人的欲望因之无有止境。追求财富者注定一辈子只能在不停运转的欲望转盘上挣扎，而满足于最基本生存条件者则由于所求甚少得以悠悠然尽享人生的精神乐趣。这样，尽管"满足是一样"，突出之处却并不相同。富人的突出之处是财富，但从思想自由、精神愉快的高度来看，他们一辈子钻进"钱眼"之中而难以自拔，心神紧张，则"突出处是并不突出"。这样，在内心满足的人看来，谁穷谁富也就一目了然了。诗人在《三百咏》第一百九十首中也表达了类似的思想："大地为床榻，柔臂为巨枕，/天空是华盖，风如宫扇轻，/皎月作明灯，寡欲作女人，/如豪富王者，道者得安寝。"而这种思想，19世纪的美国著名作家亨利·梭罗（1817—1862）有更现代的表达。梭罗被称为浪漫主义时代最伟大的生态作家，一生致力于生活艺术化，"追求简朴，不仅是生活上、经济上的，而且是整个物质生活的简单化"，尽可能"过原始人，特别是古希腊人那样的质朴生活"，同时，"全身心地体验田园风光"，"认识自然史"，"认识自然美学，发掘大自然的奇妙神秘的美"。[①]从1845年7月4日开始，梭罗在美国康科德郊外瓦尔登湖畔的一座小木屋里隐居了26个月，除从事少量为基本生活需要的劳动外，其余时间全部用于读书和接触大自然。因为在他看来，最高的美和人的发展来自个人对森林、河流、湖泊、山峦、晨雾、朝霞等大自然的灵感和体验的升华，美好的生活来自精神生活的充实和丰富，来自人格的提升，它不是通过越来越多地积累知识、占有财富来达到的，而是通过对自然和人性美的敏锐感受来实现的。

第五首（《三百咏》第一百七十八首）所表达的生活哲理是：人间的享乐转瞬即逝，人的生命不仅脆弱，而且易逝，奉劝人们做个"智者"，趁早"收心入定"，进行修炼。在艺术上该诗以善用形象化的比喻取胜（享乐如"电光一闪"，寿命似狂风中的"细雨一滴"）。人生的短暂苦恼着全世界的人们，对此，他们做出了极具民族特色的反应。西方人追求生活的密度，只要实现了生命的意义和价值，即使如闪电般短暂，但若能在刹那间发出照亮世界的耀眼光华，也深感满足。荷马史诗《伊利亚特》中的希腊英雄阿喀琉斯明知参加战争会牺牲，但依然远征特洛伊，最终马革裹尸，血染疆场。中国人则颇为复杂。受儒家影响较深的一些人追求"荣名"——"人生非金石，岂能长寿考？奄忽随物化，荣名以为宝"；世俗的一些人则追求及时行乐——"人生天地间，忽如远行客。斗酒相娱乐，聊厚不为薄"，"为乐当及时，何能待来兹"；受道家和道教影响的人则修炼长生不老之术。而印度由于是个信奉宗教的国家，国人大多力求到宗教中寻求解脱，故如诗中云：要修炼收心入定。

---

① 王诺：《欧美生态文学》，北京：北京大学出版社，2003年，第107—108页。

第六首（《三百咏》第三百一十一首）表达的也是一种生活哲理，但可有两种理解。一是在爱情中、在生活里，爱神盲目，命运更捉弄人（我爱她，她爱别人，别人又爱另一个，构成了情天恨海），但不可自暴自弃（因为另一个人却认为我最可意）。二是爱神盲目而捉弄人，人生不如意十有八九，你所追求的往往是你所追求不到的，因此，必须抛开情欲，而献身宗教。两种理解中后一种似更切合诗人原意。

总之，《伐致呵利三百咏》因其朴实、深刻的生活哲理和形象化、格言化的表达方式，成为印度梵语古典文学作品中的经典，千余年来，受到印度人民的广泛喜爱，也是学习梵语的人最熟悉、最有益的读本。

园丁集（之二十七）

泰戈尔著　冰心译

"即使爱只给你带来了哀愁，也信任它。不要把你的心关起。"

"呵，不，我的朋友，你的话语太隐晦了，我不懂得。"

"心是应该和一滴眼泪、一首诗歌一起送给人的，我爱。"

"呵，不，我的朋友，你的话语太隐晦了，我不懂得。"

"喜乐像露珠一样的脆弱，它在欢笑中死去。哀愁却是坚强而耐久。让含愁的爱在你眼中醒起吧。"

"呵，不，我的朋友，你的话语太隐晦了，我不懂得。"

"荷花在日中开放，丢掉了自己的一切所有。在永生的冬雾里，它将不再含苞。"

"呵，不，我的朋友，你的话语太隐晦了，我不懂得。"

罗宾德拉纳特·泰戈尔（1861—1941），印度现代诗人、作家、艺术家、社会活动家，生于加尔各答城一个望族之家。早年靠自学成才，1878—1880年曾去英国学习法律，精研英国及西方文学和音乐。回国后，专门从事文学创作。20世纪20年代，创办了国际大学，并多次到国外访问。泰戈尔童年开始创作，一生创作了五十多部诗集，三十余种散文著作，十二部中长篇小说，一百来篇短篇小说，二十多个剧本，两千多幅画，两千多首歌曲及大量的理论、学术著作。重要作品有长篇小说《小沙子》（1903）、《沉船》（1906），戏剧《牺牲》（1890）、《国王》（1910），诗集《吉檀迦利》（1912）、《园丁集》（1913）、《飞鸟集》（1916）等。

泰戈尔的作品以深厚的哲学思想为底蕴，力图调和时代和社会的矛盾冲突，寻求东西方之间的理解和对话。他的诗歌更在此基础上引入一种泛神式的宗教和一种博大深厚而又细腻体贴的宽容、同情与爱，追求一个统一、和谐的理想境界。其诗意境柔和深沉，创作手法灵活多样，格调清新，韵律优美，既长于抒情，又富于哲理。

这首诗选自泰戈尔的诗集《园丁集》。该诗集是诗人从自己早年创作的孟加拉文诗集中挑选出来，并亲自翻译成英文的，共有 85 首，主要是对爱情和人生的诗意描绘和哲理探索。

爱情，是使人神采焕发、才华横溢的一种伟大动力，也是使人意志消沉、日渐颓唐的一剂慢性毒药。它可以使瘫痪在床的伊丽莎白（白朗宁夫人）神奇地站立起来，追随爱人远赴异国；也可以使人像歌德笔下的维特一样举枪自杀，离弃人间。爱情是一个万古常新的永恒的谜，引得古今中外的诗人一再探索。泰戈尔在这首诗里以对话的形式表达了自己的思考和探索。

诗中是两种境界、两个层次关于爱的对话。一个饱经沧桑，积累了丰富的人生经验，对爱情的把握达到了相当的哲理高度；另一个少不更事，天真烂漫，对对方传授的爱的哲理感到难以理解。诗歌的艺术魅力就建立在二者的张力之上，一方面突出地表现了爱必然和哀愁（真正的爱使人时刻关注对方，唯恐其不够幸福或遭遇不幸）、真情（"心"和"眼泪"）、美（"诗歌"）、全身心的奉献（真正的爱只有一次，一如荷花在日中盛开只有一次）等紧密相连；另一方面又通过"我不懂得"的一方，表现了爱的境界深沉博大、奥妙无穷，并非每个人都能理解，一定年龄、一定层次的人只能达到某一有限的境界。

这首诗具有以下艺术特点：一是朴素而深沉；二是善于以对比构成张力，结构全篇；三是善用反复——"呵，不，我的朋友，你的话语太隐晦了，我不懂得"四次重复，既使全诗分散的四段对话在有规律的重复中构成一个整体，又赋予全诗一种独特的韵律。

云之歌

尼拉腊著　刘安武译

天空中响起了隆隆的声音,
不朽的歌,你使天空响彻雷鸣。
在涧水奔流的响声里,
在家庭里,在沙漠上,在海面上,
在树枝摇曳中,
在河流里,在如闪电疾驰的狂风里,
在心中,在无人迹的森林中,
在每个角落,都响彻沉重的剧烈的声音。
不朽的歌,你使天空响彻雷鸣。
啊,兴奋的云!
你下雨吧,落满江河,
你把我渡过去,冲流过去,
让我看看你那可怕的闪电世界。
内心的激情在上下翻腾,
啊,飞奔吧!我那疯狂的云。
污泥在下沉,
大海的波涛在发笑。
流呀,发出哗啦哗啦的吼声,
我惊望着,心中充满欢腾。
我焦虑地期待着,
跟随大河的流水前进,
随着这骄傲,随着这吼声,
这沉重,严厉,巨大,深沉的吼声。
让我看看那无边无际的美景。
不朽的歌,你使天空响彻雷鸣。

苏尔耶冈德·德利巴提·尼拉腊(1896—1961),印度印地语现代诗人,出生于孟加拉邦的帕德尼布尔。20 世纪 30 年代末至 40 年代初,他受进步思想的影响，曾参加过一些进步的文化活动，后由于长期穷困潦倒，精神失常，过早丧失了艺术生命。其创作上受泰戈尔和孟加拉文学的影响，一生写过十多部诗集和不少长短篇小说，但主要以诗著称，是印度"阴影主义"（一译"影像主义"，即浪漫主义）诗歌的代表人物。重要诗集和长篇叙事诗有：《无名指》（1923，1938）、《芳香》（1930）、《杜勒西达斯》（1938）、《茉莉花》（1943）等。他反对一切形式的守旧和束缚，其诗追求自由，热爱祖国，富于战斗性和反抗精神，热情洋溢，语言优美，技巧娴熟，独具特色，被称为"革命诗人""叛逆诗人"。

《云之歌》选自诗集《芳香》，该诗集是诗人的成名作，也是印度浪漫主义早期三大诗集之一（另两部是本德的《嫩叶》、伯勒萨德的《眼泪》），印度著名学者西沃州·辛赫·觉杭对它评价很高："由于感情的细腻和美、哲学思想的深奥、意义的深刻、表达的熟练和内容的丰富多彩，《芳香》中的诗在直到当时为止的'浪漫主义'诗歌中是独一无二的。"

云，由于变幻多姿的身形、丰富多彩的色调、舒卷随心的自由，而为各国诗人尤其是浪漫主义诗人所喜爱，从而在世界各国诗歌中一再得到描写。我国东晋诗人陶渊明在暮春时节独游，欣赏着"山涤余霭，宇暖微霄。有风自南，翼彼新苗"（《时运》），更陶醉于"云无心以出岫"（《归去来辞》）。李白创作了《白云歌送刘十六归山》："楚山秦山皆白云，白云处处长随君。长随君，君入楚山里，云亦随君渡湘水。湘水上，女萝衣，白云堪卧君早归。"这首诗让缠缠绕绕、首尾衔接的白云化作声韵流转、情怀摇漾的韵律，描绘了一个清空高妙、风神潇洒的境界。俄国诗人普希金借《乌云》表达了驱除阴暗与不幸的心情："暴风雨残剩的一片乌云！/你独自飞驰在湛蓝的天宇，/你独自投下来一片暗影，/给这欢乐的日子平添愁绪。//刚才你把苍天全遮没了，/闪电又恶狠狠地把你缠绕，/于是你发出神秘的咆哮，/用雨水使干渴的大地喝饱。//够了，你退隐吧！时候到了，/大地又复苏，雷雨已经过去，/风儿抚弄着树上的枝条，/要把你逐出这太平的天宇。"（陈馥译）莱蒙托夫的《云》托天空的行云以寄兴，由这"永恒的流浪者"想到自己遭流放的命运："天上的行云，永不停留的飘泊者！/你们像珍珠串飞驰在碧空之上，/仿佛和我一样是被放逐的流因，/从可爱的北国匆匆发配到南疆……"（顾蕴璞译）匈牙利诗人裴多菲一生爱云，写了许多描写云的诗歌，如《云和星》《云飞去了》《乌云向低处压下》，更把66首诗合成一组称为"云组诗"。英国诗人雪莱的抒情长诗《云》，更是多角度、全方位地对云作了描绘。尼拉腊也十分喜欢云。《芳香》仅78首诗，描写云的诗歌竟多达6首，本诗是其中最为有名的一首。

全诗可分为三层。第一层从"天空中响起隆隆的声音"至"不朽的歌，你使天空响彻雷鸣"共9行，极力抒写雷鸣的威力：响彻天空，震遍大地的每一个角落，甚至深入人们的心中。这既是地处亚热带的印度在暴风雨前常有的景象——先是电闪雷鸣，乌云滚滚，然后狂风暴雨铺天盖地而至；又是诗人有意为之——为"云"的出场蓄势，为倾盆大雨的来临作铺垫。第二层从"啊，兴奋的云"到"啊，飞奔吧！我那疯狂的云"共6行，先写自然界中展示"可怕的闪电世界""落满江河"的云，接着由外转内，从上下翻腾的内心激情中飞奔出"疯狂的云"，让两者沟通、融合。第三层从"污泥在下沉"至结尾共10行，抒写心中的云与自然的云合二而一后荡污涤垢，冲刷世界，力图创造"无边无际的美景"（象征着新世界）的豪情。

描写雨云，在印度有着悠久的传统。早在《梨俱吠陀》中已有《雨云》一诗（见第五卷第八十三首），它主要把雨云当作神来崇拜，呼吁它滋润大地，惩罚恶人。大诗人迦梨陀娑也写过著名的抒情长诗《云使》，讲述的是一个因犯过错而被贬谪的小神仙药叉，托雨云向爱妻转达缠绵悱恻的思念之情。尼拉腊的《云之歌》继承了这一写云的传统，而又有所创新。这首诗创作于印度国内民族独立运动高涨时期，既表现了诗人作为浪漫主义者渴望摆脱一切束缚、冲决一切罗网的思想，更表达了向往突破英国殖民者对印度的羁绊，让印度获得独立自由的社会主题。因此，尼拉腊的创新之处在于，使雨云成为自由的象征，时代变革的象征。

在艺术上，本诗有以下几个特点：一是以排比句表现激越的感情，造成宏大的声势（如开始写雷声"在家庭里，在沙漠中，在海面上……"，结尾的"……在下沉……在发笑""随着这骄傲，随着这吼声"）；二是巧妙地运用雷声——既用它为雨云的出现蓄势，让雨云化作暴雨使污泥下沉，大海发笑显得可信，又以它在全诗中前呼后应，使结构完整；三是使内心的雨云与自然界的雨云沟通，并以之象征对自由的追求，对民族独立的渴望以及对时代变革的向往。

你造出黑夜，我制作了明灯

伊克巴尔著　宋兆霖译

你造出黑夜，我制作了明灯，
你造出黏土，我塑成了杯盆。
你造出沙漠和丛林，
我建起花园，凿出矿井。
我能用沙砾制成玻璃，
使毒汁变成抗毒的血清。

　　阿拉玛·穆罕默德·伊克巴尔（1877—1938），巴基斯坦近代著名诗人、哲学家，被称为"巴基斯坦文学之父"。生于旁遮普省锡亚尔科特城一个商人家庭，1899 年获旁遮普大学文学硕士学位。1905 年，去英国剑桥大学留学，后转德国，获慕尼黑大学哲学博士学位。1908 年回国，曾任律师和拉合尔公立学院教授，并专心从事哲学研究和诗歌创作。一生创作了十部诗集，代表作为《呼谛的奥秘》（"呼谛"意为"自我"，1915）、《贝呼谛的奥秘》（"贝呼谛"意为"非我"，1918），其他还有《波斯雅歌》（1921）、《永生集》（1932）等。

　　伊克巴尔提出"痛苦的生活胜过永恒的安息"，主张通过律己、虔诚的信仰、爱、积极活动和创造性的劳动达到"完人"境界。其诗歌的主题大多是对人的本质、使命和人与社会之间的关系进行哲理探讨，较好地把抒情诗、哲理诗、宗教诗、政治诗融为一体。他善于用古典诗歌的形式反映现代生活，立意新颖，内蕴深厚，比喻生动，语言优美，影响所及，形成了"伊克巴尔派"。巴基斯坦建国后，追封他为"民族诗人"，并把他的诞辰 11 月 9 日定为"伊克巴尔日"，每年举行纪念活动。

　　《你造出了黑夜，我制作了明灯》虽然只是一首小诗，却较好地体现了伊克巴尔创作的特点。与泰戈尔一样，伊克巴尔博采东西方之长，形成了独具特色的哲学思想——呼谛哲学，融东方伊斯兰宗教哲学思想与西方追求个性发展的观念于一体。"呼谛"，在波斯语和乌尔都语中都是"自我"的意思。在伊斯兰宗教哲学中，"呼谛"是个宗教哲理概念，表示人的灵魂，即个体中的神性。"呼谛"哲理就是要启发穆斯林认识自身中所蕴藏的神性，修炼成"完人"，并以此建立伊斯兰教教义所说的理想社会。与此同时，伊克巴尔又把西方追求个性、重视人的个性发展的观念融入其中。这样，他的呼谛哲学一方面重视个性的发展，强调个性的独立与解放，甚至把个性觉醒者高扬到与造物主对等的地位，能把握自己，掌握生命的内在奥秘，带动整个宇宙的觉醒。在《侍酒歌》中他宣称："什么是呼谛？呼谛就是生命的内在奥秘。什么是呼谛？呼谛就是整个宇宙的觉醒。"另一方面，又提倡个人为民族、为国家服务，为社会作出贡献。在《诗人》一诗中，他把民族比作人的躯体，而把诗人比作这一躯体的眼睛："身体一处痛苦，眼睛就会哭泣"，生动形象地写出了个人与民族、社会密不可分的关系。

这首小诗表现的正是伊克巴尔的呼谛哲学。我们可以从几个层面来理解它的主题思想。首先，从人与神或人与命运的哲理高度来看，表现的是事物辩证发展，自我觉醒的个性凭借自己的力量可以达到与神平等的地位、可以傲视命运的捉弄。"你"造出漫漫黑夜，"我"制作了明灯照明；"你"造出满地"黏土"，"我"把它塑成方便日用的杯盆；"你"造出茫茫沙漠、莽莽丛林，"我"则在其中建起千卉竞放、万朵争艳的花园，凿出一口口为人们带来幸福的矿井；"我"还能把"你"的沙砾制成有益人类的玻璃，从"你"放出的毒汁中提炼出"抗毒的血清"。总之，事物都是辩证发展的，有黑暗，必有光明；有毒汁，必有抗毒的血清。造物主或命运大可不必太过得意，觉醒了的个性威力无比，完全可以与之抗衡。其次，从当时的社会状态来看，当时印度尚未分成印度与巴基斯坦两国，正处于要求国家独立、民族运动蓬勃发展的高潮时期，这首小诗可理解为自我觉醒、相信自己力量的印度人民对英国殖民主义者的愤怒之情——尽管你们在我们的国土上制造黑暗，喷吐毒汁，但我们能凭自己的力量制作出照亮前程的"明灯"，把毒汁变成抗毒的血清。

本诗的艺术特点主要有二：一是立意新颖，内蕴深厚，通过"你"与"我"的二重对立，表达了事物的辩证发展的关系，深刻隽永；二是融抒情和哲理于一体（抒情指自我觉醒的激情）。

我的歌

伊斯拉姆著　顾子欣译

我的歌像受伤的鸟纷纷
落在你的脚边，呵我心爱的。
请你把这些鸟儿轻轻拾起，
放在你怀里让它们永远安息。
这是多么美丽、安详的死亡。
它们曾驾着音乐的翅膀在空中飞翔，
直到被你目光的利箭射伤。
而当它们奄奄一息时，又响起了
新的歌声，如汹涌的波浪。
呵我的猎人，你赐给我一杯甘露，
却裹着死亡的哀伤。

　　伊斯拉姆（1927— ），孟加拉当代诗人、小说家、学者。曾获达卡大学、拉兹沙希大学和印地亚那大学孟加拉文学硕士和哲学博士学位，担任过孟加拉文学院教授、院长。创作有诗集《大地的收获》（1959）、小说《幻魔》、传记《孟加拉之友——穆吉布》（1974）、论著《民间故事简介及民间文学浅谈》（1967）、《民间故事汇编史》（1970）。1967年获孟加拉文学院研究奖，1969年获达乌德文学奖。

　　《我的歌》是伊斯拉姆的代表作之一，也是孟加拉当代诗歌的一首名作。歌是心灵激情的形象化、韵律化的载体，它能有力地传达诗人的所思所感和真情，因此，诗人们都喜欢用歌来表达自己的思想感情。美国诗人朗费罗写有名诗《箭与歌》："我把一支箭向空中射出，/它落下地来，不知在何处；/那么急，那么快，眼睛怎能/跟上它一去如飞的踪影？//我把一支歌向空中吐出，/它落下地来，不知在何处；/有谁的眼力这么尖，这么强，/竟能追上歌声的飞扬？//很久以后，我找到那支箭，/插在橡树上，还不曾折断；/也找到那支歌，首尾俱全，/一直藏在朋友的心间。"（杨德豫译）以巧妙的构思、出奇的立意和轻快浪漫的笔调，热情赞颂了真挚永存的友谊。德国诗人海涅以歌声展开浪漫的翅膀，飞向东方神秘的国度，在那里寻找欧洲难以拥有的爱情和宁静："驾着歌声的羽翼，/亲爱的，我带你飞去，/飞向恒河的原野，/有个地方风光绮丽。//花园里姹紫嫣红/沐浴着月色幽微，/莲花朵朵在等待/她们亲爱的妹妹。//紫罗兰娇笑调情，/抬头仰望星空；/玫瑰花悄声耳语，/说得香雾迷蒙。//驯良聪慧的羚羊/跳过来侧耳倾听，/圣河的滚滚波涛/在远方奔流喧腾。//我们要在那里降落/憩息在棕榈树下面，/畅饮爱情、宁静，/做着美梦香甜。"（张玉书译）伊斯拉姆这首《我的歌》在以"歌"传情达意上与朗费罗、海涅一脉相承，但其寓意比较丰富，艺术手法和感情颇为现代，是一首别致新颖的诗歌。

其别致新颖首先表现为寓意比较丰富，既可以看作一首爱情诗，又可以看作一首献给神的思考生命之诗。

如果这是一首爱情诗，那么它就是一首相当别致新颖的爱情诗。而别致新颖的爱情诗，要么凭横溢的才气和出色的诗感，在灵机一动中从最平凡、最不易为人发现诗意的地方发掘出诗意，如台湾著名诗人余光中的《小褐斑》："如果有两个情人一样美一样可怜/让我选有雀斑的一个/迷人全在那么一点点/你便是我的初选与末选，小褐斑/为了无端端那斑斑点点/蜷在耳背后，偎在唇角或眉尖/为妩媚添上神秘。传说/天上有一颗星管你脸上那汗斑/信不信由你，只求你/不要笑，笑得不要太厉害/厮里看你看得人眼花/凡美妙的，听我说，都该有印痕/月光一满轮也不例外/不要，啊不要笑得太厉害/我的心不是耳环，我的心/经不起你的笑声/荡过去又荡过来……"居然从恋人脸上的小雀斑上发现诗意，而且妙笔生花地使这令女性讨厌的缺点变成了优点，并借此机智而俏皮地表达了自己对恋人的一片痴情与深情；要么，以出奇的构思、超常的想象来达到出奇制胜的艺术功效。如我国唐代孟郊的《怨诗》："试妾与君泪，两处滴池水。看取芙蓉花，今年为谁死！"不说我是多么爱你，我是多么想你，而是用出奇的构思、超常的想象来表达自己的相思深情——把我们相思的眼泪滴在荷花池中，看看今年夏天美丽的荷花究竟被谁的泪水浸死，那么谁的思念就最深，谁的泪水也就更多更苦涩！英国17世纪著名玄学派诗人多恩的名诗《别离辞：节哀》，其构思的出奇和想象的超常绝不亚于孟郊："就像德高望重的人去得十分安详，/对灵魂低低说一声走路；/一些满腔悲恸的朋友们在讲，/此刻断气了，另一些讲，不；//让我们这样化了，不要作声，/不要叹的风暴，泪的潮水，/要对凡夫俗子讲我们的爱情，/真会使我们的欢乐变成污秽。//地震带来灾难和惊恐，/它的结果、意义——人们在猜；但是那些天体的震动，/虽然要大得多，却是无害。//乏味、世俗的情人们的相好/（它的本质只是感觉）最忌/别离，因为别离就会去掉/那构成恩爱的一些玩意。//但我们给爱情炼得如此崇高，/看不到眼，吻不到唇，触不到手——/那算得了什么——我们真不知道；/只要有内心的信念，不用愁。//我们两个灵魂于是融为一片，/虽然我必须走，但要忍受的/不是破裂，

18

而是一种伸展，/就像把金子打薄了，美不胜收。//一定说它们是两个，那就是这样，/恰好圆规是由两只脚组成；/你的灵魂，那只固定的脚，好像/不动，但另一只动了，其实也动。//虽然它总是坐在中心，/但当另一只漫游得远了，/它就弯下身来，凝神细听；/另一只回到家，它又笔直站好。//你对我就是这样，我只能/像那另一只脚，侧着身子转；/你的坚定使我的圆圈划得准，/使我的终点，来到我的起点。"（裘小龙译）在古典主义是主流，文学语言尤其是诗歌的语言特别注重高雅，爱情被描写得神圣而伟大的 17 世纪，多恩居然把神圣、伟大的爱情与毫不起眼甚至俗不可耐的工具两脚规联系起来，在当时的正统人士看来，确实是有点莫名其妙，"玄学"到了极点！而在今天看来，这正是诗人的创新，用出奇的构思、超常的想象，把一对心心相印、灵魂浑然一体的夫妻出人意料地比作圆规的一双脚，并由此展开想象，歌颂了丈夫远行两相分别但仍心心相通、枝枝叶叶总关情的美好爱情，达到了相当高的艺术境界！伊斯拉姆的这首诗，也以别致新颖的构思、出奇制胜的想象达到了不同凡俗的艺术境界。

诗歌开篇即出口不凡："我的歌像受伤的鸟纷纷/落在你的脚边。"把歌比喻为鸟，在中外诗歌中很少见到，颇为新颖。而且，这是"受伤的鸟"。为什么受伤呢？一开头就造成悬念，引人追问，让人情不自禁、迫不及待地往下读。可是抒情主人公"我"却不理会读者的追问，只是请求心上人，拾起这些鸟，放在怀里，让它们永远安息。这一方面加强了悬念，使读者焦急地等待答案，另外也突出了诗歌的主旨——对"你"的爱，一种急于表白的爱。由于鸟儿能安息在你的怀里，因此，一向以混乱、恐怖著称的死亡，现在也变得"美丽、安详"了。然后，诗人才交待鸟儿受伤的原因：它们本来是兴高采烈、欢天喜地地驾着音乐的翅膀在空中自由自在地飞翔的，蜂拥着飞向你，甚至只是为你而飞翔的，然而，它们却被你目光的利箭射伤。读到这里，读者才明白了：原来，"我"爱着自己的心上人，而心上人对"我"还未倾心相爱，甚至还颇为挑剔，用十分严厉、苛刻的眼光看待我，也许，这还是"我"一厢情愿的单相思，对方对他可能冷若冰霜，不然的话，何以连歌的鸟群都被"目光的利箭所射伤"呢！不过，尽管如此，尽管这些鸟儿已奄奄一息，但"新的歌声"又响起了，而且"如汹涌的波浪"，也就是说，"我"对"你"的感情更加强烈了，新的歌之鸟群又将前仆后继地蜂拥着飞向你，而且将使"你"成为"我的猎人"，用目光的利箭不断地射伤它们。结尾，上升到人生哲理层面，总结了这份爱给自己带来的人生感悟：既通过对"你"的热爱，品尝到了人生的甘露，又从歌之鸟群的受伤和死亡体会到了"死亡的哀伤"。

如果作为一首献给神的思考生命之诗，那么这首诗也是相当别致新颖的。首先，它不像浪漫主义诗人那样直抒胸臆，把自己对生命的思考和感悟用哲理性的语言直接表述出来，而是巧妙地采用了爱情诗方式，通过"我"对冷漠甚至冷若冰霜的"你"的炽热而百折不挠的爱、让自己试图与神沟通乃至结合，从而获得生命的智慧和真谛的过程，用象征的方法含蓄地表现了出来。众所周知，印度和孟加拉国的绝大多数人都是有神论者，他们深受宗教影响，追求梵我合一、神人会合、无限和有限结合的"天人合一"境界，印度现代大诗人泰戈尔如此，孟加拉国当代诗人伊斯拉姆也不例外。这首诗表现了诗人对神（梵、无限或生命真谛）的追求，但这过程是充满艰辛的，生命的真谛、人生的智慧并不是那么容易获得的，"我"狂热的歌之鸟群被冷漠的目光利箭射伤，"我"在这一过程中深深体会到了人生的甘甜与无奈：既品味了人生的甘露，又尝到了"死亡的哀伤"。

其次，该诗艺术手法颇为现代。这首诗虽然短小，只有短短的 11 行，却写得跌宕起伏，扣人心弦，而且富有强烈的现代色彩。第一，采用了现代电影、小说常用的制造悬念的手法，先果后因，一开始即造成悬念，引人入胜——开篇即写鸟儿受伤，最后才交待原因，这在短诗里是不多见的。第二，运用奇喻，把"歌"比喻为"鸟"，然后对之进行滚雪球式的发挥，细致出奇地展开抒写，整首诗正是由"歌""鸟""猎人"三个主导意象构成全篇，而这种方法是经过英国大诗人、现代派的出色代表艾略特大力宣传后颇为普及的一种现代手法。

综上所述，《我的歌》的确是一首别致新颖的诗歌，不仅有比较丰富复杂的寓意，而且有颇为现代的艺术手法，不愧为孟加拉诗歌的名作。

生命既然是

马亨德拉著　冰心译

生命既然是
　欢笑和眼泪合成
　就有勇气
　去迎接爱情的巨变。

尽管让"时间"的
　沙子细细长流；
　不必担忧，
　"希望"在我们这头。

我们有同情的清泪，
献给朋友，
一旦需要，牺牲的热血
我们也有。

马亨德拉（1920—1972），尼泊尔现代诗人，曾为国王，治国有方，政绩显著。著有《收获诗抄》等诗集，我国曾出版过冰心、孙用合译的《马亨德拉诗抄》。其诗往往把抒情与哲理结合起来，感情真挚，内涵深沉，手法朴实，语言自然。

爱情神秘莫测，而又魔力无穷，颠倒众生。"问世间，情为何物，直教生死相许！"金代诗人元好问这首《迈陂塘》咏雁词，借雁的休戚与共、同生共死写尽了人间爱情的魅力。正因为爱情如此迷人，一旦发生"爱情的巨变"，当事人往往痛不欲生，甚至轻生弃世。明智如歌德，在爱上夏绿蒂·布芙并失恋之后，差点自杀，只是因为朋友叶鲁塞冷由于同样的情况自杀殉情而醒悟，于是综合自己和死去友人的经历，一气呵成，写出了名震世界的小说《少年维特之烦恼》。即使没有激烈的举动，当事人的心灵深处也会时常涌动一种莫名的惆怅和感伤的惋惜，如俄国现代诗人、名歌《红莓花儿开》和《喀秋莎》的词作者伊萨科夫斯基的《白桦》："在离好奇的眼睛很远的地方，/一株稚嫩的白桦沙沙地作响。/

在春天，我不止一次来到这里，/在这棵树下，把你盼望。//整整几个星期，我都拿着一本诗集/——它的封面蔚蓝蔚蓝；/我们曾一同开始读它，/而且想两人一起把它读完。//我总以为你会来这里，但日复一日/你却再也不曾在这里露面。/现在，白桦早已被砍去烧掉，/但那本诗集还没有读完。"（曾思艺译）

马亨德拉是一位多情的诗人，对祖国有一种深爱，如《只要我们还有一双手臂》："只要我们还有一双手臂/为什么要乞求别人的帮助？/我们凭着自己的勇敢和坚毅/来建设祖国，为祖国服务。//我们深知我们的祖国和/我们自己，都很贫乏穷困，/但我们是大地的自豪的儿子，/我们的财富是——勇敢和劳动。//即使祖先没留下什么遗产，/那又有什么关系！我们仅有的财富是/日月旗下的一双双手臂。//我们不再披上借来的毛羽，/这对我们并不合适；/只有我们欠着的慈母深恩，/我们却永远不会忘记。//我们要饱啖自己栽种的果实，/不管它是甜还是酸，/我们宁愿在自己土地上吃苦，/决不去追求异国的狂欢。"（冰心译）他对可爱的女性、对爱情较一般人有着更敏锐的感受、更热烈的追求。一次无端的邂逅，便可使他永世难忘："这在我都算容易，/去忘掉尘世和我自己，/无端和你在流泉畔相逢，/却使我永世也难忘记。//今朝，喜马拉雅山风里，/晨辉闪射着红光，/你抱着罐儿匆匆走过/你眼边抹着淡淡的黛青。//晶莹的露珠还在你鬓边/古兰斯花上闪烁，/当你走过，乱发里/颤摇着散垂的璎珞。//匀称窈窕的身材/裹在飘扬的衣褶里，/年轻的脸上温柔地/罩着一层贞静的轻纱。//不曾抹粉，也没有涂脂，/穿的是朴素自织的东西——/那风韵，可真是难描难画/她就是一个纯金的尼泊尔女儿！"（冰心译）但他对"爱情的巨变"的处理方式则颇为冷静、理智，这首《生命既然是……》便是明证。

这首诗共有三节。第一节前两句首先提出生命的辩证哲理：生命是由"欢笑和眼泪合成"，即生命本身就是快乐和悲伤的对立统一。因此，生命不可能总是晴空万里、阳光灿烂、鲜花烂漫、喜笑颜开，还有阴云密布、雷电交加、狂风乍起、眼泪淋淋的一面。所以，后两句便自然而然地得出结论：应有勇气去迎接爱情的巨变。至此，一个洞悉生命哲理、达观开朗的智者形象已初步展现在读者眼前。第二节进一步提出：尽管时间永恒，人生短暂，但不必担忧，只要把握住自己，那么，"希望"就属于我们。第三节一方面补足第二节"希望"属于我们的原因，一方面进而由个人扩展到朋友与社会，提出重视友情、献身社会，强调人与人之间的友爱与牺牲精神，体现了一种仁者的情怀。这样，全诗就塑造了一个集智者与仁者于一身的抒情主人公形象。这首诗既可看作诗人经受"爱情的巨变"后的自我安慰、自我勉励，也可视为劝慰失恋友人之作。在艺术上，它的主要特点是善于用比喻和形象阐明抽象的哲理。

山中雪夜

李齐贤著

纸被生寒佛灯暗，沙弥一夜不鸣钟。

应嗔宿客开门早，要看庵前雪压松。

《山中雪夜》是李齐贤在中国创作的一首具有浓郁中国士大夫文人情调的著名汉诗。

李齐贤（1288—1367），是朝鲜高丽时期著名的诗人和散文家。初名之父，字仲思，后改名刘齐，号益斋、栎翁。生于高丽京城开京（今开城）。自幼聪明过人，受过良好的文化教育。17岁即进入仕途，先后担任录事、司宪纠正、典校寺丞、三司判官、西海道安廉使等职。1315年，受逊位居住元朝大都的高丽忠宣王王璋之召，来到中国，直至1341年方回国。回国后官至右政丞，死后谥文忠。传世之作有《栎翁稗说》《益斋乱稿》。他提出"辞严而意新"的创作主张，强调作家独特的创作风格。一生创作了大量的汉文诗词，形成独树一帜的创作风格，成为影响高丽数百年的大诗人。李朝名臣柳成龙在《重刊益斋集跋文》中称："高丽五百年间，名世者多矣。求其本末兼备，始终一致，巍然高出无可议焉者，惟先生有焉。"

在中国生活的20多年里，李齐贤与姚燧、赵孟頫、张养浩等文人学士常相交往，并游历了四川、陕西、青海、江苏、浙江、新疆等地，大开眼界，诗文创作突飞猛进。《山中雪夜》这首名诗，就创作于中国。一次，诗人借宿在一个偏僻的山庙，夜来大雪纷飞，晨起诗兴大发，便写下此诗，借景抒怀，展示了自己高洁的品性。

李齐贤有深厚的中国诗文功底，又受到儒家文化的良好熏陶，因此，这首小诗通过咏雪，表现了十分浓郁的耐寒耐冷、重视节操、追求高洁的中国士大夫文人情调。

咏雪，是中国传统文学的一个重要主题，佳句名篇，不可胜数。论佳句，仅清人潘德舆在其《养一斋诗话》中就谈道："门人苏养吾问：'雪诗何语为佳？'吾曰：'王右丞"隔牖风惊竹，开门雪满山"，语最浑然；老杜"暗度南楼月，寒生北渚云"次之；他如"独钓寒江雪""门对寒流雪满山""童子开门雪满松"，亦善于语言者'。"论名篇，则有谢庄的《雪赋》、岑参的《白雪歌送武判官归京》、柳宗元的《江雪》、辛弃疾的《水调歌头·和王正之右司吴江观雪见寄》、史达祖的《东风第一枝》等。

李齐贤这首诗主要写雪夜之寒及夜雪之大，并以此展示自己耐寒的节操和高洁的品性。首二句"纸被生寒佛灯暗，沙弥一夜不鸣钟"，极写雪夜之寒，暗含夜雪之大。通过三件具体的东西来写。一是"被"，由于夜寒太甚，被已如纸（因此诗中称之为"纸被"），无法御寒。二是"灯"，灯之明暗与雪有关。清代袁枚在其《十二月十五夜》一诗中写道："沉沉更鼓急，渐渐人声绝。吹灯窗更明，月照一天雪。"吹了灯室内反而显得更亮，可见夜雪之大。但这里写的是月夜大雪，毕竟还有月亮，有人会说这并非白雪的功劳，而主要是月亮的亮光。那么，唐代白居易的《夜雪》"已讶衾枕冷，复见窗户明。夜深知雪重，时闻折竹声"，宋代女诗人朱淑真的《雪夜赓笔》中的"夜雪飞花似月明，交连寒影透门庭"，则明确指出大雪飘白积素，像月光一般，把室外映照得颇为明亮，使室内的灯光反而显得昏暗了。因此，李齐贤这首诗写"佛灯暗"，就是在暗写夜雪之大，而且诗中昏暗的佛灯使沉沉寒夜更添一层透骨的寒意。三是"钟"。白居易在《寒闺怨》一诗中写道："寒月沉沉洞房静，真珠帘外梧桐影。秋霜欲下手先知，灯底裁缝剪刀冷。"秋霜之冷，手都有强烈的感觉，何况严寒之夜，被褥都已无法御寒，难怪一向守时的和尚也冻得不愿伸手敲钟了！和尚的怕冷不敲钟，使山庙一直处于死沉沉的寂静中，这为本已够寒冷的雪夜再添一层让心灵发颤的寒意。这两句极写雪夜之寒、夜雪之大，为后两句做铺垫。因此，诗的最后两句接着写道："应嗔宿客开门早，要看庵前雪压松。"如此严寒，和尚连钟都不敢去敲了，可诗人却一大清早就开门外出，要看庵前大雪压青松的情景，无怪他人要惊奇、嗔怪了！美国当代诗人史蒂文斯在《雪人》一诗中写道："必须有冬天的心灵/才能领略松树的霜枝，/枝头白雪皑皑。"他所说的"冬天的心灵"实际上类似于孔夫子所说的"岁寒，然后知松柏之后凋也"（陈毅元帅正是由孔子的这句话化出自己的一首小诗："大雪压青松，青松挺且直，要知松高洁，待到雪化时。"），因此，李齐贤在这首诗中表现的早起看松，完全可以称之为以"冬天的心灵""领略松树的霜枝"，也就是说，它不仅是观赏雪景，更寓有展示自己耐寒耐冷、富于节操、品行高洁的深刻含义。

在艺术上，这首诗有两个突出的特点。

一是基本上不直接写雪（仅一字提到雪），而紧扣雪夜的特点、大雪的结果来写，以调动读者的想象，让其进入"冷无香柳絮扑将来，冻成片梨花拂不开，大灰泥漫了三千界，银棱了东大海"（乔吉《水仙子·咏雪》）的雪夜奇境。

二是巧用铺垫与衬托。先写雪夜之寒冷作为铺垫，以此表现自己清早开门观雪的不惧严寒，进而以和尚冷得不敢打钟及他人的嗔怪，衬托自己独抱冰雪之操守和孤芳自赏的情调，从而使行文颇有起伏，富于情趣。

　　写到这里，笔者不禁想起了明代著名散文家张岱的著名小品文《湖心亭看雪》。这一名篇在手法、主题方面均与李齐贤的这首小诗十分相似："崇祯五年十二月，余住西湖。大雪三日，湖中人、鸟声俱绝。是日，更定矣，余拏一小舟，拥毳衣炉火，独往湖心亭看雪。雾凇沆砀，天与云、与山、与水，上下一白。湖上影子，惟长堤一痕，湖心亭一点，与余舟一芥，舟中人两三粒而已。到亭上，有两人铺毡对坐，一童子烧酒，炉正沸。见余大喜，曰：'湖中焉得更有此人！'拉余同饮。余强饮三大白而别。问其姓氏，是金陵人，客此。及下船，舟子喃喃曰：'莫说相公痴，更有痴似相公者。'"文章也是首先极力铺写冬雪之大与寒冷之甚（"大雪三日""人、鸟声俱绝"），然后写"我"（"余"）划舟独往湖心亭赏雪（"人鸟声俱绝"，又衬托了"我"之独往赏雪），没想到早有两人已坐在湖心亭赏雪了，结尾更以舟子的话"莫说相公痴，更有痴似相公者"，点明"我"与李齐贤一样的痴态——在"千山鸟飞绝，万径人踪灭"的白雪皑皑、天寒地冻的时候，偏要去赏雪，并指出还有比"我"更痴的人。这篇文章表现的，也是中国士大夫文人那种品行高洁、孤芳自赏的情调。可见，《湖心亭看雪》不仅在写作手法上采用了与《山中雪夜》类似的铺垫、衬托，在主题上也与之大同小异（当然，《湖心亭看雪》的主题除此之外，还表现了"吾道不孤"，天下抱冰雪之操守和孤芳自赏的高洁之士为数不少——在我之先，已有两个金陵人）。一诗一文，对照来读，既可悟文心之相通，又可赏诗歌与散文各自的艺术魅力。同时，还可由此看出，作为一位朝鲜诗人，李齐贤的思想观念和艺术手法是相当中国化的，与中国的文人们已没有什么差别了。

山 岩

尹善道著

鲜花曾是多么艳丽，
如今早已随风飘飞。
青草曾是多么娇嫩，
如今早已焦黄枯萎。
唯有朴实的灰色山岩，
你永远不把头颅低垂。

尹善道（1587—1671），朝鲜李朝诗人，字约如，号孤山。生于汉城（今称首尔）一个贵族之家。1612 年走上仕途，历任户曹佐郎、汉城庶尹等职。曾多次被流放，这使他立意归隐，寄情山水。有《孤山遗稿》文集传世。其诗擅长以清新优美的笔调，描绘朝鲜山河大地的美景，对朝鲜诗歌的发展有很大的影响。

《山岩》是尹善道的时调名作之一。时调，是朝鲜中古时期民族诗歌的一种形式，又称短歌或时节歌，是由新罗乡歌和高丽歌谣发展起来的一种格律诗，形成于 14 世纪末的高丽朝末期。尹善道是时调名家，尤其注重时调的形式美，擅长以优美动人的韵律描绘朝鲜的山川美景，表现自己朴实高洁的品格，立意新颖，语言优美，色调明澈清澄，风格高雅脱俗。其代表作有《山中新曲》《山中续新曲》《渔父四时词》。

《山岩》属于时调中的平时调。这是一首咏石诗。人类与石头的情缘，古老而久长。石头曾帮助人类阻挡了滔天的洪水，屏护人类不受巨兽的侵袭，为人类的日常生活提供必要的工具，以至人类满怀感激地把最初的文明时期称为石器时代。石头，更以其坚固历久、突兀孤傲而赢得世界各国文人们的青睐，中国文人对石头更是有一种源远流长的热爱。从女娲炼石补天的神话，到唐宋时期王建、苏东坡、米芾的咏石、画石、痴于石，再到清代曹雪芹的《红楼梦》以一块通灵宝石为主人公，写尽人生的辛甜与沧桑，石头，让中国的文人们魂牵梦系，灵气十足，才华横溢，流芳百世。咏石即是咏物。咏物诗是中国文学史中最富特色、极显才情的一类作品。咏物诗易写难工，易工难好，前人多有论述。宋代张炎指出："诗难于咏物，……体认稍真，则拘而不畅，摹写差远，则晦而不明。"(《词源》）清代邹祗谟认为："咏物固不可不似，尤忌刻意太似，取形不如取神，用事不若用意。"（《远志斋词衷》）况周颐提出："题中之精蕴，佳；题外之远致，尤佳。"（《蕙风词话》）刘熙载则指出："昔人咏物，隐然只是咏怀，盖其中有我在也。"（《艺概·词概》）由此可见，好的咏物诗有如下要求：第一，既要刻画逼真，又要不太相似，而以取神用意为主，不即不离，不黏不脱，用苏东坡《水龙吟·咏杨花》词中的句子来说就是要"似花还似非花"；第二，既要有"题中精蕴"，又要有"题外远致"，使咏物咏怀浑然一体，描写抒情合二而一，从而咏物即咏人，以客观之物寓主观之情。如明代于谦的《石灰吟》："千锤凿击出深山，烈火焚烧若等闲。粉身碎骨浑不怕，要留清白在人间。"清代郑板桥的《竹石》："咬定青山不放松，立根原在破岩中。千磨万击还坚劲，任尔东西南北风！"咏石灰、咏竹石即是咏人咏怀，言物即是言志，写出了不怕艰险、勇于牺牲、清白正直的精神和不畏环境险恶而坚韧不拔的斗志。

朝鲜属于儒家文化圈，深受中国文化的影响。尹善道的这首诗咏物即是咏人，以客观之物言主观之志，似受中国古代咏物诗的影响。全诗表面写的是山岩，实际上借此表达了自己的人生志趣：追求朴实无华，决不向恶劣的环境低头；时间愈久，斗志弥坚。

在艺术上，这首诗的特点有二：一是善于借物言志，借用山岩巧妙地表达了自己追求朴实、不畏严寒、历久弥坚的人生志趣。二是善用陪衬、对比，生动形象而又颇为深刻地表达了主旨。诗歌相继用与山岩密切相关的鲜花、青草来进行反衬、对比。鲜花曾经艳丽多姿，引人注目，如今却乱红零落，随风飘飞；青草曾经娇嫩喜人，而今也焦黄枯萎，一片萧条。只有一向不惹人注意的朴实的灰色山岩一如既往，永葆本色，而且巍然屹立，傲视大自然的冷暖沧桑。这正是一再遭流放，一心只想在平凡、宁静的隐居生活中坚持气节的尹善道的真实写照。

俳句三首

林林译

一

松尾芭蕉著

寂寞里，古池塘，
青蛙跳入水声响。

二

与谢芜村著

残阳落，晚风轻，
白鹭点水水青青。

三

小林一茶著

暮日里，行匆匆，
路人脸色似秋风。

　　俳句，是日本的一种古典短诗，也是世界上最短的格律诗之一。它以极其短小的形式表现作者刹那间的感受，多用比喻、象征等手法，语言含蓄、隽永、简练，便于记忆和流传。俳句作为一种独立的诗体，形成于 15 世纪，原称"俳谐"，是一种以表现市民生活为主的诙谐诗。"俳圣"松尾芭蕉把它从诙谐提升到真挚，并引向抒情诗的意境，奠定了它在日本文学史上的地位。俳句有两个最基本的特点：第一，每首俳句都是三行 17 个音节，第一行 5 个音节，第二行 7 个音节，第三行 5 个音节，即构成"5、7、5"的格式，而不押脚韵。第二，每首俳句都必须有而且只能有一个"季题"。所谓"季题"，又称"季语"，即为了表现春夏秋冬的季节感，必须吟咏表征四季时令变化的自然风物或人事现象。它包括两个方面。一是自然现象，就是用与春夏秋冬四季有关的风花雪月、鸟兽虫鱼、花卉草木等为标志和暗示，使读者一看即知该俳句所吟咏的是四季中的那个特定季节的事物。二是社会现象，即以宗教、习俗、人事（包括节日、忌日、纪念）等来暗示一年四季中的一个特定季节。如春季（2、3、4 月）——2

月的季物是莺、阵雨等，3 月是摘芹、摘菜（日本人每到春天，要摘七种菜熬成民间风行的七宝粥）等，4 月是远蛙、春潮等；夏季（5、6、7 月）——5 月的季物是杜鹃、嫩竹等，6 月是雨蛙、梅雨等，7 月是蝉、晚霞等；秋季（8、9、10 月）——8 月的季物是牵牛花、七夕等，9 月是月、秋草等，10 月是稻穗、白菊等；冬季（11、12、1 月）——11 月的季物是山茶花，12 月是枯木，1 月是冬蔷薇等。

第一首是日本著名俳句诗人松尾芭蕉的俳句代表作。

松尾芭蕉（1644—1694），日本江户时代著名俳句诗人。幼名金作，俳号宗房、桃青，30 岁时改名"芭蕉"。生于伊贺国（今三重县）一个武士家庭，自幼跟随名师北村季吟学习俳句，并精通书法、汉学、佛学、和学。曾五次长途旅行，足迹踏遍日本各地，许多俳句写于旅途中，堪称典型的东方式"行吟诗人"。主要著作有俳句纪行集《奥州小路》（1689）、俳句文集《幻住庵记》（1690）、俳谐集《俳谐七部集》（1736—1741，包括《冬日》《旷野》《猿蓑》《炭包》《续猿蓑》等七部）。芭蕉在长期的创作实践中，把李白高逸和杜甫沉郁的诗境、庄子哲学的反俗精神、禅宗的自然观与日本的风雅诗歌融为一体，形成了日本俳句史上著名的"芭蕉风格"（简称"蕉风"）。其特点是：朴素而严谨，"诙谐达到真诚"，题材广阔，语言含蓄隽永，具有闲寂、幽雅、余情、纤细的美，和悲中有喜、喜中有悲、雅俗浑然融合的意蕴，从而使"闲寂的风雅美"成为俳谐基本的美的理念。在致力于创作的同时，芭蕉积极指导周围的弟子，有门徒千余人之多，最突出的宝井甚角、服部岚雪等十人被称为"蕉门十哲"。松尾芭蕉是日本近世最具代表性、最有影响力的俳句诗人，被人们尊称为"俳圣"。

这首俳句是松尾芭蕉最著名的作品，也是"蕉风"的代表作。日本学者高滨虚子在《俳句的理解与欣赏》中介绍道："本诗是芭蕉俳风新纪元创立的一大标志。同以往滑稽洒落的俳句不同，此句乃如实描绘实情实景，有顿悟之境。某日芭蕉独居涤川草庵时，听到庭中古池传来水声。那声音正是青蛙跳入水中造成的。因为周围极其寂静，这水声也格外地清亮。在这首俳句中，芭蕉悟到了俳道的生命，不在于滑稽和洒落，而在于这样一种闲寂之处。"

这首俳句的特点在于外表平淡而内蕴深厚，形式短小而余味无穷。静谧的古池塘边，万籁俱寂，一切似乎凝然不动，忽然，传来一只青蛙跃入水中的声音。全诗到此戛然而止，似乎一切都已说完，又似乎一切都未说完。这首俳句虽然在形式上完结了，可在读者的心理上并没有完结，它永远在向读者述说着什么。这种述说，细加分析，包括以下几个方面的"余味"：第一，听觉余味。青蛙跳入池塘，其跃水之声是"扑通""啪叽"还是其他声音？引人推想。第二，视觉余味。俗话说"一石激起千层浪"。青蛙跳入池塘后，池水泛起由小到大一圈圈的涟漪，这圈圈涟漪一层层扩展又消逝，久久地荡漾在读者的眼前，让人遐想。第三，意义余味。英国诗人布莱克有诗云，"一颗沙里看出一个世界，／一朵野花里一个天堂，／把无限放在你手掌上，／永恒在一刹那里收藏"（梁宗岱译），生动地表现了在艺术家灵感迸发的瞬间，理性主义者、机械论者们执意严格精确区分的沙粒与世界、野花与天堂、有限与无限、刹那与永恒都进入一个无差别的契合境界，世界恢复了整一，人性恢复了和谐。芭蕉这首俳句与此有类似之处，但又独具特色。

首先，这首俳句表现了东方人特有的那种在闲静中体悟生命活力从而"顺随造化""回归造化"的思想。古池塘四周万籁俱寂，而池塘的水面一片平和，更增添了一种幽寂的气息。在这古老的寂静中，只有心境极其清幽、极其闲逸的人，才能听到青蛙猝然跳入水中发出的虽清晰却微小的响声。俳句一方面以蛙入池塘之声衬托了心灵的清幽闲逸，另一方面更以在春天苏醒的青蛙的跳跃声，于幽静安恬的气氛中展示了一种富有生命觉醒和冲动的充满生机的春之气息。而水声过后，古池塘的水面又恢复了宁静。在这样一个神妙的瞬间，动与静达到了完美的结合——表面上是无穷无尽的幽静，内里却蕴藏着大自然的生命律动和大自然的无限奥妙，以及诗人内心的无比激情，余韵悠悠，味之无尽。在诗人仿佛不动声色、信口道来的轻松自然中，又体现了东方人特有的那种"顺随造化""回归造化"的思想——造物无言，万物适时而动，但终归要回归造化，一切尽可在幽寂闲逸中顺随造化，融入自然。

其次，这首俳句体现了禅宗的一些哲理。禅宗是极东方化的一种宗教，它有一个"梵我合一"的世界观理论，一方面强调世界本"空"，一方面又重视在"空"的世界里，体验并捕捉活跃的生命，并使个体生命回归永恒的实在，达到"梵我合一"。为达到"梵我合一"的境界，禅宗强调通过个体的直觉体验——顿悟，通过"青青翠竹，尽是法身；郁郁黄花，无非般若"的平凡现象世界，去整体把握存在的本源——表现为瞬间的永恒，从而进入一个梵我同一、物己双忘、宇宙与心灵融合一体的奇妙又美丽、愉快而神秘的精神境界。这首俳句正是通过古池塘、青蛙入水、水声这些平凡的现象，表现了诗人对宇宙真理——"梵我合一"境界的直观表现与把握。一片寂静的古池塘，凝结着神秘、幽浮的"过去"，而冬眠醒来的青蛙，则象征着生机勃勃的"现在"，在青蛙跃入水中发出声响的一刹那间，"过去"与"现在"在人的直觉顿悟中倏然融合一体，而水声及层层荡漾的涟漪，则向茫茫的未来无限延伸着。这样，芭蕉通过青蛙入水这一意象，直觉地表现了时间的绝对同一——过去、现在、未来在一个神秘的瞬间统一起来，弥漫到禅宗那无差别的"空"的境界；冬眠醒来的青蛙象征着生命的复苏，古池塘里的水是生命的本源，生命觉醒的青蛙跳入池中，则是个体生命回归永恒实在并与之合一的象征。就这样，芭蕉在这首短短的仅17个音节的俳句里，生动又深刻地以直觉顿悟的方式表现了禅宗的理想境界，展示了个体生命与宇宙的哲理关系。

本诗的艺术特点有二：一是即兴、自然。这种诗往往是"文章本天成，妙手偶得之"，经过长期的思考、长久的酝酿，在一个神奇的瞬间，在某一外物的触发下，如牛顿见苹果落地而发现万有引力一般，诗人豁然开朗，不假思索地即兴挥洒出这仿佛信手拈来的神来之笔（我国晋代诗人谢灵运《登池上楼》中的"池塘生春草，园柳变鸣禽"也是如此）。二是以动写静。诗人写静的方法，主要有两种：一种是以静写静，如白居易《琵琶行》中的"此时无声胜有声"。一种是以动写静，如我国南朝梁诗人王籍《入若耶溪》中的"蝉噪林愈静，鸟鸣山更幽"。松尾芭蕉擅长以动写静，他的另一首著名俳句"静寂，蝉声入岩石"（林林译）以主观感受夸张地写出了极端的寂静——竟使人感到蝉声渗入了岩石。这首俳句也不例外，1916年印度诗人泰戈尔访问日本时读到它，对之赞不绝口："够了，再多余的诗句没有必要了。日本读者的心灵仿佛是长眼睛似的。古老而陈旧的水池是被人遗忘的、宁静而黝黑的。一只青蛙跳入水里的声音，清晰可闻，可见水池是多么的幽静！"这首俳句影响极大，以至200余年后的今天，美洲俳句社的刊物还以《蛙池》为刊名。

第二首俳句堪称与谢芜村的杰作。

与谢芜村（1716—1783），日本18世纪俳句诗人、画家。本姓谷口（后自称与谢），名长庚，字春星，别号夜半翁。生于摄津国（今大阪市）一个富裕的农家。20岁起，学习俳谐，兼学绘画。29岁时，从陶渊明《归去来辞》"田园将芜胡不归"一句中取名"芜村"。在俳谐方面，他提倡"离俗论"，反对耽于私情、沾染庸俗风气的俳谐，致力于"回到芭蕉去"；主张"啸月赏花，游于尘寰之外""用俗语而离俗好，离俗而用俗""舍风雅而得风雅""得句贵自然"。曾指导俳谐组织"三果社"，倡导俳谐风格的革新。主要作品有《玉藻集》（1777）、《俳谐三十六歌仙》（1799）、《芜村七部集》（1808）、《夜半乐》（1809）等。其俳句情调乐观畅达，意境宽阔潇洒，善于以浓淡适宜的色彩美、华丽而带传奇趣味的古典美，奇妙地把幻想世界具体化。

与谢芜村崇拜中国唐代诗人王维，在绘画和俳句创作方面均受到王维的影响，主要表现为以诗意入画和以画法写诗。以画法写诗，在本俳句中主要指注意各种色彩的安排，使之既对立又统一。这主要是通过白鹭来实现的。白鹭是田园山村常见的一种鸟类，因其羽毛的美丽、姿态的悠闲、性格的高洁而受到诗人们的喜爱，较多地出现在芜村之前的中国古典诗歌之中。如唐代杜牧的《鹭鸶》："雪衣雪发青玉嘴，群捕鱼儿溪影中。惊飞远映碧山去，一树梨花落晓风。"

唐代刘长卿的《白鹭》:"亭亭常独立,川上时延颈。秋水寒白毛,夕阳吊孤影。幽姿闲自媚,逸翮思一骋。如有长风吹,青云在俄顷。"但诗人们更喜欢把白鹭与青山、青草、绿水、碧田等结合起来写,以构成色彩对比鲜明的动态画,如唐代王维的《积雨辋川庄作》之"漠漠水田飞白鹭",宋代武衍的《双鹭》:"谁惊双鹭起萍汀,蹴裂玻璃细有声。飞入白云浑不辨,碧山横处忽分明。"明代杨慎的《出郊》:"高田如楼梯,平田如棋局。白鹭忽飞来,点破秧针绿。"与谢芜村这首俳句明显受到中国此类诗歌尤其是王维的影响。唐纳德·金在《日本文学史·近世篇》中指出:"沙头的白鹭以及它那击水的长胫,明显带有一种汉诗的意象,给人一种高雅、清丽之意。"但与谢芜村又对王维与中国古典诗歌的影响进行了创造性的接受。第一,色彩更丰富。残阳虽落,但红霞满天,白鹭的翅膀挥洒着雪白的韵律,而江水只是温静地碧绿着("青"即碧绿)。红、白、绿,丰富了色彩的层次,并相辅相成,构成一幅迷人的动态画。第二,境界更优美。王维的"漠漠水田飞白鹭",显得十分空旷,但有点苍凉,与谢芜村则以红色为总体背景色调,构成优美的意境。傍晚时分,柔和的红色倒影于澄碧的江水中,为碧水增添了一份柔丽、一份浪漫,一群群雪白的鹭鸶,翩翩飞来,在轻拂的晚风中点水嬉戏,画面更加优美动人。小西甚一在《俳句的世界》中认为:"此诗有一种芜村特有的微妙的色彩感觉。句意自不必论。在朦胧泛起的色彩之处,我们甚至还感到了白鹭飞起那一刹那间的鲜明的线条。可以说这首俳句充分显示了画家芜村的真面目,堪称他作品中屈指可数的名句之一。"

第三首俳句是小林一茶的名作。

小林一茶(1763—1827),日本18世纪末19世纪初俳句诗人。本名弥太郎,别号雅堂、云外,生于信浓国(今长野县)一个农民家庭。三岁丧母,后又受继母虐待。25岁到江户,拜二六庵竹阿为师,学写俳谐。29岁改号为俳谐寺一茶。此后长期流浪各地,51岁后返回故乡。多次结婚,或妻死或离异,子女也夭折,更遭火灾,一贫如洗,但他对生活一直保持着一种东方式的超脱。著有《病日记》(1802)、《我唇集》(1812)、《我之春》(1819)等作品集。其俳句大多写自己的生活体验和周围平凡而不幸的生活,极富人情味,又不失诙谐幽默,人称其"自嘲自笑,不是乐天,不是厌世,逸气超然"。他特别慈爱,反对强者,同情弱者,爱写小孩、小动物,并在对这些弱小者朋友般的同情中,透出一丝苦味的自嘲。常运用方言俗语,使诗作呈现素描画一样的效果。

当今,科技文明的高度发展,在带给人们空前繁荣、极度舒适的物质享受的同时,也引发了人们对物的疯狂追逐,世界性的拜金主义、拜物主义泛滥成灾。人们一天到晚奔波劳碌,不停地追寻物的满足:买了彩电,买冰箱;买了冰箱,买空调;买了空调,买电脑;买了电脑,买房子;买了房子,买小车……

人们在对物的追逐中来去匆匆，心思全被物占据，以致不愿与人打交道。即使与人打交道，也完全以能否给己带来物质利益为准则——有利可图，则千方百计哪怕弯过几道弯也要接近或结交。现代社会人与人的关系早已异化！明代杨慎曾讲："三岔驿，十字路，北去南来几朝暮。朝见扬扬拥盖来，暮看寂寂回车去。今古销沉名利中，短亭流水长亭树！"（《三岔驿》）杨慎的作品只是以变幻的人事与不变的景物唤起人们思考人生，未论及人际关系。小林一茶这首俳句则颇具现代意识，既揭穿人与人关系的冷漠，又富于同情和怜悯。夕阳西下、暮霭渐浓的时候，路上的人行色匆匆，各自为生计奔波劳碌，无暇他顾。看着这一切，诗人悲由心生：既深感芸芸众生为生存而挣扎之不易，又觉得这种过于劳碌、各自为己、毫无人情交流的局面可悲，似一阵冷漠的秋风袭来。

在艺术上，诗人首先巧妙地利用环境大做文章。日暮时分本是鸟归巢、人归家的时候，路上的行人更是思家。他们本应充满人性的温情，相互沟通，互相慰藉，但由于过多思虑自身之事，已无暇顾及他人，甚至完全忘记了他人，这不能不令人感到"寒冷"。其次，巧用比喻，深化主旨。诗人巧妙地以秋风来比喻路人的脸色，入木三分地刻画了路人的冷漠，也写出了自己心底深深的寒意。正是由于诗人巧用环境、善用比喻，这首俳句才得以成为耐人寻味、颇有深度的名作。

无结果的议论之后

石川啄木著　林林译

我们且读书且议论，
我们的眼睛闪着光芒，
不亚于五十年前的俄国青年，
我们议论应该做什么事。
但是没有一个人握着拳头敲着桌子，
喊说"到民间去！"

我们知道我们追求的是什么，
也知道民众追求的是什么，
而且知道我们应该做什么事，
实在比五十年前俄国青年还知道得多。
但是没有一个人握着拳头敲桌子，
喊说"到民间去！"

聚集在这里的都是青年，
常在世间创造出新事物的青年，
我们知道老人将要辞世，我们终会胜利，
瞧呀，我们眼睛的光芒，议论的激烈。
但是没有一个人握着拳头敲着桌子，
喊说"到民间去！"

哦，蜡烛已经换了三次，
饮料的杯浮着小飞虫的尸体，
女青年的热心虽然没有变，
她的眼里显出无结果的议论后的疲倦。
但是没有一个人握着拳头敲着桌子，
喊说"到民间去！"

石川啄木（1886—1912），日本 20 世纪初叶诗人、歌人、小说家，生于岩手县一个贫寒家庭。中学时期，受诗人与谢野宽的影响开始写诗，深得与谢野宽的赏识，成为他领导的"新诗社"的同人。其曾任小学教师、地方报纸记者。1908 年前往东京，从事文学创作，并逐渐从自然主义文学转向社会主义文学，在著名论文《时代闭塞的现状》（1910）中呼吁："必须抛开自然主义"，认为要打破时代闭塞的现状，必须正视国家权力，并对"明天"的社会有组织地进行考察。诗集《笛子和口哨》（1911—1912）被誉为社会主义诗歌的代表作。后因生活困窘，在贫病交加中去世。一生创作有小说《云是天才》（1905），诗集《憧憬》（1905）、《一把沙子》（1910）、《笛子和口哨》，歌集《悲哀的玩具》（1912）等。石川啄木出身下层，深切同情下层人民，后又受社会主义思想影响，作品更富民主革命色彩。在创作上，他反对文学脱离现实，主张脚踏实地、密切关注和反映现实生活，写出人民群众需要的作品。其诗歌善用通俗易懂而节奏铿锵的语言，表现青春的活力与感伤，反映生活的贫困与无奈，情感浓烈，风格朴实。

《无结果的议论之后》选自石川啄木的最后一部诗集《笛子和口哨》。

20 世纪初，日本的社会主义运动轰轰烈烈，盛极一时，引起了日本政府的恐慌。日本当局为了镇压革命力量，于 1910 年 6 月以有人企图暗杀天皇为借口，在全国范围内大肆逮捕社会主义者。1911 年 1 月，更是悍然判处社会主义运动领袖幸德秋水等 12 人死刑。这就是日本历史上著名的"幸德秋水事件"（又称"大逆事件"）。一时间，寒云密布，阴风怒号，社会主义运动进入"冬天"。作为一名深受社会主义思想影响的诗人，早在 1908 年，石川啄木就在一首诗中明确宣称：如果身处俄国，愿为起义而牺牲，还要在日本发动一次大叛乱。但如今已是"黑云压城城欲摧"，激情洋溢的诗人和热血沸腾的革命青年壮志难酬。更有一批懦弱者，把革命变成空谈。诗人深有感触，写下了这首既揭露严酷现实，又揭穿空谈者的诗。

全诗共四节。在短小的篇幅里，诗人逐节深入地写出了日本青年沉溺于"无结果的议论"之可悲。第一节开门见山，描写我们一边读书，一边议论，"眼睛闪着光芒"，讨论"应该做什么"。第二节进一步点醒，我们不仅知道追求的是什么，而且知道民众追求的是什么，更知道"我们应该做什么"。第三节首先指出，聚集在这里的都是青年，是"常在世间创造出新事物的青年"：敢作敢为，敢于创新，而且读书明理，知道自己和民众追求什么，还知道应该做什么。按理说，应该立即投入行动，极力实现自己的目标。然而，情况却并非如此，故前面的描写也成了反讽。第四节总写"无结果的议论"之后的景象：蜡烛已经换了三次（可见议论之热烈甚至激烈，尤其是议论时间之长），饮料杯里浮满了小虫的尸体（这闲闲的一笔，既是写实，突出议论时间之长，又是一种象征性的反讽，飞虫们为追求光明尚且不顾一切，而血气方刚的我们却只能空发议论）。女青年的热心虽然未变，但眼里已"显出了无结果的议论后的疲倦"，然而，依然没有人敢于号召走向民间、走向生活。这既揭露了日本青年的华而不实、没有行动，又让人深思造成这一现象的原因，从而达到揭露日本政府的高压专制与黑暗统治的目的。

诗中"五十年前的俄国青年们"及"到民间去"的口号，指的是俄国 19 世纪 60 年代末 70 年代初由平民知识分子掀起的"民粹主义"运动。

长期以来，俄国知识分子对人民有一种负罪感，特别是贵族知识分子。列夫·托尔斯泰是其中著名代表，他一生都在探寻贵族的出路，到晚年更是形成了"平民化"的思想，力图放弃自己的贵族特权，把庄园、田地乃至稿酬统统分给平民百姓，并且亲自犁地、劈柴、挑水。与此同时，平民知识分子也产生了一种强烈的负罪意识，这种意识到民粹主义兴起时发展到顶峰。

民粹主义，指的是 1861 年至 1895 年俄国资产阶级民主解放斗争时期非贵族出身的知识分子的思想体系和社会活动。民粹主义代表农民利益，反对农奴制和资本主义在俄国的发展，主张通过农民革命推翻专制制度。民粹主义是农民村社会主义乌托邦的变种。19 世纪 60 年代初，民粹主义分裂为两派：革命派和自由主义派。70 年代初，民粹主义发起了声势浩大的"到民间去"运动，领袖人物是哲学家、社会学家拉甫罗夫（1823—1900）。他在其著作《历史信札》（1870）中认为，受压迫的劳动人民为创造文明付出了高昂的代价，因此，享受文明的少数人，即知识分子，应该承担起自己应负的责任，向人民偿还欠债。在《前进，我们的纲领》一文中他明确指出："俄国大多数居民的前途赖以发展的特殊基础就是农民以及村社土地所有制。在村社共同耕作土地和村社共同享用土地的产品这个意义上发展我们的村社，把米尔大会变成俄国社会制度的基本政治因素，使农民懂得自己的社会需要……这一切就是俄国人的特殊目的，一切希望祖国进步的俄国人都应该促使这些目的的实现。"也就是说，他把社会改革的希望寄托在农民身上，希望在俄国农村公社的基础上建立社会主义。这一运动的另一领袖人物巴枯宁（1814—1876）更是热情洋溢地向俄国青年发出号召："赶快抛弃这个注定要灭亡的世界吧，抛弃这些大学、学院和学校吧……到民间去吧！你们的战场，你们的生活和你们的科学就在那里。在人民那里学习如何为他们服务，如何最出色地进行人民的事业……知识青年不应当是人民的教师、慈善家和独裁的领导者，而仅仅是人民自我解放的助产婆，他们必须把人民的力量和努力团结起来。但是，为了获得为人民事业服务的能力和权利，他们必须把全部身心奉献给人民。"这样，1873—1874 年，俄国知识青年掀起了一场声势浩大的"到民间去"运动。成千上万的热血青年，放弃舒适的城市生活去到农村。他们穿着农民的服装，使用农民的语言，过着农民的生活，向农民传播知识，教他们读书写字，并在此基础上进行革命宣传，号召农民起来斗争，推翻沙皇政府，建立公正的社会主义社会。运动失败后，他们于1876年成立"土地与自由社"，提出把全部土地平均分给农民、村社完全实行自治的主张。1879年，"土地与自由社"又分裂成两个独立的组织："民意党"和"土地平分社"。前者后来变成一个恐怖暗杀组织，1881年3月，他们以大无畏的牺牲精神刺杀了锐意改革的沙皇亚历山大二世，但却使得亚历山大三世上台后，变本加厉地强化了专制高压统治，禁锢了社会思想，迫害了进步力量。

明乎此，诗中"我们"与"俄国青年"之对比所具有的强烈自嘲意味就一目了然了。

在艺术上，这首诗的特点主要有二：一是善用对比进行反讽、自嘲和揭露。诗中的对比有以下三种：一种是"我们"自身言行的强烈对比，议论激烈而毫无行动；一种是"我们"与"俄国青年"的对比，我们限于空谈而俄国青年勇于行动、敢于牺牲；一种是敢于扑火的飞虫与一味空谈没有行动的"我们"的对比。三种对比，既深刻生动地嘲讽了"我们"的空谈行为，又控诉了造成这种局面的专制、高压社会。二是出色地运用了层递与反复手法。四节诗一节比一节深入地嘲讽了"我们"的流于空谈，同时，反复运用"但是没有一个人握着拳头敲着桌子，喊说'到民间去！'"这一语言，深化主题，贯穿全诗。

播种的歌

壶井繁治著　楼适夷译

播种的时令到了，
土地已经深耕，
等待种子播下。
从种袋里拿出种籽，
托在我的手心。
想想这个种籽呀，
多么盼着这个时辰，
盼得在我的手中，
发出喃喃的怨声。
好，今天正是合适的时令。
害虫们，滚开去，
碰上我的锄头，
要了你的狗命！

　　壶井繁治（1897—1975），日本现代诗人，生于日本南方濑户内海香川县小豆岛一个农民家庭。中学毕业后，对文学产生强烈兴趣，怀着献身文学的志愿，于 1917 年进入早稻田大学学习。因家境贫寒，学费无来源，中途辍学，从事过各种职业。1922 年创办个人杂志《出发》。1923 年与萩原恭次郎、冈本润、川崎长太郎等创办了同人刊物《红与黑》，随后创立"达姆弹""文艺解放"等团体。1925 年前，深受虚无主义影响，在文坛以虚无主义诗人亮相。1925 年接受马克思主义，加入无产阶级文学组织，承担了革命杂志《战旗》的经营和发行工作，成为无产阶级诗人之一，多次被政府拘留或逮捕。1935 年与小熊秀野等人掀起讽刺诗运动。第二次世界大战后，与同人发起"新日本文学会"，并以民主主义诗歌旗手的身份积极进行活动。1962 年组建诗人会议，创办《诗人会议》诗刊，培养了一批进步诗人。主要作品有诗集《壶井繁治诗集》（1942）、《果实》（1946）等。其诗擅长写实，富于人道主义情怀，风格沉郁含蓄，象征性强。

　　壶井繁治的诗曾深受日本象征主义诗歌的影响。日本象征主义诗歌因北原白秋（1885—1942）和三木露风（1889—1964）两大诗坛巨擘而获得独特风格，艺术表现手法臻于完善，形成了日本诗歌史上的"白露时代"，产生了较大的影响。如三木露风的象征诗集《素手的猎人》(1913)曾名噪一时，被视为日本象征主义诗歌伟大的里程碑。壶井繁治受其影响，诗歌的象征意味十分浓郁，如其名诗《星星和枯草》："星星和枯草在叙谈，/夜深人静，/只有我身边刮着风。/我总感到有些寂寞，/也想跟他们叙叙衷情。/星星却从上掉了下来，/我在枯草中寻觅，/终于未见星星的踪影。//黎明，我睁开眼睛。/只觉得一块沉甸甸的石头，/落在心中。/从那时起，/我每天都在叨念：/石头什么时候会变成星星，/石头什么时候会变成星星。"（李芒译）作者在自传《激流中的鱼》里引用了此诗，并说："此诗写于日中战争最为激烈的1939年4月13日，当时的我，说起来不外是一棵枯草。"但"对于战争的气氛，感到不适应，虽说是消极的，但也加深了抵抗感。这也就是战争体验的一个重要侧面"。日本诗人及诗评家小海永二更具体地解释说，这首诗中的"枯草"象征着受到战争摧残的平民，"星星"则是他们的理想和向往和平的象征，"星星"和"枯草"在"叙谈"，表现了战争期间作者对和平的向往。因为在当时的日本，举国上下都被战争的狂潮席卷，所以作者象征性地把本来吹向四面八方的风说成"只有我身边刮着风"，意即只有"我"还清醒，未卷入狂潮。然而，现实极其严酷：星星从天上掉下来了，而且无论如何找不到了，象征理想被现实所吞噬，实现理想的一切途径被完全阻断。但诗人并未屈服，"石头"即深藏于心底的对战争的厌恶感，它时刻渴望着变成星星。这类诗比较难懂，如没有适当解释，有时难以读解出作者的本意。

《播种的歌》则代表了诗人的另一种诗风，平实晓畅，通俗易懂。全诗围绕"播种"着笔，反复抒写。首先点明已是播种的时节，深耕的土地，等待种子播下。种子也渴盼着播种的时辰，而且盼得"发出喃喃的怨声"。接着，自然而然地逼出"今天正是合适的时令"一句。由此，联想到今年的收成一定很好，一定是个丰收之年。但害虫肆意为虐怎么办呢？想到这里，诗人不由怒上心头，情不自禁地怒喝："害虫们，滚开去，/碰上我的锄头，/要了你的狗命！"但这首诗也不仅仅是一首富于生活气息的写实诗，其主旨也不仅仅是描写播种、表现对种子的强烈关心；它还隐隐有一层象征：播下的不只是植物的种子，也可能是爱情的希望、人生的理想、美好的未来。惯用象征手法的诗人，总善于在平凡的日常生活中发掘出与内心情思相呼应的事物，并赋予其象征意义，引人深思。

渔峰和诗

凄凉风雨屋巢归，翠羽连翻上下飞。
莫谓此中无远识，主人心事可相依。

阮光碧（1832—1889），越南抗法时期诗人，字涵辉，号渔峰，生于南定省（今属太平省）建昌府程浦县一个清贫儒生家庭。1861 年中举人，1869 年中皇甲廷元，曾任知府、按察使等职。法国殖民主义者入侵后，他积极主战，是勤王运动的发起者之一，并一度与黑旗军刘永福合作抗法。火热的战斗生活激发了他的创作灵感，其诗集《渔峰诗集》是越南勤王运动的斗争实录。该诗集共有 97 首汉文五言诗、七言诗，风格沉郁，技巧娴熟，有独特的艺术魅力。

《渔峰和诗》是一首和诗。和的是尚书宗室的《雨中飞燕》诗："何事亭台胡不归？山边风雨共霏霏。筹谋一片丹心在，欲向千寻碧洞依。"原诗的韵脚是"归""霏""依"，和诗的韵脚是"归""飞""依"，略有不同。和诗一向以难写著称，尤其是在原作已颇为成功的情况下，和诗更难讨好。在诗歌史上，和诗能赶上原诗或超过原诗的，颇为罕见，最有名的，当属苏东坡《水龙吟·次韵章质夫杨花词》。章质夫的原词是："燕忙莺懒芳残，正堤上、柳花飘坠。清飞乱舞，点画青林，全无才思。闲趁游丝，静临深院，日长门闭。傍珠帘散漫，垂垂欲下，依前被、风扶起。　　兰帐玉人睡觉，怪春衣、雪霑琼缀。绣床旋满，香球无数，才圆却碎。时见蜂儿，仰沾轻粉，鱼吞池水。望章台路杳，金鞍游荡，有盈盈泪。"既十分生动细腻地写活了杨花的情状，又展示了少妇迷离惝恍的内心世界，达到了较高的艺术水平，堪称咏物词中的精品。东坡对此非常高明地另辟蹊径，别出奇兵：不再实写杨花，而从虚处着笔，变赋物为咏情："似花还似非花，也无人、惜从教坠。抛家傍路，思量却是，无情有思。萦损柔肠，困酣娇眼，欲开还闭。梦随风万里，寻郎去处，又还被、莺呼起。　　不恨此花飞尽，恨西园、落红难缀。晓来雨过，遗踪何在，一池萍碎。春色三分，二分尘土，一分流水。细看来，不是杨花，点点是离人泪。"从而使咏物抒情浑然一体，达到化境，以至王国维在《人间词话》中宣称：章词"原唱而似和韵"，苏词"和韵而似原唱"。阮光碧这首《渔峰和诗》在众多和诗中，也是十分难得的达到一定高度的好诗。

这首和诗与原诗都是咏燕诗。燕是一种十分常见的鸟，与人类的生活十分密切，是人们最喜爱的鸟之一，因而在文学作品尤其是诗歌中被经常写到，或写其有前有后、忽上忽下、边飞边唱的飞行姿态"燕燕于飞，差池其羽""燕燕于飞，颉之颃之""燕燕于飞，下上其音"。(《诗经·邶风·燕燕》)或写其冬去春来按时而归、不嫌贫穷与人类亲善："前村春社毕，今日燕来归。将补旧巢阙，不嫌贫屋归。衔泥和草梗，倒翅过柴扉。岂比惊丸鸟，迎人欲拂衣。"(宋代梅尧臣《拟张九龄咏燕》)或借燕子双双形影不离、欣赏自然美景与人的孤独寂寞的生活相对照，寄寓某种人生感慨，表达对自由、愉快、幸福、美满生活的强烈向往："过春社了，度帘幕中间，去年尘冷。差池欲住，试入旧巢相并。还相雕梁藻井，又软语商量不定。飘然快拂花梢，翠尾分开红影。　芳径，芹泥雨润。爱贴地争飞，竞夸轻俊。愁损翠黛双蛾，日日画阑独凭。"(宋代史达祖《双双燕·咏燕》)或以燕子依旧、屋主易人的平常景物描写，以小见大地抒发人世沧桑的深沉感慨："朱雀桥边野草花，乌衣巷口夕阳斜。旧时王谢堂前燕，飞入寻常百姓家。"(唐代刘禹锡《乌衣巷》)或通过在乌云密布、电闪雷鸣、狂风怒吼、巨浪滔天的恶劣环境中，搏风雨、斗巨浪、呼唤"让暴风雨来得更猛烈些吧"(俄国文豪高尔基《海燕之歌》)的海燕，抒发英勇无畏的战斗激情。

阮光碧、宗室的这两首咏燕诗与高尔基的《海燕之歌》颇为相近。原诗以飞燕不恋亭台、笑傲风雨、奋飞寻找千寻碧洞，表现了自己不畏艰险、敢于战斗、追寻理想的博大胸襟，意象生动，境界阔大，气势雄健，堪称佳作。和诗前两句写飞燕冒着凄凉风雨，翠羽翩翩，上下翻飞，回归屋巢。"凄凉风雨"形容环境恶劣，而飞燕翠羽连翻，上下劲飞，则体现了飞燕的毫不畏惧、勇于抗争。后两句点出主旨：主人的心事与飞燕颇为相似，也无惧于恶劣环境，飞向自己的目标。当时在越南，法国殖民军大军压境，勤王部队处境危险，法国殖民者曾以高官厚禄利诱阮光碧，他写了著名的散文《回答法军书》以回应，表明了坚定的立场与"决死"的决心，这首诗亦可视为对法国殖民者的另一种形式的回答。原诗与和诗都是借咏物而咏怀，都借飞燕形象表达了不怕风雨、不畏艰险，勇于追求理想、极力奔向目标的战斗激情，形象、凝重、含蓄、深沉，令人回味悠长。

孤　儿

素友著　北京大学东方语言系越南语专业师生译

在那连绵的冷雨之中，
一只孤苦伶仃的小鸟，
扑打着淋湿了的翅膀，
在寂寥的林间寻找栖身的地方。

小鸟啁啾悲鸣，
树叶也伤心地哭泣，
无边的忧愁啊！
小鸟，何处是你的归宿？

风刮着，雨下着，
在这凄凉的小路上，
为了烘暖你孤零的身体，
孤儿啊，你走向何方？

你抱紧着身子，
温暖着冻僵的心房，
像落叶在空中飘荡，
像被遗弃的生命一样！

孤儿没有家，
小鸟没有窝，
他们的命运同样凄苦，
他们到处流浪飘泊。

有一天，你终于垂下翅膀，
跌死在人行道旁⋯⋯
路人走过投以冷漠的目光；

"司空见惯的现象!"

素友（1920—2002），越南当代诗人，革命斗士，原名阮金成，生于承天省（今平治天省）广田县。1938 年加入印度支那共产党，1945 年 8 月革命时，任顺化起义委员会主席，1948 年越南文艺协会成立，任执行委员会委员，1955 年任越南劳动党中央委员，后担任过中央书记处书记、政治局委员等职。中学时代开始在报刊上发表诗作，主要诗集有 20 世纪 30 年代至 40 年代诗作《从那时候起》（1959），抗法战争时期诗作《越北》（1954），北方社会主义建设时期诗作《急风》（1961），抗美战争时期诗作《上前线》（1972）、《血与花》（1977）等。他的诗歌反映了越南各个斗争时期广泛的社会生活，表达了越南人民的战斗精神，技巧娴熟、语言自然，具有浓厚的民族色彩，体现了思想性和艺术性的统一。

描绘孤儿漂泊流浪的悲惨生活，抒写孤儿孤苦忧伤的心情，是素友诗歌的特点之一。这可能有两方面的原因：第一，越南 20 世纪前几十年一直战争不断，如抗法、革命起义、抗美等，残酷的战争毁灭了不少家庭，留下了大批孤儿。第二，素友作为诗人本已有强烈的人道主义精神，又是革命的领导者之一，其革命的人道主义精神较一般人更要突出。孤儿不仅值得同情，而且是未来的建设者之一，因此，他对孤儿问题相当关心，在诗中一再加以描写。这类诗在构思和艺术手法上，也颇能体现其创作的特点。如《知己》："我不想多问，/你来自何方，/小弟啊，问了/更使人忧伤。//我已知道了，/你到处漂流，/在那风霜的夜晚/你露宿在巷尾街头。//今晚的寒风/把你送进我的房间，/小弟啊，没有吃的给你，/我只有这颗同情的心。//我默默地瞧着你，/把手轻轻放在你头上。/你那蓬乱的头发/覆在前额上。//你呆呆地瞧着我/不发一语，/一对流浪的孤儿/今天成了知己……"（北京大学东方语言系越南语专业师生译）从类似白居易"同是天涯沦落人，相逢何必曾相识"的角度，以写实的手法，描写了一对素昧平生、萍水相逢的孤儿，同病相怜成为知己的动人情景，表现了小人物之间的感情。

这首《孤儿》则以象征的手法表现了孤儿的悲惨命运：孤苦无依、到处流浪，最终在饥寒交迫中凄凉地死去。全诗六节可分为三个部分。第一部分为第一至第四节，主要写小鸟孤苦无依的遭遇。凄风冷雨，绵绵不绝，一只孤苦伶仃的小鸟，扑打着已被淋湿的翅膀，悲鸣着寻找栖身的地方。尽管它拼命扑扇，也无法找到烘暖身体的地方，只能抱紧身子，温暖冻僵的心房！此情此景，连雨水从树叶上点点滴滴流下，也仿佛在为它伤心地哭泣！第二部分为第五节，点题，说明小鸟与孤儿没有安居的家，到处漂泊流浪，命运同样凄苦，从而使小鸟与孤儿相联，成为孤儿的象征。第三部分为第六节，进一步深化主题，以小鸟的惨死与路人的冷漠，突出小鸟（孤儿）命运的悲惨，揭露人们的冷酷。

　　这首诗最大的特点是善用环境渲染（凄风冷雨、寂寥的树林、哭泣的树叶）、象征、对比（小鸟命运的悲凄与路人的无情），感人至深地表达了对孤儿的同情与关心。

亲爱的姑娘

敏杜温著　李谋、姚秉彦译

> 脱掉洋毛衫，穿上土布衣。
> 亲爱的！请你理解我的心意。
> 如果你厌恶我这装束，
> 我会难过无比。
> 我听妈妈讲过独立的问题。
> 咱们不需要那些鬼怪电影；
> 也不想打扮得洋里洋气。
> 咱们要在独立路上迅跑，
> 为获得解放加倍努力！
> 亲爱的！别再安于受人奴役，
> 让咱们携手奋起。
> 别去理睬那些洋纱时装，
> 一起穿起土布衣。

　　敏杜温（1909—2004），缅甸现代诗人、文学评论家。原名吴温，生于下缅甸汉达瓦底县滚干贡镇。1936 年毕业于仰光大学，获文学硕士学位。1938 年留学英国牛津大学。曾任仰光大学翻译出版部主编、缅文系主任等职。退休后赴日本讲学，任特邀教授。13 岁开始写诗，大学时期曾在《大学杂志》《文学世界》（一译《文苑》）等刊物发表新诗和小说，与佐基、德班貌瓦倡导缅甸"实验文学运动"，被称为该运动的"三杰"。主要作品有诗集《敏杜温诗集》（1936）、《丁子香》（1941），儿歌集《摇篮曲》（1939），短篇小说集《实验文学三人集》，论文集《缅甸文学》《缅甸新文学》《缅甸语、缅甸文化》等。其抒情诗音韵和谐动听，语言优美生动，如《她的喜悦》："她的脸庞啊，/像一轮皓月，/白皙洁净，笑容可掬。/她的风度啊，/像夜间和风，/潇洒从容，彬彬有礼。/她的声音啊，/像小溪流水，/轻柔婉转，娓娓动听。"（李谋、姚秉彦译）他更善于以婉转曲折的手法表达爱国的深情。

　　20 世纪 30 年代，缅甸掀起一场热火朝天的民族独立运动，人们普遍认识到"缅甸是我们的国家，缅文是我们的文字，缅甸语是我们的语言"，进而要求恢复民族文化传统。热爱祖国、热爱民族文化传统的觉醒的青年，大力倡导穿缅甸土布上衣，以抵制洋化、保留民族特色。一时间，穿土布上衣成为爱国和进步的象征，成为民族文化复兴的象征，风靡全国。敏杜温这首《亲爱的姑娘》写作于这种背景下，表现了对民族文化的热爱，反映了时代风尚，倾诉了满腔的爱国激情。

赞美民族文化，表达爱国热情，是一个很有意义的题目，但也是一个容易流于说教的大题目。聪明的诗人往往通过日常生活中司空见惯的平凡小事，亲切自然地拨动人们的心弦。如余光中的《珍妮的辫子》："当初我认识珍妮的时候，/她还是一个很小的姑娘，/长长的辫子飘在背后，/像一对梦幻的翅膀。//但那是很久，很久的事了，/我很久，很久没见过她。/人家说珍妮已长大了，/长长辫子变成卷发。//昨天在路上我遇见珍妮，/她抛我一朵鲜红的微笑，/但是我差一点哭出声来/珍妮的辫子哪儿去了？"表面看来，只不过写了"长长的辫子"变成"卷发"这样一件微不足道的平凡小事，实际上，那"长长的辫子"乃是民族文化自然朴实的古典美的象征，而"卷发"则是现代文明人工味十足的象征，因而，珍妮丢掉的不仅仅是"辫子"，还有民族文化传统。余光中借此表现了深厚的民族感情。

敏杜温也像余光中一样，善于从日常生活的细节问题入手来表达同类的思想感情。所不同的是，余光中的诗富有传奇色彩与故事情节，敏杜温则采用与心上人谈话的方式来展开全诗。首先，请心上人理解"我"脱掉"洋毛衫"，穿上土布衣的用意，表明这牵涉到"独立的问题"，我们不需要不属于本民族的鬼怪电影，也无须打扮得洋里洋气。在此基础上，鼓动心上人"别再安于受人奴役"，而要为获得解放"加倍努力"。最后，号召心上人与自己"携手奋起"，抛开洋纱时装，一起穿上土布衣。全诗就这样以情意绵绵的谈话形式，逐层升温、逐步扩大地提出问题、解决问题，亲切自然而又生动有力，以小见大地表达了诗人的爱国热情和保护民族文化传统的主旨。

怎能像胆小鬼那样生活

维特亚贯·强恭著　栾文华译

记得那还是我的孩提时代，
小伙伴打了我，
我大哭起来。
跑回家们向母亲诉说委屈，
母亲并不同情，
她的话却使我永远难于忘怀：

"你怎能像胆小鬼那样生活？
你的手，你的脚是否还在？
如果你面对欺侮不敢反抗，
那还哪有做人的气概？！"
从那以后母亲的话便装在我的心里，
多次拼死抗争不再懈怠。
也曾用功练过几身拳脚，
长大成人也积习未改。

时光到了现在，
欺人的风雨不时袭来。
我发现那样的勇气并不适宜，
谁能临阵逃脱才是最大的能耐！
人们不敢正视现实，
好像瞎子不看屋外，
耳朵装聋不听任何声音，
嘴里不敢有半句骇怪。
非正义逞凶肆虐，
人们处处泰然优哉游哉！

"你怎能像胆小鬼那样生活？

你的手，你的脚是否还在？
如果你面对欺侮不敢反抗，
那还哪有做人的气概？！"

维特亚贯·强恭（1946— ），泰国当代优秀诗人、作家，生于北标府万谟县。中学时开始学习文学创作，后考入法政大学经济系，1969 年毕业，获经济学硕士学位。先后任职于《金炼》《学术评论》等杂志编辑部，1972 年后工作于曼谷银行研究计划部。强恭在大学期间已创作了不少认真、扎实的诗歌、小说、论文。作品集《我探求生活的意义》，受到读者的热烈欢迎，是其代表作之一。他的诗歌贯穿着一种思想——不满现状，渴望变革。诗风质朴刚健，颇能体现新一代诗人的创作特色。

《怎能像胆小鬼那样生活》是一首抒情哲理诗，指出每一个人都应该认真面对生活："如果你面对欺侮不敢反抗，那还哪有做人的气概？！"全诗分为四节。第一节以回忆的调子，倒叙童年的一件小事。"我"被小伙伴打了，不敢还手，大哭着跑回家去，向母亲诉说委屈。母亲一向是慈爱的化身，是孩子的保护伞，孩子在受到委屈时找母亲诉说，写得自然真实。但出乎意料的是，母亲并未同情孩子，不仅没有好言抚慰"我"，反而说了一番"使我永远难于忘怀"的话。第一节就此打住，母亲说了一番什么话，居然有如此震撼人心的力量？留待第二节交代。这样，既造成悬念，又突出了母亲之话的重要性。第二节首先介绍母亲的话。母亲说出的是一番掷地有声、富有自尊自卫意识的话："你怎能像胆小鬼那样生活？/你的手，你的脚是否还在？/如果你面对欺侮不敢反抗，/那还哪有做人的气概？！"从此，"我"把母亲的话牢记在心，以抗争对待欺侮，长大成人后也矢志不改。第三节宕开一笔，写自己面对现实的疑惑。现在，欺人的风雨仍"不时袭来"，可"我"发现母亲所说的那种勇气并不适宜，因为人们大多面对欺凌装聋作哑，万般忍耐，"嘴里不敢有半句骇怪"，"谁能临阵逃脱才是最大的能耐！"非正义者、邪恶势力到处逞凶肆虐，人们竟然"处处泰然优哉游哉"！第四节重复母亲那一番掷地有声的话，一方面呼应了开头，另一方面又与今天窝窝囊囊的软体动物们形成鲜明的对照，深化了主题，表明自己遵循母亲的教诲、与恶势力斗争到底的决心。

在艺术上，本诗构思巧妙、行文曲折。从童年打架小事引出母亲做人的生活真理，这是构思之妙。而开头的"记得"语气使诗歌由现在转入过去，到第三节再转回现在，同时前两节正面肯定了母亲之话，到第三节宕开一笔从反面再加以肯定，最后一节更从正面绾合过去和现在，对母亲的话加以肯定。

没有一个人愿意回头走

哈拉哈普著　黎青·卡桑译

队伍迎接未来，
我代表着现在；
我把时代的苦难和悲伤，
担负在肩上。

没有一个人愿意回头走，
虽然死亡在等候。

这条道路通往清新的黎明
和那嘹亮的歌声。
在生活中亲自尝到的，
是共同信念产生的爱情。

没有一个人愿意回头走，
虽然死亡在等候。

班达哈罗·哈拉哈普（1921— ），印度尼西亚现代诗人。生于苏门答腊打巴奴里。曾在棉兰当过教师、编辑。在印度尼西亚独立革命战争时期，他领导阿沙汗地区的人民武装与英帝国主义支持下的荷兰殖民军浴血奋战，成为战场上叱咤风云的人物。20 世纪 60 年代初，担任印度尼西亚共产党中央文化部部长、《人民日报》文化副刊主编。1938 年开始写诗，早期创作受到浪漫主义影响。投身民族解放斗争后，长期的反帝武装斗争给予其诗歌创作大量的现实生活体悟与灵感，把他培育成富有战斗性和革命性的杰出诗人。主要作品有诗集《沙丽娜和我》（1939）、《来自饥馑与爱情的诞生地》（1956）、《来自红色国土》（1962）等。其中，《来自饥馑与爱情的诞生地》是其著名诗集，也是其代表作，收集了他从 1951 年至 1956 年的主要作品，具有强烈的时代气息，在印尼共产党关于文化活动的决议中得到很高的评价，并于 1960 年获得全国文化协商机构的诗歌奖。班达哈罗的诗歌取材广泛，饱含爱憎，富于战斗性，语言生动，风格豪放。

印度尼西亚曾经是荷兰的殖民地，在第二次世界大战中被日本占领。日本投降后，荷兰企图恢复在印尼的殖民统治。在英帝国主义的帮助下，荷兰军队从欧洲开到印尼。但 1945 年 8 月，苏加诺等人就已领导印尼宣布独立，控制了爪哇及苏门答腊。荷兰殖民者的计划是先控制爪哇及苏门答腊之外的各岛，建立州，然后再占领整个印尼。荷兰殖民军遭到了印尼军队和人民的坚决反抗。1946 年 11 月，荷兰殖民者被迫与印尼共和国代表谈判，签订了"林茅柳蒂协议"，承认苏门答腊和爪哇已经成立的共和国是当地事实上的政府。但要求印尼共和国必须与荷印联军占领下的婆罗洲等地组成联邦，尊荷兰女王为国家元首。印尼人民对此强烈不满，奋起斗争，要求彻底独立。于是，荷兰于 1947 年 7 月和 1948 年 12 月发动了两次殖民侵略战争。印尼人民与侵略者进行了殊死搏斗。其中班达哈罗所属的印尼共产党也在民族存亡的关头，领导人民武装挺身保卫祖国，为民族的独立而英勇战斗。但是，1948 年上台的哈达政府，却倒行逆施，大肆反共，在全国范围内镇压共产党人，并下令消灭驻扎在莱莉芬的倾向共产党的部队 29 旅。《没有一个人愿意回头走》就产生于这样一个外敌内敌交攻的历史背景下。

尽管环境如此恶劣，这首诗却没有丝毫低沉消极情绪，而是满怀豪情，信心百倍，视死如归，憧憬未来。全诗分为四节。第一节把"我"放到"队伍"中来写，既制造了一种战斗的气氛和宏大的气势，又从中暗示"我"是战斗队伍的一员，具有普遍意义。"队伍"绵延不绝，前仆后继，走向未来，直奔希望。而"我"是队伍中的一员，无数个立足于现在的"我"构成队伍，通向未来。现在是外有殖民军队，内有反共政府，所以，"我"肩负着"时代的苦难和悲伤"。第二节进一步深化主题：尽管担负着整个时代的苦难和悲伤，忍辱负重，而且前方还有"死亡在等候"，但"没有一个人愿意回头走"（由"没有一个人"这种说法也可知"我"是一个泛指，代表队伍中的每个战士）。第三节笔触由现在、由正在走的道路自然转向未来：尽管目前任务繁重，而且笼罩着死亡的阴影，但我们的道路是光明的、充满希望的，它通往"清新的黎明"和"那嘹亮的歌声"。并且，在千难万险的战斗生活中，大家亲自品尝到了一种由共同信念所产生的爱情，这种爱把人们团结成一个坚强的战斗集体，使大家万众一心，同仇敌忾，蔑视死亡，奔向未来。第四节再次重复第二节，但由于有了前面的铺垫，较第二节更有力量，更加强化了"没有一个人愿意回头走"的战斗激情。

这首诗的艺术特点是：第一，用"我"造成一种强烈的真实感，同时又把"我"普泛化，使其具有普遍意义；第二，巧用反复（主要是"没有一个人愿意回头走，/虽然死亡在等候"在第二节和第四节反复），但又逐层深入地表现了高昂的战斗激情。

板顿诗（选四）

印度尼西亚民歌　　梁立基译

一

天上布谷从哪里来？
从树上飞到稻田里。
心中爱情从哪里来？
从眼梢传到心坎里。

二

郎若上游去洗澡，
为妹采朵素馨花。
郎若比妹死得早，
天堂门前等一下。

三

淫雨霏霏泪潸潸，
金环蘑菇遍地长。
奴家好比河鸭蛋，
母鸡怜悯才孵成。

四

石臼舂稻谷，
瓦盆淘大米。
孤儿何其苦，
腰上晾湿衣。

以上几首诗是民间歌谣，在印度尼西亚叫作"板顿诗"，其作者是富有诗情和生命活力的印度尼西亚民众。板顿诗又称马来民歌，历史悠久，为马来民族所固有的诗歌形式，是人民喜闻乐见的一种民间歌谣，广泛流传于东南亚。除印度尼西亚外，还盛行于马来西亚、新加坡、文莱等国。格律比较工整，一般由四句组成，每句含8—12个音节，隔句押韵，重抑扬顿挫，富有节奏感，常合乐歌唱。其中前两句是引子，有点类似于我国《诗经》中的起兴，先言他物，以引起所咏之辞；后两句是正文，是全诗的主旨所在。板顿诗大多是"感于哀乐，缘事而发"的即兴诗，题材广泛，日常生活中的喜怒哀乐均可入诗，如："槟郎树儿高又高，炊烟缕缕还更高；黎当山峰高又高，心头愿望还更高"——写人的愿望之高；又如："红黑斑纹的是花豆子，鲜红颜色的是红豆子；良好的是品行，优美的是语言"——写人的品行良好与语言优美的重要性；再如："礁石旁边有金鱼，形形色色大剑鲨；任凭他国下金雨，自己故乡莫记差"——写对故乡的深厚感情。不过，板顿诗还是以表达爱情者居多，如："要不是为了星星，月亮为啥升得高？要不是为了郎君，我为啥老远赶到？"又如："要是修心又虔诚，日夜静坐把经念；马六甲海水干到底，我才背约把你忘。"再如："燕子飞翔山头上，红木生长对岸里；爱你情深多坚刚，施毒解毒全在你。"

第一首是爱情诗。前两句是起兴，写布谷鸟从树上飞到稻田里。这种起兴手法，在民歌中是最常用的手法。"兴"，按宋代大儒朱熹的解释，是"先言他物以引起所咏之辞"。但以"他物"引起"所咏之辞"，情况颇为复杂，大约可归纳如下。一是用"他物"造成同韵的句子，以引起下文，别无深意，如福建民歌："杉树抽心杉叶多，阿妹一意追阿哥；丝线牵桥妹敢过，竹叶当船妹敢坐。"湖南邵阳民歌："桐子花开像口钟，两人相交莫漏风，燕子衔泥紧闭口，蚕子有丝在肚中。"板顿诗："麻雀振翼飞山岗，人种豆蔻在其间；梨涡浅笑倩眉扬，教我如何不疯癫？"每首的第一、二句仅起引起下文、奠定韵脚的作用。二是用"他物"为所咏之辞渲染气氛，如《诗经·周南·桃夭》："桃之夭夭，灼灼其华。之子于归，宜其室家。"以桃花的浓艳如火烘托出婚礼气氛的热烈欢畅。板顿诗："啊！星星月亮在哪儿，在无花果树上方；啊！君你匿藏在哪儿，隐现少女的闺房。"以美丽的星星和月亮在无花果树上方烘托匿藏在闺房的爱人的俊美。三是"他物"对所咏之辞有比拟、象征作用，如《诗经·周南·关雎》："关关雎鸠，在河之洲。窈窕淑女，君子好逑。"闻一多在《诗经通论》中指出，雎鸠这种鸟儿雌雄相守，情真专一，如若一只先死，另一只便会忧伤不食，憔悴而亡，因此，雎鸠在此处起着象征作用。这首印尼民歌运用的是兴的第三种手法，前两句以布谷鸟从树上飞到稻田里起兴，兼有比拟作用，后两句即自然贴切地由布谷鸟飞到稻田里引出正文主题：爱情从眼梢传到心坎里。

全诗的成功，一是比兴手法的贴切运用，既富美感，又很朴实传神；二是韵律讲究（全诗第一、三两句和第二、四两句分别押韵）而自然，既勾连紧凑，又悦耳动听。这首诗已作为外国民歌在我国广为流传，但译文有较大差异，歌题为《哎哟，妈妈》，歌词是："河里水蛭从哪里来？/是从那水田向河里游来，/甜蜜爱情从哪里来？/是从那眼睛里到心怀。/哎哟，妈妈，你可不要对我生气，/年轻人就是这样相爱！"也有人把其中的"水蛭"译成"青蛙"，在中国听众的印象中效果更好。此外，这首诗还有另一种译文："鸽子打哪儿来，从沼地飞到田里；爱情打哪儿来，从眼角燃到心窝里。"

第二首也是爱情诗。这种民间爱情诗，往往是男女求爱时，即兴唱和而成，大多率真大胆，感情真挚，热烈纯朴，具有一种"清水出芙蓉，天然去雕饰"之美。首二句也是起兴，但其中包含着请求——如果情郎到上游去洗澡，请为妹采一朵素馨花。素馨花如其名，洁白如雪，素净优雅，清香温馨，沁人肺腑，深为东南亚及我国南方群众特别是女性所喜爱，她们把它做成精美的花饰，戴在头上，以收"花美人更娇"之效。明代福建诗人林鸿《素馨花》诗："素馨花发暗香飘，一朵斜簪近翠翘。宝马未归新月上，绿杨影里倚红桥。"就写了一位女性头簪素馨花，新月初上时，在绿杨影里身倚红桥，静候爱人归来。印尼这位女性要求情郎采摘素馨花，既是向他发出爱的信号，更表明自己品性高洁，对爱情忠贞不渝，因为素馨花又叫鸡蛋花，马来人多把它栽在坟场，因此也象征着死亡，如板顿诗："仄道把稻割，顺手摘些白素馨；君你往火海，把我烧死亦跟随。"后两句由此进一步表示爱的深情、爱的决心：你如果不幸早死，请在天堂门前等妹一下，意即不仅在人世热烈爱你，即使死了，也要紧紧跟随。这种以死后也要在一起的方式来表达爱情的方法，在民间歌谣中得到广泛运用，如云南民歌："说要连来就要连，生生死死都要连；要是哪个先死了，奈何桥边等几年。"

第三首和第四首写的都是孤儿之苦，是孤儿的哀曲。第三首写孤儿只有依靠他人的怜悯才能生存于这个世界上。首二句起兴，以淫雨霏霏比喻眼泪之多，并以"金环蘑菇遍地长"之无须依靠外力而自身具有强大的生命力反衬孤儿之须依靠他人。后两句巧妙地把自己之可怜与必须依靠他人比作"河鸭蛋"与母鸡的关系——因为鸭子从不自己孵蛋（喻自己生下来便没有人管），全靠母鸡孵出小鸭，从而点题：只有依靠他人的怜悯，孤儿才能苟活人世。气氛悲苦，声情凄婉，比喻细腻贴切，令人感慨万端，怆然泪下。第四首专写孤儿生活之苦。首二句起兴，暗含比衬：稻谷还可在石臼里舂，大米还有瓦盆可淘。后二句点题：可孤儿却无人照顾、无人关心，以致衣服湿了都无处可晾，只能靠自己的体温烘干。"腰上晾湿衣"这一夸张性的细节描写，入木三分地写出了孤儿无人关怀、无处安身的凄凉孤苦。与第三首相比，此首更简洁，在情调上也稍有差别——此首悲凉，第三首凄楚。

孤儿问题，是充满同情和生命关怀的民间歌谣普遍关注的一个问题。我国汉乐府中有一首著名的《孤儿行》，主人公父母健在时，"乘坚车，驾驷马"；父母死后，受到兄嫂的种种虐待：被迫外出经商，"头多虮虱，面目多尘"，寒冬腊月归来，又要操办饭菜，看护马匹，冬天须踏雪打水，夏天得冒暑收瓜，而且，夏无单衣，冬无复襦。与印尼民歌一样，该诗注重细节描写，善于以细节、孤苦之情动人。印尼民歌以简洁著称，《孤儿行》以铺叙取胜；印尼民歌重在反映孤儿的孤苦，社会批判意义不够明显，《孤儿行》则着重通过孤儿之苦揭露社会的不公平（主要是中国的长子继承制），具有较明显的社会批判性。

我最后的告别（节选）

何塞·黎萨尔著　凌彰译

没有十字架，没有墓碑，也没有任何铭志，
当我的坟墓已荒烟野蔓，人们不再把我怀念，
就让人们夷成原野，把土地犁翻，
当我的骨灰还留在人间，
就让它化为尘土，覆盖着祖国的良田。

即使您已把我忘记，我也心地坦然，
我将遨游在您的高山和草原，
把优美嘹亮的歌声送到您的耳边。
芳香、光亮、清丽、妙语、歌声和叹息，
都永远是我忠贞本质的表现。

我崇敬的祖国，哀怨中的哀怨，
亲爱的菲律宾同胞，请听我诀别的赠言：
我离开大家、离开亲人和挚爱的华颜，
我去的地方没有奴隶和刽子手，也没有暴君，
那儿不会戕害忠良，那儿是上帝主宰的青天。

永别了！我的父母、兄弟、我的亲眷，
还有我那失去家园的童年侣伴。
感谢吧，我可以摆脱艰辛的生活，歇歇双肩，
永别了！我心爱的异国姑娘，我的朋友，我的欢乐，
永别了！亲爱的人们，死就是安息，就是长眠。

　　何塞·黎萨尔（一译黎刹，1861—1896），菲律宾近代著名爱国诗人、作家、民族独立运动的先驱。出生于内湖省的卡巴兰镇一个有中国血统的富裕家庭。1872 年就读于马尼拉的雅典书院，1877 年转入圣托马斯大学。自幼聪明，天赋很高，八岁即开始写诗。18 岁时，以《献给菲律宾青年》一诗而获全国诗歌比

赛一等奖。1882年去欧洲，先后在西班牙的马德里，法国的巴黎，德国的海德堡、柏林等地学习文学、医学、哲学等，获硕士学位。在海德堡，因思念祖国创作了著名诗篇《致海德堡的花朵》《玛丽亚·克拉腊之歌》。1887年在柏林发表反殖民主义的第一部长篇小说《不许犯我》（一译《社会毒瘤》）。同年7月返回菲律宾，被西班牙殖民当局驱逐出境，只得再赴欧洲。1889年在马德里曾参加创办《团结报》半月刊，以唤起群众觉醒。1891年在比利时发表《不许犯我》的续集《起义者》（一译《贪婪的统治》）。这两部小说描写了菲律宾人民在西班牙殖民者的统治下的种种苦难及其悲壮的反抗，是东方各国最早描写和反映殖民地人民幻想破灭和悲壮反抗的著名作品。黎萨尔也成为最早以文艺唤醒民众、推动民族解放运动的著名作家。他1892年6月回国，在马尼拉创立"菲律宾联盟"，不久被捕，被当局流放棉兰老岛达四年之久，1896年12月30日被西班牙殖民者残酷杀害。临刑前，他写下慷慨激昂的绝命诗《我最后的告别》。菲律宾独立后，他被尊为"国父"和"民族英雄"，他就义的日子被定为"黎萨尔日"以示纪念。其重要作品包括八卷本《黎萨尔文集》，诗歌《劳动的赞歌》《旅行者之歌》，剧本《和巴锡在一起》《众神的忠告》，自传《一个马尼拉大学生的回忆》等。其诗充满爱国激情，善于托物言志，委婉深情，绚丽多彩，富于浪漫主义气息。

《我最后的告别》是黎萨尔的绝命诗。1896年，民族主义秘密团体"卡的普南"准备武装起义，以推翻西班牙的殖民统治，派人与黎萨尔秘密联络，请求他批准起义计划并领导起义。一向主张和平斗争的黎萨尔拒绝了这一请求，准备离国赴古巴从事医疗救护工作。8月，起义爆发，黎萨尔在赴古巴途中被捕，罪名是与他无关的"组织非法团体""以写作煽动人民造反"，并被判处死刑。临刑前，他在马尼拉圣地亚哥堡的死牢里创作了这首绝命诗，藏在酒精灯里由其妹特莉尼达带出，并由黎萨尔的妻子约瑟芬转到香港，1897年11月公开发表。该诗发表后，受到广泛的称赞与好评，成为世界名诗，并被译成十几种文字。莱奥·贝拉指出，"这是黎萨尔最主要的作品，语言上堪与西班牙文学中同类作品的最优秀者媲美"，"要了解黎萨尔的人都必须读这首诗"。中文译者凌彰先生则称它"是一曲响遏行云、感人至深的英雄赞歌"。

全诗共14节70行，这里摘选的是最后4节20行。这首诗慷慨激昂、雄浑悲壮，内容深刻、想象丰富，感人肺腑、扣人心弦，表达了对祖国、对亲人的无比热爱以及为国牺牲的光荣感和幸福感。开篇以精练的语言写出祖国之美及其被奴役的现状，接着表明自己对祖国的热爱及甘洒热血、为国牺牲的豪情。这里所选的最后四节，主要抒写与祖国、亲人永别的复杂感情。这种复杂的感情包括三个方面。

一是爱国者无私奉献的豪迈激情。它具体表现为：牺牲后不需十字架，不需墓碑，也不需任何铭志，甘愿让自己化为尘土，覆盖祖国的良田（比我国清代诗人龚自珍的"落红不是无情物，化作春泥更护花"更悲壮动人），哪怕祖国忘记自己，也心地坦然，遨游祖国的大地山川，为祖国送上优美嘹亮的歌声。

　　二是对祖国现状的忧虑之情。它具体表现为：自己即将离开人世，永别亲人和"挚爱的华颜"，可祖国还存在着奴隶、刽子手、暴君，其现状是邪恶横行，戕害忠良（诗从反面着笔，渲染自己死后去的地方没有这一切，而现在的祖国存在这些），因此，诗人称崇敬的祖国为"哀怨中的哀怨"（另一译者曹靖华先生译为"使我悲上添愁"）。

　　三是对亲人的亲密柔情。其主要表现在最后一节诗中。诗人以温柔亲密的声音，向父母、兄弟、亲眷、童年侣伴以及"心爱的异国姑娘"一一告别，并安慰他们，不要难过，因为"死就是安息，就是长眠"，自己从此摆脱生活的艰辛，歇歇双肩。"心爱的姑娘"指纯朴美丽的爱尔兰姑娘约瑟芬•布雷肯，诗人在流放期间与她相遇并相爱，但教会从中作梗，二人未能成婚。在诗人临刑前一个多小时，这对情投意合、坚贞不渝的恋人终于举行了一场不同凡俗、感人至深的婚礼。

　　这几节诗在艺术上的特点是：第一，情感复杂，风格豪放而忧郁。鲁迅先生曾称赞黎萨尔的作品"真挚壮烈悲凉"，从中可以听到"爱国者的声音"与"复仇和反抗"的呐喊。在该诗中，为国捐躯的豪情、对祖国现状的忧虑、诀别亲人的柔情，使诗歌"真挚壮烈悲凉"，情感颇为复杂。第二，运用了化虚为实（如把爱祖国的抽象感情化为愿为祖国而死、忧虑祖国的现状及死后遨游祖国唱出赞歌）、拟物（让"芳香、光亮、清丽、妙语、歌声和叹息"都变成自己"忠贞本质的表现"）、反面着笔、直抒胸臆等多种写作手法。

最后审判日

德拉曼著　　佚名译

又是我们
到处
相遇
又是我们
相遇
而依然故我

在此交会处
我们再度相遇
承诺
信誓旦旦
为了将来，你计划
让我们的爱情
这交会把我们牵在一起，结合在一起
让这方舟提醒我们
在我们心中仍然新鲜的事物
让我们一开始就出发旅行
唱情歌
关于回到辉煌
关于寻觅某些伟大的失落
关于强化我们自己的愿望

让我们的爱情
这交会把我们牵在一起，结合在一起
让这件事作证
最后审判和答辩
时间和心灵

我想明白
是我们必须思索
过去已存在过的每一件事
沿着天鹅绒的夜探寻我们
深入到内部
或是我们必须决定
在将来的每一件事
要求我们测量深海
探勘世界
并到达荣耀之境！

　　亚菲文·德拉曼（1948— ），马来西亚当代诗人，国务活动家。本诗是其著名作品之一，也是一首新颖别致的爱情诗。其新颖别致主要表现在两个方面：一是它写的是一对恋人分手后重新相爱时的心理与情感。这对恋人曾经深深相爱过，而今在爱情的交会处"再度相遇"，试图回到过去爱情的辉煌之中，试图"寻觅某些伟大的失落"。但由于两人"依然故我"，即使再次"信誓旦旦"，他们也不得不各自"强化我们自己的愿望"。于是，"你"精心计划将来，力求一开始就出发旅行，唤醒"我们心中仍然新鲜的事物"，以便回到昔日的辉煌。而"我"则觉得，我们必须思考"过去存在的每一件事"，并且要"深入到内部"加以探寻，以总结经验教训，指导现在和未来；而且，决定"在将来的每一件事"之前，必须深入了解心灵的深海，分析外部世界，以保爱情之舟不再倾覆，并使其到达荣耀之境。这一对比，写出了对待再次相爱的两种态度——一种是急于开拓，急于发展，更多地希望在新的境遇中培养新的感情，并回到昔日的辉煌；一种是"吃一堑，长一智"，认真总结过去的经验教训，分析外部环境与内心情感，使爱情之舟能真正到达荣耀之境。二是把爱情与宗教结合起来写。诗的标题是《最后审判日》，"最后审判"是基督教教义之一，又称"末日审判""大审判"或"公审判"，基督教认为有一天现世将完结，世人都将接受上帝的最后审判，得到救赎者将升入天堂永享幸福，未获救赎者将下地狱永受苦刑。"方舟"也是基督教词汇之一，据《圣经·旧约·创世纪》载，上帝因见世人越来越邪恶，决定以洪水毁灭之，"义人"诺亚蒙受宠爱独得赦免，上帝命他造一长方木柜形大船，带全家及每种禽兽各一对避居其中，七天后，洪水泛滥，诺亚一家及所带各种动物得以幸存，后西方文学常以"方舟"作为避难所的象征。德拉曼在这首诗中运用基督教的典故，大约有两重用意：第一，宗教世界的末日审判表明爱情虽经反复，但忠贞永恒，经得起时间考验、上帝审判，诗人巧妙地以宗教来歌颂爱情的永恒。第二，把它当作一首宗教诗来阅读。诗歌表达了一个宗教信徒在一度迷失方向后重又虔信宗教的复杂而坚定的心情（而以爱情来表达宗教感情是西方文学最为常见的手法之一，但丁在《新生》《神曲》中对贝雅特丽齐的爱即为显例）。本诗的艺术特点是含蓄深沉，善用感性形象（如"天鹅绒的夜"），有一种回环往复的内在节奏。

乡 愁

云鹤著

如果必须写一首诗
就写乡愁
且不要忘记
用羊毫大京水，
用墨，研得浓浓的

因为
写不成诗时
也好举笔一挥
用比墨色浓的乡愁
写一个字——
家

　　云鹤（1942—2012），菲律宾当代著名华裔诗人，本名蓝廷骏，生于马尼拉一个书香门第，祖籍福建厦门。先后毕业于菲律宾汉文中正学院、远东大学建筑系，历任菲律宾《华侨周刊》"诗潮"专栏主编、《世界日报》文艺副刊编辑、香港《摄影画报》"诗影交辉"专栏编辑等职，还是一位蜚声国际摄影界的摄影家。12岁开始写中文诗，17岁出版处女诗集《忧郁的五线谱》。1981年组建"菲律宾新潮文艺社"并任社长。1987年，当选为"菲律宾作家联盟"理事，1988年，被接纳为中国作家协会会员。主要诗集有《秋天里的春天》《盗虹的人》《蓝尘》《野生植物》等，诗作多表达海外华人的真挚情怀，构思巧妙，意境深邃含蓄，语言隽永，引人遐思。

　　乡愁是世界诗歌中一个普遍的主题，德国19世纪诗人海涅写有《在可爱的德国故乡》，艾兴多尔夫写有《思乡》《月夜》，法国诗人拉马丁写有《密利或家乡》，英国诗人华兹华斯写有《我曾在海外的异乡漫游》，俄国诗人莱蒙托夫写有《祖国》，意大利诗人翁加雷蒂写有《乡愁》、夸西莫多写有《岛》，等等。

　　描写乡愁之作在中国亦尤为多见。因为中国几千年来一直是一个宗法制的农业大国，人们热爱土地、重视亲情，再加上中国地域广大，交通不便，出门在外归家不易，所以，几千年来颂乡愁之歌不绝于耳，代有新曲。最早奠定我国乡愁诗基础的，是《诗经》。如《卫风·河广》："谁谓河广？一苇杭之。谁谓宋远？跂予望之。"这是一个客居卫国的宋人思念家国之作：谁说黄河广阔，一束芦苇便可渡过；谁说宋国路远，跂起脚跟就能望见。以屈原为代表的楚辞，大部分熔铸了浓浓的乡怀乡愁，如《离骚》的结尾："陟升皇之赫戏兮，忽临睨夫旧乡；仆夫悲余马怀兮，蜷局顾而不行。"升到光明的高空，居高临下，忽然看到了故乡，随从的人们心中悲伤，我的马儿也浑身蜷缩，回头张望，不肯前行，表现了深深的迷恋家乡之情。班彪的《北征赋》写到"游子悲其故乡，心怆恨以伤怀"，张衡的《归田赋》更是大力倡导由思乡而还乡。这样，乡愁的主题在中国越来越受到重视，历代诗人都从不同角度加以抒写。或闻雁思乡，如唐代韦应物的《闻雁》："故园渺何处？归思方悠哉。淮南秋雨夜，高斋闻雁来。"或因音乐声而动思乡之情，如李白《春夜洛城闻笛》："谁家玉笛暗飞声？散入春风满洛城。此夜曲中闻《折柳》，何人不起故园情！"或因秋声或虫声引发思乡心绪，如宋代姜白石《湖上寓居杂咏》其一："荷叶披披一浦凉，青芦奕奕夜吟商。平生最识江湖味，听得秋声忆故乡。"或见月而思乡，如李白《静夜思》之"举头望明月，低头思故乡"。

到了现当代，乡愁在海外华文文学中大放光彩，数量颇多，质量又高，形成诗坛一道亮丽的风景。光是台湾，就有不少名篇佳作，或颇为传统，如彭邦桢《月之故乡》；或相当现代，如洛夫《边界望乡》；或浅明如歌谣，如余光中《乡愁》《乡愁四韵》；或典雅似诗词，如蓉子《晚秋的乡愁》。

云鹤的这首《乡愁》孕育于中国的传统文学之中，但又有自己的特点。诗分两节。第一节开头强调"如果必须写一首诗/就写乡愁"，说明诗不是"少年不识愁滋味，为赋新诗强说愁"的无病呻吟，而是"必须写"、不吐不快的时候才写；又强调了"乡愁"的重要性——可写的东西很多，友谊、爱情、亲情、爱国热情、人生哲理，无一不可入诗。而"就写乡愁"说明"乡愁"在诗人心头盘绕已久，此时已压倒一切，占据首位。那么，按常规，下面就该接着写乡愁如何了。但高明的诗人却宕开笔锋，转而去谈写作前的准备工作：羊毫大京水、研得浓浓的墨。这并非无关紧要的闲笔，而是颇为紧要的笔墨：第一，造成诗意的转折，增加诗歌的层次，并为第二节蓄势；第二，这些东西都是中国传统最正宗的文房用具，营造了中国特有的文化氛围，加深了"乡愁"的文化内涵。第二节开头奇语惊人：写不成诗时。第一节强调"必须写诗"，而且做了精心准备，此处却居然写不成诗！又是一个转折，而且是一个更大、更明显的转折，吊足了读者的胃口。接着，再来一个转折，透过一层写道：举笔一挥，用比墨色更浓的乡愁写一个字——"家"。这个"家"，是中华传统文化之"家"，是中华大家庭之"家"，而不仅仅是个人的小家、福建厦门的老家（强调乡愁、强调文具，即是强调中华文化）。

这首诗的艺术特色是：第一，构思巧妙，善于转折。云鹤的诗一向以巧于构思、善于转折著称，如《野生植物》："有叶/却没有茎/有茎/却没有根/有根/却没有泥土//那是一种野生植物/名字叫/华侨。"又如《雪》："很抱歉/一装进信封里就全融了/看来只许想想，没可能/寄去，你毕生未见而渴于一见的/祖国皑皑的/白雪//读完信时，太阳/正以熟悉的眼神/读着我/且奇怪，为什么/我竟如此固执地去爱/祖国的严寒？"这首《乡愁》不直接写乡愁，而从写诗及写不成诗时用中国文具写一个"家"字着笔，新颖别致，而且转折颇多，有点类似于民间流传的唐伯虎为人母亲祝寿时写的诗："这个老妇不是人，九天仙女下凡尘。儿孙个个都是贼，偷得蟠桃孝娘亲。"几乎一句一个转折，紧紧扣住读者的心弦，调动读者的情绪。第二，既传统又现代，既浅明又典雅，善于化抽象为具象，极其简洁而又余味无穷地传情达意。这首小诗乡愁的主题、中国式文具的表述颇为传统，而表现手法则颇为现代。语言浅明而诗意典雅，尤其善于把看不见、摸不着的抽象情绪——乡愁具象化为"诗"，化为"比墨色浓"的"家"字，从而极其简洁地传达了海外华人思念中华大家庭和中华文化的心情，耐人寻味。正因为如此，云鹤的乡愁诗在海外华人众多的乡愁诗中能独具一格、自成一体。

伞内·伞外

淡莹著

玲珑的三摺花伞
一节又一节
把热带的雨季
乍然旋开了

我不知该往何处
会你，伞内，还是伞外
然后共撑一小块晴天
让淅沥的雨声
轻轻且富韵律地
敲打着古老的回忆

听雨的青涩年龄
管它是否已尾随
喧噪了一个夏季的
蝉叫，陷进泥潭
只要撑着伞内的春
我们便拥有一切，包括
沼泽里笨拙的蛙鸣

二月底三月初
我摺起伞外的雨季
你敢不敢也摺起我
收在贴胸的口袋里
黄昏时，在望园楼
看一抹霞色
如何从我双颊飞起
染红湖上一轮落日

淡莹（1943—　），新加坡当代华裔女诗人，原名刘宝珍，生于马来西亚霹雳州，祖籍广东省梅县。20 世纪 60 年代初就学于台湾大学外文系。1967 年赴美留学，获美国威斯康星大学硕士学位。1971 年到加利福尼亚大学教授中国古典文学。1974 年定居新加坡，历任新加坡国立大学华语研究中心讲师、五月诗社社长、新加坡作家协会理事等职。初中时开始写诗，在台湾时曾与同学王润华等创办《星座诗刊》，并成为洛夫、张默主持的诗刊《创世纪》的基本作者。著有诗集《千万遍阳关》《单人道》《太极诗谱》。其诗题材广泛，融现代派手法与古典作风于一体，意境清新、文笔细腻，风格亦秀亦豪。

《伞内·伞外》是一首巧借雨伞委婉含蓄地表现少女热恋之情的爱情诗。通过雨伞来写爱情，这在中外文学作品中并不罕见。我国家喻户晓的白蛇白素贞与许仙的故事，其爱情就萌发于西湖春雨中的借伞。日本著名作家、诺贝尔文学奖获得者川端康成的小小说（一译"掌小说"）《雨伞》，则通过一对少男少女照相前后共伞的故事，表现了这对青梅竹马而今即将分离的男孩女孩从羞涩的友谊进入朦胧的爱情的那种微妙的心理。在诗歌中，也不乏以雨伞写爱情的名篇。如余光中的《爱情伞》："一场雨落在世界和情人的中间/伞是弯弯的分界线/伞下的一股火焰是用/对绞的两条心搓成/伞上的骤雨岂能浇熄？/愿雨势千年不断绝/而雨街千里不终止/什么天长地久的痴话/谁听得见呢，雨声正大/这世界/只准妒羡地一瞥/伞缘半遮/渐远的一双背影。"全诗主要写伞内的恋情，而且手法有些"古典"。而淡莹这首《伞内·伞外》既写伞内，也写伞外。

《伞内·伞外》全诗共分为四节。第一节点明热带的雨季来到了，花伞派上了用场。第二、三节，在轻灵活泼地点明标题（"我不知该往何处去会你，伞内，还是伞外"）之后，集中笔墨抒写伞内恋情的温馨旖旎。这对恋人紧相依偎，"共撑一小块晴天"，一起听"轻轻且富韵律"的淅沥雨声。"晴天"谐音"情天"，妙语双关，寓意丰富——"共撑一小块晴天"，本已新颖有趣，在雨中共撑晴天，则突出了爱情的温馨、心情的亮丽；再谐音"情天"，一语双关，更增一层智慧的光辉。这种谐音双关手法，在中国民歌以及诗词创作中经常用到。如南朝民歌《蚕丝歌》："春蚕不应老，昼夜常怀丝。何惜微躯尽，缠绵自有时。"以"丝"谐音"思"，表达了类似唐代诗人李商隐那"春蚕到死丝方尽，蜡炬成灰泪始干"的爱的情怀。又如江西民歌："黄连树下把琴弹，声声苦来声声酸，浪荡公子唔回转，枉然等了三年半。"以"琴"谐音"情"，"弹"谐音"谈"。唐代诗人刘禹锡受湘西北（今湖南常德市一带）及巴渝（今重庆市一带）竹枝词影响而创作的《竹枝词》，则以"晴"谐音"情"："杨柳青青江水平，闻郎江上唱歌声。东边日出西边雨，道是无晴却有晴。"淡莹借鉴了中国民间文学与古典诗歌的手法，创造性地融合于自己的诗歌之中，并表现得更为现代——共撑情天，完全是现代诗歌的抽象名词与具象动词的搭配，这在海外现当代华人诗人的诗歌创作中运用较多，如"唐玄宗/从水声里/提炼出一缕黑发的哀恸"（洛夫《长恨歌》）、"四十多年的思念/四十多年的孤寂/全都缝在鞋底"（洛夫《寄鞋》）、"柳树的长发上滴着雨，/母亲啊，滴着我的回忆"（余光中《招魂的短笛》）。与此同时，这首诗也通过淅沥的雨声，写了伞外。伞内的爱情如此温馨旖旎，以致不管蝉鸣声声的夏季是否过去，"只要撑着伞内的春/我们便拥有一切"，意即任随时光流逝，只要拥有爱情，便拥有一切。第四节主要写伞外。雨季已过，雨伞已收摺。诗人以"拟物"的手法，问恋人敢不敢摺起自己，收在贴胸的口袋里，希望自己能像花伞一样被恋人摺起贴胸收藏，以便时时相伴，永不分离。前三节多次写"撑"，写出雨季特色，点明伞内。此处多次写"摺"，点明伞外，层次清晰，脉络分明。结尾以人、景合收束：黄昏，两人一同登上新加坡云南园的望园楼，登高望远。当年，唐朝诗人崔护陶醉的是"人面桃花相映红"，此时此刻，则是夕阳晚霞与娇羞的脸儿相映成趣。空间上也由"我"而湖上而落日，由近而远，由小而大。情中有景，景中有情，情景相生，境界开阔，令人遐想，引人回味。

这首诗在艺术上很有特色，是一首融古典于现代的精美含蓄的爱情诗，其特点有二。

第一，反面着笔，委婉含蓄。如开篇不正面写雨季来临，须张开花伞避雨，而从反面着笔，写三摺花伞"把热带的雨季/乍然旋开了"。结尾，不说晚霞映红了湖水及少女娇羞的容颜，反而写"一抹霞色/……从我双颊飞起/染红湖上一轮落日"。更重要的是，这是一首爱情诗，而它并不像西方许多爱情诗那样直接抒发自己的热恋之情，而是借伞寓情，以物传情，在某种程度上也可说是一种更为高明的反面着笔——不直接写自己的爱恋深情，而反过来写伞，以伞内伞外来委婉含蓄地表达内心深处的感情。这种手法委婉别致、细腻有趣，颇能体现热恋少女那含蓄深情的心绪。这种反面着笔、委婉含蓄的艺术手法在我国古典诗歌中颇为常见，如杜甫的《月夜》，"今夜鄜州月，闺中只独看。遥怜小儿女，未解忆长安。香雾云鬟湿，清辉玉臂寒。何时倚虚幌，双照泪痕干？"不写自己对月思家，而从反面着笔，写妻子对月思己，更以小儿女不懂思念加以反衬。白居易的《邯郸冬至夜思家》，"邯郸驿里逢冬至，抱膝灯前影伴身。想得家中夜深坐，还应说着远行人"，也是如此。李商隐的《夜雨寄北》，"君问归期未有期，巴山夜雨涨秋池。何当共剪西窗烛，却话巴山夜雨时"，更是发展了这一手法，时空的跳跃度更大。曾在美国教授中国古典文学的淡莹深得其中奥秘，将其融合、化用于自己的创作之中，并把古代的写人发展为写物，化静为动，颇为现代。

第二，虚实搭配，化抽象为具象。这又包括两个方面：一是抽象名词与具象动词搭配，虚者实之，如"雨季"只是一个名词概念，一个抽象的季候，"旋开"是打伞的具体动作，"把热带的雨季/乍然旋开"，两相搭配，则化虚为实，让虚实结合起来，其他如"撑着伞内的春""摺起伞外的雨季"也是如此。二是以具象形容词修饰抽象名词，化虚为实，如"年龄"是抽象名词，而"青涩"则为具象的形容词，"雨的青涩年龄"则不仅把雨拟人化，而且把抽象的年龄具象化，形成了鲜明的视觉形象。

夜读李白（选二）

长谣著

一

一个高贵灵魂
在我手中高歌
一千年过去了
歌声仍响彻银河

我年轻的血液
应和歌声的节拍
我痛哭我欢笑
这歌分明是唱给我

二

把书合上
忽听到黄河在叹息
终于憋不住了
他浩歌奔出
挟带开元天宝
流向碧空
化作满天灿烂的
象形文字

　　长谣（1944— ），新加坡当代华裔诗人、作家，原名刘诗龄。他多才多艺，初中二年级开始写诗，创作小说、戏剧。还精通英、法、德、西班牙语，翻译过一些外国文学作品。一家三兄弟均为诗人（二弟刘可式，笔名喀秋莎，三弟刘可为，笔名古琴），曾于 1981 年合出诗集《三弦集》。长谣又有相当深厚的中国古典诗文修养，致力于中西结合，因而，其诗歌风韵类似中国古典抒情小诗，同时，词法、句法及意象运用方面，则表现出现当代西方诗歌的影响。其诗既富中国精神，又具西方色彩，既传统又现代。

《夜读李白》是长谣出色的诗作之一。原诗包括四首小诗，这里选取的是第一、第四首。第二首为："不知道月光/是从哪儿得到消息/我把书一翻开/她倏地扑进窗来/抢先把诗捧起/好痴心哟/我把书收起了/她仍在桌面徘徊。"第三首为："这斗室怎容得下/你袍袖一挥/天鸡叫醒了羲和/云之君兮纷纷而来下/娥皇女英仰首拭泪/随袅袅秋风起舞/嗅到你从长安带来的酒香/黄河招呼长江/携手欢笑奔来。"

李白是中国诗歌史上最富传奇色彩、最引人注目的诗人。他的仙风道骨、自由飘逸，他的侠肝义胆、兼善忧患，他那天马行空的气势、飞扬恣肆的想象及神话般捉月骑鲸而去的结局，引发人们无穷的想象。从唐代开始，歌咏李白及其诗歌的作品便不断出现，或写李白的个性与坎坷命运，或写李白诗歌的特点，或肯定李白诗歌的价值，或结合其个性、诗歌与传说写富有传奇色彩的故事。长谣的《夜读李白》则选择了一个独特的角度，通过描写夜读李白诗歌所产生的共鸣及由此引发的想象，表达了对李白的深深景仰，并含蓄地表现了不忘传统、继承传统、植根传统的思想。

第一首短诗主要写李白的诗在自己心里产生的共鸣。"一个高贵的灵魂/在我手中高歌"，诗人看重的是李白那不受羁绊、追求自由、自尊自立、"安能摧眉折腰事权贵"的高贵品质。这也是中华民族的优良传统，更是海外华人得以自立的根基。不写自己读李白的诗，而写高贵的灵魂在手中高歌，既突出了李白的伟大，又化静为动，化虚为实，用的也是上述淡莹的《伞内·伞外》从反面着笔的手法。"一千年过去了/歌声仍响彻银河"，巧用李白《望庐山瀑布》的诗句"飞流直下三千尺，疑是银河落九天"，并暗切诗题"夜读"，突出了李白诗的高贵伟大、千古常新。这是第一节，抒写李白诗歌的高贵与永恒，将其视为中华文化的象征。第二节主要写自己的共鸣。这一千多年来响彻银河的歌声，让"我"年轻的血液沸腾，应和其节拍有韵律地流转，令"我"痛哭，使"我"欢笑，使"我"深深感到，它"分明是唱给我"的。作为中华文化之象征的李白诗引起了诗人的强烈共鸣，这说明：第一，"我"可能有类似李白那"大道如青天，我独不得出"（《行路难·其二》）、"欲渡黄河冰塞川，将登太行雪满山"（《行路难·其一》）的遭遇，或"仰天大笑出门去，我辈岂是蓬蒿人"（《南陵别儿童入京》）、"长风破浪会有时，直挂云帆济沧海"（《行路难·其一》）的豪情；第二，更重要的是，"我"不是崇洋媚外、否定文化传统的虚无主义者，而是对传统文化情有独钟，因而李白的诗能引起"我"的强烈共鸣。

第二首小诗主要写读完李白诗后，诗人所产生的飞扬灵动、潇洒飘逸的想象，进而点明李白乃中华文化的象征。"把书合上/忽听到黄河在叹息"，妙在不用主语，既可是"我"听到，也可是李白听到。不用主语是中国古典诗歌的一大特点，其多义性往往使诗歌产生无穷的魅力。黄河是中华民族的摇篮，也是李白抒写过的对象（如《将进酒》之"君不见黄河之水天上来，奔流到海不复回"、《公无渡河》之"黄河西来决昆仑，咆哮万里触龙门"、《西岳云台歌送丹丘子》之"西岳峥嵘何壮哉，黄河如丝天上来。黄河万里触山动，盘涡毂转秦地雷"）。这里特意点出"黄河"，语意双关，内蕴丰富，并引出下文。李白一生酷爱黄河，所以听到黄河的叹息，终于憋不住了，浩歌奔出，并且"挟带开元天宝/流向碧空"（这与余光中诗中的"酒入豪肠"一段有异曲同工之妙），"化作满天灿烂的/象形文字"。不直写实写化作满天星星，而曲写虚写化作满天象形文字，一是化作星星，人所常用，这样一转换，便能新颖避俗，俄国19世纪"纯艺术派"诗人费特的名诗《在繁星中》也把星星比喻为"紧抱着幻想的象形文字"；二是象形文字乃中华民族最值得骄傲的文化标志，写李白化作"象形文字"便形象地点明了他是中华民族文化的象征。一位海外华裔诗人，念念不忘中国的传统文化，有一种庄严的诗人的使命感与历史感，这不仅令人敬佩，也发人深思。

这两首诗的艺术特点是：第一，本是"我"夜读李白诗，却集中笔墨多写李白，反面着笔，突出李白，倍添艺术魅力。第二，境界阔大，想象恣肆。如第一首之灵魂高歌，歌声一千年过后仍响彻银河；第二首结尾之"挟带开元天宝"奔向碧空，化作满天灿烂的象形文字，既新奇，又阔大，有一种崇之弥久的永恒感和仰之弥高的崇高感。

我的祖国（节选）

纳楚克道尔基著　伊·霍尔查、陶·漠南合译

> 哈迪、杭盖山脉的那些严峻的山脊，
> 还有那点缀北方的绵绵翠绿的群山，
> 玛浓，沙日嘎那些起伏的大戈壁，
> 和那些南方著名的浩荡的瀚海啊——
> 这儿就是生长我的祖国，
> 美丽的蒙古地方！

达喜道尔金·纳楚克道尔基（1906—1937），蒙古人民共和国现代诗人、小说家、剧作家，蒙古新文学的代表人物。生于土谢图汗部达尔汗亲王旗（现属蒙古国中央省巴彦德勒格县）一个破落的贵族家庭，从小受到良好教育。12 岁时跟着父亲做抄写工作，具有一定的汉文化修养。1921 年，投身革命事业，1922 年参加蒙古人民革命党和红色文艺团体"苏赫巴托尔俱乐部"，不仅参与节目的编排与演出，还写了许多歌词，如著名的《青山翠谷》。1923 年任军事委员会秘书，以后又兼任政府秘书长。1925 年进列宁格勒军事学院学习。1926 年至 1929 年，在德国的柏林、莱比锡学习新闻。在此期间，出版了历史专著《蒙古历史概论》及一些关于蒙古的译作。1930 年回国，在蒙古科学院的前身文史研究所从事历史研究，并进行了大量文学创作。曾任蒙古作家协会主席。后来对极左思想产生怀疑，1932 年被捕，期间创作大量诗文。1937 年 7 月 13 日怀着与妻子和女儿离别的痛苦猝然离世，终年 31 岁。

在短短的一生中，纳楚克道尔基创作有诗歌、短篇小说、戏剧、散文，还翻译过普希金的诗歌和莫泊桑的小说。诗歌主要创作于 1923 年至 1936 年间，现存 100 多首，如《两个作家》《奇》《晚生的小羊羔》《冬夜》《盼》《与妻女离别》等；著名作品是长诗《我的祖国》（1933）和《四季》（1934）；比较重要的短篇小说有：《旧时代的儿子》（1930）、《正月泪》（1932）、《从未见过的事情》《喇嘛大人的眼泪》《草原上的光辉》《飞快的白马》《春天的喜日》，代表作是《呼沁夫》；戏剧的代表作是《三座山》（1934），叙述一对相爱的青年——猎人云登和南丝尔玛，遭到巴尔干的迫害，最终双双殉情的悲惨故事。他是蒙古现代文学的奠基人之一，蒙古人民共和国为了纪念他的巨大功绩，为他建立了纪

念碑，设立了纳楚克道尔基文学奖。其作品善于从新与旧、善与恶、愉快与痛苦的对比中，揭露封建社会及僧侣封建阶级的罪恶，歌颂祖国的自然风光、民族的文化精神、人民的优良品质；同时，精于修辞，笔调细腻，是运用民族语言的典范。

《我的祖国》是蒙古现代最有影响的诗歌之一。这是一首抒情长诗，也是一首献给祖国的赞歌。它通过对蒙古的高山、河川、戈壁、草原的描绘，赞颂了祖国美丽动人的自然风光，歌唱了革命后人民的新生活。

对祖国的爱，永远是世界各国诗人诗歌创作永不枯竭的动力和源泉。世界诗歌作品中，有不少歌颂祖国的名篇佳作，从不同的角度表达了对祖国的热爱与赞颂。如俄国诗人莱蒙托夫的《祖国》淋漓尽致地抒发了对祖国的热爱："我爱祖国，是一种奇异的爱！/连我的理智也无法把它战胜。/无论是那用鲜血换来的光荣，/无论是那虔诚满怀后的宁静，/无论是那远古的珍贵传说，/都唤不起我心中欢快的憧憬。//但是我爱（自己也不知为什么）：/她那冷漠不语的茫茫草原，/她那迎风摇曳的无边森林，/她那宛如大海的春潮漫江……/我爱驾马车沿乡间小道飞奔，/用迟疑不决的目光把夜幕刺穿，/见路旁凄凉村落中明灭的灯火，/不禁要为宿夜的地方频频嗟叹；/我爱那谷茬焚烧后的袅袅轻烟，/我爱那草原上过夜的车队成串，/我爱那两棵泛着银光的白桦/在苍黄田野间的小丘上呈现。我怀着许多人陌生的欢欣，/望见那禾堆如山的打谷场，/望见盖着谷草的田家茅屋，/望见镶着雕花护板的小窗；/我愿在节日露重的夜晚，/伴着醉醺醺的农夫的闲谈，/把那跺脚又吹哨的欢舞，/尽情地饱看到更深夜半。"（顾蕴璞译）而捷克当代诗人塞弗尔特的《故乡之歌》则抒发了对祖国失望又深沉、痛苦而炽烈的复杂情感："她像细瓷花瓶中的鲜花一样美丽，/我的祖国、我的故乡；/她像细瓷花瓶中的鲜花一样美丽，/又像你刚刚切开的、香甜可口的面包瓤。//尽管你一百次地感到失望和沮丧，/你还是回到了祖国的怀抱；/尽管你一百次感到失望和沮丧，/你还是回到了富饶、美丽的故乡，/回到像采石场上的春天一样贫穷的故乡。/她像细瓷花瓶中的鲜花一样美丽，/她也像自身的过失那么深沉，/她便是我们无法忘记的祖国！当生命的最后一刻来临，/我们将长眠在她那苦涩的泥土之中。"（何雷译）

纳楚克道尔基的《我的祖国》情感比较单纯——歌颂祖国自然风光的美丽，赞颂人民的新生活，抒发保卫祖国的豪情，类似中国电影《上甘岭》中的插曲《我的祖国》。这首诗共 12 节 71 行，广泛描绘了蒙古的山岭、高峰、溪流、温泉、湖泊、戈壁、草原、营地、牧场、城镇、敖包、大路以及骆驼、牛羊、马儿、百灵鸟等，似曾受到莱蒙托夫《祖国》一诗的影响（如这种铺叙地描写祖国自然风光及人们生活的手法，而且纳楚克道尔基精通俄语，翻译过普希金的著作，在俄国待过）。

　　这里节选的是第一节，共 6 行，其内在结构可分为主歌和副歌两个层次。前四行为主歌，描写祖国自然山川的美丽；后两行为副歌，直接点题，"这儿就是生长我的祖国，/美丽的蒙古地方"，表达对祖国的热爱及生于斯长于斯的自豪之情（其余 11 节都是如此，《上甘岭》插曲采用主歌、副歌的形式，而且主歌描绘祖国风光，副歌点明这是"美丽""英雄""强大"的祖国，与其何其相似）。在主歌中，又精心挑选了颇有代表性的南北风光加以描写：北方绵绵翠绿的群山，哈迪、杭盖山脉严峻的山脊和南方著名的瀚海以及玛浓、沙日嘎等起伏的大戈壁。有高耸挺拔的山岭，也有一望无垠的戈壁，由北而南，又南北合一，描绘了祖国自然风光的全貌。在主歌这种充满深情的描绘之后，副歌中感情的抒发就显得发而有源、厚实动人。主歌和副歌的结合，使全诗既有描写，又有抒情，同时还另具一种通过副歌点题深化的音乐魅力。

　　值得一提的是，这首诗写于 1933 年。当时，日本军国主义已武装侵占了中国东北，对蒙古构成了直接威胁。所以这首诗大力描绘、歌颂祖国的美景，极力赞美幸福和平的新生活："阿尔泰和兴安岭之间是我们富饶的故乡，/在这里我们亲手建立起幸福的生活，/金色的太阳放射着和平的光芒，/皎洁的月亮闪射着永不熄灭的银光。"而且在最后一节中宣称："养育着我们民族的可爱的故乡啊，/假如贪婪的仇敌竟敢向你侵犯——/我们就给它致命的打击。"这就有了非常明显的针对性和十分强烈的现实意义。

鲁拜集（选四）

欧玛尔·海亚姆著　　张鸿年译

三

多情的人儿啊，快拿来酒壶酒盏，
到青草坪上，小河岸边，
世道把多少亭亭玉立的美女，
一百次变为酒壶，一百次变为酒盏。

四

树荫下放着一卷诗章，
一瓶葡萄美酒，一点干粮，
有你在这荒原中傍我欢歌——
荒原呀，啊，便是天堂！

五

我便俯就这土瓶的唇边，
相探询我生命的幽玄：
唇儿对我唇儿默默道——
"生时饮罢！——死去不可复还。"

六

人说酒徒情人都入地狱，
切莫因胡言乱语而烦恼忧虑。
地狱中如果都是情人与酒徒，
天堂岂不似手掌一样空芜荒寂。

欧玛尔·海亚姆（一译"莪默·伽亚谟"，1048—1122），波斯（今属伊朗）中古诗人、哲学家、数学家、天文学家。生于霍拉桑的名城内沙布尔，少年时曾师从当地大学者穆瓦法克，受过良好教育。中年供职于官府和宫廷，担任太医和天文方面的职务。因才华出众一度受到首相的器重，他利用这一良好的条件，专心从事科学研究，取得了很高的成就。晚年曾到麦加朝觐。一生创作了大量的四行诗。但在中世纪，他以数学家和天文学家闻名，诗名反不为人知。19世纪，英国诗人菲茨杰拉德（1809—1883）把他的四行诗译成英文，立刻风靡西方，他被称为"继菲尔多西之后在波斯文学史上享有世界声誉的诗人"，这也奠定了他在波斯文学史乃至世界文学史上应有的地位。他的诗歌短小精悍而又形象生动，语言晓畅洗练；同时，情感复杂，思想深刻，逻辑严密，笔调细腻，对人生的意义、宇宙的奥秘等许多哲学本质问题进行了思考。

以上四首诗选自欧玛尔·海亚姆的《鲁拜集》（一译《柔巴依集》）。

"鲁拜"（或"柔巴依"）这一名称源自阿拉伯语，意即"四行诗"，又叫"塔兰涅"，意为"绝句"。这种诗型，类似于我国的绝句。每首四行，每行诗包括5个音组，押脚韵。押韵方式有两种：一是第一、第二、第四行押韵，二是四行诗全部押韵。一般认为，"鲁拜"诗体是由波斯-塔吉克文学的奠基人鲁达基（850—940）对波斯和塔吉克的民间口头创作加工改造而使之定型，最早出现于9—10世纪，11世纪中叶进入繁荣时期。欧玛尔·海亚姆一生创作了相当数量的鲁拜诗，把鲁达基创造的这种诗体推向高度成熟完美的境界。但据考证，归属其名下的诗有不少是伪作。我国波斯文学专家张鸿年先生指出："他的诗集最早的抄本是1208年本（现藏剑桥大学图书馆），收四行诗252首，是公认可靠的版本。但有人认为他的全部四行诗应该超过这个数字。"最先把海亚姆介绍给西方的是英国人菲茨杰拉德，他在1857年推出了海亚姆四行诗的英译本，得到英国"拉斐尔前派"著名诗人但丁·罗塞蒂等的推崇，产生了巨大的影响。据统计，到1929年，海亚姆诗集的英译本已达32种之多，菲茨杰拉德的译本再版139次。现今，海亚姆已是公认的世界大诗人，世界上其诗歌的各种版本已有近100种。在我国，自郭沫若1928年从英文转译出版了《鲁拜集》至今，从英文和波斯原文翻译出版的诗集已近20种，而且，仍有不少人在试着翻译。

海亚姆是个哲学家，一生执着于对人生、宇宙根本问题的思考和探索。他思考人来自何处，去向何方："我们来去匆匆的宇宙，/上不见渊源，下不见尽头，/从来无人能解释清楚，/我们从何方来，向何方走？"思考人为何降生尘世，人生的意义究竟何在："如同一滴水汇流入海，/如同一粒砂撒落大地，/你因何降生到人世，/像一只蚊子来而复去？""新人换旧人一代接一代，/代代世人接踵去来。/谁在世上也无法永生，/我们来时有人去，我们去了又有人来。"

并对此感到茫然："这千古大谜你我都茫然不懂，/谜样的天书你我都解读不通。/如今，你我在幕中倾谈，/大幕落时，你我都无影无踪。"尽管几十年的探寻使他深感"什么也不知晓"，但他并未彻底灰心。一方面他蔑视宗教学说那现世短暂而痛苦、天国永恒而幸福，必须清心寡欲、苦修苦练以求死后进入天堂的说辞，认为既然宇宙无限、万事无常，而人生有限、不能再生，那就应珍惜这美丽年华而尽情欢悦、及时行乐，充分享受现世尘俗生活。另一方面，他继续探讨人生、宇宙乃至人与造物主的关系等问题，同时，还揭露世上种种黑暗与腐败。

第一首诗宣扬的即是享受现世幸福。开篇呼请"多情的人儿"快拿来酒壶酒盏，到绿草茵茵的青草坪上，到流水淙淙的小河岸边，和自己一起痛饮美酒，沉醉于爱情。我们不知自己从何而来，但离开人世后肯定会回归尘土，千百年后，尸骨化为泥土并被后人烧制成陶瓷器皿。诗歌极其形象而触目惊心地让"多少亭亭玉立的美女"，"一百次变为酒壶，一百次变为酒盏"。众人相继化为尘土，土又烧制成酒具，已是可悲；明眸皓齿、巧笑倩兮、亭亭玉立的美女变为酒具，更增一份美之短暂、美之毁灭的悲哀！这也是自然地呼应开篇"多情的人儿"，以实现劝其与己共享美酒、爱情的愿望。

第二首诗在享受现世幸福的主题上，有了更深、更广的开拓。首先，它突出了精神的愉悦："一卷诗章"——诗歌是美好精神生活的象征；你"傍我欢歌"——歌声是心灵欢乐的象征。其次，它的地点不再是绿草如茵的青草坪，也不再是流水淙淙的小河边，而是一片凄凉、满目萧然的荒原。荒原，象征着比较恶劣的人生境遇。诗人所求不多，但大多很有品位：一点干粮，这是生存的必需品；一瓶葡萄美酒，这是制造欢乐气氛、创造美好享受、放飞诗意想象的必需品；一卷诗章，这是美好精神生活的必需品；"你"，亭亭玉立的美女，这是爱情的必有对象。无需金银珠宝，也无需车马轻裘，有了这些，再加上你的欢歌，荒原便成了天堂。也就是说，哪怕环境再恶劣，生活再穷困，只要能生活下去，并且有美酒，有爱情，有诗歌，人世就是天堂！这体现了诗人的一种风雅人生观，并使这首小诗由描写一己感受上升为一种人生境界，从而大大拓深了诗歌主题。

第三首诗的主题与第一首大体相似，但更具哲学色彩。"我"向土瓶的唇边去探寻生命的幽玄，因为土瓶中有先人的骨殖，而"我"也关心人生的真谛。海亚姆作为哲学家，有一种自然循环和物质不灭的思想，人死变土、土烧成陶罐酒具的过程即为这一思想的具体体现："昨夜我走过一家陶罐作坊，/巧手上的陶土时时改变模样，/我发现——粗心人是不留意的，/父辈的尸土就在每个陶工手上。"（张鸿年译，下同）这样，他便向土瓶去探问生命的奥秘。土瓶的回答代表死去先人的智慧，劝"我"好好享受现世欢乐。这是一种因人生有限，人死不能再生而主张及时行乐的思想（诗中是"生时饮罢"，"死去不可复还"）。

第四首诗在主张及时享受人世欢乐的基础上，展开与宗教观念的争辩。首先，奉劝人们不要相信"酒徒情人都入地狱"这样的胡言乱语而徒增烦恼，不敢享受应该享有的欢乐。接着，为人们阐明道理，拨开迷雾："地狱中如果都是情人与酒徒，/天堂岂不似手掌一样空芜荒寂。"以假设、逻辑推理巧妙而深刻地反驳了教会宣传酒徒（耽于世俗享受）、情人（放纵情欲）都要下地狱的观点，显示了作为数学家、哲学家兼诗人的海亚姆的睿智。在另一首诗中，他也表达了类似的思想："人说，天堂之上有天仙，/琼浆玉液芳香甘甜。/那我恋着美酒情人错在何处？/到头来天堂不也是如此这般？"

由上可见，海亚姆的诗往往在追寻人生、宇宙之谜而不可解时，主张及时享受现世的快乐，其最为看重者，是美女和美酒（"愿时时厮伴着如花的女郎，愿日日手不离杯盏与酒浆""高举手中的杯儿挽起情人的秀发，这咫尺韶华即将匆匆流过"）。这几首诗感情真挚，语言流畅，比喻巧妙自然，旋律优美轻快，富于哲理。

不要问我，我所忍受的痛苦的爱情

哈菲兹著　潘庆舲译

不要问我，我所忍受的痛苦的爱情：
我所尝味的别离的毒药，也不要问。
我在遥远的世间流浪，爱人终于找到了，
是我的心头的欢乐，不要问我她的姓名。
不要问我，我怎么流着我的眼泪，
我的眼泪又怎么沾湿了她的脚印。
不要问我，我们说的是怎样的话，
那是昨天晚上，她亲口说，我亲耳听。
你为什么对我咬着嘴唇？你是什么意思？
我尝味过红玉似的嘴唇？不要问我什么人。
离开了你，我的草舍的唯一的房客，
不要问我，我到底经历了多少苦辛。
我，哈菲兹，达到了爱情的这一地步，
咳，达到了怎样的地步，你不要问。

　　穆罕默德·沙姆苏丁·哈菲兹（1320—1389），波斯中古著名抒情诗人。生于伊斯法罕一个商人家庭，幼年丧父，全家迁居设拉子。哈菲兹自幼聪明好学，少年时就开始写诗，20岁时便在抒情诗和劝诫诗方面显露出过人的才华。他通晓阿拉伯文学，能背诵《古兰经》，笔名"哈菲兹"，含义就是"熟背《古兰经》的人"。其生前即已诗名满天下，但晚年生活却极其贫困。他一生都在不倦地追求自由思想，因而对社会上的不公正现象、封建统治阶级的专制暴虐多有揭露与讽刺。他的诗歌包括嘎扎勒体、鲁拜体、颂诗和一些短诗，主要成就是近500首嘎扎勒诗，这些诗描写了人的感情及对人性的热切追求：歌唱春天、鲜花、夜莺、美酒和爱情，呼唤自由、公正、美好的新生活，热烈向往人格独立与个性自由，揭露和嘲讽封建统治阶级的专制、宗教的偏见和社会道德的沉沦，对生与死、宇宙世界的奥秘等问题也进行了较深入的思考。在艺术上，大量运用比喻、双关等修辞手法，比兴新奇，语言巧妙。其诗由于寓意深刻、富于哲理，感情充沛、想象丰富，韵律严谨、形式完美，被认为是波斯抒情诗的高峰；哈菲兹也被称为"神舌""设拉子的夜莺"，成为伊朗人民心中的圣哲。

《不要问我，我所忍受的痛苦的爱情》译自哈菲兹的嘎扎勒诗。

嘎扎勒（一译"加宰里"），是波斯古典诗歌的一种抒情诗体，其创始人是诗人萨纳依（1072—1141）。这种诗体的诗行数量没有严格限制，一般由5—15个联句（一说"7—12个联句"）组成（联句，波斯人称为"别特"，即双行诗），每行诗不限定字数，但每首诗必须押同一个尾韵；基本上以男女爱情为主题，一般采用第一人称"我"进行表述，并且在最后一联中点出主题，出现诗人的名字。哈菲兹是嘎扎勒诗的大师，享有崇高的世界声誉。恩格斯曾对马克思说："读放荡不羁的老哈菲兹的音调十分优美的原作，是令人十分快意的。"美国"超验主义"领袖、诗人、散文家爱默生认为："哈菲兹是波斯诗人中间最杰出的大师，在他非凡的才智中，除了一个神秘派诗人具有的洞察力以外，还兼有品达、阿那克瑞翁、贺拉斯以及彭斯的某些特性。"大文豪歌德对哈菲兹崇拜得五体投地，不仅创作了不少模仿哈菲兹的诗，而且写了不少诗献给哈菲兹，称"心与世界包藏的秘密，你完全公开出来，对沉思者也亲切指示，使他们茅塞顿开"，请求他"亲切友好地跟我们做伴，度过甘苦的人生"，甚至宣称"哈菲兹呵，除非丧失了理智，我才会把自己与你相提并论。你是一艘鼓满风帆劈风斩浪的大船，而我则不过是海浪中上下颠簸的小舟"，"哈菲兹呵，我的愿望，乃是做你的信徒中唯一的信徒"。

哈菲兹的诗主要歌咏美酒和爱情（美女）。歌颂美酒与美女，是波斯诗歌的一个显著的特点，绝大多数波斯古典诗歌几乎都充斥着美女和美酒。当时，饮酒是一种东方常见的风尚，波斯更有一种对女性的特殊崇拜。在生活中，诗人们常常去酒馆饮酒，或遣愁散闷，或狂饮共欢。酒馆中司酒者大都是年轻貌美的姑娘（被称为"萨基"或"萨吉"），因此，诗人常以和"萨基"谈话的形式吟诗写诗。这样，波斯诗歌中就出现了美酒与美女并提的传统，王向远先生进而指出："美酒＋美女，这就是大多数波斯诗人执着追求的生活目标。波斯诗人正是通过对女人与酒执着的追求与深深的沉溺，显示了诗人所特有的生存方式，表现了他们的自由、豪迈、直率、洒脱、风流、浪漫和澎湃的激情。对波斯诗人来说，美色与美酒是人生痛苦的主要消解和宣泄方式。同样是写女人，日本诗人朦胧疏淡，中国诗人含蓄拘谨，印度诗人香艳直露，阿拉伯诗人淫荡而不知羞耻，欧洲诗人优雅而造作，波斯诗人则是敢想、敢爱、敢怨、敢说、胸襟坦荡、披肝沥胆，活脱脱的多情男子的风范。同样是写酒，中国诗人是文朋墨友，相聚一堂，或祝愿，或饯别，或解愁，或求成仙，或激发灵感；日本诗人浅斟低吟，消遣解忧；阿拉伯诗人则大谈口腹之乐，津津乐道于酒杯和酒的色、香、味；而波斯诗人却喜欢独自一个踅进酒馆，由美丽的'萨吉'陪伴，将美酒美色合为一体，侃侃而谈，显示出中亚细亚高原居民的气派。"

这首《不要问我，我所忍受的痛苦的爱情》，是哈菲兹诗中极为罕见的一首只咏爱情而不提美酒的作品。哈菲兹往往通过歌咏美酒表达离经叛道、摆脱压抑、追求自由的思想。在爱情诗中，他则通过对美女的描写、赞颂和对爱情的细致表现，体现了冲破戒律追求美、追求自由的思想。他认识到："爱情谈何容易，千里迢迢路途艰险。"第一，社会和宗教的清规戒律束缚着人们，要赢得情人的爱慕，要实现自己的夙愿，必须"把整个世界抛到一边"，即要抛开整个充满戒律的社会。第二，你所爱的人未必爱你，即使爱你，也未必忠贞："你的美貌赛过天仙，/一个缺点却和你相随：/没有爱情与忠贞/衬托你容颜的美丽。"爱情不仅以女性美丽迷人的容貌满足人的感官愉悦，更以忠贞、纯洁、善良使人的精神上升到一个美好的境界。因而，他既歌颂女性的形体美，"绝美的容颜""龙涎香的卷发""绯红的面颊""清秀的眉尖""鲜红的嘴唇，犹如两片红玉""犹如翠柏一样的美女"；更把女性当作人生的理想，"你是美好幸福的象征，你是纯洁善良的源泉"；一再抒写爱情给自己带来的种种精神感受，"同亲爱的人儿在一起，我的心境快乐融融""天堂花园的绚丽灿烂，来自与你相会的花园；地下阴间的熊熊大火，来自与你分离的烈焰"。

这首诗抒写了历尽艰辛，终于找到情人后感慨万端、悲喜交集的复杂情感。诗的开篇，通过"痛苦的爱情""别离的毒药"等点出了爱情给自己带来的种种苦涩、烦恼。同时两次重复"不要问"，既有已找到爱人旧事无须再提之意，也包含过去过于酸楚、不宜再提的意思。然后，通过"也不要问"由过去转到现在：经过"在遥远的世间"长久流浪寻找，"爱人终于找到了"。进而，通过"不要问我"的多次反复，跳跃性地抒写了找到她以后的种种景况，颇有点纯属两情相悦之事、不足为外人道的意味。这里的"不要问我"一再反复，除了起跳跃连接作用外，还包含这是两人幽会的秘密不宜外泄和这是"经历了多少苦辛"才得到的幸福不想多谈两层意思。既自豪自足，又隐含酸楚。结尾，既是自问，也是回答别人的提问，更是深度感慨与高度满足的复杂情感的表露（邢秉顺在《哈菲兹抒情诗选》中将其译为"我却游历了爱情的国度，请君莫问何处！"颇能体现这种复杂情感）。

本诗的艺术特点有二：一是把过去失去情人的苦辛与现在找到情人的感慨结合起来写，在结构上形成过去与现在既对照又统一的格局，表达了悲喜交织的复杂感情；二是巧用"不要问我""不要问"，既使全诗富有跳跃性的节奏，又使全诗头、中、尾紧紧衔接，并使全诗复杂的情感得到含蓄生动的表现。

你若不惜生命去追求荣誉

穆太奈比著　　仲跻昆译

你若不惜生命去追求荣誉，
那就应当把星星当作目标；

因为碌碌无为或建功立业，
到头来死都是一样的味道。

宝剑将会为我阵亡的战马哭泣，
它们的泪水就是敌人鲜血滔滔。

美女是在乐园中养尊处优，
而宝剑却要在烈火中锻造。

剑成离开工匠时无比锋利，
使他们的双手都难免伤痕道道。

懦夫把畏缩不前看作为人精明，
其实那不过是孬种的胡说八道。

人只要勇敢就足以抵御一切，
若能智勇双全就会无比地好。

有多少意见都是金玉良言，
但糟糕的是人们理解不了。

耳闻忠告，获益不尽相同，
因为人品、知识水平有低有高。

穆太奈比（915—965），阿拉伯阿拔斯朝诗人。原名艾哈迈德·本·侯赛因，号艾布·泰伊卜，生于伊拉克的库发城，祖籍也门，父亲为挑水夫，家境贫寒。诗人自幼胸怀大志，聪明好学，曾到外乡求学，并显露出写诗的才能。后又与游牧人一起生活，打下了良好的语言、文化和生活基础。当时朝政腐败，群雄割据，阿拉伯帝国风雨飘摇，处于分裂混乱之中。穆太奈比辗转于伊拉克、叙利亚一带，试图凭借诗才求取功名，未能如愿。后自称为"先知"，鼓动和领导牧民举行过小规模的起义，失败后被捕入狱两年。据说，他因此被称为"穆太奈比"（原意为"假先知"）。获释后在叙利亚、埃及、波斯等地四处流浪，成为一个典型的行吟诗人，但也正如其诗形容的："我不过是一根箭在空中，当落下时，找不到一个躲身之处。"948 年起，诗人为阿勒颇的哈姆丹王赛弗·道莱赏识，相处 9 年之久，这是诗人创作的最盛时期。因恃才傲物，遭人嫉妒，被迫外出流浪，后被人杀害于由波斯返巴格达的流浪途中。

他的诗包括颂诗、挽诗、描述诗、哲理诗、讽刺诗、情诗等，几乎涉及阿拉伯传统诗歌的各种类型。有诗集传世，共收 300 余首诗，其中的 80 余首献给赛弗·道莱的颂诗及一些哲理诗是其中精华。其诗表现了诗人清高矜夸、恃才傲物、愤世嫉俗、崇尚武力的个性，表达了对个性解放的追求，体现了不畏艰险、勇于进取、敢于反抗的精神，也显露了其追名逐利、攀附权势及阴郁悲观的一面。

在艺术上，他的诗既继承阿拉伯诗歌的传统，又大胆创新，成为对后世阿拉伯诗歌影响深远的倡导者和革新者。同时，其诗歌题材广泛、结构严谨、雄浑豪放、劲健新奇、语言适切、哲理深邃，是阿拉伯古典诗歌的集大成者，曾被称为"最完美的诗"，不少诗句已成为阿拉伯家喻户晓、脍炙人口的格言、警句和成语。至今，他的诗还有大批的读者和研究者。

穆太奈比的诗往往既激情如火、斗志昂扬，又思想深刻、富于哲理。这类诗是其创作中历来为人所称道的成功之作。诗中的哲理一般是教导人们积极入世，轰轰烈烈地去获得生活。《你若不惜生命去追求荣誉》是这类诗的代表之作。

这是诗人青年时代的作品。在青年时代，诗人曾在叙利亚各地流浪，当他在安塔基亚逗留时，有一次遭到了罗马人的突然袭击，他所喜爱的一匹战马阵亡。本诗即是为此而写。全诗大约可分为四个部分。

第一部分为前四行，即第一、第二联句。这是全诗的引子，阐明人必须有远大的抱负、高远的目标。因为人固有一死，与其庸庸碌碌、无声无息地长命百岁，不如轰轰烈烈地建功立业精彩而亡。这既是诗人的自警，表明诗人志存高远、希望轰轰烈烈过一生的个性，也是警世箴言。这几句精练警策，富有哲理感悟性，已成为阿拉伯国家妇孺皆知的格言警句。开篇善写格言警句式的诗句，是穆太奈比诗歌的一个突出特点。在一首颂诗的开头他如此写道："志气的大小取决于人的志向，/慷慨的程度取决于慷慨的人。/在小人眼里再小也显得很大，/在伟人眼里再大也显得渺小。"这种充满哲理的开头，不仅以其警策的句子抓住读者，起到领起全篇的作用，而且以其深刻哲理为全诗定下基调。

第二部分为第三、第四、第五联句（5—10行），这是全诗的主题所在——悼念战马，表达为战马复仇的决心，进而阐明人生追求是"艰难困苦，玉汝于成"。第三联句笔锋转入正题，悼念"阵亡的战马"，并表示要为战马复仇。诗人的高明之处在于，不直说要为战马复仇，而是用拟人、借喻的方法，形象生动又颇有层次地表达复仇的决心。他把宝剑拟人化，让宝剑为战马哭泣（物犹如此，人何以堪），进而以暗喻的方法，指出宝剑的泪水，就是敌人的滔滔鲜血，点明宝剑就是自己复仇的决心。第四、第五联句进而由宝剑引发人生追求总在艰难坎坷中实现的感想：首先，以美女与宝剑对比——美女在乐园中养尊处优，娇柔慵懒；宝剑则在熊熊烈火中锻造，突出了宝剑的历经锤炼，来之不易。其次，写出宝剑历经千锤百炼的必然结果——无比锋利，以至使锻造它的工匠都"难免伤痕道道"，隐喻人要追求远大目标，建功立业，也必须多经历坎坷，经受考验。

第三部分为第六、第七联句（11—14行），进一步以对比的手法，阐明人应该勇往直前，最好能智勇双全。第六联句由第五联句宝剑的锋利无比想到人的勇往直前，但是懦夫却把畏缩不前看作是精明、善于处世，诗人怒斥这只不过是"孬种的胡说八道"。第七联句在此基础上提出必须勇敢，最好是智勇双全。勇敢足以抵御一切，但勇而无谋，只知一味地猛打猛冲，却于事无补，甚至坏事。因此，在"勇"的同时还要有"谋"，还须讲究策略，智勇双全，以便克敌制胜。

第四部分为第八、第九联句（最后四行），担心金玉良言无人理解，对未来既心存怀疑又抱有希望。联系当时阿拉伯帝国诸王割据，群雄争霸，勇于内争，怯于外战的现实情况，这首诗很可能具有一定的现实针对性——劝谕不敢抗击外来侵略的当局挺身而出，英勇战斗。但诗人也深知这一劝谕能否为人所接受，还难以预料，不过，他也抱有一线希望："耳闻忠告，获益不尽相同，因为人品、知识水平有低有高。"

本诗的艺术特点是：第一，善于转折，越转越显感情。第二部分由第一部分的哲理转到悼念战马，第三部分由复仇的宝剑之锋利转到人的勇敢，第四部分再转到担心和希望劝谕被接纳，几次转折，每一转折都突出、深化了感情因素。第二，情理结合，相得益彰。诗歌把人生的哲理感悟与为战马复仇的激情、勇敢战斗的豪情等结合起来，情使理富有血肉，理使情闪现智慧的光辉，情与理的有机结合，使全诗具有一种独特而深沉的艺术魅力。千余年后读它，仍能深有感悟，从而实现了诗人的预言："时光，是我的诗的传诵者，我赋诗，时光吟颂不止。"

爱　情

拉赫曼著　　董振邦译

爱情的创伤非同一般，
　　它的痛苦最难品尝，
爱情的心只有相爱者彼此知晓，
　　对于其他人则秘而不宣。
爱情似乎非常奥妙，
　　然而身在其中却不以为然。
君不见那些痴情少年，
　　常常为爱情泪流满面，
泪水沿着双颊流过，
　　仿佛要汇成一条小川。
别离往往使有情人恹恹而死，
　　宁愿如此，也不愿独自偷生。
人间尽管有千愁万苦，
　　最难过的莫如离情别绪，
倘若地狱之火真的那样炎热，
　　也无法比拟失去情人的焦灼。
有的人把痴情视为愚蠢，
　　其实并非愚蠢而是睿智。

　　阿卜杜勒·拉赫曼·巴巴（？—约1740），阿富汗莫卧儿人统治时期爱国诗人。传世诗集为巴基斯坦诗人米亚·赛义德·拉苏里穆于1976年编纂出版的《阿卜杜勒·拉赫曼·巴巴诗集》。拉赫曼的诗内容广泛，既写生活、爱情、宗教，也写浪漫、虚无缥缈的东西，尤其善于用朴实的语言揭示人们的内心世界，把人们内心深处的微妙情感表达得淋漓尽致。感情真挚、风格朴实、语言优美、韵律动人，人们普遍称赞其诗语言像鲜花一样美丽，音韵像夜莺那样动听。他是深受人们崇敬和热爱的古代阿富汗大诗人，其作品在国内像圣书一样受到尊敬，诗句经常被人们当成格言和警句在文章和讲话中使用。

　　这首诗原本无题，标题《爱情》是译者董振邦先生添加的，它借男女之间的爱情，语义双关地表达对祖国的热爱。

借用男女的爱情来表达对祖国的热爱，在中国并不新鲜。自屈原的《离骚》奠定这一基础后，历代诗人加以继承、发展，纷纷以男女之间的忠贞、痴情来表达对国家的忠诚。如唐代诗人张籍的《节妇吟》，"君知妾有夫，赠妾双明珠；感君缠绵意，系在红罗襦。妾家高楼连苑起，良人执戟明光里。知君用心如日月，事夫誓拟同生死。还君明珠双泪垂，恨不相逢未嫁时"，即是拒绝平卢淄青节度使李师道的拉拢而表明忠于唐王朝的决心。到了现代，郭沫若的《炉中煤》依然继承了这一传统："啊，我年轻的女郎！/我不辜负你的殷勤，/你也不要辜负我的思量。/我为我心爱的人儿，/燃到了这般模样。//啊，我年轻的女郎！/你该知道了我的前身？/你该不嫌我黑奴卤莽？/要我这黑奴的胸中，/才有火一样的心肠。//啊，我年轻的女郎！/我想我的前身/原本是有用的栋梁，/我或埋在地底多年，/到今朝才得重见天光。//啊，我年轻的女郎！/我自从重见天光，/我常常思念我的故乡，/我为我心爱的人儿，/燃到了这般模样！"如果不看副标题"眷念祖国的情绪"及作者在《创造十年》中的自述："'五四'以后的中国，在我的心目中就和我的爱人一样"，"'眷念祖国的情绪'的《炉中煤》便是我对于他的恋歌"，我们简直就把它当成一首热恋中的情歌了。

这种手法在外国诗歌中却颇为罕见。意大利诗人、1959年诺贝尔文学奖获得者夸西莫多的《岛》只是隐隐约约地把对故乡的爱与男女爱情混合起来："对你的爱/怎能叫我不忧伤，/我的家乡？//桔花/或许夹竹桃/清幽的芬芳/在夜空中微微荡漾。//一湾碧蓝的流水/催动悄然东去的玫瑰，/落花轻舔堤岸/在静谧的海湾低徊。//我依稀回到你的怀抱/街头隐隐飘来/温柔而羞怯的声音/呼唤我弹拨诗人的弦琴，我茫茫然/这似乎是童年/又仿佛是爱情。//一腔乡思蓦然翩飞，/我赶忙潜入/永不消逝的逍遥往事。"（吕同六译）拉赫曼这首《爱情》是国外极其难得的一首把爱情与爱国之情融为一体的好诗。

创作此诗时，拉赫曼的祖国正被异族占领，可能是迫于恶劣的环境，他委婉含蓄地采用恋歌的形式来表达爱国热情。开篇点出"爱情的创伤非同一般，它的痛苦最难品尝"，既强调了爱情的创伤和痛苦的"非同一般"，又突出了爱情的重要性。这一切，只有相爱者彼此知晓。但相爱者往往因为当局者迷，身在庐山中而对爱情的奥妙不以为意。接着，具体写了爱情奥妙的几种表现。一是沉迷于爱情之中的痴情少年，常常为爱情而泪流满面。二是离别情人甚至失去情人的焦灼痛苦，这是人间最难过的一种痛苦，甚至地狱之火的炎热"也无法比拟失去情人的焦灼"，以致宁肯死也不愿独自偷生。这种痴情类似于元好问的《迈陂塘·咏雁》："问世间，情为何物？直叫生死相许。天南地北双飞客，老翅几回寒暑。欢乐趣，离别苦，就中更有痴儿女。君应有语，渺万里层云，千山暮雪，只影向谁去？"只是此诗概括而富于哲理，元词具体而生动传神。以上两方面都体现了对爱情的真诚与执着。这种以真诚、执着乃至甘愿为爱牺牲为标志的爱情，的确是一种"痴情"。结尾，反驳世俗观点，表明这种痴情决非愚蠢，"而是睿智"。表面看来，这首诗写的完全是男女间的爱情，但实际上它表达的是对被莫卧儿帝国占领的祖国的热爱。其中，"别离""失去情人"暗示了这一点。宁死"也不愿独自偷生"则表明了与占领者斗争到底的爱国决心。结尾更把这一为国牺牲的举动称为"睿智"，说明诗人已对此深思熟虑，随时准备付诸行动。

本诗的艺术特点有二：一是比较概括，富于哲理；二是以恋歌的形式来写爱国诗篇，构思新颖，表达独特，从而为爱国诗歌的创作进行了一次别开生面、令人耳目一新的成功尝试。

爱的生命

纪伯伦著　李唯中译

春

　　亲爱的，让我们一起到丘山中走一走！冰雪已消融，生命已从沉睡中苏醒，正在山谷里和坡地上信步蹒跚。快和我一道走吧！让我们跟上春姑娘的脚步，走向遥远的田野。

　　来呀，让我们攀上山顶，尽情观赏四周平原上那起伏连绵的绿色波浪。

　　看哪，春天的黎明已舒展开寒冬之夜折叠起来的衣裳，桃树、苹果树将之穿在身上，美不胜收，就像"吉庆之夜"的新娘；葡萄园醒来了，葡萄藤相互拥抱，就像互相依偎的情侣；溪水流淌，在岩石间翩翩起舞，唱着欢乐的歌；百花从大自然的心中绽放，就像海浪涌起的泡沫。

　　来呀，让我们饮下水仙花神杯中剩余的泪雨；让我们用鸟雀的欢歌充满我们的心灵；让我们尽情饱吸惠风的馨香。

　　让我们坐在紫罗兰藏身的那块岩石后相亲互吻。

夏

　　亲爱的，让我们一起到田间去吧！收获的日子已经到来，庄稼已经长成，太阳对大自然的炽烈之爱已使五谷成熟。快走吧，我们要赶在前头，以免鸟雀和群蚁趁我们疲惫之时，将我们田地里的成熟谷物夺走。我们快快采摘大地上的果实吧，就像心灵采摘爱情播在我们内心深处的种子所结出的幸福子粒。让我们用收获的粮食堆满粮库，就像生活充满我们情感的谷仓。

　　快快走吧，我的侣伴！让我们铺青草，盖蓝天，枕上一捆柔软的禾杆，消除一日劳累，静静地聆听山谷间溪水在夜幕下的低语畅谈。

秋

　　亲爱的，让我们一同前往葡萄园，轧葡萄汁，将之储入池里，就像心灵记取世代先人的智慧。让我们采集干果，提取百花香精；果与花之名虽亡，种子与花香之实犹存。

让我们回住处去，因为树叶已黄，随风飘飞，仿佛风神想用黄叶为夏天告别时满腹怨言的花做敛衣。来呀，百鸟已飞向海岸，带走了花园的生气，把寂寞孤独留给了茉莉和野菊，花园只能将余下的泪水洒在地面上。

让我们打道回府吧！溪水已停止流动，泉眼已揩干欢乐的泪滴，丘山也已脱下艳丽衣裳。亲爱的，快来吧，大自然已被困神缠绕，它用动人的奈哈温德歌声告别苏醒。

冬

我的生活伴侣，靠近我些，再靠近我一些，莫让冰雪的寒气把我俩的肉体分开。在这火炉前，你坐在我的身边吧！火炉是冬令里最可口的水果，给我们讲述后来人的前途，因为我的双耳已听厌了风神的呻吟和人类的哭声。关好门和窗户，因为苍天的怒容会使我精神痛苦，看到像失子母亲似的坐在冰层下的城市会使我的心淌血……我的终生伴侣，给灯添些油，因为它快要熄灭了；把灯放得靠近你一些，以便让我看到夜色写在你脸上的字迹……拿来酒壶，让我们一起畅饮，一道回忆往昔岁月。

靠近我些！我心爱的，再靠近我一些！炉火已熄灭，灰烬将火遮掩起来……紧紧抱住我吧！油灯已熄灭，黑暗笼罩了一切……啊，陈年佳酿已使我们的眼皮沉重难负……困倦抹过眼睑的眼睛在盯着我……趁睡神还没有拥抱我，你要紧紧搂住我……亲亲我吧！冰雪已经征服了一切，只剩下你的热吻……啊，亲爱的，沉睡的大海多么呆傻！啊，清晨又是何其遥远……在这个世界上！

纪伯伦·哈里尔·纪伯伦（1883—1931），黎巴嫩现代著名诗人、散文家、画家，生于黎巴嫩北部山乡卜舍里。1895 年随母移居美国波士顿。1898 年回国，在贝鲁特希克学院学习阿拉伯语和法语。1903 年重返波士顿。1908 年经人资助去巴黎艺术学院学习绘画与雕塑，曾得到罗丹的奖掖，并大量阅读西方的哲学、文学著作。1912 年定居纽约，潜心于诗文与绘画创作。1920 年，与努埃曼、艾布·马迪等一批侨居美国的阿拉伯诗人、作家组成著名的文学团体"笔会"（文学史上称为"旅美派"或"叙美派"），担任会长。纪伯伦倡导创新，力求摆脱阿拉伯文坛因循守旧、模仿古人的风气，其创作深受德国哲学家尼采和英国诗人威廉·布莱克影响，具有浓郁的浪漫主义和象征主义色彩。作品分为阿拉伯文和英文两种。阿拉伯文主要作品有短篇小说集《草原新娘》（1905），中篇小说《折断的翅膀》（1911），散文诗集《泪与笑》（1913）、《心声录》（1927），长诗《行列歌》，等；英文主要作品有散文诗集《疯人》（1918）、《先知》（1923）、《人子耶稣》（1928）、《流浪者》（1931）。

纪伯伦满怀人道主义和民族主义激情，在作品中歌颂真、善、美、爱（其中美与爱是基本主题），抒发对祖国、对人类和对大自然的无限深情；对东西方社会诸多弊端和假、恶、丑的现象进行揭露与批判，表达对和谐完美境界的向往。其作品感情深沉、理想高远、想象丰富、寓意深刻，且常运用比喻与象征手法，使语言清新、优美、典雅、绚丽、流畅、洒脱，常融诗情与哲理于一体。既有浓厚的东方色彩，又吸取西方文学之长，特别善于把西方现代派的优点与东方传统的美有机地结合起来，从而为黎巴嫩以至阿拉伯文学的发展作出了不可磨灭的贡献。

这组《爱情的生命》选自纪伯伦的散文诗集《泪与笑》。《爱情的生命》这一总题下共包括春、夏、秋、冬四首散文诗，以象征的手法展示了人的一生中不同阶段的爱情生活，在人与大自然的融合中对生命、爱情进行了诗意盎然的哲理表现。

《春》主要展示生命春天的爱情。此时，生命已"从沉睡中苏醒"，生命的前方是辽阔无际、春光无限的荒野，有待欣赏与开拓。桃树、苹果树打扮得如同新娘，葡萄树枝藤扭结好似情人紧紧拥抱在一起，溪流在岩石间跳舞欢歌，而百花从大自然的心中绽开，如同从大海中涌出的浪花朵朵。在青春的眼中，一切都清新优美、充满活力、诗意十足。抒情主人公呼唤"亲爱的"与自己走进荒野，去追寻春天在辽阔田野上留下的踪迹。登上高山，眺望四周如海似涛的翠微，畅饮水仙花酒杯中残存的雨泪，倾听小鸟的欢歌，呼吸春风的芳菲。在心旷神怡、如醉如痴中，情不自禁地在爱恋中"相亲互吻"。这是一种青春的浪漫爱情，充满活力，富有诗意。

《夏》主要写的是生命夏天的爱情。它分为两段。第一段写须及时收获劳动成果。这是收获的季节，在太阳仁爱光芒的普照下，庄稼已经成熟，诗人劝戒恋人切不要因为奋斗的疲劳而有所懈怠，不能让鸟儿和蚂蚁把地里的粮食全部搬走，应赶快一鼓作气地采撷以汗水浇灌出来的"大地上的果实"。这就象征性地说明，不仅要善于劳动，而且要及时收获劳动成果。因为我们采撷大地上的果实，就"就像心灵采摘爱情播在我们内心深处的种子所结出的幸福子粒"；而我们用田里的产品装满库房，"就像生活充满我们情感的谷仓"。这说明，本诗是以田野中的劳动与收获来隐喻、象征人生和爱情中的劳动与收获。经过人生的奋斗后，有了收成，但必须及时收获。第二段，写一天劳累后的休息。这是大自然儿女亲近自然、融入自然的诗意浓郁的休息。及时收获劳动成果后，恋人已十分劳累，他们"铺青草，盖蓝天，枕上一捆柔软的禾杆"，在溶溶月光中躺下来，"静静地聆听山谷间溪水在夜幕下的低语畅谈"。这是既传统又现代的东方式的"天人合一"，劳动与爱情及人生融为一体俱获丰收的诗意而哲理的表达。

《秋》写的是生命秋天的爱情。此时，树叶变黄，枯叶飘飞，群鸟飞向远方，孤寂的素馨与野菊泪水盈盈，洒落大地，山丘脱下了盛服艳妆，小溪也不再潺潺歌唱。抒情主人公呼唤爱人走进葡萄园，把葡萄榨汁酿酒，采集干果，提取花的香液，使之芳泽人世，也为生命的冬天储蓄。这是一种理性、成熟的爱情。它不仅储蓄必要的东西以愉悦生命的冬天，更注意收获、提炼人类世世代代的智慧与世上的美，馈赠给子孙后代。

《冬》写的是生命冬天的爱情。此时，阴风叹息，寒风悲鸣，天气怒容满面，到处冰天雪地，冰雪战胜了一切，只有"火炉是冬令里最可口的水果"。抒情主人公呼唤"终生伴侣"靠近自己，一起谈论子孙后代的前景，"一起畅饮，一道回忆往昔岁月"。当火熄灯灭后，四周一片漆黑，恋人紧紧偎抱，以温暖、热烈的吻传递生命的力量和浓浓的情意……这是生命暮年相爱者互相依靠、相濡以沫的一种爱情，它使相爱者互相扶持，从而战胜死亡的寒冷与黑暗。

这组诗在艺术上的特点，一是巧用比喻、象征，如《夏》使田野里的劳动与收获成为人生、爱情的劳动与收获的象征，从而使表面写实的劳动与爱情富有深刻的生命哲理；二是人与自然结合起来写，在一种"天人合一"的境界中，使情、景、理三者融为一体，既富生命的激情，又有开阔、美丽、富于生活气息的田野自然风光，更有深刻的生命哲理；三是语言朴实而优美，描绘了春夏秋冬一年四季的自然风光和田野劳动，虽然使用的是日常用语，但诗意的情感和生动的比喻，又使语言优美动人。

欧 洲 篇

阿基勒斯的盾牌

荷马著　徐迟译

于是他先造庞大的硬邦的盾牌，
许许多富丽花样在上面辉煌；
三层的圈圈儿绕住她的边缘；
一条银链裹住厚厚的圆饼，
这阔大的盾牌用五块钢板合成，
神仙的劳动的结晶在平面上升降。
一位艺术大师头脑里的意象
在那儿照耀。他设计天地和海洋；
当新的太阳和一轮明月，天空的
冠冕，苍穹里面的星星儿的光；
毕星团，昂星团还有那北天的队伍；
宏大的猎户星座更烁亮的豪光；
天狼星，绕住了那个天空的轴心，
转去转来，黄金的眼睛看准了
那猎户，在天空的中原上光耀四射，
没有把它的额角海洋里洗拭。
盾牌上出现了两个耀炫的城市，
一个代表了和平，另一个，战争。
这里面，圣洁的荣华，快乐的婚宴，
有端庄的跳舞还有结婚的仪式；
沿街，迎来了一对新婚的男女，
火炬高举，送他们到新婚的床上；
年轻的舞蹈者随着柔和的笛子，
琴弦的银色的音调，舞成了圆形：
美妙的街路上，已婚的女人们排了队
各自在墙门堂欣赏这一派美景。

荷马（约公元前 8、9 世纪之间在世），古希腊著名诗人，其出生地的称号，希腊半岛上至少有 7 个地方或城市——斯密尔拉、罗多斯、科罗丰、萨拉闵、基俄斯、阿尔戈斯、雅典——在争夺，以至有人写下这样两句颇具讽刺意味的诗："七大名城抢得个死荷马就心满意足，可是荷马当年在这七大城里流浪行乞。"现在一般认为，伊俄尼亚的基俄斯和埃俄利亚的斯密尔拉最可能是其故乡。荷马是个民间流浪行吟诗人，他对更早时期民间口口相传的英雄歌谣加工整理，完成了《伊利亚特》（一译《伊利昂纪》）、《奥德赛》（一译《奥德修纪》）两大史诗，统称"荷马史诗"。这是个人创作与集体创作的艺术结晶。荷马史诗规模宏大、结构巧妙、布局完整、剪裁得当；运用了现实主义与浪漫主义相结合的艺术手法，塑造了一系列鲜明生动的古代英雄形象，肯定了人在有限的生命中对生命密度和人生价值的追求，歌颂了人的智慧与力量。语言自然质朴、优美流畅，而又雄奇生动。其中比喻的运用尤为出色，多达 800 余个，往往以从日常生活和自然现象中选取出来的物象进行描写性的比喻，长而细致，以烘托人物、渲染气氛、激发联想。因其贴切生动、新鲜奇特，被称为"荷马式比喻"。荷马史诗与但丁的《神曲》、莎士比亚的戏剧、歌德的《浮士德》并称为欧洲文学史上划时代的"四大里程碑"。

这节诗选自荷马史诗《伊利亚特》。该史诗描写的是特洛伊战争。关于特洛伊战争的起源与结束，希腊神话讲述得颇为完整。忒提斯是位美丽的小海神，天父宙斯和海神波塞冬都看上了她，但当知道她所生的儿子将比父亲强大后，宙斯就决定把她嫁给一个凡人，并为她举行了盛大的婚礼。忒提斯的婚宴邀请了所有的神，却遗漏了不和女神厄里斯。她悄悄来到席间，丢下了一个"不和的金苹果"，上面写着"给最美的女人"。天后赫拉、智慧女神雅典娜、爱与美神阿佛洛狄忒为此争持不下，宙斯让她们去找特洛伊王子帕里斯评判。为了争得"最美的女人"的荣誉，赫拉许诺让帕里斯成为亚洲最伟大的君王，雅典娜许诺他成为战争中最伟大的英雄，阿佛洛狄忒许他以天下第一美女。在权势、荣誉和美三者中，帕里斯的选择代表了希腊人的选择——他选择了美，把金苹果判给了阿佛洛狄忒。后来，帕里斯出访斯巴达时，阿佛洛狄忒帮他拐走了国王墨涅拉俄斯之妻、天下第一美女海伦。于是，希腊人公推迈锡尼国王阿伽门农为统帅，组织了一支 10 万人的庞大联军，远征特洛伊。战争进行了 10 年，众神也各助一方。最后，联军将领、伊达卡国王俄底修斯（一译奥德修斯）设下"木马计"——把一匹内藏精兵良将的巨大木马遗弃在特洛伊城外，假装撤军，让其被特洛伊人当作战利品拖入城内，然后里应外合，攻破了特洛伊城。

《伊利亚特》意为"关于伊利昂（当时希腊人称特洛伊为"伊利昂"）的故事"，描写的是战争进行到第 10 年即结束前 51 天的战事。一次，希腊联军洗劫了一个小城，俘获了两个少女，一个给了联军统帅阿伽门农，一个给了大将阿基勒斯（通译"阿喀琉斯"）。阿伽门农的女俘是太阳神庙祭司之女，因而得罪了太阳神阿波罗，联军受到重大惩罚，死了不少人。在阿基勒斯等的要求下，阿伽门农被迫把女俘归还其父，但马上抢走了阿基勒斯的女俘以示报复。阿基勒斯一怒之下退出战斗，特洛伊大将赫克托耳则在战争中越战越勇，希腊联军屡战屡败。阿伽门农幡然悔悟，认识到阿基勒斯在联军中的重要性，主动向他赔礼道歉，但阿基勒斯余怒未消，拒绝参战。特洛伊军队在赫克托耳的带领下，攻进联军营垒，冲到船边并放火烧船。在这危急关头，阿基勒斯的部将兼好友帕特洛克罗斯借用他的盔甲，假扮他出战，虽然打退了敌人，但在乘胜追击时被赫克托耳杀死，盔甲也被夺走。好友的死使阿基勒斯悲伤又愤怒，决定重返前线。他请母亲忒提斯连夜找火神赫淮斯托斯打造一副坚固、漂亮、世间稀有的金属盔甲，然后与主帅和好，带兵参战，杀死了赫克托耳，并为好友举行了隆重的葬礼。

这节诗写的就是火神赫淮斯托斯受忒提斯之托，连夜为阿基勒斯赶制精美的盔甲一事。照史诗的描写，该盾牌用坚韧的青铜、锡块、贵重的黄金和白银铸成。诗歌先写盾牌的样式：庞大、坚硬的厚厚圆饼，由五块混合"钢板"合成，上面有许许多多富丽的花样。然后，从两个角度细细描绘盾牌上的花样。首先，描绘其上的宇宙图景。这里有浩瀚的天空、广袤的大地、无垠的海洋，尤其突出地描写了天空的一切——金光灿烂的太阳、盈满皎洁的月亮以及一处比一处烁亮的毕星团、昴星团、猎户星座、天狼星等等。它们秩序井然，各行其道。其次，描绘人间的生活。这里选取的是描绘和平幸福生活的一段。最能体现和平幸福生活，同时也最能展现民族风情的，莫过于新婚仪式。诗歌以欢快的笔触，描绘了快乐的婚宴，尤其细致地刻画了结婚的仪式——送婚的队伍高举火炬，簇拥着新婚的男女；笛子吹奏出柔和的曲子，琴弦发出银色的音调，年轻的舞蹈者们随着音乐翩翩起舞，"舞成了圆形"。而已婚的女人们排了队，各自沿街墙门堂欣赏这一派美景。

由以上所述，我们不仅可见当时铸造、雕刻艺术的精美绝伦以及希腊民族的热爱美、热爱现实生活的特点，也可以看出荷马用笔的生动与细腻。他不愧为真正的艺术大师，既能雄壮生动地表现宏大的战争场面，又能逼真细致地描摹生活情景。这节诗描写细腻、语言朴实、格调清新、意境优美、情绪欢快、充满了浓郁的生活气息，体现了希腊人对现实生活与美的热爱。

没有爱情便没有欢乐

米姆奈尔摩斯著　水建馥译

没有黄金的爱情，哪有生活和欢乐？
　　死去吧，既然我已无缘享受
暗结的爱情，交心的礼品，床帏的欢好，
　　这一切都是青春的花朵，青年男女
心爱的东西。一旦痛苦的老年来到，
　　人的形体变丑，情怀变恶，
种种不幸的忧虑永远萦绕心头，
　　虽然还看见阳光心情也不舒畅，
总是受到孩子们嫌恶，妇女们轻贱，
　　这是神给老年人所作的痛苦安排。

　　米姆奈尔摩斯（约公元前630年前后在世），古希腊抒情诗人、善于吹笛子的音乐家，出生于小亚细亚的科罗丰。其诗风格多样、形象生动、语言朴实、内涵蕴藉，大多以歌咏青春、爱情、人生为主题，最主要的是献给吹笛少女的一组哀歌。

　　这是一首笛歌体诗。笛歌为古希腊抒情诗中出现最早的一种格律诗体，一般以六音步和五音步诗行相间构成，用笛子伴奏演唱。这首诗融韵律、诗歌、音乐于一体，其主题包括两方面的内容：一是歌咏青春的爱情，一是喟叹老之将至，并以青春的爱情反衬进入老年的悲凄，表达对人生的哲理思索。赞美青春的可爱与活力，感叹进入老年的悲凉，是米姆奈尔摩斯诗歌中一个常见的主题，在《我们都是绿叶》一诗中他写道："我们都是绿叶，在遍地鲜花的春日萌发，/太阳照耀着，转瞬间成长壮大，/在百花盛开的短促青年时代自在玩耍，/哪管它诸神降下来的是祸是福。/那两位阴森的命运女神始终站在旁边，/一位手中拿着'老年'这苦果，/另一位掌握着'死亡'。青春花期短暂，/最多只像太阳照在地上那样长。/这段好时光一旦从你身边逝去，/霎时间死了倒比活下去好。/因为你心中会产生许多烦恼。到那时，/家财罄尽，贫穷是一件苦事，/加上没有子女，心又不甘，/倒不如一头倒地，走进冥土，/而且加上疾病折磨。世上哪有谁/宙斯不会加给他许多的灾难。"（水建馥译）

《没有爱情便没有欢乐》不再单纯从青春的活力与美好这一稍显抽象的主题着手，而从青春中最为灿烂迷人的爱情入手，来表达人生感慨与哲理思索。开篇即为："没有黄金的爱情，哪有生活和欢乐？"这里的"爱情"原文是阿佛洛狄忒，她是希腊神话中的爱神（古罗马称之为"维纳斯"），此处泛指爱情。首句以疑问的方式肯定了没有爱情便没有生命的欢乐，为全诗定下基调。接着，以具体美好、充满激情的事例来突出爱情的动人，并把爱情与青春、老年联系起来。因为充满激情的暗结的爱情、交心的礼品、床帏的欢好，都是青年男女心爱的东西，都是"青春的花朵"，而"我"已步入老境，已经无缘享受人生中这些美好的东西。青春似水流逝，带走了动人的爱情，也使人进入老年。而老年是痛苦的、悲哀的，不仅与爱情的欢乐无缘，而且让人形体变丑，情怀变恶，充满种种不幸的忧虑，即使灿烂的阳光也不能使心情舒畅，且世态炎凉，人情浇薄——老年人还要受到孩子们的嫌恶，妇女们的轻贱。因此，诗人宁愿在步入老境之后悲观地死去（这与《我们都是绿叶》相同）。

希腊民族具有突出的自我意识（其广为流传的箴言是"认识你自己"）和强烈的现实感，他们热爱现实生活，热烈追求个体人生的现实享受与生命的价值。因而，他们充分享受现实生活中的一切欢乐——大自然的美景、青春的形体与爱情、物质的享用、文学艺术的赏心悦目。而且，他们有一种类似中国汉魏诗歌中人生短暂、须趁青春年少及时行乐的观念。米姆奈尔摩斯这首诗颇为典型地表现了希腊民族热爱现实生活、热爱青春与美、及时享受人生欢乐的思想观念，同时也形象地表达了对青春与老年、爱情与痛苦、生与死等二元对立的人生问题的哲理感悟与初步思索。诗歌的独特之处在于以青春的欢乐、爱情的幸福与老年的衰弱、生命的痛苦构成鲜明、强烈的对比，从而真切感人地表达了具有民族特色的人生观及个人深入骨髓的一种痛苦感受。这种感叹人生易老、须及时追求爱情的欢乐的思想，在此后的西方文学中得到不断的演变表现，在龙沙的诗中，在莎士比亚的长诗《维纳斯与阿童尼》及许多十四行诗中，表现得尤为突出。

断章二首

萨福著　杨宪益译

一

在皓月旁边，
繁星失去了光彩，
银光遍照着，
是这样无所不在。

二

有若娇红的苹果悬在树梢
在最高枝头，被采果的人忘了，
不是忘了，而是要采采不到。

　　萨福（公元前 612？—前 580？），古希腊著名的女抒情诗人。据说，她出身于累斯博斯岛一个贵族家庭，曾受到当地僭主迫害，一度逃亡西西里岛。后返回故乡，创办了一所女子音乐学校，教授诗歌和音乐，却爱上女弟子，发生同性恋。后爱上一个名叫法翁的年轻男子，失恋后跳崖坠海自杀。萨福早慧，17 岁即有诗名，是西方最早的专业抒情诗人。当年的诗作有 9 卷 9000 余行，中世纪她那以歌唱爱情为主的作品，被教会当作有伤风化的禁书在罗马和君士坦丁堡公开焚毁，现仅存两首完整的诗及一些简短残篇。其诗题材较窄，内容多抒写爱情和友情。感情真挚热烈，情调缠绵感伤，语言华丽简练，音韵柔美和谐，风格朴素自然，艺术成就颇高，具有一种其后学者所无法企及的纯朴力量，当时即被称为诗国中的"女荷马"，柏拉图甚至称她为"第十位缪斯"。著名的政治家、诗人梭伦宣称"记住她的诗，死亦甘心"，并希望自己"能学会萨福的一首歌后离开人世"。拜伦称她为"如火焰一般炽热的萨福"。她的诗被称为"萨福体"，对后世欧洲抒情诗的发展影响较大。
　　这是萨福诗歌中残存的两个片段，但都可以独立成篇，这也是萨福不少诗的一个显著特点，如："妈呀，我亲爱的妈呀！/我哪里有心织布，/我心里已经充满了/对那个人的爱慕。"（周煦良译）虽是断片中的短短四句，但却相当生动而完整地表达了热恋中少女的心理和情感，有点类似我国四川民歌："高高山上一树槐，手把栏杆望郎来。娘问女儿你望啥子啰，我望槐花几时开。"

第一首诗描写自然景物，可取题为《皓月》或《明月》（水建馥先生的《古希腊抒情诗选》即译为《明月》）。这的确可视为一首描写明月的独立完整的短诗。首二句先以繁星在明月旁边失去光彩来衬托明月的皎洁明亮，后二句直接描写明月的银光普照，无所不在，合起来就构成一幅自然优美而又境界广阔的明月夜景图。短短的四行诗即传神地写活了明月，足见萨福写作技巧之高。这类诗，在萨福的作品中尚有一些，如《夜星》"夜星啊，白天剥夺了我们的，/你全带了回来，/羊群归栏，孩子们都投入/母亲的胸怀"（周煦良译），《在中午时分》"在中午时分/当大地/发亮，带着火光/炎热降临。//蟋蟀，鼓起/翅膀，高声/歌唱"（罗洛译），都以寥寥数笔，简练生动、优美自然地写出了自然景物的特征。

第二首诗描写少女被人冷落遗忘的悲哀和她由此产生的自尊自傲心理。大哲学家柏拉图后来有一首《歌》，可能受到此诗的启发："我把苹果丢给你，你如果对我真心，/就接受苹果，交出你的处女的爱情，/如果你的打算不同，也拿起苹果想想，/要知道你的红颜只有短暂的时光。"（杨宪益译）苹果娇红的黄金时光相当短暂，正如红颜少女容易人老珠黄，这份人生长恨的自然规律人尽皆知。萨福这首短诗首先便强调少女有若"娇红的苹果"悬挂在树梢的最高枝头，既突出了少女的美丽与健康，又暗示其身份的高贵、态度的矜持。接着，通过写她被采果人遗忘，隐隐透出一种被人冷落的悲哀。这种悲哀，如果透过这首诗的另一种译本——把两个片段合成一首诗来看，就更为明显了："像那甜蜜的苹果，在高高的树梢殷红熟透了，/挂在树颠的枝条上，好像是摘果人将它忘了，/忘了？不！是够不到；到现在也还无人摘得了。//像那在荒山野岭到处开放的风信子花，/被撕裂，被伤害、被践踏在牧羊人脚下，/一直到那紫色的花朵被深深地踩进泥巴。""风信子花"的寓意十分明显，写尽了少女被人冷落、漠视的悲凄遭遇。但这位少女毕竟是一位自视甚高、颇为矜持的女性，面对冷落，她不甘示弱，马上强调说："不是忘了，而是要采采不到。"短短几行诗，就写出了一个美丽、倔强、富有个性的少女形象及其较为复杂的内心世界，其容量抵得上一首长篇情诗、一部洋洋数万字的小说。无怪乎《大英百科全书》萨福条目赞誉萨福的诗"语言洗练，感情深邃"。断章残句能拥有如此丰厚的内涵、如此强烈的艺术魅力，并能保持如此长久的艺术生命，在中外诗歌史上，颇为罕见。

畅饮太阳

埃利蒂斯著　袁华清译

畅饮科林斯的太阳
细察大理石的废墟
越过葡萄园的海洋
手持钢叉瞄准
躲避我的奉献的鱼儿
我找到了太阳唱着颂歌送来的树叶
热望正心满意足地
打开活生生的大地的胸膛。

我喝水，切开水果
伸手探索风的枝丫
柠檬树催促着夏天的花粉
绿鸟撕碎我的梦幻
我投射一瞥目光离去
世界在宽阔的目光中
复归美好，令人神往。

　　奥德修斯·埃利蒂斯（1911—1996），希腊当代最著名的诗人，原姓阿历波德历斯，生于克里特岛伊拉克利翁城一个有名的实业家家庭。1914年随父母移居雅典，少时在雅典大学学习法律和政治学，后赴巴黎攻读语言学和文学。1940年，墨索里尼进攻希腊，他作为希腊陆军的一名中尉，参加了在阿尔巴尼亚的反法西斯战争。战后曾在巴黎居住，并访问美国和苏联，后回到希腊。
　　埃利蒂斯1934年开始诗歌创作。早期诗歌受到艾吕雅等超现实主义诗人的影响，其笔名埃利蒂斯就是合保罗·艾吕雅的姓和希腊字"埃利蒂"（意为"游民"）而成。其最初两本诗集《方向》（1939）、《初升的太阳》（1943）带有浓厚的超现实主义色彩，并有对少年形象的神化和对故乡景物的寓言化描绘等特色，他也因此被称为"同辈抒情诗人的先驱"（一译"新希腊诗派之父"）。第二次世界大战反法西斯战争的战斗经验使其创作更趋冷静，也更有深度，诗风转向明朗、悲壮。1943 年创作的长诗《献给在阿尔巴尼亚的陆军少尉的英雄挽歌》，是其创作的转折点。1959 年长篇组诗《理所当然》为他在整个西方文学界赢得了崇高的声誉，该作品被欧洲公认为 20 世纪的杰作之一。埃利蒂斯的其他重要作品还有：《六个人和一个向老天忏悔的人》（1961）、《爱情的流程》（1970）、《光明树和第十四个美人》（1971）、《同胞》（1974）、《旗语通信手册》（1977）、《玛丽亚·奈弗莉》（1979）、《小水手》（1985）等。他的诗歌继承了希腊历史文化，尤其是神话传说的宝贵遗产，同时从现实生活中汲取养料，采用了西方现代艺术的某些手法，将民族传统与现代精神结合起来，风格独特，技巧怪诞，意象新奇。1979 年，由于"他的诗以希腊传统为背景，用感觉的力量和理智的敏锐描写现代人为自由和创新而奋斗"，埃利蒂斯荣获了诺贝尔文学奖。

太阳是埃利蒂斯的神。1943 年他的诗集《初升的太阳》问世，他在诗集中一再歌颂希腊传统中的万物之神——太阳，因此被誉为"饮日诗人"。本诗即选自《初升的太阳》，也是诗人获得"饮日诗人"雅称的重要因由。埃利蒂斯在领受诺贝尔文学奖的演说中宣布要为"光明和清澈"而发言——这是希腊文化的特点，也是他本人追求的目标。"太阳"这一希腊传统中的万物之神便是"光明与清澈"的化身（尼采更称之为"日神精神"），深深植根于传统中的诗人因此一再歌颂太阳，甚至歌颂"锃亮的白昼"。太阳，也是真理与人类理想的象征。诗人畅饮科林斯的太阳，是大有深意的。科林斯是希腊一个古老的城市，公元前 146 年罗马军队攻陷此城，吞并了希腊。因此，诗人细察科林斯的大理石废墟，畅饮科林斯的太阳，就含有追寻希腊传统文化之根、恢复其原初的"光明和清澈"的意图。而古希腊文化是西方文化的源头之一，诗人这一举动更有为现当代分崩离析的文化寻找疗法及追寻真理与人类理想的深意。1975 年，诗人在《今日世界文学》上发表的一篇访问记中说道：希腊当代诗人，包括塞菲里斯（1900—1971，1963 年诺贝尔文学奖获得者），都在努力发现希腊的真实面目，为此要"摧毁意大利文艺复兴以来一直强加在它身上并成为西方世界沉重负担的那个理性主义传统"，让人们"抛弃长期的偏见来看待希腊的现实"。他还认为，现代希腊诗歌的背景是希腊本身的自然和超自然的存在，即它的海洋、天空、山岳、无花果树和橄榄树，古代墓碑，粗犷的岛屿，瀑泻似的阳光，骄傲而受尽了折磨的人民，以及一切尚未受到旅游和商业等俗务彻底破坏的东西。

由上所述，这首《畅饮太阳》就不难理解把握了。诗人力图追寻民族文化之根，并使之与对自然和生活中美的发掘和描写相结合，以自己的理想创造一个美妙的新世界，让其充满"健康与欢乐，希望与乐观，光辉与朝气"，从而达到从伦理和美学上改造现实的目的。诗分两节。第一节写诗人畅饮科林斯的太阳，细察大理石的废墟，越过绿浪翻腾的葡萄园海洋，手持钢叉，寻找祭神用的鱼儿，欣赏着太阳唱着颂歌送来的树叶，并以热望打开了活生生的大地的胸膛。寓意诗人通过大自然的一切，通过古代文化的废墟，竭力寻找与古代文化的沟通点（祭神用的鱼儿），并从太阳那里获得了灵感。第二节写诗人饮用像太阳一样明澈的东西：清澈的水，晶莹多汁的水果，并伸手探索风的枝丫。此时此刻，柠檬树纷纷洒下夏天的花粉，绿鸟（即翠鸟）从"我"的梦幻中翩翩飞走，似乎撕碎了"我"的梦幻，"我"向这世界投以一瞥目光，在"我"宽阔的目光中，世界被重新创造，且"复归美好，令人神往"。寓意自己饱吸太阳及自然之灵气后，在憧憬与梦幻中以理想创造了一个美妙的世界，给现实恢复了原有的和现在急需的"光明与清澈"。全诗抒情纯厚，联想奇特，情调欢快，寓意深邃。

纪念碑

贺拉斯著　王焕生译

我建造了一座纪念碑，它比青铜
更坚牢，比王家的金字塔更巍峨，
无论是风雨的侵蚀，北风的肆虐，
或是光阴的不尽流逝，岁月的

滚滚轮回都不能把它摧毁。
我不完全死去，我的许多部分
将会逃脱死亡的浩劫而继续存在，
人们的称誉使我永远充满生机，

只要卡皮托利的祭司和贞尼
仍去献祭。我将会一直被人怀念，
在狂暴的奥菲杜斯河喧闹的地方，
在惜水的道努斯统治的乡人之间。

出身低微的我首先给意大利音韵
引来伊奥尼亚格律，诗歌的女神啊，
请接受由你襄助而得来的这一荣誉，
慈祥地给我戴上得尔福月桂花冠。

　　贺拉斯（公元前 65 年—公元前 8 年），古罗马杰出的诗人、著名文艺理论家，全称是昆图斯·贺拉提乌斯·弗拉库斯，通称贺拉斯。其出身于意大利南部一个获释的奴隶家庭，曾在罗马受过良好的教育，后到雅典学习哲学。公元前 44 年，凯撒被刺后，贺拉斯参加过反对凯撒的共和派军队。公元前 39 年到罗马谋职，并开始诗歌创作。后经著名诗人维吉尔介绍，加入奥古斯都的亲信麦凯纳斯的文学集团，成为宫廷诗人。他信奉中庸的人生哲学，其理想生活是田园生活。他说："我没有什么奢望，只不过是不大的一片土地，小小的花园，宅旁有潺潺的流水，再加上一片不大的树林。"因此，他竭力追求静谧的田园生活情趣。他流传至今的诗集有：《讽刺诗集》2 卷、《长短句集》1 卷、《歌集》（亦译《颂诗集》）4 卷、《世纪之歌》10 首、《诗简》（亦译《书信集》）2 卷。其诗包括讽刺诗、抒情诗、论诗诗。讽刺诗按照他后来提出的"寓教于乐"原则，善于用温文尔雅、机智幽默的态度评论时事，讽刺社会中吝啬、贪婪、淫靡等恶习，而不进行直接的强烈谴责，宣扬以道德教化为己任，被称为"贺拉斯式讽刺"。抒情诗则引入希腊抒情诗并加以改造，使之拉丁化，其中心主题是醇酒、恋爱、诗歌、友谊、自然和生活的恬静，融哲理与抒情为一体，构思巧妙、格律严谨、宏大深邃、典雅庄重。他的诗在语言方面尤有特色，表达准确、文字精美，实践了其独有的理论："如果你安排得巧妙，家喻户晓的字便会取得新的意义。"其抒情诗被称为罗马抒情诗的典范，对西方诗歌的发展影响颇大，对其进行模仿的作品被称为"贺拉斯体颂歌"。论诗诗主要是两卷 23 首的《诗简》，内容驳杂，善于把抽象的理论用形象的语言表达出来，其中最重要的一首是写给皮索父子的《诗艺》，继承了亚里士多德的"摹仿说"传统，总结了文艺创作的实践经验，提出了"寓教于乐"原则及作品要合乎情理、具有统一与调和之美的"合式原则"，在西方文艺理论史上有着重要地位，在诗歌史上也具有独特的艺术价值。

《纪念碑》是一首颂歌，是贺拉斯《歌集》的最后一首诗。"颂歌"在希腊文中的原意是合唱歌，唱时伴有舞蹈，一般用于庆祝重大胜利、节日和奥林匹亚竞技大会。它是西方源远流长的诗歌体裁，篇幅一般较长，结构精巧、词藻华丽、语调庄严。颂歌分为两类：一类用于公开的庆典场合，另一类则以赞美个人主观情感或大自然为主要内容。贺拉斯这首《纪念碑》属于后一类。

一次，麦凯纳斯组织并主持了一场盛大的集会，地点在阿格利帕的家中。麦凯纳斯首先宣布："我们今天庆祝两个节日，伟大的统帅阿格利帕从高卢凯旋归来，伟大的诗人维吉尔明天要出发到亚洲去，到传说中的特洛伊去。他将在那里完成一篇献给奥古斯都的新的长诗——《伊尼特》（亦译《埃涅阿斯纪》）。"接着，维吉尔朗诵了《埃涅阿斯纪》的片段，获得热烈的赞扬。而贺拉斯朗诵的《纪念碑》赢得了更为热烈的掌声。虽然这首诗是诗人歌颂自己的作品，但它通过对自己的赞扬，具有普遍意义地肯定了诗歌的社会意义和诗人的社会地位。而罗马又是一个重集体、重理性的国家，比较重视文学创作的社会意义，因而该诗受到普遍的欢迎。

诗歌开门见山，首先点题："我"建造了一座纪念碑。接着，十分自信地宣称"它比青铜更坚实，比王家的金字塔更巍峨"，无论风雨侵蚀、北风肆虐还是岁月流逝都无法把它摧毁。因此，即使"我"的肉体死去，"我"的精神也将"逃脱死亡的浩劫而继续存在"，只要还有人类存在，"我"就将被人怀念。在这里，诗人特别点到两个地方：一个是卡皮托利，这是古罗马的 7 个山岗之一，古罗马城最初建在此处，后来这里成为罗马国家的政治、经济、宗教活动的中心；一个是奥菲杜斯河，这是贺拉斯的故乡。一为繁华热闹的都市、政治文化的中心，一为荒凉偏僻的外省乡村，两者合起来构成人类生活的全貌，从而突出了只要有人类，诗歌就会流传下去的主题思想。最后一节，诗人具体交代了自己的贡献，说明自己不朽的原因，也暗示了创新的诗歌就是自己的纪念碑。虽然自己出身低微，但由于首先把希腊诗歌格律（伊奥尼亚人是希腊民族的两大支之一，另一支为多里安人，"伊奥尼亚格律"泛指希腊抒情诗格律）引入罗马诗歌，并使之拉丁化，因而诗歌女神理应给"我"戴上这一经由她的帮助而得的桂冠（"得尔福"是音乐、诗歌和太阳之神阿波罗的圣地，此处指戴上诗歌的荣誉桂冠）。

古希腊著名医生希波克拉特有句名言："人生短暂，艺术永恒。"贺拉斯这首诗大大发展并深化了这一思想，首次把艺术家的创作提升到一种相当自觉、极其自信、超越物质、凌驾于王权与死亡之上的永恒的高度。这对此后的西方文学影响深远，在但丁、彼特拉克、龙沙、莎士比亚、戈迪耶、叶芝等一系列诗人的创作中都可以看到这种思想的反映；其在俄罗斯文学中更是影响极大，光是 18 世纪末 19 世纪初，就出现了两首同名而且著名的仿作。

一首是著名诗人杰尔查文（1743—1816）的《纪念碑》："我为自己树一座神奇永久的丰碑，/它比金属还坚硬，比金字塔更雄伟；/无论是飓风，无论是滚滚的迅雷，/无论是岁月流逝，都不能把它摧毁。/是的！我的生命决不会全部消亡，/它多半将超脱腐朽而永世长存，/只要斯拉夫民族受到举世景仰，/我的荣耀与日俱增不会泯灭无闻。/白海和黑海之间将传诵我的业绩，/其间有伏尔加、顿河、涅瓦、乌拉尔河，/无数平民当中的每一个都将牢记，/我怎样由无名之辈变得名声显赫——是我大胆运用灵活而俏皮的俄语，/颂扬了费丽察善良崇高的美德，/是我用亲切朴素的言词谈论上帝，/是我面含微笑向沙皇把真理诉说。/缪斯啊！自豪吧，为真理的功绩，/什么人蔑视你，你报之以轻蔑。/请伸出从容而无拘无束的手臂，/把不朽的霞光冠冕佩戴到前额！"（谷羽译）

一首是普希金（1799—1837）的《纪念碑》："我自己建立了一座非人工的纪念碑，/在人们走向那儿的路径上，青草不再生长，/它抬起那颗不肯屈服的头颅/高耸在亚历山大的纪念石柱之上。//不，我不会完全死亡——我的灵魂在遗留下的诗歌当中，/将比我的骨灰活得更久长和逃避了腐朽灭亡——/我将永远光荣不朽，直到还只有一个诗人/活在这月光下的世界上。/我的名声将传遍整个伟大的俄罗斯，/它现存的一切语言，都会讲着我的名字。//无论是骄傲的斯拉夫人的子孙，是芬兰人，/甚至现在还是野蛮的通古斯人，和草原上的朋友卡尔梅克人。/我所以永远能为人民敬爱，/是因为我曾用诗歌，唤起人们善良的感情，/在我这残酷的时代，我歌颂过自由，/并且还为那些倒下去了的人们，祈求过宽恕同情。//哦，诗神缪斯，听从上帝的旨意吧，/既不要畏惧侮辱，也不要希求桂冠，/赞美和诽谤，都平心静气地容忍，/更无须去和愚妄的人空作争论。"（戈宝权译）

十四行诗（第32首）

莎士比亚著　卞之琳译

如果我活过了心满意足的一生，
任死亡无情，把枯骨用粪土掩藏，
如果你还在，你偶尔翻出来重温
亡友的这些粗鄙可怜的诗行，
拿它们比较受于时代的进益，
虽然谁的笔都早已胜过一筹，
不为了它们相形见绌的诗艺，
就为了我的爱而仍然把它们保留。
但愿多承你爱惜，把事情这样看：
"如果朋友的诗才随时代长下去，
他的爱定会有更为可贵的出产，
足够和装备较优的并驾齐驱——
他死了，后人居上了；为了文采
我读他们的，读他的就为了他的爱。"

　　威廉·莎士比亚（1564—1616），英国文艺复兴时期最伟大的诗人和戏剧家。生于沃里克郡艾汶河畔斯特拉福镇一个羊毛商人家庭。幼年进过当地一所很好的文法学校，可能学习过拉丁文、古代史、哲学、诗歌、逻辑、修辞等课程，接触过古代的语言和文学，后因家道中落而辍学。1585年左右到伦敦谋生，在剧院当过杂役、马夫、舞台提词助手、雇用演员。大约在1590年参加剧团，开始演艺和编剧生涯。1599年成为伦敦著名的"环球剧团"的股东兼演员。晚年在家乡购置了房地产，为家族获得世袭贵族的纹章。1613年归隐故乡。

　　莎士比亚一生创作了39部戏剧（据译林出版社新版《莎士比亚全集》），名作有：喜剧《第十二夜》《仲夏夜之梦》《威尼斯商人》，历史剧《亨利四世》《亨利五世》，悲剧《罗密欧与朱丽叶》《哈姆雷特》《麦克白》《李尔王》《奥赛罗》《雅典的泰门》，传奇剧《暴风雨》等，还有两首叙事长诗《维纳斯与阿童尼》《鲁克丽丝受辱记》和154首十四行诗。由于他的戏剧基本以素体诗（又称"无韵体诗"，是英国格律诗的一种，每首诗行不限，每行五音步抑扬格，不押韵，形式灵活自然，接近口语）写成，因此他被不少人看作一位诗人。其诗歌也很出色，主要歌颂真、善、美、爱情、友谊，表达对生活的哲理思索及对美好人生理想的追求，想象丰富，色彩绚丽，风格清新，笔调幽默，感情真挚，词藻优美，具有浓郁的生活气息和深邃的哲理，对后世影响较大。

这首诗是莎士比亚154首十四行诗中的第32首。

十四行诗又称"商籁体"，发源于意大利，其创始人是意大利13世纪"西西里派"的连蒂尼。彼特拉克使这种诗体趋于完美，他的十四行诗由两个四行诗节和两个三行诗节组成，韵式为ABBA，BCCB，DED，EDE。16世纪初，英国贵族萨瑞伯爵亨利·霍沃德和托马斯·外阿特爵士把这种诗体移植过来，使其在英国盛极一时，此后名家辈出，如锡德尼、斯宾塞、弥尔顿、华兹华斯、雪莱、济慈、白朗宁夫人以及20世纪的奥登，都是人们熟知的十四行诗名家。而莎士比亚的十四行诗堪称一座空前绝后的高峰。他改造、发展了这种诗体，把其构成改为三个四行诗节和一个两行诗节，韵式为ABAB，CDCD，EFEF，GG。他的十四行诗词汇丰富、比喻新颖、构思新奇、结构巧妙，尤其善于在最末两行概括诗意，画龙点睛，使之成为语出惊人的警策之句，甚至变成广泛流传的格言，因而被称为"莎士比亚体"。

莎士比亚154首十四行诗的主题主要是时间、友谊、爱情和艺术（诗）。英国莎学家马隆和斯蒂文斯于1780年提出，这154首诗的第1—126首，是莎士比亚写给一位美貌的贵族青年朋友的，第127—152首，是写给一位黑肤女郎的。这一说法较为流行，得到不少人的赞同。据此可知，这第32首是写给贵族美青年的。

诗歌中假设自己活过了心满意足的一生后去世，而男友还健在，请求男友"为了爱"保留自己所写的诗，并偶尔拿出来翻翻。"为了爱"有双重含义：一是指男友对自己的爱，二是指诗人对男友的爱。诗人对男友有一种特殊的爱，在不少诗中也一再表白过这种爱，并且力图在诗中永存男友美丽的青春和生命："我的爱在我的诗里将万古长青"（第19首）。为了这双重的爱，尤其是为了诗人的一片真情，男友应保留这些诗，并常常翻阅。诗人在第74首诗中也表达了类似的思想："但是放心吧：当那无情的拘票/终于丝毫不宽假地把我带走，/我的生命在诗里将依然长保，/永生的纪念品，永久和你相守。/当你重读这些诗，就等于重读/我献给你的至纯无二的生命：/尘土只能有它的份，那就是尘土；/灵魂却属你，这才是我的真身。/所以你不过失掉生命的糟粕/（当我肉体死后），恶蛆们的食饵，/无赖的刀下一个怯懦的俘获，/太卑贱的秽物，不配被你记忆。/它唯一的价值就在它的内蕴，/那就是这诗：这诗将和它长存。"（梁宗岱译）

但是，面对男友惊伦绝艳的美，诗人心情颇为矛盾。有时，他信心十足，坚信自己的诗才可以使男友千古流芳，"他的丰韵将在这些诗里现形，/墨迹长在，而他也将万古长青"（第63首），"我的爱在翰墨里永久放光芒"（第65首），"这强劲的笔将使你活在生气/最蓬勃的地方，在人们的嘴里"（第81首），甚至宣称"只要一天有人类，活人有眼睛，/这诗将长存，并且赐给你生命"（第18首）。有时，他又深感自己的韵律过于"陈腐"，力不胜任，"你这美妙的题材值得更高明的笔"去精细描写（第79首），并认为别人是更大的天才，是艨艟巨舟，而自己只是一片轻帆，一叶小艇（第80首），自己所写的诗也只是如这首诗中所说的："粗鄙可怜的诗行"。这是因为：第一，卢梭说过："真正的美，是美在它本身能显出奕奕的神采。"在真正的美面前，人的一切语言都显得多余，即使天才也会有一种无从着手之感；第二，真正置身于爱中，便会有一种自惭形秽、一切不如对方的感觉；第三，诗人清醒地看到，随着时代的推进，文学艺术的水平也会大大发展，后人的水平将会更高。因此，诗人深感自己的诗是些"粗鄙可怜的诗行"，诗艺也将"相形见绌"。

全诗的主题是表达对男友的爱，但不直说，而是假设自己死去，让男友为了爱而读自己的诗（"读他的就为了他的爱"），让对方不忘自己，珍惜"我"的爱，这种反面着笔的方法，含蓄委婉而又曲折深厚地表达了诗人的一片真情、一份深情和一种痴情，构思新奇，动人心弦。

十四行诗（第116首）

莎士比亚著　屠岸译

让我承认，两颗真心的结合，
是阻挡不了的。爱算不得爱，
要是人家变心了，它也变得，
或者人家改道了，它也快改：
不呵！爱是永不游移的灯塔光，
它正视风暴，决不被风暴摇撼；
爱是一颗星，它引导迷航的桅樯，
其高度可测，其价值却无可计算。
爱不是时间的玩偶，虽然红颜
到头来总不被时间的镰刀遗漏；
爱决不跟随短促的韶光改变，
就到灭亡的边缘，也不低头。
假如我这话真错，真不可信赖，
算我没写过，算爱从来不存在！

　　这首十四行诗，是莎士比亚154首十四行诗中颇具代表性的作品，它宣扬的是：爱的不渝与忠贞，可以征服时间。这也是莎士比亚早期作品的一个重要主题。在十部喜剧中，他一再歌颂纯洁真挚的爱，表达了类似古罗马诗人维吉尔那种"爱可以征服一切"的思想。这种思想的产生，既有社会原因，也有诗人自身的原因。

　　文艺复兴时期，作家们为了反对扼杀人性的封建教会，以人文主义思想为武器，反对神权神性，宣扬人权人性，反对禁欲主义、来世主义，提倡个性解放、现世享受，鼓吹"幸福在人间"。这样，他们在作品中，极力描写对被教会视为罪孽的爱情的追求，歌颂真挚、纯洁、至死不渝的爱情。意大利诗人彼特拉克的《歌集》表现了自己对劳拉忠贞不渝的感情，薄伽丘在《十日谈》中也一再描写倾心相爱、虽死不渝的青年男女（如第四天故事第一之绮思梦达与纪斯卡多的爱情故事）。受此时代大潮的影响，莎士比亚也在作品中极力歌唱真挚、永恒的爱情。

莎士比亚是一个对时间极其敏感的诗人，他一再在作品中写到时间毁灭一切的威力。在他看来，"人类是一件多么了不得的杰作！多么高贵的理性！多么伟大的力量！多么优美的仪表！多么文雅的举动！宇宙的精华！万物的灵长！"（《哈姆雷特》）然而，不管人类如何高贵、伟大，面对匆匆流逝的时间，也无能为力："正像海涛向卵石滩头奔涌，/我们的光阴匆匆地奔向灭亡，/后一分钟挤去了前一分钟，/接连不断地向前竞争得匆忙。/生命，一朝在光芒的海洋里诞生，/就慢慢爬上达到极峰的成熟，/不详的晦食偏偏来和他争胜，/时间就捣毁出自己送出的礼物……"（第60首）即使惊世绝伦的美，也在时间的逼攻下，只能享有短暂的美丽："一刻刻时辰，先用温柔的工程/造成了凝盼的美目，教众人注目，/过后，会对着同一慧眼施暴政，/使美的不再美，只让它一度杰出；/永不歇脚的时间把夏天带到了/可怕的冬天，就随手把它倾覆……"（第5首）

莎士比亚认为，能征服时间、战胜死亡的，主要有三件东西。一是人的后裔，他可以延续人的生命和美："但愿你是你自己呵！可是，我爱，/你如今活着，将来会不再是自己；/你该准备去对抗末日的到来，/把你可爱的形体让别人来承继。/这样，你那租借得来的美影，/就能克服时间，永远不到期：你死后可以重新成为你自身，/只要你儿子有你美丽的形体。"（第13首）二是诗人的创作："能不能让我来把你比拟作夏日？你可是更加温和，更加可爱：狂风会吹落五月里开的好花儿，/夏季的生命又结束得太快；有时候苍天的巨眼照得太灼热，/他那金彩的脸色也会被遮暗；/每一样美呀，总会离开美而凋落，/被时机或者自然的代谢所摧残；/但是你永久的夏天决不会凋枯，/你永远不会失去你美的仪态；/死神夸不着你在他影子里蹀躞，/你将在不朽的诗中与时间同在；/只要人类在呼吸，眼睛看得见，/我这诗就活着，是你的生命绵延。"（第18首，均屠岸译）三是忠贞不渝的爱。

本诗即是宣扬忠贞不渝的爱可以征服时间。这一主题在诗中表达得颇为生动，起伏多姿。开篇即委婉地宣称真正的爱——两颗互相忠诚的心灵的结合，是无法阻止的。第三、四句进而从反面着笔：如果对方有变，爱就随之消失的话，那么，这种爱"就算不得爱"。接着，分几个层次从不同角度描写爱的价值。先以肯定的语气，用比喻的方式描写爱"正视风暴"，毫不动摇，并能引路导航，使人走出迷途（"爱是永不游移的灯塔光"，是固定的标志；"爱是一颗星"，指爱是北斗星，指明方向）。然后，以否定的语气指出，"爱不是时间的玩偶"，并十分决断地认为，爱绝不跟随短促的韶光而改变——哪怕末日来临（"灭亡"指最后审判，即世界末日降临），爱也不会低头。也就是说，爱能傲然于时间之上，战胜时间。最后两行，进一步点明诗意：如果"我"上面所说的爱能够征服时间的这些话不是真理，那么，将收回自己所写的一切关于爱的忠贞的作品，世界上也从来不曾存在过爱（意即世界上从来没有人真正相爱过）。

全诗巧于说理，而又情理交融，善于用朴实的语言、生动的比喻、不同的语气从不同的角度突出主题，体现了圆熟高超的诗歌艺术技巧。

哈姆雷特独白

莎士比亚著　卞之琳译

活下去还是不活，这是个问题：
要做到高贵，究竟该忍气吞声
来容受狂暴的命运矢石交攻呢，
还是该挺身反抗无边的苦恼，
扫它个干净？死，就是睡眠——
就这样；而如果睡眠就等于了结了
心痛以及千百种身体要担受的
皮痛肉痛，那该是天大的好事，
正求之不得啊！死，就是睡眠；
睡眠也许要做梦，这就麻烦了！
我们一旦摆脱了尘世的牵缠
在死的睡眠里还会做些什么梦，
一想到就不能不踌躇。这一点顾虑
正好使灾难变成了长期的折磨。
谁甘心忍受人世的鞭挞和嘲弄，
忍受压迫者虐待、傲慢者凌辱，
忍受失恋的痛苦、法庭的拖延、
衙门的横暴、做埋头苦干的大才、
受作威作福的小人一脚踢出去，
如果他只消自己来使一下尖刀
就可以得到解脱啊？谁甘心挑担子，
拖着疲累的生命，呻吟，流汗，
要不是怕一死就去了没有人回来的
那个从未发现的国土，怕那边
还不知会怎样，因此意志动摇了，
因此就宁愿忍受目前的灾殃，
而不愿投奔另一些未知的苦难？
这样子，顾虑使我们都成了懦夫，

也就这样子，决断决行的本色
蒙上了惨白的一层思虑的病容；
本可以轰轰烈烈地大作大为，
由于这一点想不通，就出了别扭，
失去了行动的名分。

"活下去还是不活，这是个问题"（"To be，or not to be — that is the question"），选自莎士比亚的著名悲剧《哈姆雷特》。

《哈姆雷特》取材于丹麦 12 世纪历史学家萨克索·格拉马提卡的《丹麦史》。文艺复兴时期，法国作家贝尔弗、英国作家基德曾先后把这个古老的丹麦王子复仇的故事改编成悲剧。莎士比亚在此基础上，又进行了点石成金、画龙点睛的艺术加工，成功地将这一复仇故事改编成一部具有深刻的人生哲理内涵和丰富的时代人文内容的伟大悲剧。

《哈姆雷特》讲述的是：在德国威登堡大学读书的年轻的丹麦王子哈姆雷特，突然接到父王去世的消息。回国奔丧时，他看到叔父克劳狄斯已攫取了本应属于自己的王位，而丧偶还不到两个月母亲乔特鲁德也匆匆改嫁给了新王。疑惑的王子，在一个阴森可怕的夜里，见到了父王的鬼魂。鬼魂向哈姆雷特讲述自己被克劳狄斯偷偷毒死的情况，并嘱咐他复仇。为了弄清真相，哈姆雷特开始装疯，并忍痛暂时放下了对奥菲利娅的爱情，且巧用"戏中戏"证实了鬼魂的话。哈姆雷特决心复仇，他去探望并争取母亲站到自己一边。此时，奥菲利娅的父亲、首相波洛涅斯奉国王之命，躲在窗帘后偷听。哈姆雷特以为是克劳狄斯，挥剑把他杀死，从而导致了奥菲利娅的疯狂和死亡。克劳狄斯乘机借口保护哈姆雷特，派人送他去英国，试图借英王之刀杀掉哈姆雷特。但哈姆雷特略施小计，半路上调换了密信，脱险回到丹麦。克劳狄斯利用波洛涅斯之子雷欧提斯为父复仇的心理，挑动他与哈姆雷特比剑，并暗中安排了毒剑与毒酒，决心以"双保险"的方式置哈姆雷特于死地。在比剑中，哈姆雷特首先获胜，乔特鲁德高兴地替儿子饮下了庆贺的毒酒。随后的比试中，哈姆雷特和雷欧提斯都中了毒剑。临死前，雷欧提斯当众揭露了克劳狄斯的阴谋，哈姆雷特拼出最后一点力气杀死奸王，倒地死去。临终前，他嘱托好友霍拉旭讲述自己的故事，传播自己的心愿，并遗言让年轻有为的挪威王子福丁布拉斯继承王位。福丁布拉斯决定为哈姆雷特举行隆重的葬礼。

《哈姆雷特》是莎士比亚最著名的戏剧之一，是其最重要的戏剧代表作，同时也是他引起争论最多的作品之一。由于剧本所蕴含的丰富得令人难以言明的思想内容和惊人的艺术魅力，自 1601 年问世至今，世界各国有关它的论著数不胜数，可谓是"汗牛充栋"。据统计，自 1877 年以来，仅欧洲平均每隔 12 天就有一部（篇）研究《哈姆雷特》的论作问世，而且历久不衰。尤其是就这一悲剧的主人公哈姆雷特是英雄还是无所作为的庸人，是坚强还是软弱，是真疯还是假疯，以及他那著名的踌躇（延宕）等一系列问题，学界至今仍在争论不休。

笔者认为，哈姆雷特的性格在戏剧中是发展变化的，经历了一个漫长、艰难的由软弱走向坚强、从多思走向行动的转化过程。从小的养尊处优与在"哲学的故乡"——德国威登堡大学的学习、人文主义思想与基督教的影响，使他出场时是软弱、多思的。过多的思虑和软弱，一度使他踌躇、忧郁，丧失了行动的力量。然而，在外界环境的作用下，他渐渐克服了性格的弱点，走向坚强与行动。"活下去还是不活"，是戏剧中最有名的一段诗体独白，常为英国文学作品选或诗歌选所选，它出现在哈姆雷特安排"戏中戏"之后，是哈姆雷特性格变化的一个转折点。

在这段独白中，各种矛盾纷至沓来，使哈姆雷特无所适从：善与恶、爱与恨、理性与非理性、生与死、多思与行动、默默忍受与挺身反抗……各种矛盾的斗争在此一同爆发了！恶的强大凶狠、善的单枪匹马，使他伤透了脑筋。他是个人文主义者，他要重整乾坤，以建立一个符合理性原则的新秩序，可现在处处是人性的败坏和非理性：母亲的不贞与淫荡，叔父的谋杀与夺权，朋友的卖身投靠、置友谊于不顾，人们的趋炎附势、好吃贪睡的生活，为了淫欲而结合的婚姻……使他深感：自己爱这个世界，又恨这个世界；爱母亲，又恨母亲；爱自己，又恨自己的无能——"我是一个多么不中用的蠢材！""只会用空言发发牢骚！"他愤怒："谁愿意忍受人世的鞭挞和讥嘲、压迫者的凌辱、傲慢者的冷眼、被轻蔑的爱情的惨痛、法律的迁延、官吏的横暴和费尽辛勤所换来的小人的鄙视！"但他对此又无可奈何！因此，在生与死的冲突中，他只有选择死！"自杀"，是他一直在思虑的问题：出场不久，他就想化为一滴露水，想"自杀"，现在，他更是细致地思考了这一问题——由自杀想到死，由死想到各种梦，想得多细啊，他真是多思！之后，他也多次表示希望死去。一面是父仇未报，乾坤尚未重整；另一面却在紧张地、不断地思考自己的死，这充分说明了他的天性中确实有着软弱的一面！在这一段内心独白中，他心灵深处的痛苦、希望、决断都坦露无遗；他那以自问开始，经过自答自辩和诸多考虑，最终找出不能决断的原因的思索过程，也淋漓尽致地展现出来了。软弱与坚强、多思与行动在这里经历了一场大决战，但从这段独白的结尾看，软弱和多思失败了，因为哈姆雷特并没有自杀，而且最后还认识到了自己的弱点，并予以正视。能正视自己，进行自我分析，这是坚强的一种表现！此后，哈姆雷特越来越坚强，越来越趋于行动——探望母亲、杀死波洛涅斯、改写密信、挥剑决斗、砍倒奸王，表现出其在理智指导下的坚毅果敢的行动。这样，这段著名的独白，不仅以曲折反复的思考过程和复杂细致的思辨语言引人注目，而且以深刻的人生哲理打动人心，而"活下去还是不活，这是个问题"更成为几百年来人们争相传诵的名句。

咏水仙

华兹华斯著　飞白译

我孤独地漫游，像一朵云，
在山丘和谷地上飘荡，
忽然间我看见一群
金色的水仙花迎春开放，
在树荫下，在湖水边，
迎着微风起舞翩翩。

连绵不绝，如繁星灿烂，
在银河里闪闪发光，
它们沿着湖湾的边缘
延伸成无穷无尽的一行：
我一眼看见了一万朵，
在欢舞之中起伏颠簸。

粼粼波光也在跳着舞，
水仙的欢欣却胜过水波；
与这样快活的伴侣为伍，
诗人怎能不满心欢乐！
我久久凝望，却想象不到
这奇景赋予我们多少财宝，

每当我躺在床上不眠，
或心神空茫，或默默沉思，
它们常在心灵中闪现，
那是孤独之中的福祉；
于是我的心便涨满幸福，
和水仙一同翩翩起舞。

威廉·华兹华斯（1770—1850），英国 19 世纪著名浪漫主义诗人，"湖畔派"领袖。他生于昆布兰郡德万特湖考克茅斯镇一个律师家庭，从小失去父母，就学于霍克思海德镇。当时该地区尚未受到工业革命的侵袭，群山连绵，湖泊星罗棋布，优美的景致陶冶了华兹华斯的性情，培养了他对大自然的热爱。他 17 岁进入剑桥大学学习，受法国革命影响，向往法国的民主政治。1790 年，其于毕业前夕与友人到欧洲大陆旅行，路经瑞士、意大利，饱览阿尔卑斯山的美景，并到达法国。后回故乡湖区居住，与 1797 年居住该处的诗人柯勒律治（1772—1834）结成莫逆之交，创作了许多抒情诗。1798 年，他们把所写的 23 首诗编为《抒情歌谣集》出版，华兹华斯为诗集写的序言成为英国浪漫主义的美学宣言，对后世的影响极大。1798 年至 1807 年前后，是华兹华斯创作的全盛期。1803 年，罗伯特·骚塞（1774—1843）也住到湖区，他们三人组成了英国"湖畔派"的"三驾马车"。1813 年，华兹华斯接受政府的长期津贴。1843 年被封为桂冠诗人，但其诗歌创作已使人深感江郎才尽。

　　华兹华斯一生创作颇丰，名篇佳作主要有：《我们是七个》《全局改观》《丁登寺》（均 1798）、《露茜》（1799）、《彩虹》（1802）、《咏水仙》（1804）、《序曲》（1805）、《致杜鹃》（1807）、《孤独的刈麦女》（1807），代表作为长诗《序曲》。他反对工业文明，热爱大自然和淳朴单纯的生活，善于以敏锐的眼光和感受力在平凡的自然景物和普通的人们身上发现异乎寻常的美。他的诗多描绘自然景物，歌颂人与自然的和谐，宣扬通过对大自然美景的感悟，荡涤心灵，升华精神。其诗歌的突出特点是情景交融、意境清新、形象生动、语言质朴，尤其善用日常语言。

　　这首《咏水仙》是华兹华斯最负盛名的佳作。诗人的妹妹多萝茜曾在 1802 年 4 月 15 日的日记里写下了创作本诗的背景："我们在高巴诺公园不远处的林中发现了几株临水的水仙花……我们继续往前走时，水仙花越来越多。最后，我们看到在树枝的遮掩下，沿着湖岸长着的水仙织成了一条狭长的彩带，其宽度约相当于一条乡村大道。我从没有看见过如此美丽的水仙花。它们穿梭、盘绕、覆盖着长满苔藓的石块，或者把石块当作解除疲乏的枕头，或者摇首，旋转，舞姿翩翩。每当微风掠过湖面，它们就似乎在开怀大笑。它们看起来很灵活，总是在跳舞，总是在变换姿势。"不写诗的多萝茜都陶醉于这美景，写下如此激动、优美的日记文字，华兹华斯的激动就可想而知了。但他当时却未写一字，直到两年后才动笔写这首诗。因为他认为："诗是强烈情感的自然漫溢，然后在安静中加以追忆。"霎时的感悟、长久的酝酿、高超的技巧，终于使此诗成为脍炙人口的名篇。

　　全诗通过描写人与大自然逐渐沟通、物我一体的过程，表达了人与大自然息息相通，且大自然能净化、升华人的灵魂的主题。诗人舍弃了有妹妹陪伴散步的现实情景，而在开篇特意点出"我孤独地漫游"，突出自己的漫无目的、孤独徘徊、心有愁绪、无所寄托，因此紧接着便是"像一朵云，在山丘和谷地上飘荡"，比较明确地写出，自己具有一种茫茫然精神无所依归、若有所思的情绪。然而，忽然间，成群成簇的金色水仙花在摇曳、舞蹈，吸引了"我"的目光，给"我"无所寄托的心带来惊喜。第二、三节接着第一节的惊喜，进而描写水仙花点亮了自己的心情。千万朵水仙花有如银河中明亮璀璨的绵绵群星，又如美丽的少女在翩翩起舞，连湖中的碧水也仿佛受到感染，波光和涟漪都加入了水仙的舞蹈。"我"顿感愁云尽消，心情舒展明朗，情绪激昂地在此流连忘返，眼前的美景化为心中的美景。此时此地，诗人与大自然融合为一，我即水仙花，水仙花即我，水仙花的欢舞便是我生命的欢舞，我满心的喜悦也是水仙花的喜悦。在情与景的交融中，在物与人的沟通中，诗人发现了存在的意义——深入自然，拥抱自然，从自然中找到心灵的慰藉与生命的启示。最后一节由此深化开去，孤独无依的心灵既然不仅在自然美景中消除了愁绪，而且与自然融为一体，找到了伴侣和归宿，不再孤独，那么，此后每当空虚烦恼来袭，只要想起那回归自然的极乐之境，一切烦恼空虚便烟消云散，心灵和水仙花一同翩翩起舞。

郭沫若在其《英诗译稿》中认为："这诗也不高明，只要一、二两段就够了。后两段（特别是最后一段）是画蛇添足。板起一个面孔说教总是讨厌的。"这话有一定的道理，但不够全面、细致。本诗除第三节后四行显得多余外，其他部分似不多余：第三节前两行不仅与第二节银河繁星的比喻构成地上、天空"水天一色"的广阔美丽的境界，而且更以碧水加入水仙之舞生动地强化了水仙之舞的感染力；第四节则是华兹华斯诗歌美学观的具体体现——他一向认为人离开自然，追求物质享受是本末倒置，"简朴的生活，崇高的思想"才是健康的生活。因而，他反对随着工业文明的发展而出现的追求物质享受、忘记精神追求的庸俗社会风气，主张人性复归，以一颗童真未泯的心灵回归自然，从自然的快乐中寻找人生的快乐（如《彩虹》），而且，他也的确通过"曲终奏雅"，使这一次偶然的经历变成了永恒、普遍的经验，变成了精神的宝贵财富，从而大大拓展、深化了诗歌的主旨。

本诗的艺术特点主要有二。

一是以想象赋予平凡的日常景物以灵性和光辉。在《抒情歌谣集》的序言里，华兹华斯曾提到，他写诗的主要目的，"是在选择日常生活里的时间和情节，自始至终采用人们真正使用的语言加以述说和描写，同时在这些事件和情景上加上一种想象力的色彩，使日常的东西在不平常的状态下呈现在心灵面前"，进而他认为，诗的最终目的是以想象来反映宇宙万物的天性的永恒部分。本诗写漫步时发现水仙花的惊喜与精神愉悦，事情本身、自然景物及所用语言均为日常生活中常见的，但诗人以动人的想象，先把自己比喻为孤独的云，接着又把摇曳的水仙想象为繁星万点的银河，进而更让心灵与水仙一同翩翩起舞，这就使平凡的一切染上了想象的光辉，有了与心灵相通的灵性。

二是巧用"舞"这一意象，层层深入地展示自然与心灵和谐的过程。第一节写初睹水仙花起舞；第二节深入一层，写水仙花万花齐舞；第三节写湖光波影也加入舞蹈，又深入一层；第四节写心灵也与水仙一同欢舞，更深入一层，使心灵与自然融合为一。

值得一提的是，我国宋代词人蒋捷在《燕归梁·风莲》一词中有与此类似的写法："我梦唐宫春昼迟，正舞到、曳裾时。翠云队仗绛霞衣，慢腾腾，手双垂。　　忽然急鼓吹将起，似彩凤、乱惊飞。梦回不见万琼妃，见荷花，被风吹。"词人看见一大片荷花在风中起舞，想象联翩，假托梦境，回到唐朝，看到千万琼妃正在翩翩起舞，赋予日常景物以灵性和神奇色彩（梦回唐朝、千万琼妃起舞翩翩），也是通过写荷花在风中舞蹈来表现人与自然的和谐，可见中外文思的确有相通之处。

我的心灵是阴沉的

拜伦著　查良铮译

一

我的心灵是阴沉的——噢，快一点
　　弹起那我还能忍着听的竖琴，
那缠绵的声音撩人心弦，
　　让你温柔的指头弹给我听。
假如这颗心还把希望藏住，
　　这乐音会使它痴迷得诉出衷情：
假如这眼睛里还隐蓄着泪珠，
　　它会流出来，不再把我的头灼痛。

二

但求你的乐声粗犷而真挚，
　　也不要先弹出你欢乐的音阶，
告诉你，歌手呵，我必须哭泣，
　　不然，这沉重的心就要爆裂；
因为它曾经为忧伤所哺育，
　　又在失眠的静寂里痛得久长；
如今它就要受到最痛的一击，
　　使它立刻碎裂——或者皈依歌唱。

乔治·戈登·拜伦（1788—1824），英国19世纪著名浪漫主义诗人。出身贵族家庭，10岁继承家族的爵位、领地。1805年进入剑桥大学三一学院学习。12岁开始写诗，1807年出版第一本诗集《闲散的时光》。1809年发表长诗《英国诗人与苏格兰评论家》，展示了诗才，引起诗坛关注。同年，游历了西班牙、葡萄牙、阿尔巴尼亚、希腊、土耳其等地，并创作了著名的游记体长诗《恰尔德·哈罗尔德游记》的第一、二章，1812年发表后轰动英国，震动欧洲诗坛，以至诗人不无得意地说:"我一朝醒来,发现自己已经成名了。"1813 年至 1815 年,发表了《异教徒》《海盗》《莱拉》《科林斯的围攻》等六首取材于东方的故事诗,统称"东方故事诗"。1814 年被迫离开英国,途经比利时到达瑞士,结识了英国另一位大诗人雪莱,与之成为好友,并在思想与创作上受到雪莱的影响。1817 年拜伦迁居意大利。这一时期,是拜伦创作最辉煌的时期,完成了《恰尔德·哈罗尔德游记》第三、四章,写出了长诗《锡雍的囚徒》(1816)、《普罗米修斯》(1816),诙谐长诗《别波》(1818),讽刺长诗《审判的幻影》(1822)、《青铜世纪》(1822—1823),著名诗剧《曼弗雷德》(1816—1817)、《该隐》(1821)、《马里诺·法利埃格》(1822),及未完成的诗体长篇小说《唐璜》(1818—1824)。

拜伦一生热爱自由,崇尚独立,反对专制、压迫与奴役,积极参加各种政治斗争。1812 年,英国爆发破坏机器的工人运动——路德运动,拜伦以议员的身份,在上议院发表长篇演说,严厉谴责政府处死暴动工人的法令,并写了政治讽刺诗《"反对破坏机器法案"制定者颂》《路德分子之歌》。迁居意大利后,他不仅积极赞助而且参与并组织了意大利烧炭党人为谋求民族独立、反对奥地利统治者的斗争。1823 年,他用变卖自己庄园的钱款和稿费买了一艘战舰,装备了一支军队,远赴希腊,支援希腊人民反抗土耳其统治者的斗争,被希腊人民授予总司令的称号。1824 年其因患热病在梅索朗吉昂要塞去世,临死前高呼:"前进,前进,勇敢些!"

拜伦的诗歌不仅数量多,类型也比较丰富,主要包括诗体长篇小说、游记体长诗、叙事诗、讽刺长诗、诗剧等。这些作品故事生动,情节曲折,人物性格鲜明,富有异国情调,最能体现其诗才。相比之下,他的短篇抒情类诗歌数量较少而且稍逊一筹。这些抒情诗题材较为广泛,但论调孤傲,色彩忧郁。拜伦和拿破仑是欧洲 19 世纪在世界范围内产生巨大影响的两位天才,罗素在其《西方哲学史》中为此列一专节,介绍拜伦的思想。而他的诗歌艺术影响更为广泛。

这首诗选自拜伦的组诗《希伯来歌曲》。这组诗共 24 首,是拜伦抒情诗中的精品,大多取材于《圣经》故事。公元前 586 年,巴比伦王尼布甲尼撒二世再次率兵攻陷犹太王国首都耶路撒冷,火烧了圣殿王宫,灭亡了犹太王国,把大批王公贵族、祭司、工匠和部分贫民劫掳到巴比伦,造成东方史上著名的"巴比伦之囚"事件。《圣经·旧约》中的《耶利米哀歌》再现了耶路撒冷遭劫的惨象及犹太人国破家亡、妻离子散的悲哀。拜伦这首诗借古代犹太民族这一段哀史来抒发自己深重的悲哀。

诗歌分为两节。第一节请求乐师以温柔的指头从竖琴上弹出"缠绵的声音",以慰藉自己那颗还有存有一线希望的阴沉心灵。第二节转而请求乐声"粗犷而真挚",因为温柔缠绵的乐音已无法感动、慰藉阴沉的心灵,欢乐的音阶对它也无能为力,只有粗犷的乐声或许能使这忧伤过度、快要爆裂的心灵不致爆裂,使它在哭泣中宣泄痛苦与忧伤,或者"皈依歌唱"。

拜伦一生,时时有一种弥漫世界、充塞宇宙的忧郁与悲哀感。这与其身世有关。拜伦的父亲曾供职于英国海军,母亲是苏格兰人。父亲把母亲的财产挥霍一空后,为躲债逃到法国,于1791年死于异乡。拜伦出世时就跛了一只脚,为此常常受人欺侮。母亲因为生活的贫困、婚姻的不幸而迁怒儿子,经常把他当作发泄怨气、怒气的工具。父母的离异、贫穷孤寂的童年生活、不仅受外人欺侮还要时常被母亲打骂的处境,使得拜伦形成了反抗、叛逆的性格,同时,也让他从小就产生了一种强烈的孤独感,一种无以名状的忧郁与悲哀感。成年后,婚姻的不幸、社会的不公,再加上他那玩世不恭、叛逆反抗的个性与对下层人民的同情及为他们说话所招来的上流社会的中伤与拒斥,更使他产生了一种刻骨铭心的孤独感、一种铺天盖地的忧郁与悲哀。

或许,这还与他天性的忧郁有关。天性忧郁的人往往落落寡合,有一颗特别纤细敏感的心,会产生一种在世人看来完全没来由的忧郁与悲哀。《红楼梦》中的林黛玉观花落泪,见月伤心,是这方面的典型。法国象征主义诗人魏尔伦在诗中也一再写到自己所具有的这种天性的忧郁,如:"我心中在哭泣/如雨洒向街头,/潜入我心坎的/该是何种烦忧?//潇潇的雨丝啊/飘在街头房顶!/忧郁的心地啊/听这雨的低吟!//此心尽日忧愁/无缘无故啼哭。/奇怪!无人背叛?/悲伤实无理由。//我无爱也无仇/却有万般痛苦:/人间愁苦莫过/没来由的痛苦!"(施康强译)又如:"秋之提琴/弦弦声声/如怨泣,/单调漫长/令我神伤/慵无力。//窒息难言/容颜惨淡/钟声鸣,/令我追念/似水华年/泪沾襟。//我遂出门/恶风袭人/行趔趄,/忽东忽西/飘零无依/似落叶。"(施康强译)拜伦与魏尔伦稍微不同的是,他试图以强烈的个性、过激的叛逆行为来掩饰自己的孤独、忧郁、悲哀与痛苦,其实这颗当时世界景仰的最强健的心灵却是最脆弱、最敏感的心灵。其作品中一系列"拜伦式英雄"体现了他的性格特点。一方面,他们都有强有力的个性与突出的叛逆精神,才能出众、力量非凡,但在社会中却找不到用武之地,他们以异样的勇敢与热情,孤傲地报复或反叛社会。另一方面,他们为自己的无所作为而痛苦,因自己的力量和情感的虚耗而绝望,在反抗中最终无一不走向死亡。可以说,孤傲、叛逆、悲剧性的死亡,这就是"拜伦式英雄"的三大标志,它表现了拜伦外表的刚强和内心的软弱,体现了拜伦那种弥漫宇宙的大忧郁、大悲哀。

本诗也体现了拜伦这种天生的忧郁。开篇即声明:"我的心灵是阴沉的",然后在两个诗节里具体地展现心灵的阴沉。第一节虽然希望温柔缠绵的音乐能给自己安慰，但也知道自己心里早已没有希望，而且早已欲哭无泪，温柔的音乐已无法打动这有着深刻的悲哀的心。第二节意识到自己"必须哭泣"，否则心就会爆裂，转而祈求粗犷的音乐能帮助自己释放出内心的沉重，并交代了心灵阴沉的原因："为忧伤所哺育，又在失眠的静寂里痛得久长。"

本诗的特点有二：一是善于巧妙地抒写郁积的悲哀。一方面如上所述，通过对音乐的不同要求，逐层深入地展现心灵的悲哀；另一方面又以古希伯来人的巴比伦之囚这一亡国之痛的悲哀为背景，深化自己的悲哀，使之具有普遍性和超时空性。二是一反此前听琴师演奏并让音乐主宰听者情感的惯例（如李颀《听安万善吹觱篥歌》之"傍邻闻者多叹息，远客思乡皆泪垂"、韩愈《听颖师弹琴》之颖师能"以冰炭置我肠"、白居易《琵琶行》之"江州司马青衫湿"、德莱顿《亚历山大之宴》之音乐能"煽起心灵的狂热，或燃起脉脉柔情"），而让自己操纵琴师，向他"点曲"，既突出了诗人那凡事都要求主动的个性，又充分写出了他的悲哀之大，心灵的阴沉之深。

问 月

雪莱著　梁宗岱译

你这样苍白：是否
倦于攀天和下望尘寰，
伶仃孤苦地漂流
在万千异己的星宿间——
永久变幻，像无欢的眼
找不出什么值得久盼？

　　珀西·比希·雪莱（1792—1822），英国 19 世纪著名浪漫主义诗人。生于苏塞克斯郡霍香附近一个颇有名望的贵族家庭。祖父是男爵，父亲是国会议员。雪莱自幼聪明，8 岁能诗。1810 年进入牛津大学学习。同年，与姐妹合作完成第一部小说《扎斯特罗奇》。大学期间，广泛涉猎了社会科学与自然科学著作，受英国著名思想家葛德文《政治正义论》一书影响很深。他反对压迫、奴役，反对宗教迷信，主张通过教育手段改革社会。1811 年，因撰写和印发《无神论的必然性》而被学校开除。1812 年，与不堪家庭虐待而离家出走的哈丽叶结婚，共赴都柏林，支持爱尔兰人民反对英国统治的民族解放斗争。后因与哈丽叶志趣不投，分歧日深，爱上葛德文之女玛丽，与其私奔，与此同时，哈丽叶投河自尽。自此，雪莱因宣传无神论、接纳离家出走的少女而遭受的责难与迫害有加无已，甚至被剥夺了对哈丽叶所生一子一女的教养权。1818 年 2 月，他被迫离开英国，流亡意大利。1822 年在意大利泛海出航时，突遭暴风雨，覆舟遇难。

　　雪莱一生勤于创作，在小说、散文、随笔、政论、戏剧、诗歌方面均有著作，尤以诗歌成就为高，《不列颠百科全书》称他为"诗人、小说家、哲学家、散文随笔和政论作家、剧作家和改革家"，"在一个伟大的诗歌时代，写出了最伟大的抒情诗剧、最伟大的悲剧、最伟大的爱情诗、最伟大的牧歌式挽诗，和一整批许多人认为就其形式、风格、意象和象征性而论，都是无与伦比的长诗和短诗"。其重要诗歌作品有：叙事长诗《麦布女王》（1813）、《伊斯兰起义》（1818），诗剧《解放了的普罗米修斯》（1819）、《钦契》（1819）、《希腊》（1821），讽刺长诗《暴政的假面游行》（1819），抒情长诗《朱利安与马达罗》（1818）、

《阿多尼斯》(1821),抒情杰作《西风颂》(1819)、《致云雀》(1820)、《云》(1820)等。其诗热情洋溢、想象丰富、比喻美妙、色彩瑰丽、语言优美、音韵和谐,充满了对自由的渴望和对未来的憧憬,表达了对真善美爱的执着追求。

古今中外,以月亮为题材,描写月亮的娟秀、月光的皎洁的诗歌不胜枚举,而直接以《问月》为题的作品却不多见。中国的"诗仙"李白写有《把酒问月》:"青天有月来几时?我今停杯一问之。人攀明月不可得,月行却与人相随。皎如飞镜临丹阙,绿烟灭尽清辉发。但见宵从海上来,宁知晓向云间没?白兔捣药秋复春,嫦娥孤栖与谁邻?今人不见古时月,今月曾经照古人。古人今人若流水,共看明月皆如此。唯愿当歌对酒时,月光常照金樽里。"该诗结合具有中国特色的关于嫦娥、玉兔的神话传说与故事,通过把酒问月,表达了时光易逝、人生无常的思想以及带有孤独苦闷色彩的情怀。

雪莱本是一位感情丰富、心胸宽广的诗人,他的《西风颂》《解放了的普罗米修斯》等作品大气磅礴、想象飞腾、境界壮阔、思想深邃。这首《问月》尽管也有一定的力度,且有广阔的背景(青天、大地),但与《西风颂》及李白的诗相比,只是一首细语低吟的抒情小唱。中国诗人问月,主要表达对自然永恒、人生短暂的哲理感悟与思索,希望无常的世界能有常("唯愿当歌对酒时,月光常照金樽里"),雪莱问月则主要表达的是天才心灵中深广的孤独。

有人认为,这首诗中的月亮象征着自视甚高而又对爱情不专一的女性心灵,她在许多异性之间永久变幻,终于自己也觉得厌倦了,深感再也找不出什么是值得"久盼"的。这种说法有一定的道理。我们甚至可以为其找出一些佐证,如普希金的叙事长诗《茨冈人》关于茨冈女郎的爱情写道:"谁能够指示天上一个地方,/给月亮说:再动就不行!/谁又能够对着青年姑娘/说:爱着一个不准变心!"梅里美在著名中篇小说《卡门》(一译《嘉尔曼》)中塑造了一个极其自由、极其忠实于自己天性的吉普赛女郎卡门,她经常随兴变换恋爱对象,甚至为保护这种天性的自由,不惜付出生命的代价。的确,天性自由、从不固定于一个恋爱对象的吉普赛女郎(茨冈是其另一称呼)及某些颇有现代色彩的女性,可以说是本诗中"月亮"是其的最好象征,但这样理解本诗,总觉稍嫌浅薄。

我们认为,把月亮理解为诗人心灵的化身似乎更切合诗意。雪莱从小立志毕生要为使人间充满真善美爱而奋斗,他有一个"骄傲、轻捷而不驯的灵魂"。他对人世的苦难有深切的感受,对于未来的社会、政治、人与人(包括男人和女人)的关系,都有富于哲学意味的超前设想。王佐良先生指出:"无神论、不问宗教信仰的政治平等、民族独立、出版自由——青年雪莱几乎把当时进步人士为之斗争的重要目标都抱在自己身上了。他写诗是为了要推进这些斗争。"马克思热情地称赞他是一位真正的革命家、社会主义的急先锋。恩格斯则称他为

"天才的预言家"。雪莱也是一个思想极其纯洁且理想化的人，被称为"纯洁的精灵"。英国文艺评论家考德威尔在其《浪漫主义与现实主义》一书中甚至称他为"理想主义者、黄金时代的人"。这一切，使他在世俗的眼中成为十足的怪物。他那极富革命性的行动和思想——西风般一往无前，自由无羁地以摧枯拉朽之势横扫专制、陈腐的一切思想和制度，把美好的新思想的种子播种进人们心灵，让人间充满"生命的色彩和芬芳"，沐浴着真善美爱的光辉，却也使他既得不到亲人的理解（父亲与他断绝关系，把他逐出家门），也得不到学校的赞同（被学校开除），更遭到世人及统治阶级的仇恨与迫害。于是，在稠人广众中他成为一个极端的孤独者。在极端的孤独中，他产生了极度的苦闷。极度的苦闷使他不由自主地仰天问月（当年屈原就是在极度苦闷与悲愤中情不自禁地写下了《天问》）。长久天上地下的探索与关怀，长久伶仃孤苦的漂流，使月亮变得"这样苍白"。尽管天上的星星有成千上万颗，但在他们中间，他只是异己分子。他的上下探索使他在星宿们的眼中成为"永久变幻"的存在（事实上，一个真正的探索者是流水般从不静止、凝固的，总在不停地新陈代谢，走向更新更深刻的探索与开放，西班牙大画家毕加索是个显例）。这样，他既"高处不胜寒"，又深感孤独苦闷——星宿们也是他的"异己"，无法理解他的变幻。他那火热、博大的爱和美好的理想无法实现，极度的孤独与痛苦使他只能像"无欢的眼"，"找不出什么值得久盼"。与李白的诗一样，本诗也写了孤独的情怀，但前者旷达超迈，此诗执着而广大、深沉。诗歌的特点是善用象征与问句（问月即问自己的心灵），并巧妙地只问不答，让答案隐含在问句之中。

最后的诗

济慈著　朱湘译

明星，愿我能如你那样不移——
　　并非愿如你那样孤寂的高张，
永远地下望着，双目紧闭，
　　好像有耐性不睡眠的月亮。

望流水在人世的岸边荡涤，
如同牧师行净洗礼一般，
是或望一片轻降的新雪
假面具似地掩起平地高山——

不是那样——而仍是不移动，不变化，
枕于我恋人的爱正成熟之胸，
永远感动的柔和的起伏下，
永远警醒于甜美的不安中，

永，永聆她轻轻吸纳的气息声，
我愿如此——否则愿一死以毕生。

约翰·济慈（1795—1821），英国 19 世纪杰出浪漫主义诗人，与拜伦、雪莱并称于世。出生于伦敦，父亲是一家马车行业主。15 岁前，父母相继去世，他和两弟一妹由监护人照料。一生都过着贫困的生活，曾给一名外科医生当过五年学徒，两年助手。济慈自幼酷爱文学，深受荷马、莎士比亚、斯宾塞、弥尔顿的影响。后来结识作家李·汉特、诗人雪莱，受到鼓励后坚定了创作的信心。1817 年他放弃医学，以写诗为业。同年，在雪莱的帮助下，出版了第一本诗集《诗歌》。第二年又出版了第二本诗集《恩狄米昂》，并开始创作以古代神话为题材的长诗《海披里昂》，未完成。1821 年死于肺病，年仅 25 岁。创作生涯虽只短短的四五年时间，但留下了不少作品，重要的有叙事长诗《恩狄米昂》《伊莎贝拉》（均 1818）、《圣亚尼节前夕》《海披里昂》《拉米亚》（均 1819），而最为出色的是抒情诗，名篇佳作有：《睡与诗》《初读恰普漫译荷马史诗》《蝈蝈与蟋蟀》（均1816）及"六颂"——《怠惰颂》《赛吉颂》《夜莺颂》《希腊古瓮颂》《忧郁颂》《秋颂》（均1819）。

济慈热爱古希腊文化，厌恶充满功利主义的丑恶现实，向往自由，富于民主思想。但他认为诗人不应有主义、道德与自我，宣称"真即是美，美即是真"，而"美就是永久的欢喜"，主张以"美的梦幻""自由的想象"来创造美好的理想世界，改造现实世界，带有明显的唯美主义色彩。他的诗想象丰富、形象动人、诗中有画、意境优美、词语精练、韵律谐畅，精于描绘、歌颂大自然的美，善于以可感受的具体的形象抒写抽象的感情和意念，追求一种绘画与雕塑的立体感，再加上他对大自然的感受敏锐而细致，信念又特别真诚，因此，他的诗不仅给人们以强烈的感官冲击，而且给人以精神的净化与提升。雪莱在为悼念他而写的长篇挽歌《阿多尼斯》中称他为"一朵露珠培养出来的鲜花"。

《最后的诗》是一首十四行诗，咏唱的是自己对恋人芳妮·布劳恩的爱情。1818年秋，23岁的济慈遇见18岁妙龄的芳妮，两人很快坠入爱河，并于1819年12月订婚。1820年9月，济慈因肺病日重，离开英国去气候温和的意大利，从此二人永别。济慈对芳妮有一种无比深情的爱："我恳求你疼我，爱我！是的，爱！/仁慈的爱，决不卖弄，挑逗，/专一的、毫不游移的、坦诚的爱，/没任何伪装，/透明，纯洁无垢！//啊！但愿你整个属于我，整个！/形体，美质，爱得细微的情趣，/你的吻，你的手，你那迷人的秋波，/温暖、莹白、令人销魂的胸脯，——//身体，灵魂，为了疼我，全给我，/不保留一丝一毫，否则，我就死，/或者，做你的可怜的奴隶而活着，/茫然忧伤，愁云里，忘却、丢失//生活的目标，我的精神味觉/变麻木，雄心壮志也从此冷却！"（《致芳妮》，屠岸译）这首《最后的诗》也是献给芳妮的。据济慈的朋友——画家塞文回忆，1820年9月，济慈离开英国去意大利时，他与济慈同行。9月28日途中，济慈在一本莎士比亚作品集的空页上，正对着莎士比亚的《怨女的怨诉》，写下了这首十四行诗。因此，长时间里这首诗被认为写于1820年9月28日，是济慈的"最后的十四行诗"，朱湘先生所译诗题即据此而来。但后来有学者发现济慈的朋友布朗抄这首诗的另一稿，下面注明日期为"1819年"，因而，现今大多数学者认为本诗创作于1819年。

诗一开篇，即表明自己愿像明亮的星星一样坚定不移，永远高挂在深蓝的天空。接着笔锋陡转，声明并非要像星星那样"孤寂的高张"，双目不闭，坚忍不眠，一如"有耐性不睡眠的月亮"，永远守望着流水涤荡人世之岸，如牧师行净洗礼一般（表明人世的变化，意同苏东坡"大江东去，浪淘尽，千古风流人物"），或者凝视新雪洁白地轻降，面具似地遮掩了平地高山（说明时光的流逝，季节的变换）；自己要做的是像星星紧贴天空一样，永恒不移地枕在恋人那"爱正成熟"的酥胸上，永远感动于它那柔和的起伏，永远警醒于它那甜美的动荡（"不安"在这里意为"不安静"，即"激动""动荡"），永远聆听恋人那轻轻吸纳的温柔气息。"永，永聆"译得十分传神，既改变了老是"永远"的单调，造成韵律上的变化，又生动地展示了诗人那急切而深情、缠绵的语气与爱意。

本诗的主题类似中国古典文学中的"只羡鸳鸯不羡仙""但得一个并头莲，煞强如状元及第"，但意蕴更深广，它无视人世的无常、时光的流逝，不愿独自永恒，只愿与爱人厮守在一起，感受爱的温柔。这是一种高度纯化的爱的激情，具有强烈的穿透力与感染力。在写作手法上也颇为讲究，多用比喻，既注意行文的转折（"并非""不是那样"）、反衬（孤寂的明星与双双沉迷爱河），又使首尾暗相呼应（像明星永贴夜空般紧贴爱人之胸）。

当你老了

叶芝著　袁可嘉译

当你老了，头白了，睡思昏沉，
炉火旁打盹，请取下这部诗歌，
慢慢读，回想你过去眼神的柔和，
回想它们过去的浓重的阴影；

多少人爱你年轻欢畅的时候，
爱慕你的美丽、假意或真心，
只有一个人爱你那朝圣者的灵魂，
爱你衰老了的脸上的痛苦的皱纹；

垂下头来，在红光闪耀的炉子旁，
凄然地轻轻诉说那爱情的消逝，
在头顶的山上它缓缓踱着步子，
在一群星星中间隐藏着脸庞。

　　威廉·勃特勒·叶芝（1865—1939），爱尔兰现代著名诗人、戏剧家，用英语写作。生于都柏林一个画师家庭。9 岁时随父母迁往伦敦。6 年后，又迁回都柏林，在都柏林上中学和艺术学校。学生时代，曾一度醉心于宗教，后对文学产生了浓厚兴趣，并开始写作。1885 年开始发表诗作。1886 年，结识爱国志士约翰·欧李尔瑞，在其影响下开始接触爱尔兰本土具有民族意识的作品，作品从古希腊、印度题材转向爱尔兰民俗和神话题材。1889 年，结识毛特·岗，并产生火热的爱情，在其影响下，叶芝一度参加争取爱尔兰独立的斗争。1896 年，他结识剧作家格利戈里夫人，在思想、创作和生活上受其影响，并对她终生敬佩和热爱。1904 年，与格利戈里夫人、约翰·辛格等一起创建了著名的雅培（亦译"阿贝"）剧院，并为剧院创作了许多关于爱尔兰历史和农民生活的戏剧。他们的这一活动被称为"爱尔兰文艺复兴"而载入文学史。1922 年至 1928 年，担任爱尔兰自由邦议员。1939 年在法国南部病逝。
　　叶芝一生创作颇丰，有二十多个剧本（1952 年版的《剧作集》收录 26 个，尚有未入集者），大多为诗剧，最著名的有：《心愿之乡》（1894）、《四舞剧》（1916—1921）、《三月的满月》（1935）、《炼狱》（1939）等。其主要成就是诗歌，包括政治诗、哲理诗、爱情诗及其他抒情诗，主要诗集有：《十字路》（1889）、《玫瑰》（1893）、《苇丛中的风》（1899）、《在那七片树林里》（1904）、《绿盔及其他》（1910）、《责任》（1914）、《库勒的野天鹅》（1919）、《麦克尔·罗巴蒂斯与舞蹈者》（1921）、《塔楼》（1928）、《旋梯及其他》（1933）、《新诗》（1938）、《最后的诗》（1938—1939）。

叶芝的诗早期受布莱克、雪莱及王尔德唯美主义的影响，逃避现实，追求朦胧超俗的梦境，善于以动人的音乐美、带有象征色彩和浪漫气息的幻景，含蓄地表达诗思。中期诗风由虚幻朦胧走向坚定明朗，把象征与现实结合起来。晚期则更接近生活，把象征主义、现实主义、哲理诗融为一体，使象征、现实、哲理紧密结合，形象富于质感、色彩明朗、音调高亢、语言洗练、象征含义复杂、哲理深邃，使英国现代诗进入一个新的境界，开拓了后期象征主义诗歌的新领域。托马斯·艾略特称他为"我们时代英语中最伟大的诗人"。1923 年，他由于"经由灵感的引导，将民族的精神以高度的艺术形式表现于诗作中"而获得诺贝尔文学奖。

《当你老了》选自诗集《玫瑰》，是诗人早期的名篇之一，也是献给毛特·岗的众多佳作中的一篇。毛特·岗（1866—1953），是一位风姿绰约、美丽动人的女演员，也是一位坚定不移的爱尔兰民族主义者和爱尔兰民族自治运动的领导人。1889 年，将近 24 岁的叶芝初识毛特·岗，便被她那迷人的风采所吸引。他后来在自传中写道："我从来没想到会在一个活着的女人身上看到这样超凡的美。这样的美属于名画，属于诗，属于某个过去的传说时代。苹果花一样的肤色，脸庞和身体有着布莱克称为最高贵的轮廓之美，……而体态如此绝妙，使她看上去非同凡俗。她的举动同她的体形恰好相合。我终于懂得为什么古代诗歌，在我们爱上某位女士谈到面容与体形的地方，吟诵她的步态犹如女神。"在另一处他更以诗的笔调描写这动人心魂的第一印象："她似乎是春天之古典的化身；罗马诗人维吉尔的名句'步履姗姗，宛如女神'就像是专为她写的。她伫立窗前，身旁盛开着一大团苹果花；她光彩夺目，仿佛自身就是洒满阳光的花瓣。"在《箭》一诗中他也写到这次初遇，她"颀长而高贵，面庞和胸房却像/盛开的苹果花儿一样鲜艳芬芳"。诗人对她一见钟情，深深迷恋着她，拼命追求她，向她求婚，并和她一起参加为争取爱尔兰独立而进行的斗争。但她一直同他保持着一定的距离，并于 1898 年嫁给爱尔兰自治运动领袖麦克布莱德少校，即使后来离婚，面对叶芝的多次求婚，她也无丝毫响应。这位既带来欢欣也带来忧苦的美丽女性，使叶芝的感情时常在波谷浪峰间起伏。欢欣与忧伤、希望与失望、强烈的爱与一时的恨等，结晶为一首首动人的诗歌。有时，他把毛特·岗与爱自己的女性进行比较，认为"她拿走了一切，/直到我的青春消逝，/却没有一点怜悯的神色"，不免怨之恨之。然而，"当天光开始破晓之时，/我由于她的缘故而清醒，/把我的好处和坏处算计，/忆想她所有的，那鸲鹰/神情依然显示的一切，/那时从我心的根底/一股强烈的甜蜜流过，/使我从头到脚颤栗"，又情不自禁地赞颂起她来，甚至深感"每当我与死神面对着面，/每当我攀上睡眠的山巅，/每当酒把我送入醉境，/我突然遇见你的脸"。后来，叶芝意识到，正是毛特·岗对他的拒绝，对他的不理解成就了他的诗，否则他"本可把蹩脚文字抛弃，心满意足地去过生活"。毛特·岗在晚年写信给叶芝时也指出，世界会因为她没有嫁给他而感谢她的。苏格兰当代诗人麦克林《在叶芝墓前》一诗中也谈道："清风从各方吹来，/你的神妙的词句，/伴随着一位美丽的人儿，/出现在每处田野的电视机上。"

这首《当你老了》写于 1893 年，叶芝 28 岁时。诗歌的内容，表达的是当"你"年老之后，"我"对"你"的爱依旧。诗人把时间向后推移了几十年，既是感情真挚深厚、至死靡他、忠贞不渝的表现，也是巧妙构思、立意出奇的一种艺术策略。他借鉴了法国文艺复兴时期"七星诗社"著名诗人彼埃尔·德·龙沙（1524—1585）1574 年献给恋人——亨利二世王后的侍女埃莱娜的组诗《致埃莱娜的十四行诗》中的同名诗作，并超越了它。龙沙的诗如下："当你十分衰老时，傍晚烛光下/独坐炉边，手里纺着纱线，/赞赏地吟着我的诗，你自语自言：/'龙沙爱慕我，当我正美貌华年。'//你的女仆再不会那样冷漠，/虽然在操劳之后她睡意方酣，/听见你说起龙沙，她也会醒转，/用永生不朽为你的名字祈福。//我将长眠地下，化作无形的幽灵；/我将安息在香桃木的树荫；/而你会成为老妇人蜷缩炉边，/痛惜我的爱情，悔恨自己的骄矜。//你若信我言，活着吧，不必等明天，/请从今天起采摘生命的朵朵玫瑰。"（陈敬容译）龙沙的诗像文艺复兴时期许多诗人的作品一样，充满了过多的自信、过多的自以为是（如莎士比亚在十四行诗中一再宣称自己的诗可以使爱人不朽），而且更多地是以衰老的可怕及自己的名声诱劝恋人"行乐须及春""有花堪折直须折，莫待无花空折枝"，与叶芝这首诗相比，显得有点夸张、虚浮，境界狭窄，胸襟不广。

本诗的第一节以拟想未来的方式展开。开篇便把时间推向遥远的未来，而"请取下这部诗歌"慢慢读，"回想"过去，又把时光拉回现在。你"眼神的柔和"表明曾有过心灵的交流、温情的滋润，而"浓重的阴影"则显示障碍重重、心灵最终未能沟通。诗歌在未来与现在（诗中的"过去"）、眼神的柔和与眼中浓重的阴影等所构成的张力之中展开，技巧高超，且含有丰富的潜台词。既委婉地表达了心中燃烧如火的爱情，又似在提醒对方不要在将来温柔的回忆中为今天的冷漠而后悔。同样表达将来可能产生悔恨之情，叶芝较龙沙表现得更含蓄、更宽厚，情操也显得更为高尚。

第二节进一步表达自己的真情。虽然是坦率表白，但不显单调。诗人采用对比的手法，巧妙地衬托出自己的一片深情：他人爱的是你的年轻欢畅，我爱的是你的衰老痛苦；他人爱的是你美丽的外貌，我爱的是你"朝圣者的灵魂"。"朝圣者的灵魂"是指毛特·岗终生为之奋斗的崇高的民族独立事业，说明诗人不仅爱这个人，也爱她的事业和心灵。这是一种男女平等、灵肉统一的颇为现代的思想。

第三节表现了诗人的一种预感及惯有的对生命之谜的神秘感知。虽然自己的爱真挚深厚，而且能够理解对方的心灵与事业，但这场爱情可能不会有圆满的结局。但又暗示，未来可能最为爱情的消逝感到悲哀的人，是"你"。因为"你"只能在凄然中追忆那在"一群星星中间隐藏着脸庞"下缓缓消逝的爱情。而自己，至少还曾热烈、专一、实在地爱过。"垂下头来，在红光闪耀的炉子旁"，既呼应了开篇，又以炉火炽热的红光反衬出"你"因爱情消逝后心灵的凄冷。

本诗的特点是：第一，采用民谣体，语言朴实自然，韵律平易活泼，与诗中所写平凡的日常生活——老年、打盹、炉旁烤火等十分协调；第二，新奇的抒情角度——诗人巧妙采用了从未来时间追忆现在的抒情角度，曲折地表现了不为对方所理解的深厚、执着的爱情，含蓄地表达了对爱人的冷漠的不满及预感爱情即将消逝的悲哀；第三，善用对比，构成张力（有未来与现在、你柔和的眼神与眼中的阴影、我与他人对你的爱、我与你对爱情的态度等不同的对比），深化主题，扣人心弦。由于高尚的情操、宽厚的胸襟与高度艺术性的结合，本诗在世界范围内产生了较大影响，如中国现代著名诗人、翻译家查良铮 1944年写的《赠别》一诗就留有叶芝此诗影响的明显痕迹："等你老了，独自对着炉火，/就会知道有一个灵魂也静静的，/他曾经爱过你的变化无尽，/旅梦碎了，他爱你的愁绪纷纷。"

维特与绿蒂

歌德著　郭沫若译

青年男子谁个不善钟情？
妙龄女人谁个不善怀春？
这是我们人性中的至圣至神；
啊，怎么从此中会有惨痛飞迸？

可爱的读者哟，你哭他，你爱他，
请从非毁之前救起他的名闻；
你看呀，他出穴的精魂正在向你目语：
请做个堂堂男子哟，不要步我后尘。

约翰·沃尔夫冈·冯·歌德（1749—1832），德国近代伟大诗人、戏剧家、小说家、思想家，狂飙突进运动和魏玛古典主义文学的重要代表。生于美因河畔法兰克福的一个富裕市民家庭。1765 年入莱比锡大学学习法律，开始创作诗歌和戏剧。1771 年，获法学博士学位。1772 年在魏茨拉高等法院见习。在此期间结识了作家赫尔德尔（1744—1803），深受其影响，并一起领导了以要求个性解放、崇尚感情、强调天才、鼓吹回归自然、发扬民族文学等为标志的狂飙突进运动。1775 年，应魏玛公国卡尔·奥古斯特公爵的邀请赴魏玛从政，历任国务参议、公国首相等职，切实地施行社会改良、整顿财政、管理交通、精简军队、恢复矿山、修筑公路、发展教育等举措，显示了其出色的行政才能，被封赠为贵族。但诗人的个性与从政圈里的奉迎相矛盾，其文艺创作也受到阻碍，深感痛苦。1786 年 9 月 3 日，诗人改名换姓，独自一人连夜逃离魏玛，来到向往已久的意大利，住了一年零九个月。在那里从事古代艺术研究、绘画和写作，并接受了古希腊罗马艺术美的洗礼。1788 年 6 月 18 日，诗人回到魏玛，辞去政务（仅担任剧院监督兼管矿业），专心从事文学创作和科学研究。1794 年至 1805 年，其与著名诗人、戏剧家席勒（1759—1805）交往频繁，合作密切，迎来了德国文学史上崇尚古希腊文学艺术，试图以古典美来陶冶人性、改造世界的"魏玛古典主义"时期（或称"古典文学"时期）。

歌德深受卢梭、莱辛和斯宾诺莎的影响，又在漫长的人生旅途中形成了独特的思想观念。在政治上，他反对封建割据，主张国家统一，宣扬自上而下进行社会改革。他还希望通过文化教育、艺术和美陶冶人的情操，提高人们的素质，以改造世界。其一生著作繁多，多达140余卷，在文学、艺术、自然科学方面均有很高成就，是世界文化史上罕见的伟人。在文学方面，歌德重要的作品有：戏剧《葛兹•封•伯利欣根》(1773)、《伊菲革涅亚在陀立斯岛上》(1787)、《爱格门特》(1788)、《托夸多•塔索》(1790)，长篇小说《少年维特之烦恼》(1774)、《威廉•迈斯特的学习时代》(1796)、《威廉•迈斯特的漫游时代》(1829)，自传《诗与真》(1811—1830)，散文《意大利游记》(1816—1829)，叙事诗《赫尔曼与窦绿苔》(1798)，诗剧《浮士德》(第一部，1808；第二部，1832)及许多抒情诗；绘画方面，他共创作了1000多幅画；在自然科学方面，他发现了人类的腭间骨，并对植物学、昆虫学、解剖学、光学、颜色学、矿物学都有研究，并写有论著。歌德所有的创作中，成就最高的是诗歌。他的诗思想博大深邃，情感真挚自然，想象自由奔放，题材丰富广泛，手法灵活多样，语言优美雄健，风格多彩多姿，在德国乃至世界文学史上，都是一座罕见的高峰。

这首《维特与绿蒂》是歌德为《少年维特之烦恼》一书写的序诗。

《少年维特之烦恼》初版于1774年，它为歌德赢得了全欧乃至全世界的赞誉。小说的主人公是平民青年维特，他思想敏锐、才华出众、热情奔放、渴望自由。他崇拜大自然，热爱纯朴的农民和天真的儿童，热望人的自然天性能得到解放并正常发展。但周围的人却鄙陋而庸俗，腐朽而顽固。一年春天，他来到乡村，在一次舞会上认识了法官的女儿——聪明俏丽的绿蒂姑娘。她在母亲死后，挑起了照料父亲和8个弟妹的生活的重担。维特为绿蒂的贤淑、善良、勤勉及言谈举止所打动。在他看来，绿蒂是丑恶现实中人的质朴纯真的自然本性的美好体现，因而对她寄以全部热情和无限崇拜。已经订婚的绿蒂也对维特颇为倾心，但绿蒂也跳不出平庸的生活圈子，她宁肯服从礼俗而牺牲爱情。因此，在绿蒂的未婚夫阿尔伯特回来后，维特深感失望、烦恼，哀叹自己的不幸。经过一番激烈的内心斗争后，他离开了绿蒂，去外地担任了公使秘书，试图从实际工作中获得具有真实内容的生活。然而，他发现的只是同僚们追求地位的无穷欲望，上司的迂腐固执、墨守成规、吹毛求疵，小市民的追名逐利、互相倾轧与拉帮结网。其中最使他反感的是上流社会的傲慢自大、盛气凌人。一次，在伯爵府第的一个宴会上，他仅因是平民出身便遭到贵族的非议，被迫在主人彬彬有礼的"请求"下、在贵族们充满讥讽的嗤笑声中愤怒退出。他试图去从军，一展自己的才华，实现自己的理想，但也未成功。时隔一年，他为爱情所驱使，再次回到绿蒂身边。此时绿蒂已经结婚，而且对婚后平庸的现实生活感到满足。尽管绿蒂感到，她同维特情投意合，维特才是自己理想中的爱人，但既已结婚就得遵守世俗的规则。为了免遭他人非议和丈夫的疑忌，她只好疏远维特。此时此刻，爱人的从俗与疏远、爱情的幻灭、理想的虚幻、事业的失败、精神人格的受辱、想有所作为而又无法施展才华的悲哀，使维特由悲观变得绝望，终于对生活失去了最后的眷恋，在给绿蒂留下最后一封信后，举枪自杀，以表示对平庸的现实、丑恶的社会的抗议。

小说系歌德根据自己失恋的真实经历，再综合友人耶路撒冷因失恋而自杀的事件加工而成，运用了非常自由灵活、亲切可信的书信、日记体裁和"碧海一样透明"的语言（海涅语），具有十分强烈的艺术感染力。尤为重要的是，小说正如丹麦著名文学理论家勃兰兑斯说的那样：其"重要意义在于，它表现的不仅是一个人孤立的感情和痛苦，而是整个时代的感情、憧憬和痛苦"；而且，"揭开了沉睡在那个时代深深激动着的心灵里的一切秘密"（德国文艺理论家弗朗茨·梅林语）。因此，小说出版后，不仅在德国风行一时，而且很快被译成欧洲各国文字，引起国际性的轰动。小说尤其受到青年们的狂热喜爱，一时之间，德国乃至欧洲都掀起了"维特热"，街上大为流行的是蓝燕尾服、黄背心、黄马裤、长马靴的维特装，不少人因为失恋纷纷开枪自杀，胸口放着一本《少年维特之烦恼》。为此，有人归罪于歌德。为表明自己的态度，1775 年小说再版时歌德特意在书前增加了这首序诗。

诗分两节。第一节前三句充分肯定了青年男子人人善于钟情，妙龄女郎个个善于怀春，这是人性中最为神圣的一种情感。前两句精练概括，语言生动，已成为广为流传的警句。第四句点明，如果处理不当，也会有"惨痛飞进"。这一节以反问的形式表达肯定的意思，既相当简练、生动、有力地指出男女互悦互恋是人性中最为神圣的一种情感，又表明它有时也会不以当事人的意志为转移，环境平庸、社会丑恶、造化弄人，处理稍有不当，就会有惨痛飞进，维特就是显例。第二节深入一步，明确劝导读者。前两句是诗人的劝说，指出读者可以哭他，也可以爱他，但请在他的名声被玷污前加以拯救（意即不要让人家指责维特是流行的自杀之风的教唆者）。最后，更从墓穴中请出青年们的偶像——维特的精魂，"现身说法"，奉劝读者做个堂堂男子，不要步其后尘。

诗歌本是批评那些仅仅因为失恋就自杀的行为，劝告青年们不要盲目效法维特，却又写得颇为高明，具有很强的艺术感染力。首先，欲擒故纵，对青年男女的钟情热恋大加肯定，称之为人性中最神圣的感情，使读者深有同感，被紧紧吸引。其次，指出这种最神圣的感情如果处理不当，也会有惨痛飞进，这就使读者易于接受甚至普遍认同。最后，不仅调动读者热爱维特的心理，呼吁其爱护维特的名声，而且，巧妙地让维特的精魂从墓穴中出来"现身说法"，正面劝告。这样，这首小诗就写得短小精悍、含蓄有力，既动之以情，又晓之以理，具有强烈的艺术感染力，对平息由"维特热"而引发的自杀之风起了很大的作用。值得一提的是，在 1824 年 3 月末，为纪念《少年维特之烦恼》出版50 周年，歌德应约替莱比锡书商魏冈特即将出版的纪念版又写了一首序诗《致维特》，但不及本诗有名。

孔夫子的箴言（一）

席勒著　钱春绮译

时间的步伐有三种：
未来姗姗来迟，
现在像箭一般飞逝，
过去永远静立不动。

当它缓行时，任怎样急躁，
也不能使它的步伐加速。
当它飞逝时，任怎样恐惧犹疑，
也不能使它的行程受阻。
任何后悔，任何魔术，
也不能使静止的移动一步。

你若要做一个聪明而幸福的人，
走完你的生命的路程，
你要对未来深谋远虑，
不要做你的行动的工具！
不要把飞逝的现在当作友人，
不要把静止的过去当作仇人！

约翰·克里斯托夫·弗里德里希·席勒（1759—1805），德国近代著名诗人、戏剧家、美学家，德国狂飙突进运动和魏玛古典主义文学的代表作家。生于德意志符腾堡公国内卡河畔马尔巴赫城一个外科医生家庭。14 岁拉丁学校毕业后进入军事学校，学过法律和医学，后来当了军医。在军校学习期间，席勒受到阿尔贝等进步教师的影响，大量阅读被学校查禁的古希腊罗马文学，阅读卢梭、莎士比亚及狂飙突进运动文学作品，并开始文学创作。军校不人道的兵营纪律激发了他反对专制、向往自由的斗志。因其戏剧《强盗》中的反封建暴君思想一度被监。后逃离符腾堡公国，经由海姆、莱比锡终到魏玛。经歌德推荐，1789年担任耶拿大学的历史教授，致力于历史研究。1794 年，开始了与歌德携手合作、相互促进的"魏玛古典主义时期",直至去世。

席勒由于青年时期生活困苦,体弱多病,其创作大体上是他与病魔顽强战斗的成果(甚至靠令人发晕的烂苹果气味来刺激病弱的身体,激发灵感,他书桌的抽屉里经常装着烂苹果)。其创作主要有:戏剧《强盗》(1781)、《阴谋与爱情》(1783)、《华伦斯坦》三部曲(1793—1799)、《威廉·退尔》(1804),叙事诗《手套》(1797)、《潜水者》(1797)、《伊比科斯的鹤》(1797)、《人质》(1798)及《欢乐颂》(1785)、《希腊群神》(1788)、《大钟歌》(1799)等许多抒情诗。此外,还有历史著作《三十年战争史》,哲学及美学著作《试论人的动物本性和精神本性的关系》《论悲剧的艺术》《审美教育书简》《论素朴的诗和感伤的诗》。

席勒认为美育是使人民获得自由幸福的康庄大道,最高真理只能到艺术里去寻找,只有艺术才能唤醒人的善性。他的诗歌处处闪烁着这种思想的火花——反对封建专制,向往自由、平等、民主,极力歌颂爱情、友谊、勇敢、忠诚。他试图通过美育实现"一切人类是兄弟"的伟大理想,并对人生进行了较为全面、深刻的哲理探索。其诗歌韵律严谨、手法多样、语言优美、格调高逸。

《孔夫子的箴言》共两首,均创作于席勒与歌德携手合作的时期。在这被梅林称为"形成了我们古典文学的顶峰"的十余年时间里,他们互相激励,相互切磋,并且就某一体裁进行创作竞赛,如1797年他们竞赛创作叙事诗,歌德写出了《掘宝者》《神与舞女》《科林斯的未婚妻》《魔术师的徒弟》等佳作;席勒则写出了《潜水者》《手套》《波吕克拉特斯的戒指》《锻铁厂之行》《伊比科斯的鹤》等名篇,以至这一年被称为德国文学史上的"叙事诗年"(一译"叙事歌谣年")。他们也在格言诗、哲理警句诗的创作方面进行竞赛,且两人都创作了大量的此类作品,大多发表在席勒创办的刊物《艺术年鉴》上。《孔夫子的箴言》是其中之一。

自马可·波罗的游记公开发表后,西方世界对中国充满了惊羡之情与向往之感。随着耶稣会教士来华,及他们在中国所写的游记与翻译的一些中国的经典著作在欧洲的出版,西方人对中国的思想文化、文学艺术产生了浓厚的兴趣。18世纪,欧洲流行"中国风"。17世纪就已传到欧洲的孔子哲学此时更是大受崇拜,伏尔泰、狄德罗、卢梭、歌德等都曾受到孔子思想的影响,西方对中国文化的崇拜达到顶点。德国当时著名的哲学家莱布尼茨对孔子哲学崇拜得五体投地,进而对中国文化产生了崇高的敬意,他甚至说:"照我们现在的见解,我以为在我们道德败坏无限制膨胀的时候,差不多必须叫中国的传教士到我们这儿来教我们自然宗教的目的和实习,不应该我们送传教士到他们那儿去教他们启示的宗教。"1721年,莱布尼茨的信徒、哲学家沃尔夫甚至在哈那大学宣讲孔子的实践哲学。在这样一个时代风潮里,席勒了解了中国文化并满怀敬意。

《孔夫子的箴言》共两首，表达了诗人对孔子的景仰，并借此总结了自己的部分人生经验，表达了对时间与人生的哲理思索。

作为一个哲理抒情诗人，席勒不仅喜欢孔子思想中的深邃哲理，更喜欢他那简洁、优美、精确的语言。在这两首诗中，他化用了孔子的一些思想和语句，阐述了自己对时间与人生关系的看法。此处选用的是第一首。

全诗共分三节。第一节把时间分为未来、现在、过去三种，并以诗的方式形象地写出其各自的特点。未来犹如骄矜的少女前去约会，总是姗姗来迟。这是从心理上、感情上加以描写。因为失败者寄希望于未来获得成功，小孩子期望未来长大成人，青少年期望未来大有作为——总之，在人们的眼中，"明天会更美好"，但明天总姗姗来迟。现在，则"像箭一般飞逝"。这是化用《论语·子罕》中孔子的话："逝者如斯夫，不舍昼夜！"孔子看到江水不分昼夜地流淌，发出了"逝者如斯"的感叹，含蓄地告诫人们要珍惜时光、自强不息，力争有所成就。席勒化用其意，变为现在像箭一般飞逝，既是一种自勉自励，也是对世人的一种告诫，在某种程度上也表达了诗人对工业化及其生产时代即将来临、生活节奏加快、时间转瞬即逝的感受（他在《审美教育书简》里对工业文明有所论述）。过去，却"永远静立不动"。因为时间流逝，一切功名富贵、奇耻大辱，也跟着全部消失，不会有所增加，亦不会有所减少，因而过去是"静止不动"。第二节由此继续生发开去，说明时间是客观的物质存在，它不以人的意志为转移。前两句照应"未来"，时间缓缓而行、姗姗来迟，任人怎样急躁，也无法使其加快步伐。第三、四句写"现在"，哪怕过去曾铸成大错，哪怕过去是桃源仙境，既已逝去，便无法"使静止的移动一步"，从头做起或重温旧梦都是不可能的。第三节在此基础上阐发对时间与人生关系的哲理思索。既然时间是客观的物质存在，不以人的意志为转移，那么，如果想要做一个"聪明而幸福的人"，就不要盲目行动，应从静止的过去中总结经验教训，更应对未来深谋远虑。这里，化用了《论语·卫灵公》中孔子的话——人无远虑，必有近忧。

第二首从空间角度表达了诗人的人生追求与哲理思索，说明一个人在事业上要有所成就，必须努力向前、不断学习："空间的测量有三种：/它的长度绵延无穷，/永无间断；它的宽度/辽阔万里，没有尽处；/它的深度深陷无底。//它们给你一种象征：/你要看到事业垂成，/必须努力向前，不可休息，/决不可因疲乏而静止；/你要认清全面的世界，/必须审问追究到底。/只有恒心可以使你达到目的，/只有博学可以使你明辨世事，/真理常常藏在事物的深底。"（钱春绮译）其中，"要看到事业垂成"几句化用了《论语·雍也》中的"力不足者，中道而废"，结尾几句则化用了《论语•公冶长》中的"敏而好学，不耻下问"。

这首诗的艺术特点是：第一，巧借并化用对当时影响很大的孔夫子的话来传达自己的人生哲理思索，自勉并告诫世人，以加强其思想的普遍性与说服力；第二，融哲理与抒情于一体，善用形象的语言说明抽象的哲理。

西里西亚的纺织工人

海涅著　冯至译

忧郁的眼里没有眼泪，
他们坐在织机旁，咬牙切齿：
"德意志，我们在织你的尸布，
我们织进去三重的诅咒——
　　　我们织，我们织！

"一重诅咒给那个上帝，
饥寒交迫时我们向他求祈；
我们希望和期待都是徒然，
他对我们只是愚弄和欺骗——
　　　我们织，我们织！

"一重诅咒给阔人们的国王，
我们的苦难不能感动他的心肠，
他榨取我们最后的一个钱币，
还把我们像狗一样枪毙——
　　　我们织，我们织！

"一重诅咒给虚假的祖国，
这里只繁荣着耻辱和罪恶，
这里花朵未开就遭到摧折，
腐尸和粪土养着蛆虫生活——
　　　我们织，我们织！

"梭子在飞，织机在响，
我们织布，日夜匆忙——
老德意志，我们在织你的尸布，
我们织进去三重的诅咒，

我们织，我们织！”

　　亨利希·海涅（1797—1856），德国19世纪著名诗人、政论家和思想家。生于莱茵河畔杜塞尔多夫一个贫穷的犹太小商人家庭。1815年中学毕业后奉父母之命经商。1816年在汉堡的叔父所罗门·海涅处，爱上堂妹阿玛丽，开始写诗。1819年经商失败后，在叔父的资助下，进波恩大学学习法律，受到老师德国浪漫主义领袖奥·威·施莱格尔的影响。后转到柏林大学学习，于1825年获得博士学位。1830年受法国七月革命的影响，发表了一些革命诗歌。1831年被迫移居法国巴黎，开始了长期的流亡生活。结识了大仲马、贝朗瑞、乔治·桑、巴尔扎克、雨果等作家，和李斯特、肖邦等音乐家。1843年结识马克思，与其成为忘年之交。1848年全身麻痹，卧床不起，仍然坚持创作诗歌。

　　海涅一生的创作包括诗歌、散文、论著等。主要作品有：诗集《诗歌集》（1827）、《新诗集》（1844）、《罗曼采罗》（1851）、《1853—1854年诗集》，长诗《阿塔·特罗尔，一个仲夏夜的梦》（1843）、《德国，一个冬天的童话》（1844），散文集《哈尔茨山游记》（1824），论著《论德国宗教和哲学的历史》（1835）、《论浪漫派》（1836）。海涅以诗人尤其是抒情诗人之名闻名于世，是德国乃至世界诗歌史上最优秀的抒情诗人之一。尼采曾经说："是海涅使我懂得了抒情诗人的最高意境。我上溯几千年，在所有的古老帝国里，都无法找到像他的那种悦耳而热情奔放的音乐。……总有一天，人们会宣称海涅和我是德语世界里最伟大的艺术家。"其诗在内容上善于展示其心路历程，写出心灵所经受的恨与爱、失意与适意、失望与希望、痛苦与欢欣等的矛盾斗争；关心现实，揭露专制与黑暗，歌颂自由与民主。在艺术上则转益多师，集德国民歌、德国浪漫主义（尤其是缪勒的诗）、魏玛古典主义等之大成。既有以抑扬格为基础的考究的韵律和天籁般的神韵，又有高度纯净、完整、精悍的形式和自然清新、优美生动、精致凝练的语言，更有独创的较为现代的艺术手法——对光、影、声、色及细致感觉的准确捕捉，突出形象和意象，采用寓意修辞、通体象征，从崇高到卑贱的跳跃、从现实到幻象的转折。因此，梅林称他为"最后一个浪漫主义诗人，同时又是第一个现代诗人"。

　　海涅是一个才华横溢的诗人，他的讽刺诗、抒情诗、哲理诗都写得十分出色。这些诗构思新奇、想象大胆、格调清新、语言优美。其中，以抒情诗最为出名，而抒情诗中最出色的，又首推爱情诗。有些自然、清新、优美，如："在绝妙的五月，/百花都在发芽，/在我的心中/爱苗也在萌芽。//在绝妙的五月，/百鸟都在歌唱，/我向她表白了/我的恋慕和想望。"（钱春绮译）有些富于激情和浪漫的想象，如："太空中的星辰，/几千年来毫无更动。/它们彼此面面相觑，/怀着爱情的悲痛。//它们说着一种语言，/十分丰富而美丽，/可是任何语言学家，/对这种语言都茫无所知。//我倒曾把它钻研，/而且铭记不忘；/我所依据的文法，/就是我爱人的面庞。"（钱春绮译）又如："展开歌唱的翅膀，/恋人啊，我带你前往，/去到那恒河的花野，/我认识那儿最美的地方。//那儿在静静的月光之下，/有一座万紫千红的园林；/莲花在翘首企待/她们亲爱的姐妹光临。//紫罗兰窃窃暗笑，/仰头向星空凝视；/蔷薇花相互耳语，/密谈着花香的故事。//温柔的聪明的羚羊/跳过来侧耳倾听；/神圣的大河之波/远远地传过来涛音。//我们要在那儿下降，/降到棕榈树林中，/安享着爱情和宁静，/做起幸福的美梦。"（钱春绮译）有些则睿智、深沉，富于哲理，如："心，我的心，不要悲哀，/你要忍受命运的安排。/严冬劫掠去的一切，/新春会给你还来。//你还是那样绰绰有余！/世界还是那样美丽多彩！/我的心，只要是你情之所钟，/你都可以尽量去爱！"（钱春绮译）这首《西里西亚的纺织工人》则显示了海涅创作政治诗的才能。

西里西亚当时属于德国（现为波兰领土），纺织工业发达，但机械操作水平很低。19世纪40年代初期，英国纺织工业用机器进行生产，产品大量倾销欧洲大陆。德国企业主为了和英国资本家竞争，大量削减工人本就不高的工资，引起了工人们的愤怒。1844年6月4日，西里西亚纺织中心波德斯瓦尔道镇的纺织工人，唱着自己编写的《织工歌》，揭露资本家的罪恶，不料，竟遭到毒打和拘捕。被激怒的工人们捣毁了厂主的住宅和厂房，烧掉票据，爆发了反对资本家和封建势力双重压迫的起义，遭到反动派的血腥镇压。为了声援西里西亚纺织工人的革命斗争，海涅立即写下了这首诗，发表于1844年7月由马克思编辑的《前进报》上，并很快将其印成传单在德国广为传播，产生了巨大的影响，被称为"德国的马赛曲"，受到马克思和恩格斯的强烈赞扬，恩格斯甚至称该诗为自己"知道的最有力的诗歌之一"。

诗歌通过织布的劳动场面，塑造了辛勤劳动、满腔悲愤但已彻底觉醒、具有强烈阶级意识与高昂战斗情绪的纺织工人群像。工人们已意识到自己是在为老德意志织尸布，即为彻底埋葬旧制度做着有力的准备。全诗共五节，大约可分为三个部分。

第一部分为第一节，以朴实无华的语言，写出纺织工人们对德意志国家制度的愤恨，并开宗明义地点出"织进去三重的诅咒"。这里的纺织工人不再是逆来顺受、麻木不仁的消极受难者，而是具有独立意识和战斗精神的劳动者。他们忧郁但没有眼泪，心胸里燃烧着因受剥削、受欺压而燃起的满腔怒火，对旧世界切齿痛恨，以至感到自己不是在进行一般的劳动，而是在为德意志织尸布，并且织进去了满腔的愤恨和三重诅咒。

第二部分包括第二至第四诗节，从三个方面具体展开三重诅咒。长期以来，德国统治者以"上帝""国王""祖国"这些"神圣"概念来欺骗、愚弄人民，这首诗正是针对这三者发出诅咒，并揭露其反动实质。恩格斯曾把这首诗译成英语，寄给《新道德世界》杂志，并写了如下推荐词："我只指出一点，那就是这首歌暗中针对着1813年普鲁士人的战斗叫嚣：'国王与祖国与上帝同在！'这种叫嚣从那时起就是保皇党人心爱的口号。"第二节写的是第一重诅咒，矛头直指上帝。千百年来，欧洲统治阶级总是将基督教作为麻痹人民的精神鸦片。基督教宣传上帝是世界万事万物的创造者，人类的始祖亚当和夏娃违背上帝的禁令，偷吃禁果犯了大罪，人类的后代因此天生有罪（即"原罪"）。为赎免"原始的罪恶"，人类在这世上必须虔诚地信仰上帝，禁绝一切欲望，以宽恕仁爱待人，以求得上帝的恩赐，摆脱人世的痛苦。诗歌揭露了统治者的欺骗和宗教的虚幻——工人们虔诚地信仰上帝，一再祈求上帝，却丝毫没有得到统治者的仁爱，现状毫无改善，自己还是饥寒交迫。工人们明确意识到，上帝对他们"只是愚弄和欺骗"，他们诅咒上帝，力求砸碎这一精神枷锁，自己拯救自己。这已隐隐有后来《国际歌》的"从来就没有什么救世主……要创造人类幸福，全靠我们自己"的思想。

第三节写第二重诅咒，锋芒对准作为德意志最高统治者的国王。国王国王，一国之王，按理说，他关心的应该是全体子民，然而，在阶级社会里，一切都打上了阶级的烙印。工人们发现，他只是阔人们的国王，他不但不关心贫穷人民的苦难，反而榨取他们"最后的一个钱币"，还把他们"像狗一样枪毙"，这就揭穿了国王及其统治机构的反人民的实质。

第四节写第三重诅咒，揭穿"祖国"的欺骗性。祖国，是先人们披荆斩棘地开拓、流血流汗地奋斗的成果，也是后人们生长并接受其文化乳汁哺育的栖息地。人们普遍热爱祖国，就像热爱自己的眼睛和自己的家。统治者们充分利用了这一心理，把自己打扮成祖国的代表或化身，在自己与祖国之间画等号，在不知不觉中以政治、功利的"国家"替换了文化、情感的"祖国"。他们拼命宣扬爱国主义，让人民全心全意地热爱祖国，为祖国（实际上是为统治者）奉献一切——物质、情感、才智乃至生命。而他们却心安理得地高高在上、尸位素餐，甚至拉帮结派、争权夺利、贪赃枉法、以权谋私。工人们深刻地认识到这只是"虚假的祖国""只繁荣着耻辱和罪恶"。在这里，花朵还没开放就被摧折，统治者的蛆虫生活全靠"腐尸和粪土"来供养。因此，他们诅咒这个"祖国"早日寿终正寝，裹上尸布。

第三部分是第五节，呼应开头，再次描绘劳动场面，进一步深化工人们想要埋葬旧世界、旧制度的高昂的战斗激情。

本诗的艺术特点有三：第一，构思新颖，立意巧妙。这首诗本是诗人为声援西里西亚工人起义而写，但没有一字写到起义或起义的被镇压，也未直接赞颂起义工人，而是巧妙地摄取了纺织工人一边织布一边诅咒这一既连接着过去又包含着现在的劳动瞬间来写工人精神上的觉醒，并且把工人所织的布视为编织着三重诅咒的、用来埋葬德意志的"尸布"，从而彻底否定了统治者赖以支撑的上帝、国王、祖国。相较于直写起义更为新颖、巧妙，也更为深刻，更具战斗的鼓动性。第二，以人物造型（如第一节通过"忧郁的"眼睛"没有眼泪""坐在织机旁"咬牙切齿等塑造工人形象）、心理分析（如第二节工人意识到上帝的愚弄和欺骗）、场面描绘（如第五节"梭子在飞，织机在响"的日夜纺织场面）、人物直接叙述等手法塑造了已经觉醒且充满战斗激情的工人群像。第三，出色地运用了民歌中反复咏唱的手法，每一节都以"我们织！我们织！"结尾，使诗歌前呼后应、形式整齐、铿锵有力。

将军，你的坦克是一辆坚固的车

布莱希特著　冯至译

将军，你的坦克是一辆坚固的车。
它能摧毁一座树林，碾碎成百的人。
但是它有一个缺陷：
它需要一个驾驶员。

将军，你的轰炸机是坚固的。
它飞得比暴风还快，背得比大象还多。
但是它有一个缺陷：
它需要一个技术员。

将军，人是很有用的。
他会飞，他会杀人。
但是他有一个缺陷：
他会思想。

　　贝尔托特·布莱希特（1898—1956），德国现代著名诗人、戏剧家。生于巴伐利亚州奥格斯堡市一个富裕市民家庭。1917年进入慕尼黑大学学习文学和哲学，第二年改修医学。第一次世界大战中，曾被派往战地医院看护伤员。战后继续在慕尼黑大学学习，并开始创作诗歌与剧本。1926年在柏林马克思主义工人学校学习，开始钻研马克思主义，并在艺术中以马克思主义学说来剖析资本主义社会。1933年希特勒上台后，布莱希特被迫流亡国外15年，先后到过法国、丹麦、瑞典、苏联、美国。1948年回到东柏林，从事"柏林剧团"活动。

　　布莱希特成就最高的是戏剧，突出贡献是创立了"史诗剧"（一译"叙事剧"）理论和以"间离效果"（一译"陌生效果"）为核心的表演体系。其强调艺术应寓教于乐，引起观众的兴趣，促使他们产生改变现实的愿望，训练他们的积极处世态度，因此，在表演中要力求使观众保持理性，让他们以旁观者探讨、批判的态度对待舞台上的表演事件，在观看与思考中分清剧情的是非曲直，得出自己的结论。其主要戏剧作品有：《夜半钟声》（1919）、《人就是人》（1926）、

《母亲》(1932)、《大胆妈妈和她的孩子们》(1939)、《四川一好人》(1940)、《高加索灰阑记》(1945)、《伽利略传》(1947)等。

他的诗歌始终以反映现实生活为主要内容。早期常借鉴民歌、民谣的手法，使其诗歌具有戏剧性的情节，韵律整齐。后期则借鉴中国古典诗词和日本古典俳句，创造了一种节奏不规则的无韵抒情诗，并把"史诗剧"的理论用于诗歌创作，以最能表现事物本质特征的口语，揭示现实的问题和生活的哲理，唤醒读者的理性，启迪他们的思考。其主要诗集有《治家格言》(1927)、《歌与诗》(一译《歌曲集》，1934)、《斯文德堡诗集》(1939)、《诗一百首》(1955)。

布莱希特的诗歌创作和他的戏剧创作一样，手法丰富灵活，风格多种多样。有时，他借物抒情，写得小巧精致，清新振奋，如《题一个中国的茶树根狮子》："坏人惧怕你的利爪。/好人喜欢你的优美。/我愿意听人/这样/谈我的诗。"(冯至、杜文堂译) 有时，他会十分缠绵、极其优美又含蓄地抒情，如《怀念玛丽》："蓝色九月的一天，在一株/年轻的李树下，我悄悄地/把你，文静而苍白的爱人/抱在怀中，好像在甜蜜的梦里。/我们头上是夏日美丽的天空，/我久久凝视天上的一朵云儿，/它又白又大，当我/再仰起头来，它已消失。//自从那一天起，一月/又一月，悄悄地流逝。/李树也许已经凋谢，/'爱情怎样了？'你向我问起。/我对你说，我已无法记忆，/不过我确实懂得你话中的意义。/尽管我再也记不起你的脸，/我知道后来曾吻过你。/要不是天上那朵白云，/那次接吻我也早已忘记。/我始终记得这朵云儿，/它那么洁白，来自天际。/李树也许一直在开花，/如今姑娘也许有了第七个孩子，/可是那朵云儿只是昙花一现，/我仰起了头，它已在风中消失。"(钱坚译) 有时，他又把"陌生化效果"引入抒情诗，只是新闻报道般的客观冷静的陈述，而几乎难以捕捉到诗人的情感，如《溺水的少女》："她溺死了，顺流而漂，/从小溪漂进大河之水，/高悬天上的猫眼石奇妙地照耀，/仿佛不得不给尸体一点安慰。//水草和藻类把她缠着，/使得她慢慢地越变越重。/冰凉的鱼儿在她腿间游着，/动植物至今还在拖累她最后的行程。//黄昏的天变得灰暗如烟，/到夜里，天上高悬起点点星光。/但早晨天是亮的，所以即便对她而言，/也仍然有早晨和晚上。//在水里腐烂了她苍白的身体，/很慢很慢地，上帝逐渐把她忘记——/最初是她的脸，其次是手，唯有头发最迟，/于是她便成了河里漂浮的腐尸中的一具腐尸。"(飞白译) 有时，他又以幽默的笔调，揭穿生活中一些本质性的问题，展现深刻的哲理，如这首《将军，你的坦克是一辆坚固的车》。

这首诗揭穿了法西斯统治者的罪恶用心——企图把人变成没有思想、完全任其摆布的工具，并含蓄有力地指出这是不可能的。全诗共三节。第一、二节首先肯定法西斯武器——坦克、飞机的坚固与威力：或能摧毁树林，碾碎成百的人；或飞得比暴风还快，背得比大象还多。然后，以点出其不足的方式巧妙地加以否定：可惜的是，它们都有一个缺陷——需要人来驾驶。第三节，继续沿着前两节的思路，首先肯定法西斯统治者的想法，人是很有用的，会飞，会杀人。接着，点出他的缺陷是"会思想"，言下之意是：他不会充当杀人的工具，不会变成唯命是从的机器。这首诗采用潜对话的方式，像说相声一般，先顺着对方的思路捧之，然后"抖开包袱"，展示主旨。这种欲擒故纵、欲抑先扬的手法运用得十分高明，使诗歌活泼诙谐，而又含蓄有力。

新生（第26首）

但丁著　吕同六译

她是多么温雅，多么纯洁，
我的姑娘，当她向人们施礼，
每一个都惶乱无神地垂下眼帘，
嘴唇颤颤栗栗，羞赧地沉寂。

她淡妆素裹，翩然而去，
带走了惊奇，
啊，她恍若上界的一位天使，
降临人间，把奇迹向我们显示。

瞻仰她的神采，飘飘欲仙，
甜蜜穿过眼睛，流淌进心底，
幸福的水柱岂能在陌生人的心潮升起。

她的口唇里一个灵魂游动，
温柔亲切，又充满爱意，
它对我的心说："渴求吧，你!"

　　但丁·阿利吉耶里（1265—1329），意大利中世纪伟大的诗人，人文主义思想的最早代表。原名杜兰丁，生于佛罗伦萨一个贵族家庭。自幼聪明好学，曾师从著名学者布鲁内托·拉蒂尼学习拉丁文、诗学、修辞学和古典文学，尤其热衷于研究古希腊罗马文学。10 岁前即熟读维吉尔、贺拉斯、奥维德等人的作品，最崇拜维吉尔。但丁勤奋刻苦，博览群书，是当时最博学的人，对政治、哲学、科学、宗教、伦理学、绘画、音乐、天文学等均深有造诣。18 岁开始写诗，与当时佛罗伦萨"温柔的新体"诗派领袖圭多·卡瓦尔坎蒂结为挚友，并与该派成员互相唱和。青年时代热衷于政治活动，加入代表新型市民阶级的贵尔夫（一译"圭尔弗"）党。35 岁时当选为佛罗伦萨的行政长官，为维护共和政权及佛罗伦萨的独立，与干涉世俗政务的教皇进行斗争，触怒教皇，被逐出教门，并判处终身流放。放逐期间，但丁游历了意大利各地，一面积极参加反对教皇、统一国家的斗争，一面反思现实、思考人生，不断创作。

其作品主要有学术著作《论俗语》（1304—1305）、《飨宴》（1304—1307），政治论文《帝制论》（1310—1313），长诗《神曲》（1307—1321）、诗集《新生》（1292—1293）及《歌集》（这是后人经考证后把散见于意大利古诗抄本中但丁的单篇爱情诗、赠答诗、寓意诗、道德诗等100多首汇集而成）。代表作是《神曲》，这首长诗系统地阐述和总结了中古时期的政治、哲学、科学、诗歌、绘画、史学、文化等方面的内容，体现了古希伯来文化与古希腊文化的合流与交融，思考了人及人类生存与发展的哲学问题，带来了人文主义思想的新曙光，是一部百科全书式的鸿篇巨制，也是一块具有划时代意义的艺术里程碑，成功地开创了以意大利民族语言写作的先河。其抒情诗主要以爱情与道德等为主题，其中多用梦幻、寓意、象征等手法，感情真挚深沉，语言丰富文雅，风格清新自然。雪莱在其《为诗辩护》中称但丁为"第一个唤醒迷惑的欧洲的人；他从不调和的鄙词蛮语的状态中创造一种本身就具有音乐性和说服力的语言"。恩格斯则在《共产党宣言》意大利版序言中指出："封建的中世纪的结束和现代资本主义纪元的开端，是以一位大人物为标志的。这位人物就是意大利人但丁，他是中世纪的最后一位诗人，同时又是新时代的最初一位诗人。"

这首诗是但丁早期代表作《新生》中的第26首。

《新生》是但丁的处女作，共有抒情诗31首，这是诗人为其终生爱恋的贝雅特丽齐（又译"贝亚德""贝娅特丽丝""俾德丽采"，1266—1290）而创作的。贝雅特丽齐出生于佛罗伦萨的一个高贵家庭（父亲名叫福尔柯·波尔蒂那利），原名贝齐，但丁对她又敬又爱，称她为"贝雅特丽齐"，意即"降福的女人"。其实，诗人一生与她仅见过三次面。据但丁回忆，他第一次见到她是9岁那年（1274年）。在5月1日的一个宴会上，他遇到了自己"心灵中光彩照人的女郎"和"盖世无双的形象"——大约刚到9岁的贝雅特丽齐。她满头金发，身穿十分高贵的朱红色衣服，举止优雅，落落大方，使但丁幼小的心"强烈颤抖起来"，感到"这是一个比我强的上帝，要来支配我了"，产生了成为其"灵魂的主人"的爱情，并开始了虔诚的思念。第二次见面是9年以后，他们在一条街上相遇。贝雅特丽齐已经长成美丽迷人的窈窕淑女，身着"洁白的衣裙"。但丁窘迫不已，而贝雅特丽齐则彬彬有礼地向他嫣然一笑致意。他顿感"无比幸福"，深深陷入爱情之中，仿佛看见贝雅特丽齐被爱神抱起，又觉得自己的心被爱神掏出给了贝雅特丽齐。第三次见面则是但丁被朋友拉去参加银行家希蒙尼的婚礼，没想到别人的新娘竟是自己朝思暮想的意中人，便失魂落魄地跑了回去。1290年，婚后不久，年仅25岁的贝雅特丽齐染病去世，但丁得知后非常悲伤。大约1292

年，但丁将多年来表达对贝雅特丽齐的爱慕、赞美及最后悼念贝雅特丽齐的抒情诗加以整理，并附以记事和注释，用散文连缀成篇，取名《新生》。

《新生》包括三部分。第一部分主要介绍诗人与贝雅特丽齐的前两次见面，抒发对她的爱慕与赞美之情。第二部分主要抒写爱情的升华。诗人抛开对爱情的物欲追求，让贝雅特丽齐成为爱情的理想、圣洁和崇高的象征，使之由一个普通的美丽少女变为超凡脱俗的女神。第三部分则抒写对贝雅特丽齐的悼念与赞美。这部诗集虽然是但丁记述爱情发展过程的自传性作品，但由于宗教思想及理想化的作用，不少东西已被抽象化、精神化了。诗人主要描写的是爱情在灵魂中引起的震撼及其对品德的改造作用，贝雅特丽齐则被看作上帝派到人间启迪诗人智慧、提高诗人思想品德及文化修养的天使。

这首诗写的是诗人与贝雅特丽齐第二次见面时的情景。首先，通过贝雅特丽齐向别人致意时的"温雅""纯洁"，写出了她的娴雅、温柔、高贵、纯洁和美丽。她那温柔、文雅、纯洁的致意，竟使人们自惭形秽、深感卑微，惶乱无神中嘴唇颤栗，以致陷入羞赧、不敢正视。这就写出了她不仅娴雅而且高贵；不仅外貌美，而且心灵美。接着，写她在人们的惊奇中，淡妆素裹，翩然离去，就像上界的天使降临人间，显示奇迹，进一步描写出她那种超凡脱俗的美。然后具体地描写这种美的神奇魅力：瞻仰她的神采，马上就会感到飘飘欲仙，一股甜蜜穿过眼睛，流淌进心底！最后，点明在贝雅特丽齐的身体里有一个温柔亲切又充满爱意的灵魂，从她的口唇中发出召唤，让人去感叹，尤其是渴求。诗人一方面以充满感性的语言描写贝雅特丽齐所具有的激发情感的力量（使人慌乱失神、嘴唇战栗、不敢开口、眼睛不敢正视），另一方面又极力把这种女性的魅力净化为宗教情感（把她视为"上界的天使"降临人间），使人沉浸在对她的顶礼膜拜中而不产生任何肉欲之念。于是，贝雅特丽齐这人间美貌的"凡女"变成了降自天国的天使、女神。尘世之爱与天国之爱就这样交混在一起，充分体现了但丁作为"中世纪的最后一位诗人"和"新时代的第一位诗人"的两重性。全诗就这样由恋人的外形、举止、神态逐步升华到其高贵、温和的道德境界，最后更升华为一种理想化的爱，一种天国之爱。

本诗的艺术特色有二：一是层层深入，由外形举止逐步向精神境界、天国之爱升华。二是善用侧面着笔的方法。它不直接描写贝雅特丽齐的外貌与心灵如何美，而是通过人们面对她时的慌乱失神、眼睛不敢正视（"垂下眼帘"）加以反衬。这类似于荷马史诗《伊利亚特》中对特洛伊城不能参战的老一辈首领看到海伦的美貌后深感为之进行十年浴血奋战的确值得的描写："很像森林深处爬在树上的知了，/发出百合花似的悠扬高亢的歌声，/特洛伊的长老们坐在望楼上，/他们望见了海伦来到了望楼上面，/便彼此说出有翼飞翔的话语：/'特洛伊人和胫甲精美的阿开奥斯人，/为这样一个妇女长期遭受苦难/无可抱悲，看起来她很像永生的女神。"并且和中国汉乐府名诗《陌上桑》中"行者见罗敷，下担捋髭须。少年见罗敷，脱帽着帩头。耕者忘其犁，锄者忘其锄。来归相怨怒，但坐观罗敷"的写法类似，是侧面烘托的高明手法。

罗拉的面纱

彼特拉克著　朱维之译

我忍心的美人呀，你说吧，
为什么总不肯揭开你的面纱？
不论晴空万里，骄阳呆呆的日子，
或是浓云密布，天空阴沉的日子；
你明明看透我的心，明明知道
我是怎样等待着要看你的爱娇。
当初我暗藏着脉脉的柔情，
快乐的心被搅扰得昼夜不宁，
你的脸用怜悯、甜蜜的光照进我的心；
可是现在我已经表白了热烈的爱情，
反而不能再见你那光辉的两鬓，
也不能再见你那微笑的眼睛；
我所长期渴望的美呀，啊，
都退隐到那可恶的阴云后面去了。
一条面纱竟能支配我的命运？
残忍的面纱呀，不管是热是冷，
反正都已经证明我阴暗的命运，
遮盖了我所爱的，一切的光明。

弗朗西斯科·彼特拉克（1304—1374），意大利文艺复兴时期杰出诗人，人文主义的先驱者，文艺复兴运动的元勋。出生于佛罗伦萨附近的罗伦佐。父亲是律师，因从事政治活动而和但丁同时被流放。他自幼随父亲流亡法国，曾攻读过修辞学、语法学和法学。后周游欧洲各国，积极搜寻和钻研古希腊罗马的古籍抄本，精研西塞罗、维吉尔、李维、奥古斯丁等人的著作，并坚持文学创作。曾在阿维尼翁教廷任职，出入于宫廷、教会等权力机构。1351年后定居意大利。

彼特拉克的主要作品有：散文信札《日常琐事集》（1323—1361）、《老年集》（1361—1374）等，历史著作《名人列传》（1338—1374），对话录《内心的秘密》

（1342—1358），叙事长诗《阿非利加》（1338—1442）、《凯旋》（1351—1352），抒情诗集《歌集》。他曾宣称："我不想变成上帝……属于人的那种光荣对我就够了。这是我所祈求的一切，我自己是凡人，我只要求凡人的幸福。"他的诗讴歌爱情，渴求现世幸福，赞美大自然，表现人在肉体与精神上的双重幸福，揭示现代人的孤独，音韵典雅、结构严谨、语言优美、韵味隽永。他在十四行诗方面的成就尤高，并使这种诗体臻于成熟与完美，以至被称为"彼特拉克体"。他曾因在诗歌创作方面的伟大成就而在罗马与巴黎获得"桂冠诗人"的荣誉，并被称为"意大利诗歌之父"。他的诗在内容和形式方面都为意大利乃至欧洲抒情诗的发展开辟了道路。

《罗拉的面纱》选自彼特拉克的代表作《歌集》（1327—1374）。《歌集》包括 366 首诗歌，其中 317 首是十四行诗，也有一些谣曲、伴奏曲，主要是表现诗人对罗拉的爱。

罗拉（现通译"劳拉"）是诗人深深爱恋的一位女性。1327 年 4 月 6 日早晨 7 时左右，23 岁的彼特拉克在法国南部阿维尼翁的圣克莱尔教堂遇到一位名叫罗拉的美丽少妇，她是一位骑士的妻子。她那闪耀着圣洁与仁爱之光的秀目，秋波一闪，击中了诗人，诗人感到有生以来"第一次甜蜜的忧郁"，对她一见倾心。赤诚之爱从此成为他精神世界的支柱、创作的源泉和生活的动力，他开始写诗赞颂罗拉婀娜多姿的体态、崇高的精神品质，表现自己对她的缱绻深情。1348 年 4 月 6 日，横扫欧洲的大瘟疫（黑死病）夺去了罗拉的生命，诗人闻讯后不胜悲恸，无限的哀悼凝结成一首首凄婉的诗歌。

诗人 40 多年来创作的诗歌后来汇集成《歌集》，这是一部独特的"诗体日记"，分为"圣母罗拉之生"和"圣母罗拉之死"两个部分。第一部分描写诗人对罗拉的热恋及诗人在热恋中的喜悦之情与因宗教压力所产生的负罪感，第二部分表达了诗人在爱人死后的万般痛苦，描绘了罗拉充满柔情地抚慰诗人的梦境。此外，也抒发了诗人对大自然美景的热爱，表现了其希望祖国统一的理想。在艺术上，这部诗集使十四行诗臻于完美，奠定了欧洲十四行诗的基础，并独创了一种"彼特拉克奇喻"，即为了表达宗教信仰与人的世俗感情、天上与人间、灵魂与肉体等的矛盾冲突而形成的复杂心态，采用一种诡谲大胆、将两极对立的事物并置一块的比喻。

《歌集》在思想内容上，主要有两大贡献。第一，把但丁的精神之恋、天国之爱拉回人间，宣布"我同时爱她的肉体和灵魂"。这就把自己对罗拉的爱变成一种建立在人的自然本性的基础上的对美的追求，使由但丁开始追求的人性与神灵的合一获得了实质性的发展和生动的表现，从而既超越了那种充斥原始的肉欲享乐的低级感情，又避免了仅是精神之恋的苍白，使人健全发展。第二，发现了近代人的孤独。由于强烈的爱情与超前意识，诗人在自然之中发现了自己的孤独。在人群中找不到知音，在自然中却能找到倾诉的对象，这是近代人才有的一种孤独。《歌集》的这两大贡献，奠定了西方近、现代文学的两大主题。作为献给罗拉的诗集，《歌集》最大的成就在于塑造了十分完美的罗拉形象。诗人以丰富多彩的色调，把人的精神美、女性的形体美和大自然的纯真美糅合描绘，并融入自己的挚情笃爱，使罗拉既是栩栩如生、呼之欲出的美丽凡女，又成为理想中的美与道德的化身，充分表现了爱情的圣洁与崇高（但较但丁更富现实人情味）。

这首《罗拉的面纱》是献给罗拉的一首颂歌，写于罗拉死后。这是一首谣曲，在艺术表现上较十四行诗更活泼一些。全诗以巧妙的方式表达了对罗拉的深情，并借此反思了人生命运。它采用了与恋人面对面交谈的方式，从以下几个部分展开。

第一部分为前6行，以埋怨的口气，询问罗拉为何这样忍心，无论何时、在什么情况下，总不肯揭开遮在脸上的面纱（"不论晴空万里……或是浓云密布"强调了无论天晴天阴，也就是无论何时及在任何情况下），让"我"一睹"你"的娇容。

第二部分为第7—14行，抒写自我的反思和悔恨。也许，应该怪"我"当初爱"你"在心口难开，不敢大胆表白。尽管"我"快乐的心已被爱情搅扰得"昼夜不宁"，但"我"仍"暗藏着脉脉的柔情"，而"你"似在等待"我"的表白——"你"的眼睛（"你的脸用……光"应指眼睛，因为：第一，脸被面纱遮着，脸上的光很难看到；第二，诗人在另一首诗中曾写到自己被罗拉的"秀目击中"，这首诗也写到"微笑的眼睛"）甜蜜地看着"我"，而"我"一直不敢开口，于是"你"那甜蜜的目光里又充满了怜悯。短短三句，既写出了"我"的怯懦，又写出了罗拉微妙的心理变化。当初"我"的怯懦导致了今天的无限悔恨，今天"我"大胆地表白了，却再也见不到"你那光辉的两鬓"和"微笑的眼睛"，"我"长期渴望的美，竟退隐到"那可恶的阴云后面"（用象征的手法，含蓄地点出罗拉已死），永远见不到了。

第三部分为最后4行，由"残忍的面纱"生发开去，思考社会与人生。一条薄薄的面纱竟遮断了"我"与"你"的感情联系，支配了"我的命运"！面纱是不懂得"残忍"的，那么，"残忍"的是什么呢？可以说是可恶的封建礼教。因为封建礼教规定，女人不能直接面对男人，必须戴上面纱。但细读全诗，"残忍"的应该说是"命运"（它既可隐含封建礼教的压力与束缚，更是一种作弄人的神秘力量）。正是命运作弄人，才使我前途黑暗，失去了所爱。但命运如此"残忍"，"我"却依然爱得如此深挚，则突出了爱情的力量，表达了诗人对罗拉的深情。

　　本诗在艺术上的特点是：第一，巧用"面纱"，既做道具，又为象征。全诗以《罗拉的面纱》为题，"面纱"是诗歌的重点，诗人既把它当作道具，贯穿首尾，同时又用它象征阴暗、残忍的命运，借此表达人生的万般无奈；第二，手法灵活多样。全诗采用虚拟的"我"与"你"对面交谈的形式，既巧妙地超越了现实中"我"与"你"不能对谈的局限，又因此得以尽情地倾诉长期积蓄的感情，同时又运用了对面着笔（埋怨"你"不揭面纱，埋怨即是爱，正因为"我"太爱"你"才想一睹芳容，由埋怨"你"而表现出"我"的爱）、自我反思、象征点题等手法，生动形象地表达了诗人复杂的心绪。

致光明的使者

米开朗基罗著　傅雷译

由你的慧眼，
我看到为我的盲目不能看到的光明。
你的足助我担荷负重，
为我瘦瘘的足所不能支撑的。
由你的精神，
我感到往天上飞升。
我的意志全包括在你的意志中，
我的思想在你的心中形成，
我的言语在你喘息中吐露。
孤独的时候，
我如月亮一般，
只有在太阳照射它时才能见到。
被爱情控制着的灵魂在呻吟中挣扎：
我哭，我燃烧，
我磨难自己，我的心痛苦死了
你带走了我生的欢乐。

　　米开朗基罗·波罗纳蒂（1475—1564），意大利文艺复兴时期诗人，伟大的雕塑家、画家、建筑家，与达·芬奇、拉斐尔并称"三杰"。出生于佛罗伦萨附近的卡普莱斯，父亲是奎奇市和卡普莱斯市的自治市长。13岁做艺徒，15岁开始作画。年轻时曾在佛罗伦萨贵族梅第奇门下作客，结识了当时许多著名的作家和人文主义者，开拓了视野，增长了见识。此后米开朗基罗长期轮流居住在罗马、佛罗伦萨两地，自1534年起，定居罗马，从事各种艺术创作。
　　米开朗基罗一生成就最高的是艺术创作，以其丰富的想象力和粗犷有力的手法，创作了许多艺术珍品，表现了为自由而斗争的精神及爱国主义思想。其中著名的有：画作《多妮圣母》（1500—1505）、《最后的审判》（1534—1541），雕塑《哀悼基督》（1498—1500）、《大卫》（1501—1534）、《摩西》（1513—1542）、《暮》（1524—1531）、《晨》（1524—1531）、《夜》（1526—1531）、《昼》

（1526—1534）等。他于 1502 年 27 岁时开始写诗，一生创作了十四行诗及抒情诗 300 余首，1623 年进行出版，名为《诗集》。其诗歌内容大多歌颂友谊和爱情，赞美艺术的永恒及人类的精神美，并探索人生哲理。有些诗斥责了教会的虚伪与腐化，表达了对正义、平等、美好世界的向往。在诗歌风格上深受但丁、彼特拉克等人的影响，但又形成了独特的个性，像造型艺术一样，以粗犷、深沉、质朴见长，情真意切、意境高超、语言精练。

米开朗基罗作为伟大的艺术家闻名于世，他的诗才也因此而被掩盖。其实，他的诗写得颇为出色，在后世也有一定的影响。他的诗或歌咏艺术家的工作、颂扬艺术的永恒价值（如《艺术家的工作》），或总结人生经验，探索人生哲理（如《苦痛与狂欢》），或表达炽烈的爱情。这首《致光明的使者》就是一首特殊的爱情诗，它是献给男友汤玛索·德·卡伐里里的。

卡伐里里是罗马的贵族青年，风度翩翩，俊美潇洒，甚至比古希腊的著名雕塑《掷铁饼者》中的主人公更加英俊。罗曼·罗兰的《米开朗基罗传》称其"不独是具有无与伦比的美貌，而且举止谈吐亦是温文尔雅，思想出众，行动高尚，的确值得人家的爱慕，尤其是当人们认识他更透彻的时候"。米开朗基罗于 1532 年秋天在罗马遇见他后便与他成为朋友。1534 年，卡伐里里成为他的学生和助手。据斯通的《米开朗基罗》（原名《苦痛与狂欢》）所说，米开朗基罗研究了他的几十幅速写之后，惊叹道："你有出色的才能。我来做你的老师，你来帮我放大画稿吧。"从此，每天早上太阳初升，卡伐里里便带着新烤出来的卷子作为上午的点心，来到米开朗基罗的工作室，晚上他们又在一起画画、谈心。在一段时间里，他们几乎形影不离，米开朗基罗对他的感情也达到了顶点，称他为"温和的被爱的主"，并说"你把我生的欢乐带走了"。这种感情难以为世俗所理解，曾受到种种污蔑和攻击。实际上，这种感情不同于世俗的同性恋，而更多地是出于一个艺术家对美的崇拜。米开朗基罗曾在一首诗里写道："美貌的力量于我是怎样的刺激啊！世间更无同等的欢乐了！"卡伐里里在写给他的信中也谈道："我确信，你对于我的感情，确是像你那样一个艺术的化身者，对于一切献身艺术爱艺术的人们所必然感到的。"而且，正如罗曼·罗兰所说，"不独这位朋友的美姿值得他那么颠倒"，还有"他的德性的高尚也值得他如此尊重"。因此，尽管斯通感叹"这种在他的生命中来得太晚的爱是难以确切描述的"，我们还是认为，它主要是友谊、对美与德行的崇拜及柏拉图式的精神之恋的混合体，这首《致光明的使者》便是一个例证。

全诗可分为两个部分。

第一部分为前 9 行，主要通过写卡伐里里对自己的帮助与影响来赞美他。开篇即赞美卡伐里里出众的才华及其对自己的帮助："你"的慧眼使"我"看到了不能看到的光明，"你"帮助"我"担负了"我"所不能支撑的重担。接着写他给自己精神上带来的提升——使"我"往天上飞升（"天上"是精神境界的象征，这是中世纪、文艺复兴时期常用的一个象征）。最后，通过两人的精神合一来写卡伐里里对自己的透彻了解及其给诗人带来的深刻影响。两人是如此心有灵犀，"你"的意志包括了"我"的意志，"我"的思想在"你"心中形成，"我"的言语在"你"的喘息中吐露。

第二部分在此基础上通过写"我"与卡伐里里离别后的种种感受而进一步表达对他的强烈爱情。首先，以生动贴切的比喻（就像月亮渴望太阳的光照一样渴望见到你），突出与"你"分离的孤独与痛苦。进而，直接抒发对他的强烈的爱——被爱情控制的灵魂在呻吟中挣扎，"我"哭泣、燃烧，"痛苦死了"，失去了"生的欢乐"。

全诗激情洋溢，直率朴实，由第一部分"你"对"我"的巨大帮助、深刻影响、两人精神合一而自然引出第二部分的分离之苦，写得优美动人，因此，此诗被称为意大利 16 世纪最美的抒情诗。

英国圆号

蒙塔莱著　吕同六译

今晚
黄昏的风，
仿佛刀剑铿锵，
猛烈地吹打
茂盛的树林，
擂响
天宇的鼓点，
催动
地平线上的浮云。

一抹晚霞，
仿佛纸鸢横飘高空，
朵朵行云如飞，
仿佛埃多拉迪国
时隐时现的城门的光辉。

潋滟闪光的大海，
渐渐灰暗混沌，
吞吐浊浪，
咆哮翻滚。
夜的暗影，
悄悄地四处爬行，
呼啸的风，
慢慢地平静。

风啊，
今晚请你也把
我的心

这不和谐的乐器的
丝弦拨动。

埃乌杰尼奥·蒙塔莱（1896—1981），意大利当代著名诗人，隐逸派（一译"奥秘主义"）的代表人物，生于热那亚一个富商家庭。童年和少年时代在故乡和风景秀丽的利古里亚海滨度过。自幼酷爱音乐，学习成绩优异，希望成为一名音乐家。青少年时期十分注重在文学方面的修养，于是孜孜不倦地研读各国文学作品，尤其是英国文学和法国文学名著。后进入热那亚大学攻读文学。第一次世界大战中有过一年在前线作战的经历。1925 年，蒙塔莱的第一部诗集《乌贼骨》问世，轰动意大利文坛，使其成为意大利最著名的抒情诗人。后担任过图书馆馆长、记者、音乐评论家、文学编辑。1967 年，他被意大利总统授予"终身参议员"称号。1975 年，由于"他的杰出诗歌拥有伟大的艺术感，在不合幻想的人生观之下，诠释人类的价值"而获得诺贝尔文学奖。主要诗集有：《乌贼骨》（1925）、《境遇》（1939）、《暴风雨及其他》（1956）、《萨图拉》（1971）、《1970—1972 诗歌日记》（1973）、《四年诗钞》（1977）、《集外诗集》（1981）。

蒙塔莱认为生活是荒谬的，是自我与现代人的一场悲剧，它没有希望，没有幸福；所谓的现实只是人的一系列没有目的、没有意义的活动瞬间，人无法探测历史的奥秘，更无力改变世界的现状；认为诗人的使命不是反映普遍的真实、描述社会现实生活，而只是表现人的生存本身、寻求个性的真实、反映自我的情感和内心世界。因此，他的诗在内容上着力刻画人的个性危机，表现人生的坎坷和苦闷，专注于自我。在艺术上，他的诗具有象征主义特点，善于描绘自我的内心世界中丰富细腻的情绪和微妙隐秘的感受。蒙塔莱重视对艺术形象的提炼，追求音韵的和谐，讲究字句的雕琢。往往通过奔放的想象，借助隐喻和象征，赋予日常生活中普普通通的事物以不同寻常的意蕴，被称为"纯诗歌"。

《英国圆号》选自蒙塔莱的成名诗集《乌贼骨》，是以提琴、竖笛、巴松管等交响乐队中的各种乐器为题的一组诗歌中的一首。英国圆号是适宜表现各种情感，尤其是忧伤情感的一种乐器。

这首诗先写外部自然世界，再转向内心世界。在外部自然世界里，诗人选择了大自然的一个特定时空——绚丽多姿、引人遐想的傍晚和浮光跃金、辽阔无垠的大海作为背景。以"黄昏的风"作为主角（或称主题意象），让它尽情地吹弄大自然的各种乐器，从而使大自然在风的支配下演奏出一首有声有色、起伏跌宕的交响乐章。

第一乐章为第一诗节，感情激越豪放，风吹弄的乐器是茂盛的树丛，其听觉效果如刀剑铿锵，又好像擂响了天宇的鼓点，其画面广阔宏伟、音调短促有力、语言简洁形象、声势迅猛浩大。

第二乐章为第二诗节，感情舒缓平和，风吹弄的乐器是晚霞、行云，诗人运用通感手法，化听觉效果为视觉效果。被风吹动的晚霞如纸鸢横飘，而朵朵行云飘舞如飞，在落日的红光的映射下，仿佛黄金国时隐时现的城门的光辉（这里的"埃多拉迪国"是传说中的黄金国，16世纪西班牙探险家曾去拉丁美洲寻找过这一黄金国度），画面宏阔而富有想象色彩，音调柔和、语言优美、情感浪漫。

第三乐章为第三诗节，感情深沉厚重，风吹弄的乐器是无垠的大海。先从视觉入手，写在风的吹动下，大海激滟的波光渐渐灰暗混沌。再写听觉效果，波涛翻滚，浊浪咆哮。黑夜以其宁静容纳了一切，猛烈的风慢慢平静下来，画面开阔而悠远，音调由不安转为平和。本诗节结合视觉和听觉，画面开阔，色彩由亮转暗，音调由高趋低，险恶博大的气势中涌动着一种内在的不安。

第四乐章为第四诗节，可谓曲终奏雅，请求风拨动自己的心——这不和谐的乐器的丝弦，从而使外部世界与内部世界沟通应和。这样，黄昏的风不仅吹动了大自然的一切，也在诗人心里掀起了汹涌澎湃的浪涛，拨动了诗人心灵的根根"情"弦。

由此可见，诗人写风，既是写景，也是写人，并且在与和谐优美的大自然的对照中，突出了心灵的无比孤独与深沉的忧伤——它竟然与情感最丰富的大自然也格格不入，即使在瑰丽多彩的大自然中，它也无法获得慰藉！这就表现了蒙塔莱的一贯思想：人，在支离破碎的生存中，无法得到喘息与安宁，在现实中无法找到更无法维护自己的幸福，如名诗《幸福》："幸福，为了你/多少人在刀斧从中走险？//似黯然的幽光/你在眼前瑟缩摇曳，/似晶莹的薄冰/你在脚下震栗碎裂。//世上的不幸人，/谁个不是最爱慕你？！//似柔美、烦扰的晨曦/激起屋檐下燕巢的喧嚣，/你刺过凄雾愁云/照亮一颗忧伤的心。//唉，似孩童嬉耍的气球儿/高飞远逸，/徒自留下那/莫能慰藉的涕泣。"（吕同六译）诗人认为人甚至无法存留对美好往昔的片刻回忆，如名诗《汲水的辘轳》："汲水的辘轳碾轧转动，清澄的泉水/在日光下闪烁波动。//记忆在漫溢的水桶中颤抖，/皎洁的镜面/浮现出一张笑盈盈的脸容。//我探身亲吻水中的影儿：/往昔蓦然变得模糊畸形，/在水波中荡然消隐……//唉，汲水的辘轳碾轧转动，/水桶又沉落黑暗的深井，/距离吞噬了影儿的笑容。"（吕同六译）这样，心灵就永远都是痛苦的。

本诗虽以《英国圆号》作为诗题，却无一字写到英国圆号，因而，尽管结尾画龙点睛，但"英国圆号"指的是什么，仍可有不同的理解。或许，英国圆号象征着诗人，它本身就是一个生命体，听到大自然在风的指挥下和谐优美地演奏，不甘沉默，渴求被拨动心弦，发出自己的声音。或许，全诗写的是诗人听到用英国圆号吹奏的一段乐曲，浮想联翩，感受深刻，渴望自己也能像英国圆号般吹奏出心灵的乐章。

本诗在艺术上的特点有二：第一，既像以诗写乐，又似以乐写诗，是一首诗乐合一的好诗。它表面上是以诗来写英国圆号，但四个乐章及曲终奏雅的结构，又使它似乎是以乐写诗，从而达到诗乐合一、浑然一体，具有很高的艺术性。第二，出色的象征主义手法。象征主义强调要以千姿百态的外部自然世界的种种客观物象来暗示纷纭复杂的主观内心情感世界，这首诗深得象征主义的神韵，以黄昏时海边的一切组成优美和谐的交响曲，既与内心世界应和，又以此反衬出诗人内心无比的孤独与深沉的忧伤。

致凯恩

普希金著   曾思艺译

我记得那美妙的一瞬，
你在我面前翩翩降临，
仿若转瞬即逝的幻影，
仿若纯洁之美的化身。

当绝望的忧伤让我烦恼不堪，
尘世喧嚣的劳碌使我慌乱不宁，
你温柔的声音总萦绕在我耳边，
你可爱的倩影常抚慰我的梦。

岁月飞逝。狂烈的暴风雨
把往日的梦想吹得风流云散。
我忘记了你温柔的话语，
和你那天仙般的容颜。

幽禁在阴郁荒凉的乡间，
我苦捱时日，无息无声，
没有崇拜的偶像，没有灵感，
没有眼泪，没有生命，也没有爱情。

我的心猛然间惊醒：
你又在我眼前翩翩降临，
仿若转瞬即逝的幻影，
仿若纯洁之美的化身。

心儿重又狂喜地舒绽，
一切重又开始苏醒，
又有了崇拜的偶像，有了灵感，

也有了生命，有了眼泪，有了爱情。

亚历山大·谢尔盖维奇·普希金（1799—1837），俄国 19 世纪伟大的诗人、小说家、戏剧家、文学批评家，俄国浪漫主义文学的主要代表，现实主义文学的奠基人，被称为"俄国文学之父""俄罗斯诗歌的太阳"。生于莫斯科一个古老的贵族家庭。童年时所受的良好教育，为他打下了扎实的文化基础，培养了他的诗才及其对民间文学的兴趣。1811 年，他进入贵族子弟学校——皇村学校学习，受到法国启蒙思想家及俄国贵族革命家拉吉舍夫、哲学家恰达耶夫的影响，初步形成了反对暴政、追求自由的思想，同时开始探索诗歌创作的道路。1817 年毕业后，作为十等文官供职于外交部，与十二月党人过从甚密，诗歌创作也达到了新的水平。1820 年 5 月，由于《自由颂》（1817）、《致恰达耶夫》（1818）、《乡村》（1819）等政治诗触怒沙皇亚历山大一世，普希金被流放南俄，度过了四年放逐生涯，创作也逐渐向现实主义过渡。1826 年 9 月，新沙皇尼古拉一世为了笼络人心，将普希金召回莫斯科，从此，诗人开始了复杂多变的最后 10 年的创作生涯。1837 年 1 月因与追求妻子的法国公使馆的丹特士决斗，重伤而死。

普希金少年早慧，8 岁开始用法文写诗，在 20 余年的创作生涯里，留下了极其丰富的文学遗产。主要作品有：长篇小说《上尉的女儿》（1836），中篇小说《杜布罗夫斯基》（1832）、《黑桃皇后》（1834），小说集《别尔金小说集》（1830），戏剧《鲍里斯·戈杜诺夫》（1825）、《石客》《吝啬的骑士》《莫扎特和沙莱里》《瘟疫流行日的宴会》（合称"四个诗体小悲剧"，均 1830），散文《1829 年远征时的埃尔祖鲁姆之行》（1835—1836），叙事长诗《鲁斯兰和柳德米拉》（1820）、"南方叙事诗"《高加索的俘虏》（1820—1821）、《强盗兄弟》（1821—1822）、《巴赫奇萨拉伊的喷泉》（1821—1823）、《茨冈人》（1824）、"北方长诗"《波尔塔瓦》（1829）、《青铜骑士》（1833），以及 800 余首抒情诗和许多文学评论。其抒情诗题材广泛、内容丰富、形式多种多样、感情真挚热烈、形象准确新颖、情调朴素优雅、语言丰富简洁。生活中的一切均能入诗，但基本主题是抨击专制与暴政、追求自由、弘扬个性、讴歌友谊、赞颂爱情，充分体现生命的欢乐。

普希金是个情圣，一生都沉迷于对女性的爱，1829 年，在女友乌沙科娃的纪念册上，他亲笔写出了自己的"唐璜名单"，交代了其中 34 人的名字；1830 年，在给女友维亚泽姆斯卡娅公爵夫人的信中，他承认，后来成为他妻子的娜塔丽娅·冈察洛娃是他所爱的第 113 个爱人。强烈的爱情让普希金诗兴勃发，创作了 100 多首爱情诗。不过，他的爱情诗清新优美、格调高雅、感情真挚，并且大都表现了诗人高尚的情操，如《我爱过您》："我爱过您，也许，那爱情/

还在我心底暗暗激荡；/但让它别再惊扰您；/我不想给您带来丝毫忧伤。/我曾默默而无望地爱着您，/时而妒火烧心，时而胆怯惆怅；/我那么真诚，那么温柔地爱您，/愿上帝保佑别人爱您也和我一样。"（曾思艺译）

《致凯恩》是普希金爱情诗中最为出色且相当完美的一首，创作于 1825 年。

由于在南俄流放时得罪了总督沃龙佐夫，普希金以行为不端的罪名被外交部除名，并且被押送到他母亲的领地——北方荒僻的乡村米哈伊洛夫斯克村。他在 1824 年 8 月 9 日到达此地，过了两年多孤寂的幽居日子，只有年老的母亲陪伴。普希金形容这段生活说，自己孤独苦闷极了，简直像得了"忧郁症"，更为可怕的是："我忍受着精神饥渴的痛苦，独自踯躅在幽暗的荒原。"幸好，邻村三山村是个景色宜人的地方，而女主人普·亚·奥西波娃性格开朗，待人热情，并且有三个可爱的女儿。普希金经常去拜访三山村，为姑娘们写了不少赠诗。就在三山村，他再次见到了美丽非凡、光彩照人的凯恩。

安·彼·凯恩（1800—1879），普·亚·奥西波娃的外甥女。1819 年在彼得堡贵族奥列宁家的舞会上，普希金第一次见到她，她给普希金留下了相当美好而深刻的印象。1825 年 6 月中旬，凯恩到三山村舅母家消夏，逗留了一个月，第二次见到普希金。普希金几乎天天都去拜访她，给她讲故事，朗诵自己的叙事诗《茨冈人》。离开三山村前夕，凯恩到米哈伊洛夫斯克村回访，普希金把她领进花园，两人一起追忆在奥列宁家初次见面的情景。第二天清晨，普希金去三山村送别凯恩。他赠送给她《叶甫盖尼·奥涅金》第一章的发表稿，书页中夹着一张叠成四折的信笺，上面写着这首现今家喻户晓、脍炙人口的《致凯恩》。

诗歌首先赞美凯恩纯洁清丽、超凡脱俗的美貌，接着写出了自己"幽禁在阴郁荒凉的乡间"的孤独痛苦，最后抒写了凯恩这种绝俗的纯美重现身边，使自己从死气沉沉的孤独痛苦中解脱出来，恢复了生机与活力，变得快乐欢欣、诗兴勃发，有了"偶像""灵感""生气""眼泪"，尤其是"爱情"，这就充分写出了凯恩的美的魅力甚至威力，也写出爱的力量乃至威力。

诗歌主要有以下几个显著的艺术特色。

一是巧妙地运用叙事因素。这首诗是一首抒情诗，但却带有一定的叙事色彩。正是叙事因素的巧妙运用，成就了这首出色的抒情诗篇。诗歌以回忆开篇，突出强调"你"初次出现，超凡脱俗的美给"我"留下的美好而深刻的印象；接着进一步描写这美好而深刻的印象在绝望、忧伤、烦恼、慌乱等中对自己的慰藉："你温柔的声音总萦绕在我耳边，/你可爱的倩影常抚慰我的梦。"然后笔锋一转，写到生活发生了激变，狂烈的暴风雨驱散了往日的美梦，幽禁在荒凉阴郁的乡村，不仅使人孤独苦闷，而且让人没有生气，没有爱情，更没有诗歌的灵感，只能无息无声地"苦捱时日"；最后写到"你"的再次出现使"我"心花怒放，一切重新苏醒，有了生气、眼泪，也有了崇拜的偶像，有了爱情，更有了诗歌的灵感。全诗就这样由较远的过去写到不远的过去再写到现在，形成一条颇为鲜明的叙事线索，从而使叙事因素巧妙地运用于抒情诗中。这种叙事因素的运用，在诗歌中具有双重作用：既通过过去唤起彼此的美好回忆从而引起对方的强烈共鸣，又使诗歌层次分明、线索清晰，且富有节奏感。

二是出色地运用了反复。首先，"仿若转瞬即逝的幻影，/仿若纯洁之美的化身"在第一节和第五节中两次出现，既突出了凯恩超凡脱俗、纯洁清丽的美，又使全诗前后呼应，结构严谨；其次，是第四节写到"没有崇拜的偶像，没有灵感，/没有眼泪，没有生气，也没有爱情"，最后一节进而写到"又有了崇拜的偶像，有了灵感，/也有了生气，有了眼泪，有了爱情"，这可以叫做"变奏的反复"，其作用是：一方面极力抒写从无到有的情感，在表达上递进一层，情真意切，动人心弦；另一方面，也造成了结构上的前后呼应与递进。与此同时，这两种反复，在诗中形成反复咏叹，使全诗荡气回肠，具有浓郁的抒情性和音乐性。

三是暗用对比。诗歌极力渲染"我"的孤独寂寞、死气沉沉与苦捱时日，然后再抒写"你"那超凡脱俗的美的巨大魅力给"我"带来了一切，让"我"有了"偶像""灵感""生气""眼泪"，尤其是"爱情"，这样两者间就暗暗构成一种对比，这种对比，相当深刻而生动地写出了凯恩的美的魅力甚至威力。

四是把女性神化，从对美女的倾慕飞跃到精神的升华。西方从中世纪开始兴起了女性崇拜。日耳曼人侵入欧洲，对欧洲文明产生的重要影响之一便是对妇女的尊敬。他们不尊崇男性神，而崇拜地母，并且认为"女性带有一定的神性"。随后形成的对圣母玛利亚的崇拜和向妇女献殷勤的作风，便是日耳曼传统与穆斯林意识形态的结合，具体表现便是骑士对女性的尊崇，甚至其效命疆场、历经艰险、夺取功名，不是为了自己的地位升迁，而是为了赢得情人的青睐。爱情不仅不会使英雄气短，反而成为男子拼搏的动力，它能够使人超凡脱俗，进入美的殿堂，甚至追寻到永恒，探求到终极价值。因此，西方人尽情表达自己对女性的爱慕、追求，并从中使自己的心灵纯化，精神得到升华，乃至找到神性的光辉；他们追求在恋爱中实现人生价值，寻求人生永恒的美。但丁在《新生》中宣称贝雅特丽齐是"从天上来到大地显示神奇"的天使，把对她的追慕当作对人生永恒之美的追寻，并在《神曲·天堂篇》中让她引导自己进入永恒之美——天堂。彼特拉克的《歌集》第 72 首更是明确指出，劳拉具有高度的精神美，她将引导自己找到人生的永恒之美与终极价值："高雅可爱的夫人啊，/从你闪动的眸子里，我窥见了指引我/通向天国的温柔之光；/你眼睛里映照的只有爱情和我，//谁都知道，你这隐约闪现的光芒/出自你那搏动的心房。/

这光芒引导我从善向上，/使我走向光明荣耀的人生终极……"此刻爱情神性化了，成为从此岸走向永恒的彼岸的中介。普希金这首《致凯恩》也充分写出了凯恩超凡脱俗的美及爱情的力量，唤醒了诗人沉睡的心灵，让一切人性的、有灵气的东西在心中复苏，并且有了宗教崇拜般的"偶像"，有了"生气"和诗歌的"灵感"，有了"爱情"，精神上升到一个新的境界。

正因为这首诗突出的艺术成就和浓郁的抒情性、音乐性，使它成为俄国诗坛乃至世界诗坛最优秀的抒情诗之一，并且在俄国著名作曲家格林卡为之谱曲后，成为俄国十分有名的一首情歌，传唱至今。

在西伯利亚矿井的深处

普希金著　张铁夫译

在西伯利亚矿井的深处，
你们要保持高傲的耐心，
你们悲惨的劳动和崇高的思想追求，
决不会消失得无影无踪。

希望，这灾难的忠实姐妹，
正隐藏在阴暗的矿山底层，
它将唤起勇气和欢乐，
期望的时辰定会降临。

穿过那一扇扇阴暗的牢门，
爱情和友谊会来到你们当中，
正如我那自由的歌声，
会传进你们苦役犯的黑洞。

沉重的镣铐会落下，
监狱会轰然倒塌——而自由
会在门口欢快地迎接你们，
弟兄们也会把利剑送到你们手中。

十二月党人是一批俄国贵族革命家，主要是参加过1812年卫国战争并远征欧洲的军官们。他们在欧洲目睹了西欧的进步，受到自由主义和民主思想的影响，回国后看到农奴制下人民的贫困和对自由派的迫害，心情特别沉重，深感俄国太过落后，于是在1816年至1821年成立了第一批组织"救国协会""幸福协会"，1821年又成立了十二月党人南方协会和十二月党人北方协会，其纲领是废除专制制度和农奴制、建立统一的共和国（南方协会）或带有联邦性质的君主立宪政体（北方协会）。

早在于皇村学校读书时，普希金就开始和一些十二月党人接近。在外交部工作，特别是流放南方后，他与十二月党人的交往更加密切。达维多夫、拉耶夫斯基、奥尔洛夫、波斯捷利等著名十二月党人都是普希金的好友。

1825 年 12 月 1 日，沙皇亚历山大一世于探望生病的皇后的途中染病，在离首都很远的塔甘罗格突然驾崩。亚历山大没有子嗣，按俄国皇位继承法，应该由其皇弟康斯坦丁继位。然而，康斯坦丁在华沙担任波兰王国军队总司令，并娶了非皇族血统的波兰女子为妻，早已致信亚历山大，声明放弃皇位继承权。亚历山大收到声明信后，立即决定让另一皇弟尼古拉继承皇位。他授命大主教菲拉特雷草拟了一份诏书，宣布皇位继承的变化。但这份诏书当时并未公布，沙皇的两个弟弟康斯坦丁、尼古拉都不知道有这样一份未公布的诏书。亚历山大病死后，在彼得堡的尼古拉立即向身在华沙的康斯坦丁宣誓效忠，而康斯坦丁也同样向尼古拉宣誓。由于彼得堡和华沙相隔甚远，加上当时通讯落后，因而俄国出现了皇统中断 20 多天的局面。十二月党人便乘这千载难逢的皇位虚悬的有利时机，于 1825 年 12 月 14 日在彼得堡发动了武装起义，反对沙皇专制制度和农奴制度。但由于组织不严密，行动不果敢，起义最终不幸失败。5 个领袖被判处绞刑，121 人被判流放西伯利亚服苦役。当时，普希金正被幽禁在偏僻的米哈伊洛夫斯克村。新沙皇尼古拉一世召他到莫斯科觐见时，曾问他："普希金，假如你在彼得堡，你也会参加 12 月 14 日的那次起义吗？"普希金毫不犹豫地回答："一定的，皇上。我所有的朋友都参与了起义，我不会不参加的。只因为我不在当地，才能幸免于难。"

被判服苦役的十二月党人的妻子或未婚妻，自愿跟随丈夫去西伯利亚。作为流放犯或苦役犯的妻子，她们被剥夺了公民权和贵族特权。1827 年初，第一批随夫去西伯利亚涅尔琴斯克矿场的有特鲁别茨卡娅、沃尔康斯卡娅、穆拉维约娃。1827 年底至 1831 年间，还有达维多娃、纳雷什金娜、丰维金娜等一大批富于自我牺牲精神的女性自愿前往西伯利亚（俄国诗人涅克拉索夫在长诗《俄罗斯女人》中歌颂了这些伟大的俄国女性这一具有重大社会意义的功勋）。当普希金得知玛利亚·沃尔康斯卡娅和亚历山德琳娜·穆拉维约娃准备排除千难万险去陪伴丈夫时，深受感动，冒着生命危险，写下了这首《在西伯利亚矿井的深处》，并托穆拉维约娃带到西伯利亚，在被流放的十二月党人中引起了很大的震动。

这首诗既写出了诗人对十二月党人的崇高敬意，又对西伯利亚的这些囚徒给予了热情的鼓励。全诗可分为三部分。第一部分为第一节，诗人结合囚徒们面临的严酷现实，充分肯定他们崇高的追求。西伯利亚冰天雪地，严寒难耐，而被流放的十二月党人又在矿井深处服苦役，环境恶劣，劳动繁重。诗人对此深表同情，鼓励他们要"保持高傲的耐心"，并充分肯定他们"悲惨的劳动和崇高的思想追求"意义重大，不会落空，更不会消失得无影无踪。第二部分包括第二、三节，以乐观主义精神慰藉、感染囚徒们。首先，诗人热忱地告诉朋友们，灾难与希望并存，苦难终会过去，他们"期望的时辰"——自由的一天"定会降临"。接着，诗人满怀信心地指出，朋友们和同志们并未忘记他们，他们的斗争不是孤立无援的，"爱情和友谊"会像自由的歌声一样，穿过阴暗的牢门，来到他们当中。第三部分为第四节，充满必胜的信心，预言十二月党人的斗争终会取得最后的胜利。那时，镣铐会落下，监狱会倒塌，锋利的武器会送到他们的手中。全诗结构严谨、层层递进（肯定囚徒们的崇高追求，指出有不幸也有希望，预言胜利的前景）、思想乐观、感情真挚、语言朴实，具有强烈的艺术感染力，西伯利亚的十二月党人读了之后深受鼓舞。

诗人奥多耶夫斯基代表深受鼓舞的西伯利亚囚徒们写了一首答诗："当那琴弦的热情的预言/忽然传到我们的耳边，/我们的手猛向宝剑伸去，/但摸到的却是身上的锁链。//不过请放心吧，诗人！/我们以锁链和厄运而自豪。/我们虽被监狱的铁门幽禁，/却暗自对着历代沙皇嘲笑。//我们悲惨的事业将不会落空：/星星之火必将燃成熊熊的烈焰，/——我们信奉东正教的人民/将集合在神圣的旗帜下面。//我们要把锁链打成利剑，/重新点燃自由的火炬，/我们身怀着自由扑向沙皇——/人民才能愉快地呼吸。"（张铁夫译）这一赠一答，在俄国文学史上留下了一段千古传颂的佳话。1900年，列宁在德国莱比锡创办《火星报》时，报名就引用了奥多耶夫斯基的诗句"星星之火必将燃成熊熊的烈焰"（一译"星星之火，可以燎原"），并将它作为报头题词。

短诗两章

丘特切夫著　　曾思艺译

世人的眼泪

世人的眼泪，哦，世人的眼泪，
你总是早也流啊，晚也流……
你流得无声无息，没人理会，
你流得绵绵不断，无尽无休，
你流啊流啊，就像幽夜的雨水，
淅沥淅沥在凄凉的深秋。

海浪和思想

绵绵紧随的思想，滚滚追逐的海浪，
——同一自然元素的两种不同花样：
一个，小小心田，一个，浩浩海面，
一个，狭窄天地，一个，无垠空间，
同样永恒反复的潮汐声声，
同样使人忧虑的空洞的幻影。

　　费多尔·伊万诺维奇·丘特切夫（1803—1873），俄国 19 世纪著名诗人，生于俄国"诗人之乡"奥尔洛夫省勃良斯基县奥甫斯图格村一个古老的贵族家庭。自幼酷爱读书，嗜好文学。8 岁起，跟随当时著名的诗人、翻译家拉伊奇（1792—1855）学习，并开始写诗和翻译。1819 年进入莫斯科大学语文系学习。毕业后进入俄国外交部任职，1822 年作为俄国驻慕尼黑外交使团的成员出国赴任。在国外 22 年，丘特切夫游览了欧洲各地，广泛汲取各方面的知识，精心研究德国的哲学与文学。1843 年回国，先在外交部任职，后担任外文检查委员会主席。瞿秋白先生称他"一生行事，没有什么奇迹，可是他的诗才高超绝伦"。其一生写诗不多，仅留下 400 来首诗，只有小小的一本诗集，但正如费特所说：

"这小小一本诗集，分量竟胜过卷帙浩繁的文集。"其诗赞美大自然，歌颂爱情、友谊，关心社会政治问题，对人、自然、心灵、生命之谜等本质问题进行了长期、执着、系统的探索，融深邃的哲理、独特的形象（自然）、丰富的情感、瞬间的境界于一体，形式短小精悍，语言精练优美，思想和手法颇为现代。在西方，他与普希金、莱蒙托夫并称为俄国三大古典诗人。1993 年，在他逝世 120 周年之时，由于其在诗歌方面的巨大成就及其对当今世界的影响，丘特切夫被联合国教科文组织授予"世界文化名人"的称号。

这两首短诗都是丘特切夫脍炙人口的名篇。

《世人的眼泪》创作于 1849 年。丘特切夫的女婿——俄国政论家、作家、社会活动家、斯拉夫派思想家伊·谢·阿克萨科夫（1823—1886）曾经谈到这首诗的创作经过："有一次，他在秋天的一个雨夜乘着雇来的轻便马车回家，淋得几乎全身都湿透了，他对前来接他的女儿用法语说：'我想好了一些诗句。'还没有脱下湿透了的衣服，他就口授着这首美妙的诗歌，让女儿给记录下来……"诗歌让思想感情（对下层人民的同情，具体意象是"泪"）与自然景物（深秋幽夜的雨水）平行而又交错地出现，巧妙自然地相互过渡，使人分不出是情还是景，辨不清是自然现象还是心灵状态。在这首诗里，雨和泪构成二重对立，同时又交织融合为一体，是雨？是泪？二者简直不可区分。这弥天漫地的雨和泪，正是下层俄国人民深重的苦难的象征。这是诗人在回家途中目睹了下层人民的苦难生活有感而作的一首诗，诗歌的语言类似民歌，从而暗示哭泣的是农民或近郊的流浪者，并且把世人的眼泪与弥天漫地的雨水交织起来，突出下层人民的苦难与悲哀的无穷无尽，给予了被侮辱、被损害的下层人民极大的同情，体现了俄国作家惯有的现实主义和民主主义精神。

《海浪和思想》创作于 1851 年，这是一首哲理诗，也是一首无动词诗。

诗人把"海浪"与"思想"结合起来进行描写，让"绵绵紧随的思想，滚滚追逐的海浪"两个主导意象动荡变幻——时而翻滚在小小的心胸里，时而奔腾在浩瀚的海面上；时而是涨潮、落潮，时而又变为空洞的幻象。通过"海浪"与"思想"这两个主导意象的动荡变幻及其结局，诗人意图表明自己的哲理思索：像海浪一样，人的思想绵绵紧随、滚滚追逐、潮起潮落、变幻无穷，表面上似乎自由无羁、声势浩大、威力无比，实际上不过是令人忧虑的空洞幻影。这是严酷现实的折射，也是诗人长期探索人生及宇宙的哲理感悟与结论。

这首诗最突出的艺术特点是取消动词。全诗无一动词，纯粹以名词性的词语构成意象，组合成诗，而且这种方法改变了诗歌的结构方式。"海浪"和"思想"在诗歌结构中形成两条平行的脉络，成为两组对称的形象。两组平行脉络的相互交错，丰富了诗歌的情感层次；两组对称形象的交相辉映，深化了诗歌的思想内涵。为了与意象组合的跳跃相适应，这首仅短短 6 行的诗竟然 3 次换韵——每两句一韵，构成一重跳跃起伏。第一重开门见山，写出"海浪"与"思想"的对立与沟通，第二重则分写二者的不同，第三重绾合前两重，指出其共通之处，从而使这首小诗极尽变幻腾挪之能事，生动而深刻。在向以逻辑严密著称、极其重视和讲究语法的西方，尤其是以理性的科学和严密的逻辑著称的 19 世纪，这种超越语法和常规用法的无动词诗是极其大胆的艺术创新，堪称石破天惊之举。这种方法，超越了语言的演绎性和分析性，省略了动词乃至某些关联词语，在语言表现形态上打破了常态的逻辑严密，甚至完全不合一般的语法习惯与规范，而仅以情意贯穿典型的意象与画面，造成句法上的空白，形成一种艺术性的模糊效应，充分体现了意象的鲜明性、暗示性和内涵的含蓄性，更体现了语言的陌生化与创新性，因而更符合诗歌重视陌生化、强调形象鲜明和富有余味的审美本质。由此，也说明丘特切夫的确实现了自己提出的要解放语言的主张，说明他确有挑战传统语法、进行立意创新的过人胆识和能力。

这两首诗具有一些共同的艺术特点。

第一，思想感情与自然景物在诗歌中平行而又交错地出现，巧妙自然地既互相对称又相互过渡，使人辨不清是情是景，分不出是自然现象还是心灵状态。这是丘特切夫诗歌创作的一个突出特点。丘特切夫的诗，往往使人感到他仿佛把事物之间的界限消除了，他常常极潇洒自由地从一个意象或对象跳转到另一意象或对象，似乎它们之间已全无区别。如在普希金的诗歌中，写某一意象或某一事物仅仅就是针对这一意象或事物本身，当他写出"海浪"这个意象时，他指的只是自然间的海水；但在丘特切夫笔下，"海浪"这一意象就不仅是自然现象，同时也是人的心灵、人的思想和感情，这与谢林的"同一哲学"密不可分。丘特切夫深受德国古典哲学家谢林（1775—1854）"同一哲学"的影响。"同一哲学"认为，自然界的一切，从物质到人类，都是一种绝对的、不自觉的、发展的精神——"宇宙精神"（又译"世界灵魂""绝对同一性""绝对"）按一定的目的创造出来的。人是宇宙精神的产物，他的意识与自然没有差别："自然应该是可见的精神，精神应该是不可见的自然。"自然也是有理性的，与人的意识毫无差别："自然与我们在自身内所认作智性和意识的那个东西原来是一回事。"因此，自然与人的心灵是一回事。这样，丘特切夫在《世人的眼泪》一诗中就让雨水和眼泪构成二重对立，同时又交织融合为一体，让雨和泪二者简直无从区分，充分表现了人间的悲哀与苦难像雨水一样弥天漫地，没有尽头。《海浪和思想》则让自然与心灵既对立又结合——"海浪"与"思想"这两个意象的二重对立，造成诗歌形式上的双重结构，二者的结合则使"海浪"与"思想"仿佛都被解剖，被还原，成为彼此互相沟通的物质，从而含蓄地表达了诗人对人的思想既强大又无力的哲学反思。

第二，短小对称，而又内涵深厚。这两首都是仅仅 6 行的小诗，字句与结构之间讲求对称，显得颇为整齐，但又内涵丰富，思想深刻。或通过"海浪"与"思想"思考人类思想的强大而无力，或通过"雨水"与"眼泪"写出人间尤其是下层人们的无尽悲哀与漫天苦闷。这也是丘特切夫诗歌的一个显著特点。其诗歌的形式短小精悍，没有任何多余的东西，同时又富于哲理。他也因此被称为"哲学家诗人"。

帆

莱蒙托夫著　　曾思艺译

在那大海上蓝幽幽的云雾里，
一叶孤零零的风帆白光晃晃。
它寻找什么，在遥远的异域？
它撇下什么，在自己的家乡？

波涛怒涌，狂风劲呼，
桅杆弓着腰喀喀直响；
唉！它并非寻找幸福，
也不是要远避幸福的光芒！

下面是比蓝天更莹澈的碧波浩渺，
上面是金灿灿的阳光弄晴，
而它，狂乱地祈求着风暴，
仿佛是风暴中才有着安宁！

　　米哈伊尔·尤里耶维奇·莱蒙托夫（1814—1841），俄国19世纪著名诗人、作家。生于莫斯科一个军官家庭，自幼随外祖母在外省的庄园生活，养成了孤僻自傲、耽于幻想的性格。受过良好的教育，通晓德、英、法三国外语。1827年随外祖母迁居莫斯科。14岁进入莫斯科大学附设的贵族寄宿中学学习，并开始写诗。1830年转入莫斯科大学语文系学习。后迁居彼得堡，进入彼得堡军官学校学习。毕业后升为骠骑兵团的军官。1837年1月27日，普希金因决斗致死，震怒的莱蒙托夫写下了"俄国诗歌中最有力的诗"（高尔基语）《诗人之死》，直接抨击沙皇及其宠臣们，直呼他们为"扼杀'自由''天才'和'光荣'的刽子手"，激怒沙皇政府，被逮捕，并流放到高加索。由于诗人茹科夫斯基等人的活动，1838年莱蒙托夫获准返回彼得堡，1840年再度流放高加索，1841年7月27日，在与马尔特诺夫的决斗中被杀害，年仅27岁。

　　莱蒙托夫短暂的一生留下了400多首抒情诗、20余首长诗及多部戏剧和小说，不仅推进了俄国浪漫主义的发展进程，而且发展了俄国现实主义。主要作品有：长篇小说《当代英雄》（1838—1840），戏剧《假面舞会》（1835—1836），叙事长诗《关于商人卡拉希尼科夫之歌》（1838）、《童僧》（1839）、《恶魔》（1829—1841），抒情诗《帆》（1832）、《波尔金诺》（1837）、《沉思》（1838）、《云》（1840）、《祖国》（1841）等。其诗歌主要表达对自由的追求、对爱情的渴望和对人生悲剧性的反思，充满了忧郁与孤独感。在艺术上，莱蒙托夫善于把抒情与写景结合起来，运用通篇象征，也善于运用自我反思或心理分析的方式，注重对内心情感的揭示，感情真挚深沉，语言朴实优美。

1832 年夏天，莱蒙托夫因参加驱赶反动教授的活动而被迫离开莫斯科大学，随外祖母迁居彼得堡，并考入近卫军军官学校。但他发现在彼得堡"每个人只顾满足自己/并不去关心别人的事情,/我们叫做灵魂的那种东西,/他们却没有这个名称……"，因而深感乏味和孤寂，便常常去海边观看浪涛，甚至希望自己能像咆哮的海浪一般，以轰鸣的惊人力量冲毁彼得堡那难以忍受的、苦闷的平静。一天，在奥拉宁包姆（现称罗蒙诺索夫），面对大海的景象，他触景感怀，写下这首《帆》，附在寄给女友洛普欣娜的信中。

全诗从不同角度描绘了帆的象征性形象，表达了诗人当时的迷惘，以及对行动的追求和对风暴的渴望。高尔基曾指出："在莱蒙托夫的诗里，已经开始响亮地传出一种在普希金的诗里几乎是听不到的调子——这种调子就是事业的热望，积极参与生活的热望。事业的热望，有力量而无用武之地的人的苦闷——这是那些年头人们所共有的特征。"本诗正印证了这段话。

第一节，描绘的是雾海孤帆。在淡蓝色的、云雾笼罩的大海上，一叶孤零零的帆儿白光闪闪。在遥远的异地，它不知该寻求什么，眼前只有神秘朦胧的淡蓝色云雾。回望家乡，似乎也没什么可以留恋。这一节既写出了诗人的迷惘，又以孤帆在茫茫雾海中的航行与寻求，暗示其在人生道路上傲世超群的一种态度。

第二节，描绘的是怒海风帆。海风怒啸，波涛汹涌，为了战胜风浪，桅杆紧张得"弓着腰喀喀直响"。然而，这顶风斗浪的孤帆，既不是在寻找幸福，也不是在躲避幸福。这是诗人独具的一种心态。他热爱生活，但不满生活的平庸与空虚，反对人生如梦的说法，渴求行动，渴求一展才华，建功立业。因此，他通过怒海风帆暗示出，只有在生活的狂风骇浪中奋力航行，只有与无情命运全力苦斗，才能冲破生活的庸碌与空虚，激发出坚强的毅力和辉煌的创造力。这是一种重在行动、重在斗争的人生境界，它既非铤而走险、浪掷生命，也不是为个人寻找幸福或躲避幸福。

第三节，描绘的是晴海怪帆。风平浪静，碧蓝的海水共长天一色，艳阳当空、金光万道，多么美丽宁静的世界！然而，这帆儿十分古怪，它对此毫无兴趣，反而在不安地祈求风暴。这既是帆的真实写照——帆的生命与意义就在于搏击风浪，同时又是第二节的继续与发展——既然生命的意义在于行动，创造的活力、出众的才华诞生在动荡不安的生活激流中，那么，为了不无声无息地在宁静中平庸地苟活一世，就必须抛开这丽日碧流、风平浪静的永久安宁，在生活的风暴中才有崇尚行动、渴望创造者的真正的安宁。

这首诗在艺术上达到了颇为成熟的境界。

第一，它出色地运用了通篇象征。善于运用通篇象征，巧妙地化抽象的感情、复杂的思绪为具体可感的形象，是一个诗人才华成熟的标志。本诗表达的是 18 岁的青年诗人渴望行动、渴望创造但又深感前景朦胧，因而既孤独傲世又苦闷迷惘的复杂情感与抽象意绪。这本是一种难以言喻的情绪，诗人却通过"帆"这一象征性形象将其优美生动地传达出来。由于通篇象征运用出色，"帆"的象征意义超越了个人、超越了时代，概括了一切渴望冲破平庸与空虚的宁静生活，力求有所行动、有所创造的人们的共同特征。在 1832 年稍后的日子里，诗人还创作了名篇《美人鱼》："美人鱼在幽蓝的河水里游荡，/身上闪着明月的银光；/她使劲拍打起雪白的浪花，/想把它溅泼到圆月的脸颊。//河水回旋着，哗哗流淌，/把水中的云影不停地摇晃；/美人鱼轻轻启唇——她的歌声/飞飘到陡峭两岸的上空。//美人鱼唱着：'在我所住的河底上，/白日的光辉映织成幻象；/这儿，一群群金鱼在嬉戏、游玩，/这儿，一座座城堡水晶一般。//'这儿，在闪亮细沙堆成的枕头上边，/在浓密的芦苇的清荫下面，/嫉妒的波涛的俘虏，一个勇士，/一个异乡的勇士，在安息。//'但不知为什么，对我们的狂热亲吻/他一言不发，总是冷冰冰，/他只沉睡，即使躺在我的怀里/还是既不呼吸，也无梦呓……！'//满怀莫名的忧伤，/美人鱼在暗蓝的河上歌唱，/河水回旋着，哗哗流淌，/把水中的云影不停地摇晃。"（曾思艺译）全诗把诗人那孤独傲世而又寂寞忧伤、苦闷迷惘的复杂情感，借美人鱼和死去勇士的形象，非常巧妙、含蓄、生动地传达出来，在艺术上更富感染力，象征手法运用得相当纯熟，难怪大批评家别林斯基称其为俄国诗歌中不可多得的"珍珠"。

第二，结构极为严谨。全诗共三节，每节第一、二行写景，第三、四行抒情，写景抒情均环环相扣，共同回答"帆寻求什么"这一问题：第一节提出寻求什么的问题，第二节否定地为之作答，第三节正面回答提出的问题。总体来看，诗歌的结构相当严谨。

乡　村

屠格涅夫著　曾思艺译

六月的最后一天；漫漫一千俄里之内，都是俄国大地——我的故乡。

茫茫长空匀净地碧悠悠；只有一片白云——仿佛是在轻轻飘浮，又似乎是在袅袅融散。微风敛迹，天气暖洋洋的……空气就像刚刚挤出、还冒着丝丝热气的牛奶一样新鲜！

云雀在悠扬地歌唱；大嗉囊鸽子在咕咕叫唤；燕子在静悄悄地飞来掠去；马儿在喷着响鼻，不停地嚼着草；狗儿一声不吠地站在那里，温顺地轻摇着尾巴。

空气中弥漫着烟火味和青草味——其中还夹杂着一丝焦油味，一丝皮革味。大麻地里的大麻枝繁叶茂，郁郁青青，散发出一阵阵香烘烘、醉陶陶的气味。

一条坡度平缓的深深峡谷。两边的坡上长着几排爆竹柳，一棵棵树冠似盖，枝叶婆娑，下面的树干却都已龟裂了。一条小溪从谷底潺潺流过；波光粼粼，似乎可见水底的小石子在微微颤动。远处，天地合一的地方，一条大河就像连接天地的一道蓝莹莹的花边。

沿着峡谷——一面坡上是一个个整洁的小粮仓和一间间双门紧闭的小库房；另一面则是五六家木板铺顶的松木农舍。每一家的屋顶上都高高竖着一根挂着椋鸟笼的竿子；每一家的小门廊上都钉着一匹鬃毛直竖的小铁马。凹凸不平的窗玻璃闪射出霓虹的七彩。护窗板上信手涂画着一个个插满鲜花的带把高水罐。每一间农舍前都端端正正地摆着一条完好无损的小长凳；一只只猫像线团那样蜷缩在墙根附近的土台上，警觉地竖起透明的耳朵在细听；高高的门槛里面，每一个穿堂都暗幽幽、凉丝丝的。

我铺开一件披衣，躺在峡谷边沿；四周到处是整堆整堆刚刚割下的干草，清香扑鼻，让人心醉神迷。聪明的主人们把干草摊开在自己屋前：让它在太阳地里再晒干一点，然后收进草棚里！睡在这干草堆上，那真是美滋滋的！

孩子们那头发卷曲的小脑袋，从每一个干草堆里纷纷钻出来；羽毛蓬松的母鸡在干草里翻寻小蚊蚋和小昆虫；一只白嘴唇的小狗崽在乱蓬蓬的草堆里翻来滚去地自在嬉耍。

几个长着亚麻色头发的小伙子，穿着干干净净、下摆上低低束着腰带的衬衣，蹬着笨重的镶边皮靴，胸脯靠在一辆卸了马的大车上，在伶牙俐齿地相互取笑。

一个脸庞圆圆的少妇，从窗口探出头来张望；她笑盈盈的，不知是小伙子们的说笑让她忍俊不禁，还是乱草堆里孩子们的嬉闹使她笑逐颜开。

另一个少妇正用一双健壮有力的手，从井里提上来一只湿淋淋的大水桶……水桶在绳子上轻轻颤动、微微摇晃，溢下一长串火红色的闪亮水珠。

一个年老的主妇站在我面前，她身穿一件崭新的家织方格呢裙子，脚蹬一双新崭崭的厚靴子。

空心大珠子串成的一条项链，在她那黑黝黝、瘦筋筋的脖子上绕了三圈；斑斑白发上系着一条带红点的黄头巾；头巾一直耷拉到她那双黯淡失神的眼睛上。

然而，老人的眼睛却和蔼殷勤地微笑着；皱纹密布的脸上也堆满了笑容。嗨，这老人也许有七十岁了吧……不过，就是现在也依然看得出来：她当年是一个美人儿！

她把那被太阳晒得黝黑的右手五指大大张开，托着一罐直接从地窖里取出来的、未脱脂的冷牛奶；罐壁上凝着一层珍珠似的小小水珠。老人家把左手掌心里那一大块余温犹存的面包递给我，说："吃吧，随便吃点儿呀，过路的客人！"

一只公鸡突然咯咯地大叫起来，还起劲地不停扑扇着翅膀；作为回应，一头关在栏里的小牛犊慢慢悠悠地拖长调子"哞"了一声。

"啊，这燕麦长得多好呀！"我那马车夫的声音传了过来。

哦，自由自在的俄国乡村生活，是多么富庶、安宁、丰饶啊！哦，它是多么的宁静和美满！

我不禁想到：皇城圣索菲亚大教堂圆顶上的十字架，还有我们城里人费尽心血所追求的一切，在这里又算得了什么呢？

1878 年 2 月

伊凡·谢尔盖耶维奇·屠格涅夫（1818—1883），19 世纪俄国文学大师，与列夫·托尔斯泰、陀思妥耶夫斯基并称为俄国 19 世纪文学的"三巨头"。在几十年的创作生涯中，他于抒情诗、叙事诗、散文诗、散文、小说和戏剧创作方面，都取得了伟大的成就。其在诗歌和散文方面成就颇高，至今留下了 42 首抒情诗、4 首叙事长诗、83 首散文诗，和散文特写集《猎人笔记》（1847—1852），回忆录《文学和生活回忆录》12 篇（1883），以及《我与别林斯基的会见》（1860）、《哈姆雷特与堂吉诃德》（1860）、《略论丘特切夫的诗》（1854）等众多回忆、特写及评论文章。屠格涅夫一共创作了二十七部中短篇小说，六部长篇小说。中短篇小说主要思考永恒普遍的人性，通过人生的际遇尤其是具有神秘力量的爱情，探索人生不幸和痛苦的根源，如《阿霞》（1858）、《初恋》（1860）、《春潮》（1872）等。长篇小说敏捷捕捉生活的细微变化，迅速反映当代社会的一系列问题，并且在结构上也采用了与中短篇小说单线结构不同的双线或多线结构，人物之间的矛盾冲突也更为复杂。《罗亭》（1856）和《贵族之家》（1859）塑造了带有时代新特点的"多余人"形象，也表现了具有普遍意义的社会问题。《前夜》（1860）和《父与子》（1862）在平民知识分子即将登上历史舞台的前夕，首次把"新人"形象引进俄国文学之中。《烟》（1867）在俄国文学中较早地描写了俄国侨民的生活，为俄国文学引进了新题材。《处女地》（1877）较早描写了俄国"革命者"的形象。屠格涅夫的戏剧作品共十部：《疏忽》（1843）、《缺钱苦》《哪里薄，哪里破》《食客》（均1848）、《单身汉》（1849）、《首席贵族的早餐》（1849）、《村居一月》《外省女人》《大路上的闲话》（均1850）、《索伦托的傍晚》（1852）。这些作品承续了果戈理《钦差大臣》《婚事》的传统，主要表现日常生活中的琐碎小事和平凡的爱情，揭露和讽刺贵族地主的愚蠢、空虚、猥琐、自私自利、唯利是图。

其散文诗创作于1878年至1882年，是屠格涅夫晚年文学创作的最高成就之一。他把散文诗这种题材从法国文学引进俄国文学中，积几十年人生经验之大全及几十年创作之功力，首次在俄国文学中创作了83首炉火纯青的散文诗，厚积薄发，其诗视野开阔、哲理深邃、内容丰富，对人生的诸多方面（祖国和人民、自然与人、自然与艺术、生与死、爱与恨、痛苦与孤独……）都有很深的感悟和思考，而且写得言简意赅，既朴实生动又优美形象，既明白晓畅又含蓄深沉，其中有许多名篇佳作，如《乡村》《对话》《麻雀》《玫瑰》《门槛》《仇敌和朋友》《大自然》《俄罗斯语言》等等。当然，由于晚年多病且孤零零地住在法国，屠格涅夫的意志比较消沉，对死亡的思考和对人生消极面的注意较多，因而作品中多写梦幻，显得比较沉重。但这种新体裁对后来的作家有很大的影响，柯罗连科（1853—1921）、高尔基（1868—1936）、蒲宁（1870—1953）、普里什文（1873—1954）、索洛乌欣（1924—1997）这些大家都创作过出色的散文诗。

19世纪的俄国也是一个地大物博的农业大国，具有浓厚的东方色彩，人们热爱大地母亲、热爱祖国，因此，俄国人对祖国和故乡有一种极其深厚的感情。著名作家屠格涅夫因其特殊人生经历，对祖国的感情更深于绝大多数俄国人。

有突出成就的人的一生中，总有那么一个时间段是决定其命运的关键时期。

对于屠格涅夫来说，1843 年就是如此。这一年，有两个人改变了他以后的命运或者说生活方向。就在这一年，他出版了长诗《巴拉莎》，但大多数文章"对屠格涅夫的评价很勉强，甚至有些轻视"，以致在德国柏林大学研究哲学并获得哲学硕士学位的屠格涅夫一度打算放弃文学创作，努力成为莫斯科大学的哲学教师。恰在此时，当时大名鼎鼎而又令人生畏的批评家别林斯基在刊物上发表长篇评论文章，从思想、风格甚至立意、取材等方面热情洋溢地高度评价了这首长诗，并认为其作者"具有敏锐的观察力，从俄国生活的细微处提取深邃的思想，优雅而细腻的讽刺隐含着强烈的同情心"。从此两人交往甚密，建立了深厚的友谊，屠格涅夫也坚定了文学创作的信心，并终生把别林斯基视为自己的良师。同年的 11 月 1 日，屠格涅夫认识了到彼得堡来巡回演出的法国女歌唱家波丽娜·维亚尔多，并且对她一见钟情，但她已有丈夫和孩子，而且夫妇感情甚笃，家庭生活幸福，不可能和屠格涅夫结合。而屠格涅夫多情、深情，且痴情，为她长期侨居国外直至病死，为的是能守在她的身边，每天见到她。哪怕是在"别人的安乐窝旁"凄凉寂寞甚至痛苦，他也不改初衷，只因为"她是我唯一爱过的、而且将永远热爱的女人"（以上见亨利·特罗亚《世界文豪屠格涅夫》一书，张文英译，世界知识出版社，2001 年版）。

居住在国外的屠格涅夫晚年多病，十分想念自己的祖国。1856 年下半年，他在给好友鲍特金的一封信中说道："不管别人怎么说，俄国对我来说重于世上的一切。只有在国外，我才深切地感受到这一点。"1872 年 2 月，诗人创作了著名的散文诗《乡村》，把自己深切的思乡之情和浓浓的爱国热情，用生动的形象显形出来，为我们描绘了一幅和谐宁静的俄国乡村风景风情画。

首先，《乡村》描绘美丽动人的乡村风景画，主要从时间和空间两个方面来着笔。

时间，凝聚在"六月的最后一天"。这是俄国刚刚辞别春天的初夏时节，正是自然风光十分美丽的时候。而且，每年的 6 月 24 日是俄国的桦树节，这个节日表示春天的逝去和夏天的开始。按照俄国习俗，人们在桦树节里尽情歌颂家乡的美景和劳动的光荣。因此，诗人特意把时间选定在 6 月的最后一天，既指明了这是俄国自然风光很美的时候，又暗示出自己将按俄国人的习俗，来歌颂家乡的美景和人们的劳动生活。

空间，从远到近：从漫漫一千俄里的俄国大地，到一个美丽的小乡村。诗人的目光像电影中的镜头一样不断摇摆，从天空到地面，再由近向远。先是典型的初夏的天空："茫茫长空匀净地碧悠悠"，"只有一片白云——仿佛是在轻轻飘浮，又似乎是在袅袅融散"，观察细致，表现细腻。然后由天空逐渐降到半空和地面：微风敛迹，天气暖洋洋的，空气像刚刚挤出的牛奶一样新鲜，云雀在歌唱，鸽子在叫唤，燕子在掠飞，大麻枝繁叶茂，郁郁青青……接着是一个特写镜头：一条坡度平缓的深深峡谷。两边的坡上长着几排爆竹柳，树冠似盖，枝叶婆娑；谷底潺潺流淌着波光粼粼、清澈见底的小溪——诗人不直接写溪水如何清澈，而只用"似乎可见水底的小石子在微微颤动"一句，就含蓄而简洁地写出了溪水的清澈见底，其艺术手法和美学效果类似唐代柳宗元《小石潭记》中的"潭中鱼可百许头，皆若空游无所依。日光下澈，影布石上"。最后，又由近向远，摇向天边的地平线："天地合一的地方，一条大河就像连接天地的一道蓝莹莹的花边。"这一段描写在艺术上不仅采用了类似电影镜头的移动方法，而且注重了颜色、气味和声音的表现。在颜色上，蓝、绿、白这些深沉和富于生命力的色彩占主导地位，有"碧悠悠"的天空，还有淡淡的白云、郁郁青青的大麻叶、绿盈盈的爆竹柳、白亮亮的小溪，和像"蓝莹莹的花边"一样连接天地的大河；在气味上，则有像刚挤出的牛奶一样新鲜的空气，有夹杂着一丝焦油味与皮革味的烟火味和青草味，还有大麻发出的"一阵阵香烘烘、醉陶陶的气味"；在声音上，有云雀的悠扬歌唱、鸽子的咕咕叫唤、马儿喷的响鼻、小溪的潺潺流淌……

在此清新动人、美丽多姿的自然风光的背景中，诗人极力描绘了一幅俄国乡村的风情画，主要紧扣乡村的生活方式、风俗习惯和乡村的人来加以描写。

乡村的一切——房舍、装饰、生活和风俗习惯，都是典型的俄国式的。房舍是木板铺顶的松木农舍，还有"整洁的小粮仓"和"双门紧闭的小库房"；装饰是"凹凸不平的窗玻璃"，"护窗板上信手涂画着一个个插满鲜花的带把高水罐"，"每一家的小门廊上都钉着一匹鬃毛直竖的小铁马"；生活和风俗习惯则表现为"每一家的屋顶上都高高竖着一根挂着椋鸟笼的竿子"，"每一间农舍前都端端正正地摆着一条完好无损的小长凳"，屋前是摊开的干草和一个个的干草堆，更有亚麻色头发的小伙子"穿着干干净净、下摆上低低束着腰带的衬衣"，"蹬着笨重的镶边皮靴"，老大娘"身穿一件崭新的家织方格呢裙子，脚蹬一双新崭崭的厚靴子"，"系着一条带红点的黄头巾"，脖子上绕着"空心大珠子串成的一条项链"，她手里那罐牛奶是直接从地窖里取出来的、未脱脂的。就连各种动物都是俄国乡村常见的：咕咕叫唤的鸽子、喷着响鼻的马儿、默默站着摇着尾巴的狗儿、自在嬉耍的小狗崽、羽毛蓬松的母鸡、咯咯大叫的公鸡，关在栏里的小牛犊，以及"像线团那样蜷缩在墙根附近的土台上"的一只只猫——俄国人特别喜爱猫，认为猫有灵性，甚至有巫术，是巫师的化身，它那尖利的爪子能够打退魔鬼的攻击，并且和家神——相当于中国民间传说中的灶神——是好朋友，能把家神驮进新居；猫还象征着安逸舒适、治家有方、事事顺心，因而是家庭幸福的象征，俄国谚语"爱猫的人也会爱妻子""猫和婆娘守家，爷们和狗在外",说明了俄国人对猫的看重,因此俄国民间有乔迁新居时,第一个进屋的不是主人,而是猫的习俗。俄国人让猫第一个跨进新居的门槛,希望它给家庭带来幸福和美满。至今,猫仍然是俄国家庭的宠物。以上这一切,细腻入微而又生动形象地描画了俄国乡村的生活方式和风俗习惯,构成了和谐宁静的俄国乡村的风俗画面。

诗人进而描写了俄国乡村中的人,从而赋予这幅画面以灵魂和精神。这里的人是轻松自在的,"孩子们那头发卷曲的小脑袋,从每一个干草堆里纷纷钻出来";也是活泼欢快富于幽默感的,小伙子们"靠在一辆卸了马的大车上,在伶牙俐齿地相互取笑";妇女们也健壮而勤劳,"一个少妇正用一双健壮有力的手,从井里提上来一只湿淋淋的大水桶"。更重要的是,这里的人保存着淳朴的古风,十分热情地把路过的陌生人当作客人招待——主动送来牛奶和面包,并且非常诚恳地请求:"吃吧,随便吃点儿呀,过路的客人!"

这优美清新的自然风景画和淳朴宁静的乡村风情画完美地结合在一起,构成了一幅和谐宁静的俄国乡村风景风情画,不仅表现了诗人心中对祖国的热爱之情,也体现了诗人对俄国风景和俄国人民细致入微的了解,更显示了诗人把深厚的爱国之情形诸笔墨的出色的艺术才华。

但在柏林大学研究过多年哲学而且对人生有丰富经验和深入思考的晚年屠格涅夫,并不仅仅满足于此。他在结尾进一步画龙点睛,让作品上升到更高的哲理层面。首先,他面对如此清新优美、宁静和谐的俄国乡村风景风情画,情不自禁地感叹:"哦,自由自在的俄国乡村生活,是多么富庶、安宁、丰饶啊!哦,它是多么的宁静和美满!"在此基础上,他画龙点睛,使这首散文诗上升到颇高的哲理层面:"我不禁想到:皇城圣索菲亚大教堂圆顶上的十字架,还有我们城里人费尽心血所追求的一切,在这里又算得了什么呢?"皇城指君士坦丁堡,是东罗马帝国(又名拜占庭帝国)的首都,即今土耳其的伊斯坦布尔。城内圣索菲亚大教堂原为拜占庭帝国东正教的宫廷教堂,1453年土耳其人将其占领后改为伊斯兰教清真寺。此处指1878年的俄土战争,当年1月,俄军占领阿德里安堡后又准备进军君士坦丁堡,想要重新让东正教的十字架挂在圣索菲亚大教堂上。这里隐喻着人们为了宗教而进行征战,甚至借宗教之名而力求建功立业的功名之心。而"城里人费尽心血所追求的一切"指的是财富和声名。城里人一般是比较开化的、受文明熏陶尤其是西方文明熏陶较多的人,他们孜孜不倦追求的是财富和声名,一生都为名利而劳碌。因此,城市是繁荣而又喧嚣的,它充满机会又引发竞争,带给人们诸多物质方面的享受和扬名立威的可能,但也往往使人身陷物欲之中,失去自我与本真,失去内心的和谐与宁静,失去人与人之间的温情与关爱。从童年时期到青年时期一直生长在美丽和谐的俄国乡村斯巴科耶的屠格涅夫对乡村生活有真切的感受，后来因为维亚尔多夫人而出国，主要住在现代城市里，对城市生活又有了深刻的了解，因此，在本文中，他像个浪漫主义者一样，把乡村和城市作为自然与文明的代表，并且表明了自己推崇和谐宁静的自然生活而鄙弃追名逐利、紧张不已的城市生活的态度：乡村的生活是富庶、丰饶、宁静、美满的，同时又是自由自在的，追名逐利、紧张兮兮的城市生活跟它相比，又算得了什么呢？

《乡村》观察细腻（如猫儿在阳光下"竖起透明的耳朵"、看出七十来岁的老大娘"当年是一个美人儿"等等，最为突出），文字优美，既有清新、宁静的俄国乡村风景风情画，又有奠基于此的哲理思索，从而融哲理于散文诗中，使这首散文诗有情有理，同时洋溢着浓厚的诗情画意，自然而然地成了俄国诗歌史乃至世界诗歌史上的一首百读不厌的名作。

对　话

屠格涅夫著　曾思艺译

无论是少女峰还是黑鹰峰，
都还没有印上人类的足迹。

阿尔卑斯山的群峰……连绵起伏的重峦叠嶂……崇山峻岭的最中心。

绵绵群山上面，是蓝云云、亮晶晶、静凝凝的天空。凉风刺骨，酷寒难耐；硬邦邦的积雪闪闪发光；冰封雪盖、狂风劲吹的峭崖上，一块块险峻威严的巨石破冰而出，直插云霄。

两座极天际地的大山，两位摩天巨人，巍然耸立在天宇的两旁：少女峰和黑鹰峰。

少女峰对邻居说：

"你能讲点什么新闻吗？你看得比我清楚些。你那下边有些什么？"

几千年过去了——俯仰之间。黑鹰峰用雷鸣般的隆隆声回答：

"绵绵不断的浓云遮住了大地……你等一会儿吧！"

又是几千年过去了——俯仰之间。

"唔，现在呢？"少女峰问。

"现在，我看见了；下面那儿一切依旧：五光十色，支离破碎。海水是碧溶溶的，森林是黑郁郁的，密簇簇的石堆是灰扑扑的。石堆附近，依旧有许多小虫子在蠕动不休，你知道，这就是那些两足动物，无论是你，还是我，他们都还没有一次能亵渎咱们的身体呢。"

"那是人吗？"

"对，是人。"

几千年过去了——俯仰之间。

"唔，那么现在呢？"少女峰问道。

"小虫子看上去似乎少了一些，"黑鹰峰用雷鸣般的隆隆声回答。"下面现在看起来清晰多了；水面变得窄溜溜的；森林也变得稀疏疏的。"

又是几千年过去了——俯仰之间。

"你看见什么了？"少女峰说。

"我们旁边，紧靠我们跟前，似乎干净、明亮多了，"黑鹰峰回答，"哦，可是在那边,远远的山谷里还有一些斑斑点点,还有什么东西在爬来爬去。"

"那么,现在呢?"少女峰问道,又过了几千年——俯仰之间。

"现在好了,"黑鹰峰回答,"到处都清清爽爽,无论你往哪里看,全都是白茫茫的一片……到处都是我们的雪,万古不变的冰天雪地。一切都凝固了。现在好了,安安静静了。"

"好啊,"少女峰轻声说,"不过,我们俩也唠叨够了,老头儿。现在也该打个盹儿了。"

"是打盹的时候了。"

两座极天际地的大山睡着了;亮悠悠、绿汪汪的天空,在永远沉寂的大地上空,也睡着了。

1878 年 2 月

《对话》这首简短而深刻的散文诗是屠格涅夫的名作之一,通过两座山峰——少女峰和黑鹰峰的对话,简洁、含蓄地表达了作者颇具超前意识的反人类中心主义思想。

散文诗正文前的题词,既点出了少女峰和黑鹰峰这两座山峰,又概括地表明了作品的主题:"无论是少女峰还是黑鹰峰,都还没有印上人类的足迹。"少女峰和黑鹰峰是瑞士阿尔卑斯山的两个著名高峰。少女峰海拔 4158 米,在瑞士南部伯尔尼州和瓦莱州交界处,如白衣少女亭亭玉立于云雾中,故此得名。黑鹰峰海拔 4274 米,是阿尔卑斯山的最高峰,山上有冰川。关于这句题词的来源,有三种说法。一说源于拜伦的著名诗剧《曼弗雷德》,第一幕第一场写到黑鹰峰,称它为"群山之王","坐在岩石的宝座上,穿着云袍,戴一顶白雪的王冠";第一幕第二场、第二幕第三场的故事都发生在少女峰上,并提到"在凡人的脚从来没有践踏过的白雪上"。一说源于俄国著名作家和历史学家尼古拉·卡拉姆津的《俄国旅行家书简》,在 1789 年 8 月 29 日的书简里有这样的描写:"银灿灿的月光照耀在少女峰的峰顶,它是阿尔卑斯山的最高峰之一,千百年来都是雪盖冰封。两座白雪皑皑的山峰,就像少女的乳房,这是它的王冠。任何凡人的东西都不曾触及过它们;就连风暴也无法搅扰它的宁静;只有明媚的阳光和柔丽的月光亲吻着它们温柔的圆顶;永恒的静谧笼罩着它们的四周——这里是凡俗之人的止境。"一说还受到俄国诗人莱蒙托夫的诗《争辩》、法国作家塞南古的小说《奥贝曼》、缪塞的诗《致少女峰》、意大利作家莱奥帕尔迪的对话体散文《赫拉克勒斯与阿特拉斯》《宅神与守护神》等的影响。

这首散文诗表面上写的是少女峰和黑鹰峰的几次对话,但是通过他们对话的内容,却含蓄深沉地表达了作者颇具超前意识的反人类中心主义的思想。

首先，屠格涅夫在本诗中极力渲染大自然的宁静、纯净和庞大、冷漠，并通过时间的无始无终，表现了大自然的永恒。作品的题词就特别强调了少女峰和黑鹰峰十分宁静和纯净：都还没有印上人的足迹，从而定下了作品的基调。接着，整个作品对此一再进行描写和渲染。开头从天空和地面两个方面，一再描绘两座山峰所处环境的宁静、纯净："绵绵群山上面，是蓝云云、亮晶晶、静凝凝的天空。"地面的山峰和峭崖更是宁静、纯净——这里只有"硬邦邦的积雪闪闪发光"，放眼远望，只见"一块块险峻威严的巨石破冰而出，直插云霄"。在此基础上，通过黑鹰峰的话"无论是你，还是我，他们都还没有一次亵渎咱们的身体呢"，呼应题词，说明两座山峰迄今远离人世喧嚣，没有受到人类活动的打扰。进而，通过黑鹰峰的回答，展示了一个类似《红楼梦》所说"落了片白茫茫大地真干净"的永恒宁静和纯净的场景：到处是皑皑白雪，是万古不变的冰天雪地，是清清爽爽的、白茫茫的一片。结尾，更是真正的宁静与纯净："两座极天际地的大山睡着了；亮悠悠、绿汪汪的天空，在永远沉寂的大地上空，也睡着了。"与此同时，作品还写出了大自然的广阔与冷漠。两座山峰高耸无比，"两座极天际地的大山，两位摩天巨人，巍然耸立在天宇的两旁"，它们置身于阿尔卑斯山连绵起伏的崇山峻岭之中，对人世的变幻全然无感，不管是人们把世界搞得"五光十色，支离破碎"，或是使水面变得极窄，森林锐减，还是人类最终灭绝、只留下一片白茫茫的大地，它们都漠然处之，甚至为人类的消亡感到轻快："现在好了，安安静静了。"作品还通过时间的无始无终，突出了大自然的永恒：一开始就是存在了不知多少年的阿尔卑斯山群峰，然后是一连五个"几千年过去了"，很自然地写出了时间的无穷无尽，从而很好地表现了大自然的永恒。

其次，通过两座山峰的对话，写出了人的渺小、脆弱，及其对大自然的破坏。少女峰和黑鹰峰对话的中心议题，实际上就是人类——它们称之为"两足动物"。在这两个庞然大物眼里人非常渺小，"许多小虫子在蠕动不休"，"还有什么东西在爬来爬去"；也非常脆弱，对两座山峰来说，几千年过去了，只是"俯仰之间"而已，而人类在几千年之间，早已逝去无数代了。而且，绵绵无尽的时光残酷无情，两座山峰几千年复几千年，却风采依旧、永恒依旧，人类却越来越少，历经千万年之后，终于从大地上销声匿迹了，只留下万古不变的冰天雪地。与此同时，作品还写到，在两座山峰眼里，人类对大自然毫无贡献，有的只是破坏：把大地弄得"五光十色，支离破碎"，让"水面变得窄溜溜的"，"森林变得稀疏疏的"，搞得山谷里到处是"斑斑点点"，亵渎了山峰，亵渎了河流，亵渎了整个大自然……

由此可见，这首散文诗表现了相当鲜明的反人类中心主义思想。为了更形象生动、深刻有力地表现这一思想，诗人别出心裁地运用了以下几种突出的艺术手法。

第一，拟人法与对话法。《对话》构思巧妙，设想出奇：首先，采用拟人手法，让少女峰和黑鹰峰像人一样具有生命、意识和语言，并以它们为主人公，用它们的眼光来看人类和世界；接着，运用对话手法，通过它们的对话，表现了其自身的纯净、永恒，以及人类的渺小、脆弱和对大自然的破坏。

第二，反复法。《对话》出色地运用了反复的手法。在短短的千把字里，五次出现"几千年过去了——俯仰之间"，并且贯穿全篇，从而使它产生了相当独特的艺术效果。首先，它就像音乐中的主旋律，反复出现，不断变奏，形成了强烈的音乐感，表现出作品诗的韵律，使作品成为真正的散文诗；其次，它在作品中五次出现，贯穿始终，使作品不但节奏鲜明，而且结构清晰，整个作品仿佛就是以这"几千年过去了——俯仰之间"为线索而铺开和发展；最后，它还使作品有一种逐步展开、逐渐深入的层次感。

第三，反衬法。这主要表现在以下两个方面：一是以人的渺小、脆弱反衬出大自然的伟大、永恒，对此上面已有分析，此处不赘述。二是以短暂的动反衬出永恒的静。作品开头，即带有以动衬静的性质，一方面描写了阿尔卑斯山连绵起伏的崇山峻岭和其头顶"蓝云云、亮晶晶、静凝凝的天空"，一方面又写到偶起的"狂风劲吹"——偶起的呼啸的狂风，更加反衬出连绵起伏的崇山峻岭、闪闪发光的积雪、冰封雪盖的峭崖、破冰而出且直插云霄的巨石等所体现出的永恒宁静，其艺术效果与"蝉噪林愈静，鸟鸣山更幽"相似，但其艺术境界更为高深、阔大。接着，全诗通过两座山峰的五次简短对话，以这短暂的、发出"雷鸣般的隆隆"声响的"动"，进一步反衬出大自然永恒的宁静，那是一种无边无际的沉寂：两座山峰极天际地，整个大地辽阔无垠，还有亮悠悠、绿汪汪的漫漫天空，都沉浸在无穷无尽的宁静之中。作品结尾，这些庞然大物更是或者沉沉入睡，或者悄然无声……永恒的宁静完全统治了世界！

《对话》不以人为主人公，而以少女峰和黑鹰峰为主人公，并且通过它们的对话，表现了人的渺小、脆弱和自然的伟大、永恒，从而向世界明确表达：自然才是这个世界的真正主宰，而人不过是匆匆过客！这是一种相当鲜明的反人类中心的思想，在当时具有较强的超前意识，在今天看来，这种思想仍然具有突出的现代意识。

众所周知，"二希"文化是西方文化的源头。整个古希腊文化的核心就是个体性。在社会关系上，古希腊人认为，凡是不能支配自己和由人摆布的人都是奴隶，在哲学上，则提出了以质点、个体为特征的原子论思想，力求探索自然的奥秘。这种重视个体性的思想随着文明的进步、科技的发展，必然在人与自然的关系上表现出来，普罗泰戈拉宣称："人是万物存在的尺度，是存在事物存在的尺度，也是不存在的事物不存在的尺度。"这种思想确立了人在宇宙中的中心地位，强化了主客二分（"主体—客体"）的传统，把自然当作苦苦探究的客体对象。亚里士多德在其《政治学》中进一步确立了人的中心地位："植物的存在是为了给动物提供食物，而动物的存在是为了给人提供食物——家畜为他们所用并提供食物，而大多数（即使并非全部）野生动物则为他们提供食物和其他方便，诸如衣服和各种工具。由于大自然不可能毫无目的毫无用处地创造任何事物，因此，所有的动物肯定都是大自然为了人类而创造的。"而古希伯来文化和基督教的经典《圣经·旧约》更是强调人类中心、人与自然的对立甚至人对自然的征服，如《创世纪》中上帝就公开宣布让人"管理海里的鱼、空中的鸟、地上的牲畜和全地，并地上所爬的一切昆虫"，并明确指示人："我将遍地上一切结种子的菜蔬和一切树上所结有核的果子，全赐给你们作食物……凡地上的走兽和空中的飞鸟，都必须惊恐、惧怕你们；连地上一切的昆虫并海里一切的鱼，都交付你们的手。凡活着的动物，都可以作你们的食物，这一切我都赐给你们，如同蔬菜一样。"因此，美国学者怀特指出："与古代异教及亚洲各种宗教（也许拜火教除外）绝对不同，基督教不仅建立了人与自然的二元论，而且还主张为了其自身的目的开发自然是上帝的意志。"因此，自"二希"文化合流导致的文艺复兴以后，人们普遍盲目自大地认为，人是"宇宙的精华，万物的灵长"，形成了人类中心的观念，进而把从古希腊开始的对自然的穷究发展为征服自然、主宰自然。弗兰西斯·培根就公开宣称："如果我们考虑终极因的话，人可以被视为世界的中心；如果这个世界没有人类，剩下的一切将茫然无措，既没有目的，也没有目标，如寓言所说，像是没有捆绑的帚把，会导向虚无。因为整个世界一起为人服务；没有任何东西人不能拿来使用并结出果实。星星的演变和运行可以为他划分四季、分配世界的春夏秋冬。中层天空的现象给他提供天气预报。风吹动他的船，推动他的磨和机器。各种动物和植物创造出来是为了给他提供住所、衣服、食物或药品，或是减轻他的劳动，或是给他快乐和舒适；万事万物似乎都为人做人事，而不是为它们自己做事。"此后的文学作品也一再表现这一主题。其中，最有代表性的有两部作品。一部是笛福的《鲁滨逊漂流记》。这部长篇小说主要宣扬的就是流落荒岛的鲁滨逊不怕艰难，凭借自己的劳动，征服自然，用自己的双手创造了一个取之于自然的新天地，极端肯定了人对大自然的征服。另一部是歌德的《浮士德》。它更是高度赞扬了人对大自然的征服。浮士德一生共有五个阶段的探寻，虽然前四个阶段均以悲剧告终，但是最终他找到了正确的途径——发动群众，移山填海，并且得出了智慧的结论："要每天每日去开拓生活和自由，然后才能做自由与生活的享受。"

而这种开拓，在某种程度上就是对大自然的开拓与征服，是指人迫使大自然献出更大的空间、更多的资源乃至财富供其占有，从而获得生活的享受，活得更加自由。因此，斯宾格勒在其名著《西方的没落》中把西方近代文化称为"浮士德文化"，并且指出，这种文化的特点是："一种掌权的意志嘲弄一切时空的极限，把无边无垠之物作为己任，它使五洲屈服，最后以交通和新闻业的形式包围全球，并通过实际能量的威力和异乎寻常的技术方法使它转变……"

正是在上述一系列观念的影响下，19世纪的人们乃至当今的人们都普遍地认为，自然只是一个没有生命的资源宝库，是人征服的客体，而人是自然的主人，主宰着自然并能随心所欲地享用自然的一切。而屠格涅夫却违逆当时的社会主流，宣称人只是宇宙的匆匆过客，大自然才是真正的主人，人在短暂的生存期间，对大自然甚至只有破坏。这是一种相当超前的观念，与现代生态思想的某些观念相吻合，因而具有相当明显的现代特色。

当今生态伦理学积极反对古典的人类中心主义，提倡人是大自然的一个组成部分，应该顺应自然，尊重自然。深层生态学更是认为，自然是一个有机的整体，整个生物圈乃至宇宙是一个生态系统，这一系统中的一切事物都是相互联系、相互作用的，人类只是这一系统即自然整体中的一个部分，既不在自然之上，也不在自然之外，而在自然之中。美国学者弗·卡特、汤姆·戴尔通过对尼罗河谷、美索不达米亚、地中海地区、克里特、黎巴嫩、叙利亚、巴勒斯坦、希腊、北非、意大利与西西里、西欧、印度河流域、玛雅、中国等世界上数十种古代文明的兴衰所进行的详细分析，发现"文明人主宰环境的有时仅仅只持续几代人。他们的文明在一个相当优越的环境中经过几个世纪的成长与进步之后迅速地衰落、覆灭下去，不得不转向新的土地，其平均生存周期为40—60代人（1000—1500年）。大多数的情况下，文明越是灿烂，它持续存在的时间就越短。文明之所以会在孕育了这些文明的故乡衰落，主要是由于人们糟蹋或毁坏了帮助人类发展文明的环境"，并且断言，"文明人跨越过地球表面，在他们的足迹所过之处留下一片荒漠"，这更是为屠格涅夫的这首《对话》做了一个相当扎实的注脚。

综上所述，《对话》确实具有相当鲜明的反人类中心主义思想，而且在艺术上相当成熟。尽管它在某种程度上表现了作者晚年的某些消极情绪，但从今天的视角来看，它的确具有颇为突出的超前意识和现代色彩，能够警醒至今仍陶醉在人是"宇宙的精华，万物的灵长"的神话中并不断掠夺大自然、尽情消费的某些现代人……

呢喃的细语，羞怯的呼吸

费特著　曾思艺译

呢喃的细语，羞怯的呼吸，
夜莺的鸣唱，
朦胧如梦的小溪
轻漾的银光。

夜的柔光，绵绵无尽的
夜的幽暗，
魔法般变幻不定的
可爱的容颜。

弥漫的烟云，紫红的玫瑰，
琥珀的光华，
频频的亲吻，盈盈的热泪，
啊，朝霞，朝霞……

　　阿法纳西·阿法纳西耶维奇·费特（1820—1892）是俄国 19 世纪一位著名的天才诗人，是纯艺术派（又称"唯美派"）的代表人物。本姓宪欣，生于奥尔洛夫省一个乡村贵族家庭。1838 年，进入莫斯科大学语文系学习，1844 年大学毕业，长期在军队供职，先是作为一个骑兵团的士官驻扎在赫尔松省一个偏僻的地方，后来调入驻扎在伏尔霍夫地区的禁卫枪骑兵团。在赫尔松时，曾与一位家境贫寒的年轻女子玛丽娅·拉兹契倾心相爱。但由于社会地位悬殊（费特出身贵族，拉兹契出身寒门）及其他原因，诗人曾表示无法与她结婚。后来，正当青春年华的拉兹契死于一场火灾（一说系自焚）。费特得知后悔恨交加，从此常常怀念拉兹契，直到垂暮之年还写诗追怀。1857 年娶大茶商的女儿、著名唯美主义理论家鲍特金的妹妹鲍特金娜为妻。1860 年，他在家乡购置了两百俄亩土地，专门从事农业。由于经营得法，他家财日增，19 世纪 70 年代后期又在库尔斯克省购置了一个大庄园。其晚年生活于自己的庄园斯捷潘诺夫卡，在务农之余，他从事诗歌创作、文学和哲学作品翻译，曾将歌德、叔本华的名著

（如《作为意志与表象的世界》）译成俄文。

费特在 1840 年即开始发表诗作，创作生涯长达 50 年左右，留下了颇为丰富的文学遗产，光是抒情诗就多达 800 余首。费特的诗主要歌咏自然、爱情、人生、艺术，这些都是人类永恒的主题，能够体现永恒的人性。作为唯美派的代表人物，费特十分重视诗歌的艺术形式，并进行了多方面的探究，如：重视词的音韵，注重音韵的变化，利用语言和词的重复来增加诗歌的韵味，以达到极佳的音乐效果。对此，俄国著名作曲家柴可夫斯基感叹道："费特在其最美好的时刻，常常超越了诗歌划定的界限，大胆地迈步跨进了我们的领域……这不是一个平平常常的诗人，而是一个诗人音乐家。"由于费特对艺术形式长期的探索与追求，其诗歌具有了独特的艺术特征，达到了较高的境界，并常出现大胆的创新：情景交融、化景为情；意象并置、画面组接；词性活用、通感手法。

费特的诗在他生前就已得到一批文学家、批评家的高度评价。别林斯基早在 1843 年就指出："在莫斯科所有的诗人中，费特先生是最有才气的。"车尔尼雪夫斯基认为费特"有很多短诗，写得很可爱。谁若是不喜欢他，谁就没有诗歌的感觉"。涅克拉索夫宣称："普希金之后的俄国诗人之中，还没有哪一位像费特先生这样给人以如此之多的诗意的享受。"列夫·托尔斯泰是费特的至交及其诗歌的爱好者，他们保持了长达约二十五年的友谊，托尔斯泰盛赞费特才智过人，感谢费特为自己提供了精神食粮，并指出"我不知道有比你更新、更强的人，正因为如此，我们相互爱慕，因为我们都是像你所说的用心灵来思考的"，甚至在给鲍特金的信中称："这样大胆而奇妙的抒情笔法，只能属于伟大的诗人，这个好心肠的胖军官从哪儿来的这种本领呢？"时至今日，费特在俄国已是最伟大的诗人之一。人们公认"俄罗斯诗歌有过黄金时代，它是由普希金、丘特切夫、莱蒙托夫、巴拉丁斯基、费特等诗人的名字来标志的。有过白银时代——这就是勃洛克、安年斯基、叶赛宁、古米廖夫、别雷、勃留索夫等诗人的时代"。①

《呢喃的细语》是费特创作于 1850 年的一首爱情诗名作，也是俄国乃至世界诗歌史上的杰作。这首诗表现的是一对热恋的情人在小河边沉醉于爱情之中，度过了整整一个夜晚，100 多年后（1956 年），苏联出现了一首家喻户晓、传唱至今的名歌《莫斯科郊外的晚上》，内容、手法与此诗相近，但没有此诗浓缩、凝练："深夜花园里，四处静悄悄，/树叶儿也不再沙沙响。/夜色多么好，令我心神往，/在这迷人的晚上。//小河静静流，微微泛波浪，/明月照水面镀银光。/

---

① ［俄］科日诺夫：《俄罗斯诗歌：昨天·今天·明天》，张耳节译，载《外国文学动态》1994 年第 5 期。

依稀听得到，有人轻声唱，/多么幽静的晚上。//我的心上人，坐在我身旁，/偷偷看着我，不声响。/我想开口讲，不知怎样讲，/多少话儿留在心上。//长夜快过去，天色蒙蒙亮，/衷心祝福你，好姑娘。/但愿从今后，你我永不忘，/莫斯科郊外的晚上。"也许，这首名歌曾受到此诗的影响。

这首诗在艺术上的最大特点也是其最大的创新，在于采用了独特的艺术手法——意象并置、画面组接。费特是一个极富创新意识的诗人，终生都在进行新的艺术探索。他的诗主要捕捉瞬间印象，传达朦胧感受。在普希金、莱蒙托夫、丘特切夫之后，费特另辟蹊径，力求表现非理性的内心感受，善于用细腻的笔触描写那难以言传的感觉，善于表现感情极其细微甚至不可捉摸的变化，因此，同时代诗人葛里高利耶夫称他为"模糊、朦胧感情的诗人"。的确，费特从来不想把一件东西、一个感受表现得过于清晰，而竭力追求一种瞬间的印象、一种朦胧的感受。要传神地表现这种瞬间印象、朦胧感受，必须有高超的艺术技巧和大胆的艺术创新。费特大胆地舍弃动词，而以一个个跳动的意象或画面，组接成一个完整的大画面（意境），让时间、空间高度浓缩，把思想、情绪隐藏在画面之中，以便读者自己去捉摸、回味，然后甜至心上，拍案叫绝!而热恋中的感情本来就浓得化不开，也相当朦胧，运用这种创新手法真可谓得其所哉。这首俄文诗共有 36 个词，其中名词 23 个，形容词 7 个，前置词 2 个，连接词"和"重复了 4 次，最引人注目的是一个动词也没有，有 15 个主语，却无一个谓语!一个短语构成一个画面，一个个跳动的画面构成全诗和谐优美的意境!这是一首怎样的杰作呀!文学大师列夫·托尔斯泰认为这是"大师之作"，"是技艺高超的诗作"，"诗中没有用一个动词（谓语）。每一个词语——都是一幅画"。俄国现代著名文学史家布拉果依写过一篇专论《诗歌的语法》论述这首诗，他认为这首诗是"俄国抒情诗的珍品之一"，全诗未用一个动词，却写出了动的画面。全诗是一个大主格句，用一系列名词写出了内容丰富的画面：诗人未写月色，但用"轻漾的银光""夜的柔光""阴影"让读者体会到这是静谧的月夜。进而指出，费特写爱情也像写月光一样，不特别点明，但读来自然明白。全诗洋溢着朦胧的意境，但一切又十分具体。小小一首诗，从时间角度看，仿佛只是瞬间，而实际上却从明月初上一直写到晨曦的出现，包括了整个夜晚，这正流露出恋人的心情：热恋的人感觉不到时光的流逝。布拉果依论定费特的技巧高超在于他"什么也没有说，又一切都已说出，一切都能感觉到"。俄国当代著名评论家列夫·奥泽罗夫则认为费特此诗及此类诗的技巧"实际上向我们的文学提供了用文字表现的写生画的新方法"——赋予作品以更多动感的点彩，并具体指出，费特对个别的现象一笔带过（呢喃的细语、羞怯的呼吸、夜莺的鸣唱），但这些现象却汇合在一个统一的画面中，并使诗句比费特之前的其他大师的作品中的诗句有更多的动感。他还指出："费特的语言使整个句子具有深刻的内涵，就像点彩画家的色点和色块一样……费特像画家一样工作。他绞尽脑汁，要让'每一个短语'都是'一幅图画'。诗人力求以最凝练的手法达到最为生动的表现。"这从另一角度——绘画的角度充分肯定了费特大胆、独特的艺术创新。但我们认为，费特的这种艺术创新以意象并置、画面组接来概括更符合诗歌规律，也更大众化一些。

其实，这种大胆的艺术创新，从费特创作伊始即已出现，并且保持终生。早在1842年，费特就创作了两首意象并置、画面组接的名诗。其中之一是《这奇美的画面》："这奇美的画面，/对于我多么亲切：/白茫茫的平原，/圆溜溜的皓月，//高天莹莹的辉耀，/银光闪闪的积雪，/远处那一辆雪橇，/孤零零的奔跃。"这首诗是一般俄国诗歌选均会录入的名作。全诗由"白茫茫的平原""圆溜溜的皓月""高天莹莹的辉耀""银光闪闪的积雪"等趋于静态的意象构成优美清新的画面，然后再在其中置入一个跳动的意象——远处奔跃的雪橇，化静为动，让整个画面活了起来，收到了画龙点睛的艺术功效。这可能是费特最初的大胆探索，虽然全诗基本上未出现动词，全由名词构成——"奔跃"的俄文"бег"属动名词，兼有名词与动词双重功效，但以形容词"孤零零的"（одинокий）修饰，则完全名词化了——但还是出现了"对于我多么亲切"这样的句子。同年的另一首诗《夜空中的风暴》则成熟些："夜空中的风暴，/愤怒大海的咆哮——/大海的喧嚣和思考，/绵绵无尽的忧思——/大海的喧嚣和思考，/一浪更比一浪高的思考——/层层紧随的乌云……/愤怒大海的咆哮。"这是为俄国形式主义理论家所津津乐道的一首名作，全诗以"风暴""大海""乌云"等意象组成一个跳动的画面，无一动词。诗人通过取消动词，让人的思考与夜幕下、暴风雨中的大海的奔腾喧嚣并列出现又相互过渡，融为一体，突出、强调了人的思考气势之盛、力量之大，与丘特切夫的《波浪和思想》方法相似，思想相反。到1850年，这种艺术手法已被费特运用得得心应手，自由潇洒，并臻炉火纯青之境，代表作品为《呢喃的细语》。1881年，晚年的费特又创作了《这清晨，这欣喜》一诗。该诗被誉为"印象主义最光辉的杰作"，此诗举重若轻、技巧圆熟，恰似庖丁解牛，游刃有余，又如郢人斫垩，运斤成风，不愧为大师的扛鼎之作："这清晨，这欣喜，/这白昼与光明的伟力，/这湛蓝的天穹，/这鸣声，这列阵，/这鸟群，这飞禽。/这流水的喧鸣，//这垂柳，这桦树，/这泪水般的露珠，/这并非嫩叶的绒毛，/这幽谷，这山峰，/这蚊蚋，这蜜蜂，/这嗡鸣，这尖叫，//这明丽的霞幂，/这夜村的呼吸，/这不眠的夜晚，/这幽暗，这床笫的高温，/这娇喘，这颤音，/这一切——就是春天。"（以上费特的诗均为曾思艺译）在这里，各种意象纷至沓来，并置成一个个跳动的画面，时间、空间融为一体，虽无一动词，但使读者感觉如行山阴道中，目不暇接。那急管繁弦的节奏，一贯到底的气势，充分展示了春天的绚丽多姿、新鲜活泼对人的强烈刺激以及诗人在此种刺激下所产生的类似"意识流"的鲜活心理感受。"这……"从头串连至尾，既形成大度、频繁的跳跃，又使全诗的意象以排比的方式连成一体，既是内在旋律的自然表现，又是从外部对它的加强。本诗的押韵也极有特色（译诗韵脚悉依原作）：每一诗节变韵三次（第一、二句，第三、六句，第四、五句各押一种韵），体现了全诗急促多变的节奏，而第三、六句的韵又把第四、五两句环抱其中，在急促之中力破单调，相互衔接，使多变显得有序（试换成一二、三四、五六各押一韵，则过于单调多变）。全诗共三节，每节均如此押韵，就更是既适应了急管繁弦的节奏，又使诗歌的音韵在整体上多变而有规律，形成和谐多变、整体动人韵律，并对应于充满生机与活力、似多变而和谐的大自然的天然韵律，使音韵、形式、内容有机地融合成完美的整体。这首诗充满了光明与欢乐，充分表现了自然万物在春天苏醒时欣欣向荣的生机与活力，格调高昂、意境绚丽，意象繁多而鲜活、画面跳跃又优美、韵律多变却和谐，是俄国乃至世界诗歌中的瑰宝。

这种意象并置、画面组接方法，超越了语言的演绎性和分析性，省略了有关的关联词语（如介词、连词之类），语言表现形态上往往打破常态的逻辑严密，有时甚至完全不合一般的语法习惯与规范，而仅以情意贯穿典型的意象与画面，充分体现了意象的鲜明性、暗示性与内涵的含蓄性，因而更符合诗歌的审美本质，但写作难度极大。使用超脱于呆板的分析性的文法、语法而获得更完全、更自由的表达的中国语言如此写作已属不易，令人称道的名句佳作寥寥无几，大多以句为主，如"浮云游子意，落日故人情"（李白《送友人》）、"日月笼中鸟，乾坤水上萍"（杜甫《衡州送李大夫七丈勉赴广州》）、"雨中黄叶树，灯下白头人"（司空曙《喜外弟卢纶见宿》）、"鸡声茅店月，人迹板桥霜"（温庭筠《商山早行》）、"凫雁野塘水，牛羊春草烟"（温庭筠《渚宫晚春寄秦地友人》）、"楼船夜雪瓜洲渡，铁马秋风大散关"（陆游《书愤》）、"杏花春雨江南"（虞集《风入松·寄柯敬仲》），整首作品更是极少，比较成功的仅有寥寥数首，如：王维的《田园乐七首》其五："山下孤烟远村，天边独树高原。一瓢颜回陋巷，五柳先生对门。"元好问《杂著》："昨日东周今日秦，咸阳烟火洛阳尘。百年蚁穴蜂衙里，笑煞昆仑顶上人。"白朴的《天净沙·春》："春山暖日和风，阑干楼阁帘栊，杨柳秋千院中。啼莺舞燕，小桥流水飞红。"马致远的《天净沙·秋思》更是妇孺皆知："枯藤老树昏鸦，小桥流水人家，古道西风瘦马。夕阳西下，断肠人在天涯。"甚至这为数极少的几首诗中有些还出现了动词，如马致远曲中有动词"下""在"，元好问诗中则有"笑煞"。向以逻辑严密著称的西方语言要用此法难度更大，由此可见，费特这种艺术手法的确是大胆挑战传统语法，立意创新，有意为之。这种立意创新、大胆超前的艺术追求，难度极大、意义非凡，对后来的俄国象征派诗歌产生了较大影响，引出了不少同类精品。

风啊，埋吧，快快把我埋葬！

阿赫玛托娃著　陈耀球译

风啊，埋吧，快快把我埋葬！
我的亲人没有来，
我头顶上只有迷途的夜暗
和静静的大地的呼吸。

曾经，我和你一样自由，
可是，我过于渴望生活。
风啊，你看，我的尸体冰凉，
也没有人把我收殓。

请你用夜暗的帷幕
盖住这沉重的伤痕！
吩咐那蔚蓝色的云雾
为我把圣歌唱颂！

为了使孤苦伶仃的我
轻松地进入最后的梦乡，
请你吹响高高的蒲苇，
把春天，把我的春天颂扬。

　　安娜·安德烈耶芙娜·阿赫玛托娃（1889—1966），俄国现代著名诗人。原姓"戈连科"（一译"高连柯"），生于敖德萨一个海军工程师家庭。16 岁以前居住在彼得堡郊区的皇村，从小就善于自学。1907 年毕业于基辅的丰杜克列耶夫中学，进入基辅女子高等学校法律系学习。她在母亲的影响下，很早就接触到俄国诗人杰尔查文（1743—1816）与涅克拉索夫（1821—1878）的诗，并于11 岁写成第一首诗。当她决定以写诗为职业时，对文学抱有偏见的父亲禁止她用自己的姓氏发表作品，她便采用外祖母家庭的姓氏阿赫玛托娃作为笔名。
　　阿赫玛托娃 1910 年与阿克梅派领袖、诗人古米廖夫（1886—1921）结婚，曾游历了法国、瑞士、意大利。外国的文化艺术、名胜古迹开阔了她的视野，对其文学创作产生了较大影响。1911 年，彼得堡阿克梅派的刊物《阿波罗》刊载了她的一组诗，使她逐渐成为该派的代表人物。诗集《黄昏》（1912）、《念珠》（1914）的出版，获得"非同一般的、出乎意外的轰动"，使她声名鹊起。十月革命后，她曾在列宁格勒（今圣彼得堡）图书馆工作。在极左政策时期，她的丈夫被无辜枪毙，她本人也受到点名批判，并被开除出苏联作家协会，转而从事古典诗歌翻译与研究工作。20 世纪 50 年代后期恢复名誉，出版了在艰难困苦中写成的多部诗集，引起国内外的关注。1964 年意大利授予她"埃特纳·陶尔明诺"国际诗歌奖，1965 年英国牛津大学授予她名誉博士学位。

她除上述主要作品外，还有诗集《群飞的白鸟》（1917）、《车前草》（1921）、《耶稣纪元》（1921—1922）、《芦苇》（1924—1940）、《第七本诗》（1936—1964）、抒情长诗《安魂曲》（1935—1940）、大型抒情叙事诗《没有主角的长诗》（1940—1962），论文集《论普希金》，及屈原《离骚》、李商隐无题诗和东方其他国家诗歌的翻译。其诗以爱情、自然、友谊等为主题，尤其善于表现爱情的悲剧。诗人善于通过精心挑选的细节，雕塑式的艺术形象，以及具有物质感、具象感、实体感的词语，表现细腻、隐秘、复杂的内心活动与情感冲突及抽象的思想情绪，其诗节奏匀称，语言简洁凝练，具有古典式的完美。诗人亦被公认为"诗歌语言的光辉大师"和 20 世纪的大诗人之一，并被称为"俄罗斯诗歌的月亮"，与普希金组成俄罗斯诗歌的"日月双璧"。

这首诗是阿赫玛托娃早年的创作。

阿赫玛托娃早年的创作，大多是爱情诗。这些诗以其本人的亲身经历为题材，咏叹身边发生的一切，抒写爱情中的热恋、怨恨、孤独、伤感、恐惧、绝望等各种情感，展示了女性心中的隐秘，情真意切、优美动人，如《惊慌》之一："燃烧似的阳光炙得人透不过气，/而他的目光就像灼热的光线。/这光能使我变得亲近驯顺，/我只觉浑身一颤。/他俯下身对我喃喃絮语……/血液从我的脸面猛然消失。/但愿爱情像一块墓石/永远压在我的生命之躯！"（王守仁译）这种感觉是真实的，也是独特的。人在许多极其幸福、极其甜蜜的时刻，都有一种血液消失、身体失重、全身抽空的类似死亡的感觉。诗人在这里非常细腻、具体地展现了爱情的甜蜜的感觉。她的独特之处在于，一般人不会写得如此具体，也不会写得如此富有现代感——把爱情与死亡联系起来。又如《深色披肩下紧抱着双臂》："深色披肩下紧抱着双臂……/'你的脸色今天为何憔悴？'/——因为我用苦涩的悲哀/把他灌得酩酊大醉。//我怎能忘掉？他跟跄地走了，/痛苦得嘴角已经斜歪……/我奔下楼去，连扶手也没有碰，/跟在他身后，跑到了门外。/我急喘着高声喊道：'这一切/都是玩笑。我会死去的，你若一走。'/他漠然而又可怕地微微一笑,/对我说:'不要站在风口。'"(乌兰汗译)此处的对话经过"我"的急剧的动作(急奔、连扶手也未扶)、"他"的表情特写的渲染,潜台词颇为丰富:"我"既折磨他,又唯恐失去他;而"他"的回答更是绝妙——答非所问,是关心(这是一种外冷内热的表现,说明爱情还有希望),还是一语双关(不要老把自己置于激情的"风口",否则会得病的,这与"漠然而又可怕"相连,说明他已心灰意冷,爱情的希望渺茫),抑或故意避而不答,顾左右而言他(那就毫无希望了)?又如《吟唱最后一次会晤》:"我的脚步仍然轻盈,/可心儿在绝望中变得冰凉,/我竟把左手的手套/戴在右边的手上。//台阶好像是走不完了,/我明明知道——它只有三级!/'和我同归于尽吧!'/枫叶间/传递着秋天乞求的细语。//'我被那变化无常的/凄凉的恶运所蒙蔽。'/我回答:'亲爱的,亲爱的!我也如此。我死,和你在一起……'//这是最后一次会晤的歌。/我瞥了一眼昏暗的房。/只有寝室里的蜡烛/漠漠地闪着黄色的光。"(乌兰汗译)本诗中,脚步的"轻盈"与把左手的手套戴在右手上似有矛盾,然而它像台阶好像走不完,却明明知道"只有三级"一样,生动传神地展示了一位气质高雅而要强(被遗弃后在情人乃至人们面前力保风度、不失态),头脑昏乱但又清醒(因她意识到手套戴错了而且记得台阶"只有三级")的女性那种激动、惊惶、痛苦、悲哀而又要强的复杂心理状态,而结尾的"瞥了一眼",既是最后一次深情留恋,也是一种凄然告别。再如《爱情》:"时而,小蛇似的蜷作一团,/在心灵深处施展魔法。/时而,整天地像只小鸽,/在洁白的小窗上面咕咕絮聒。//时而,在晶莹的寒霜里闪光,/又好像沉入了紫罗兰的梦……/然而一定会,/而且悄悄地,/使你没有欢乐,没有安宁。//伴着忧郁的祈祷的琴声,/它的怨诉多么甜蜜;/可又多么可怕啊:若是把它猜出来,/——从那还很陌生的微笑里!"(陈耀球译)全诗善于把抽象的爱情和内心情感物象化,以具体生动的物象("小蛇""小鸽"等)来表现、展示抽象的爱情和内心情感。正因为如此,她的诗歌被称为"室内抒情诗",其本人也被称为"俄罗斯的萨福"。

爱情是文学的永恒题材,几千年来,不断上变奏千差万别而又独具个性的乐章。阿赫玛托娃的创新之处在于,她以一个女性的身份大量抒写爱情的不幸,着重写爱情的悲剧过程,并且极其坦诚地展示隐秘的内心活动和情感冲突。这与她自身的经历有关。首先,她一家兄弟姐妹 6 人,几乎都染有当时的绝症——肺结核,大姐、大哥、小妹均因此而先后去世,她本人也患有此病,因此时常感受到死亡的威胁,这使她从小就有一种人生的悲剧感。其次,1905 年,她崇敬的父母离异,使她不仅失去了完整的家庭之爱,饱尝家庭离散后的辛酸,而且在心灵中留下了爱情不幸的阴影。最重要的是,她在少女时期因病去克里米亚修养,并在那里结识了彼得堡大学东方语言系的大学生弗·戈列尼舍夫-

库图佐夫（1879—？），产生了一厢情愿的狂热爱恋，而后在万般无奈之下，突然决定嫁给追求自己多年的古米廖夫。古米廖夫虽然诗才出众但其貌不扬，而且，她最初并不爱他。这就加重了她对爱情的悲剧感。因而，爱情的不幸、爱情的悲剧过程就成为她一再抒写的主题。

这首诗写于 1909 年，可能因对库图佐夫无望的爱而产生了灵感，抒发了自己强烈的孤独、忧伤与绝望之情。第一节，开篇即请求风把自己埋葬，然后通过环境巧妙暗示自己极度的孤独与迷惘：头顶是迷途的夜的阴暗（隐喻着心灵的迷途与阴暗），身边是万籁俱寂、静静呼吸的大地，而"我"孤身一人，没有亲人，没有朋友，在呼唤死亡！第二节，回顾过去，交代原因，并进一步突出自己的孤独。曾经，"我"像风儿一样自由，但"我过于渴望生活"，追求一些永远不可能得到的东西（如追求库图佐夫），因而导致了今天这种孤寂悲惨的局面。"我"的尸体都冰凉了，也没有人来收殓（潜台词是我多么孤苦无依）。第三、四节，情调由忧伤绝望转向高昂。既然在世上没有亲人没有朋友，那么，就在大自然中求得安慰吧。于是，请求风用夜的阴暗帷幕盖住心灵"沉重的伤痕"，让蔚蓝色的云雾诵唱圣歌，并吹响高高的蒲苇，"把我的春天颂扬"，使"孤苦伶仃的我"轻轻进入"最后的梦乡"。

同样是表达爱的无望，爱的孤独、忧伤、苦闷，屠格涅夫的《致霍夫丽娜》只是一味地孤独、痛苦："月亮，高高地浮荡/在大地上空的白云之间，/一片魔幻般的银光/犹如海浪从高空洒满人寰。//啊，你就是我心海的月影！/我的心骚动不安——/只为你，我快乐欢欣，/只为你，我痛苦不堪！//爱的苦闷，默默渴望的隐痛，/充满我的心胸，/我的心情如此沉重……/可你，就像那冷月无动于衷！"（曾思艺译）阿赫玛托娃则在诗的结尾转向高昂，从而使忧伤糅杂着欢乐，绝望中闪烁着追求（"春天"是充满希望的季节，也是爱情萌生及生命复活的季节，"我的春天"隐喻生命的复活与爱情的希望），体现了诗人忧伤而要强的个性。

这首诗最大的特点是构思巧妙、情感复杂。诗人深感在人世间缺少亲人、绝无知音，因此，巧妙地采用与风对话的方式，尽情倾诉隐秘的心曲，展示了既孤独又与自然合一、既忧伤又不乏乐观、既绝望又有所追求的复杂情感。

放开喉咙歌唱

马雅可夫斯基著　张铁弦译

请听听吧，
　　　　　后代同志们，
听听这个头号呐喊者，
　　　　　　　　这个鼓动家。
盖过
　　诗歌激流的轰响，
我要大步跨过
　　　　　抒情诗的篇章，
像一个活人
　　　　　和活着的人们谈话。
我会来到你们那里，
　　　　　　　向着共产主义远方，
但不像
　　叶赛宁诗歌里的骑士。
我的诗会越过世纪的高峰，
　　　　　　　　越过诗人们
和一个个政府的头顶
　　　　　　凌空而至。
我的诗会来到你们那里，
　　　　　　　但却是另一种景象——
既不像
　　爱神猎情的飞箭，
也不像
　　落到钱币学家手上的磨损的小钱，
也不像熄灭了光的星星陨落地面。
我的诗
　　　将用劳动
　　　　　冲破无尽的岁月

出现，

　　沉重，

　　　　粗犷，

　　　　　　看得见。

好像古罗马的奴隶们

　　　　　　修建的水道

通到

　　我们今天。

　　弗拉基米尔·弗拉基米罗维奇·马雅可夫斯基（1893—1930），俄国现代著名诗人。生于格鲁吉亚一个林务官家庭。1906 年父亲死后，随母亲迁居莫斯科，进入莫斯科第五中学学习，开始阅读革命书籍，结识了许多布尔什维克大学生。1908 年加入布尔什维克党，并从事革命宣传工作，曾三次被捕，在狱中开始写诗。1911 年进入莫斯科绘画雕塑建筑学校学习，结识了未来派诗人、画家布尔柳克，在他的鼓励下，大量创作诗歌。1912 年与布尔柳克等共同发表未来派宣言《给社会趣味一记耳光》，成为俄国未来派的代表人物。1915 年发表长诗《穿裤子的云》，显示了其独特的艺术才华。他以极其兴奋的心情迎接十月革命，并以诗歌作为武器，为无产阶级呐喊、歌唱。1924 年，列宁逝世，为表达悲痛与怀念之情，他创作了著名长诗《列宁》。1927 年，为庆祝十月革命 10 周年，他创作了被称为"十月革命的青铜塑像"的长诗《好》。1930 年，由于文学流派斗争和爱情上的失意等原因，诗人开枪自杀身亡。

　　马雅可夫斯基一生的创作颇为丰富，既有绘画，又有戏剧（如《宗教滑稽剧》《臭虫》《澡堂》），但最重要的是诗歌创作。他的诗歌，包括抒情诗、爱情诗、儿童诗、讽刺诗、政治诗、广告诗、宣传画题诗、叙事诗等。内容包罗万象，大至整个宇宙，小至日常生活中的一切，都是其诗歌的题材。但揭露资本主义的黑暗与丑恶，歌颂无产阶级革命事业，是其诗歌最重要的主题。其在诗歌形式和语言运用上不断探索，大胆创新，形成了不落俗套的楼梯诗，激情澎湃、风格豪放、句式独特、语言新颖，对世界各国都产生了颇大的影响。

　　这首诗节选自《放开喉咙歌唱》。在其自杀前，马雅可夫斯基正在写一部关于五年计划的长诗，以此来歌颂社会主义建设。但是他只写出一个序曲《放开喉咙歌唱》（1929 年 12 月至 1930 年 1 月），便因为诸多原因自杀了。当时，苏联文坛极左之风盛行，尤其是当时最大的文学组织"拉普"的领导人，对马雅可夫斯基的诗歌表现出明显的歧视乃至强烈的憎恶之感，甚至宣称他不会写诗，后代人一定会责备他。所以，在《放开喉咙歌唱》中，马雅可夫斯基以直接同后代人谈话的方式，亲自向后代子孙讲述关于时代、关于自己的有关情况。他总结了 20 年的创作生活，表明自己对未来抱有无限的信心和热烈的希望。首先，诗人声明自己是一位"为革命所号召和动员"的战士，抛开了任性妇女的贵族园艺式的诗，也不愿写既有利可图又让人开心的无益情歌。接着，说明自己的诗是铅块般沉重且巍然屹立的，它们准备去死，去创造不朽的光荣，它们都是献给全世界无产阶级的，献给正在建设中的社会主义的，是为革命服务的，因此，它必定会不朽。

这里节选的一部分着重讲述自己诗歌的分量与不朽。正因为"我"的诗反映的是时代的最强音，有着充实丰富的生活内涵——它们揭露过资产阶级的罪恶，讽刺过生活中的一切丑恶现象，为美好的新生活而鼓动、呐喊，因此，它必将使"我"一百年后"像一个活人"那样与实现了共产主义的后代子孙们交谈，也必定会经过"世纪的山岭"，越过诗人们和执政者的头顶，凌空到达未来。当然，这种凌空到达没有爱神猎情时射出的飞箭那样轻巧快捷，但也不会像斑斓的古钱到钱币学家手中时已磨损了光彩，更不会像陨落地面的星星，熄灭了光芒。它们将奋力冲破无尽的岁月，沉重、粗犷、引人注目地出现在未来，一如古罗马的奴隶们修建的大水道。这种艺术永恒、超越时空的思想，在西方文学史上源远流长。贺拉斯、莎士比亚、戈蒂耶、杰尔查文、普希金，都表现过这一主题。马雅可夫斯基继承了这一传统，但又以无产阶级革命和社会主义建设的内容丰富、刷新了这一传统，使之富有新的时代特色，强调正是冲破陈腐、开创美好新生活的革命事业使自己的诗歌不朽。

本诗的艺术特征有二：第一，气势磅礴，风格豪放。马雅可夫斯基的诗如战斗的号角，如猛烈的鼓点，闪烁着勇往直前的革命火花，洋溢着朝气蓬勃的战斗豪情，充满着乐观豪迈的胜利信心，这是其创作的突出特点，本诗也不例外。第二，节奏明快，音韵独特。马雅可夫斯基借鉴了法国象征主义诗人马拉美在《骰子一掷取消不了偶然》中首创而经立体未来主义诗人阿波利奈尔发展的楼梯诗（一译"阶梯诗"），将其发扬光大，抒写生活中的各种题材，并在节奏、音韵、语言上惨淡经营，颇有创新。他说："我总是把最突出的词汇放在一行诗的末尾，并且无论如何也要押上韵。结果我的韵差不多永远都是不寻常的。"力求写成"看得见的语言，听得见的诗"。因而，他的诗歌节奏随内容的需要、情绪的变化而起伏，音韵严谨又独特，语言平易而奇崛，基本实现了像开采镭一样从几千吨语言的"矿藏"中妥善安排一个字的愿望。

我是最后一个乡村诗人

叶赛宁著　曾思艺译

我是最后一个乡村诗人，
我歌唱简朴的木桥，
用白桦叶神香袅袅的清芬，
我伫立着做告别的祈祷。

用肉体的蜡燃起的烛灯，
即将燃尽金晃晃的火焰，
而月亮这木制的时钟，
也将嘶哑地报出我的十二点。

很快钢铁的客人将到来，
出现在这蓝色田野的小路上。
红霞遍染的茫茫燕麦，
将被黑色的掌窝一扫而光。

没有生命的、异类的手掌啊，
有了你们，我的歌就难以存活！
只有这一匹匹麦穗马，
还会因思念老主人而难过。

风儿将摆出追荐舞蹈的阵容，
并吞噬麦穗马的声声嘶喊。
很快，很快，木质的时钟
就将嘶哑地报出我的十二点。

　　谢尔盖·亚历山德罗维奇·叶赛宁（1895—1925），俄国著名诗人。生于俄国中部梁赞省康斯坦丁诺沃村（现名叶赛宁村）一个农民家庭。童年在富裕的外公家度过。优美宁静的大自然，外公、外婆所讲的民间故事，母亲所唱的民歌，培养了他的诗心，对其后来的创作影响很大。1912 年从师范学校毕业后，叶赛宁只身来到莫斯科，当过办事员、印刷厂校对员，并参加文学音乐小组，勤奋读书、写诗。1915 年去彼得堡，结识了俄国象征主义大师勃洛克（1880—1921）及"美小组"成员、诗人克留耶夫（1884—1937）等，受到他们的影响。叶赛宁 16 岁开始写诗，1914 年发表诗作，1916 年出版第一本诗集《扫墓日》，十月革命前已经成名。1919 年，加入俄国意象派，一度成为其领袖。1921 年，认识现代舞的创始人、美国著名舞蹈家邓肯（1878—1927），尽管言语不通，但是两人不久即热恋结婚。1922 年至 1923 年，他陪同邓肯到德国、法国、意大利、比利时、美国旅行。1925 年，在与邓肯分手后，与列夫·托尔斯泰的孙女索菲娅·安德烈耶夫娜结婚。同年 12 月，在一家旅馆突然死亡（原来认为是自杀，现有材料证明是谋杀）。

他一生创作了 400 多首抒情诗，另有长诗《安娜·斯涅金娜》（1922），诗剧《普加乔夫》（1922）及一些散文、小说。其诗以歌颂农村的自然风光和爱情著称，温柔清新中透着一股忧郁。在内容方面，表现出具有强烈的生命意识（指在万物有生观的基础上形成的对生命的热爱，并因之产生死亡意识、孤独意识、悲剧意识，对生命问题进行哲理性思索）、突出的宇宙意识（人与自然、宇宙交汇形成的一种主体精神，是"天人合一"，是历史意识、人类意识、未来意识的深度综合）、浓厚的公民意识（指公民责任感，具体表现为爱家乡、爱祖国，力求适应并跟上时代的步伐，尽一个公民应尽的义务，为国为民做出贡献）的特征。在形式方面，则具有鲜明的直觉性（即对外物把握的整体性、瞬间性、通感性）、复杂的形象性（包括怪诞的联想、新奇的意象、丰富的象征）、独特的情感性（包括自然物象与思想感情的紧密结合）及抒情的音乐性等特点。

高尔基曾经感叹说，叶赛宁与其说是个人，不如说是"大自然专门为了写诗，为了表达那绵绵不绝的'田野的哀愁'，为了表达对世间所有动物的爱而创造的一个器官"。其实，当时高尔基只不过是听了叶赛宁朗诵自己创作的名诗《狗之歌》："清晨，在黑麦秆搭成的狗窝里，/在一排金灿灿的蒲席上，/母狗生下了七只幼儿，/七只小狗全都毛色棕黄。//从早到晚母狗都在把它们亲舔，/用舌头一一把它们全身清洗。/在它那暖乎乎的肚皮下面，/淌流着融雪般的一股股乳汁。//可到了傍晚，当鸡群/纷纷蹲上了炉台，/走出了满脸愁云的主人，/七只小狗全都装进了麻袋。//母狗飞跑过一个个雪堆，/紧紧追踪着自己的主人……/而那还没有结冰的河水/就这样久久、久久地颤漾着波纹。//当它踉踉跄跄往回走，/边走边舔着两肋的热汗，/屋顶上空的新月一钩，/它也看成了自己的小小心肝。//它凝神望着幽蓝的高空，/悲戚戚地大声哀号，/纤纤月牙溜下天穹，/躲进山丘后田野的怀抱。//当人们嘲笑地向它投掷石头，/它却无声地接受，当作奖赏，/只是眼中潸潸泪流，/仿若一颗颗金星洒落在雪地上。"（曾思艺译）而高尔基不愧为大文豪，仅仅通过一首诗，就十分敏锐地捕捉到了叶赛宁诗歌的本质特征：满怀深情、缠绵悱恻地表达绵绵不绝的"田野的哀愁"，表达对世间所有动物的爱。

的确，作为一个20世纪的诗人，叶赛宁可以说是世界现代和当代诗歌史上罕见的对大自然如此钟情、并为之不断唱出一首首优美清新的赞歌或哀婉动人的挽歌的诗人。但他比一般自然诗人或田园诗人高明的地方在于，他把农村题材看作具有全人类意义的东西，试图把"城市与农村的问题"作为"都市化与农村天地""工业进步与自然界"的问题来对待，并从"自然与文明的冲突"的高度来探讨生命和谐（即"人与自然"的和谐）的失去。他认为，工业文明（体现为城市化）不仅破坏了农村的自然风光，而且破坏了"人与自然"的和谐。面对"钢铁相撞发出的莫名铿锵声"及"皮带和闷声冒烟的烟囱"，农村和它的田野树木，诗意的传说、故事和诗歌，都一筹莫展，孤苦无助。在《四旬祭》等一系列抒情诗中，诗人站在全人类的哲学高度，描写了城乡矛盾的悲剧，揭示了自然与文明的冲突中人性和谐的失去。诗人还深切地预感到自己那"用木犀草和薄荷喂养过"的"兽性的诗篇"（美好自然和生命活力的象征）在工业文明这钢铁客人的"无生命异类的手掌"下难以生存。可以说，在都市化的不良后果还不太明显时，叶赛宁是最先敏锐感觉到"人与自然"永恒的和谐将惨遭破坏的先驱之一。在全球环境日益恶化、有识之士普遍高喊"救救地球"的今天，叶赛宁的诗歌尤其具有重要意义。

这首诗从城乡关系、人与自然的关系的角度，表现了城市的工业文明对农村美好大自然的扼杀。全诗可分为两部分。

第一部分是第一、二节，以哀婉的笔调抒写大自然的末日即将来临。开篇即点明"我是最后一个乡村诗人"，在"我"的诗歌中，"木桥"虽然简朴，毕竟是自然之物（潜台词是：只怕以后连"木桥"也不会有了）。但现在，"我"不得不参加"白桦"神香袅袅的告别的祈祷。"告别的祈祷"以及即将燃尽的金晃晃的火焰，表明农村大自然的末日已来临，交待"我是最后一个乡村诗人"的原因。接着，以月亮这木制的时钟"将嘶哑地报出我的十二点"，说明"我"及"我"的诗的最终时辰也将来到（午夜十二点表明当天结束，新的一天即将开始），含蓄深沉地表明"我是最后一个乡村诗人"。

第二部分为第三、四、五节，交待大自然末日将临的原因是"钢铁的客人将到来"。在天蓝色的田间小路上，钢铁的客人（即作为工业文明象征的机器）就要经过，它那粗大笨重、毫无生气的黑色铁腕将收割那映满黎明时绚丽朝霞的麦穗（毫无生气的非自然之物与充满诗意与活力的自然之物的对比）。而且，诗人还深切地预感到自己那"用木犀草和薄荷喂养过"的"兽性的诗篇"在工业文明这钢铁客人的"无生命异类的手掌"下难以生存，这陌生冷漠、毫无感情、没有生命的巨掌，必将扼杀"我"美妙的诗歌。只有那些像奔腾的马群一样荡起层层麦浪的麦穗，会怀念它们昔日的主人。但这只是徒然，跳着丧舞的风儿会淹没它们悲怆的嘶声，月亮的木钟即将报出午夜的来临。正因为如此，高尔基对叶赛宁做出了高度的评价："谢尔盖·叶赛宁与其说是一个人，倒不如说是自然界特意为了诗歌，为了表达无尽的'田野的悲哀'，对一切生物的爱和恻隐之心……而创造的一个器官。"爱伦堡更具体地谈道："叶赛宁首先是一个诗人，历史事件、爱情、友谊，——所有这些都要向诗让步。他具有罕见的歌唱才能。对于动物学家来说，夜莺只是雀形目鸟类的一种；但是，对鸟的喉头所作的任何记载都不能解释，为什么夜莺的歌声自古以来就使世界各地的人入迷。谁也不能解释，为什么叶赛宁的许多诗能打动我们的心弦。有一些诗人，他们具有高尚的思想、杰出的观察能力、热烈的情感，他们用几十年的时间去掌握如何将自己的精神财富传达给别人的艺术。然而叶赛宁写诗，只因为他生来就是诗人……"

本诗的特点有二：一是笔触温柔，情调哀婉。诗人本来是在为即将被工业文明扼杀的大自然做最后的"告别的祈祷"，而大自然可以说是诗人的生命及其诗歌之源，但他并未大放悲声，也未激烈怒骂工业文明，只是以温柔的笔触，描绘一幅午夜将临，钢铁的客人即将到来，"我"和白桦、月亮一起在举行"告别的祈祷"的悲凉图景，含蓄哀婉地表达了"人与自然"永恒的和谐即将惨遭破坏、生命的活力与诗意将荡然无存的悲痛情绪。二是意象奇特，联想怪诞。全诗充满了奇特的意象和怪诞的联想，如"白桦叶神香袅袅的清芬"，把白桦摇曳的叶片想象成香火袅袅的烟云，进而把整个白桦想象成舞动着的香炉，奇特而新颖；又如月亮是"木制的时钟"，把月亮想象成一座木制的钟，进而又把它拟人化，不说它敲击出午夜的十二时的钟声，而说它将报出"我"的十二点，联想怪诞，但却相当生动有力地写出月亮这大自然的美好象征，而今也举步维艰，苟延残喘，徒自黯然神伤、悲痛不已；由大片麦穗荡起的麦浪想到奔腾的马群，进而合成"麦穗马"也是如此。这种奇特的意象、怪诞的联想，使全诗充满一种陌生化的艺术魅力——化被人熟视无睹的东西为令人兴奋的新鲜事物。

悲惨图（之一）

雨果著　梁宗岱译

一个做买卖靠吃秤头发了财；
法律让他做法官。冬天，冷得很，
一个穷汉拿了一个面包养家。
看这屋里多拥挤！这法官跑来
审问那穷汉。听清楚，多公正！
一个应有尽有，一个贫无立锥！
这法官，——这商人，——生气
　　　　他浪费了
一个钟头，狠狠地望了那哭哭
　　　啼啼的穷汉一眼，判他服苦役，
便翩然赴他郊外的别墅去了。
人散了；"很好，"好人坏人
　　　齐声说。
只剩下一个苍白忧郁的基督
在法庭的墙壁高举着双手。

　　维克多·雨果（1802—1885），法国 19 世纪伟大的诗人、小说家、戏剧家、政论家。出生于贝尚松城，父亲是拿破仑军队中的将军，是共和主义者，母亲是拥护波旁王朝的保皇党人。雨果早年受母亲影响，思想保守，1824 年起放弃保皇主义信仰，转向共和主义。14 岁开始写诗，15 岁得到法兰西学士院的奖励，18 岁获得"诗歌硕士"证书，20 岁出版第一本诗集《颂诗集》，赢得法王路易十八奖励的年俸。1827 年发表剧本《克伦威尔》，在序言中宣扬浪漫主义，一跃成为法国浪漫主义运动的领袖。1841 年当选为法兰西学院院士，1848 年被选为制宪会议的成员。1851 年 12 月，因反对路易·波拿巴称帝，被迫流亡国外 19 年之久。1870 年拿破仑三世垮台，雨果才又回到巴黎。

　　雨果一生勤于创作，共留下 20 部小说、12 部戏剧、21 部文学理论著作、26 部诗集，为法国和世界文学宝库增添了一份十分辉煌的遗产。其重要作品有：长篇小说《巴黎圣母院》（1831）、《悲惨世界》（1862）、《海上劳工》（1866）、

《笑面人》（1869）、《九三年》（1873），戏剧《欧那尼》（1830）、《玛丽·都铎》（1835），诗集《东方集》（1829）、《秋夜集》（1831）、《暮歌集》（1835）、《心声集》（1837）、《惩罚集》（1853）、《凶年集》（1872）、《历代传说》（1859，1877，1883）。其诗歌才能相当全面，抒情诗、讽刺诗、咏史诗、哲理沉思诗、戏剧体诗，无不擅长。其诗题材广泛，内容深刻，个人的喜怒哀乐、国家的问题与前途、人类的苦难与命运，无不包罗其中。他主张"艺术为人类"，认为诗人具有一种基于人道主义甚至是宗教的责任。在艺术方面，其诗想象力极其丰富，风格豪放旷达，手法灵活多样，尤其善于运用他自己提出的"对照原则"，诗歌语言丰富多彩，韵律和谐优美，具有颇高的艺术成就。

雨果曾在《艺术和人民》一诗中宣称："艺术，这是人类的思想，/砸碎一切锁链向前发展！/艺术是温和的征服者，……/受奴役的人民，它使你获得自由；/自由了的人民，它使你变得伟大！"这是雨果的文艺观，他一生的创作大多是为人民服务的——揭露社会的种种不平等与不公正、黑暗与罪恶，反映下层人民的受压迫、受剥削、被奴役、被欺凌的非人遭遇，试图以博大、宽厚的人道主义改造社会，构建一个充满温情的理想社会。

这首《悲惨图》是雨果揭露法律不公正、社会不平等的作品之一。诗歌写了两种触犯法律的人在社会上截然不同的结局。一种人做买卖时在秤头上短斤少两，不仅未受法律制裁，反而靠这些不义之财做了法官。另一种人贫无立锥之地，在寒冷的冬天衣不蔽体、严寒难耐，孩子们一齐啼饥号寒，在万般无奈之下，他被迫偷了一个面包去"养家"。那位以违法手段发财、当官的法官，竟然重判这哭哭啼啼的穷汉服苦役！

这首诗与雨果著名的长篇小说《悲惨世界》里的一段情节颇为相似：淳朴善良的失业工人冉阿让因见姐姐家的几个孩子饿得直哭，便偷了一块面包，因此被判5年苦役。在这本小说的序言中，作者指出："只要因法律和习俗所造成的社会压迫还存在一天，在文明鼎盛时期人为地把人间变成地狱并且使人类与生俱来的幸运遭受不可避免的灾祸；只要本世纪的三个问题——贫穷使男子潦倒，饥饿使妇女堕落，黑暗使儿童羸弱——还得不到解决；只要在某些地区还可能发生社会的毒害，换句话说同时也是从更广的意义来说，只要这世界上还有愚昧和困苦，那么，和本书同一性质的作品都不会是无用的。"这首诗主要反映了其中的两个问题——儿童的羸弱（饥饿）与男子的潦倒，但比小说更形象、更集中、更简洁、更深刻，其关键在于艺术技巧的出色运用。

本诗除了运用白描的手法外，还出色地运用了多种对比，实践了雨果提出的"对照原则"。对照原则是雨果在《克伦威尔》序言中提出的一种创作原则。受基督教宣扬的善与恶是人之本性的两种要素的启发，雨果提出了在创作中要让美与丑、崇高优雅与滑稽丑恶、黑暗与光明、罪行与无辜，甚至冬天的阴沉寒冷与夏天的明媚温暖配对，以构成强烈的对比。他的所有创作始终贯彻实践着这一原则，使之成为浪漫主义文学的标志。在本诗中主要有以下几重对比。

其一是商人与穷汉的对比，这是全诗最主要的对比，包括两个方面：一是两人在某种程度上都有违法行为，但一个有意为之、罪多且大，但因有钱而做了官；一个被迫为之，罪小且极轻，却因贫穷而被判苦役，揭露了法律的不公正与社会对穷苦人的压迫。二是两人现状的对比：一个在生活上应有尽有，可在别墅中享福，在法庭上气势汹汹；另一个在生活上贫无立锥之地，为了"养家"不得不去"拿"了一个面包，在法庭上哭哭啼啼，写出了有钱人的骄奢、作威作福与贫苦人的困窘、可怜兮兮。

其二是法官、穷汉的现状与好人、坏人对这件事的态度及法院墙壁上所挂基督像神情的对比。面对这种类似于中国古语所说"窃国者侯，窃钩者诛"的现状，平庸昏昧的民众只知道"存在的就是合理的"，稀里糊涂地一齐叫好。法官的骄奢、穷汉的困窘与民众的麻木愚昧、好坏不分形成对照，揭示了民众的愚昧麻木、好坏不分也是造成坏的富人当权、好的穷人遭罪的现实原因。面对这一切，以惩恶扬善、仁爱慈善甚至万能著称的基督却无能为力。这一对比有力地揭示了宗教信仰有时也未必能真正解决社会问题（基督"苍白忧郁"，徒劳地"高举着双手"）。

中国古代诗歌中，杜甫、白居易、张籍、皮日休等的创作也有一种反映社会问题的传统，但主要是"惟歌生民病，愿得天子知"，而很少像雨果这样从多方面深刻尖锐地揭示产生社会问题的种种原因，发人深省，从而让人积极投身于对社会现实的改革之中。

国际歌

鲍狄埃著　集体译

　　起来，饥寒交迫的奴隶，起来，全世界受苦的人！满腔的热血已经沸腾，要为真理而斗争！旧世界打个落花流水，奴隶们起来，起来！不要说我们一无所有，我们要做天下的主人！这是最后的斗争，团结起来，到明天，英特纳雄耐尔就一定要实现。

　　从来就没有什么救世主，也不靠神仙皇帝。要创造人类的幸福，全靠我们自己。我们要夺回劳动果实，让思想冲破牢笼。快把那炉火烧得通红，趁热打铁才能成功！这是最后的斗争，团结起来，到明天，英特纳雄耐尔就一定要实现。

　　是谁创造了人类世界？是我们劳动群众。一切归劳动者所有，哪能容得寄生虫！最可恨那些毒蛇猛兽，吃尽了我们的血肉。一旦把它们消灭干净，鲜红的太阳照遍全球！这是最后的斗争，团结起来，到明天，英特纳雄耐尔就一定要实现。

　　欧仁·鲍狄埃（1816—1887），法国 19 世纪无产阶级诗人。生于巴黎一个包装工匠家庭。13 岁开始当徒工，一生过着贫苦的生活。他从小热爱诗歌，深受法国诗人贝朗瑞的影响。14 岁出版第一本诗集《年轻的女诗神》。"从 1840 年起，他就用自己的战斗歌曲对法国生活中所发生的一切巨大事件做出反应，唤醒落后的人们的觉悟，号召工人们团结一致，鞭笞法国的资产阶级和资产阶级政府。"（列宁：《欧仁·鲍狄埃》）1848 年，鲍狄埃参加了六月起义。1851 年政变后，他团结工人，组织工会，参加了国际工人联合会。1871 年 3 月至 5 月，在巴黎公社起义的 72 天中，他被选为公社委员。在公社失败的第二天，创作了著名的《国际歌》。1871 年 6 月，他被迫流亡英国和美国。1880 年法国工人阶级争取大赦的斗争获胜，他结束流亡生活，回到法国，参加了工人党，继续以诗歌为武器进行战斗。晚年，他出版了两本诗集《社会经济诗和社会主义革命诗集》（1884）、《革命歌集》（1887）。他的诗充满高昂的革命激情，为无产阶级的独立地位、幸福生活而歌唱，抨击资产阶级的剥削和压迫，充分表达了工人阶级改造世界的伟大气魄。其创作风格雄浑豪放，语言质朴有力，被列宁誉为"一位最伟大的用歌作为工具的宣传家"。

值得一提的是，《国际歌》的译者，说法不一，多为瞿秋白和萧三。但因唱法的需要，多有改动，一般注明"集体译"。《国际歌》本有六节，因通行歌唱的只有三节，故本书仅录三节。

巴黎公社运动是无产阶级把马克思主义的学说变为革命实践、推翻资产阶级专政统治、建立无产阶级政权的一项壮举。起义虽然由于法国资产阶级勾结普鲁士反动派进行疯狂反扑而失败，但其在世界革命史上具有极其重大的历史、政治意义，极大地鼓舞了无产阶级革命的战斗士气，坚定了工人阶级推翻资产阶级统治的必胜信心。在公社失败的第二天，鲍狄埃创作了这首《国际歌》，用马克思主义的立场、观点，总结了巴黎公社运动的历史经验，精辟地概括了社会主义学说的基本内容，号召无产阶级为解放全人类、迎接共产主义的美好明天继续团结战斗。全诗的内容主要有以下几个方面。

第一，表现了胸怀宽广的国际主义精神。诗一开头，就以深厚的无产阶级感情，号召全世界饥寒交迫的奴隶、全世界受苦的无产者团结起来，进行斗争。

第二，表现了人民创造历史的历史唯物主义观点。"是谁创造了人类世界，是我们劳动群众"这一观点为历史发展的进程所证明了的，巴黎公社的伟大斗争再次证明了历史活动是群众的事业这一马克思主义真理。

第三，提出了无产阶级的斗争目标——自己解放自己，做天下的主人。诗中宣称"从来就没有什么救世主"，要打碎旧世界，夺回自己的劳动果实，做天下的主人，"全靠我们自己"。

第四，提出要把握时机，将革命进行到底。尽管革命暂时失败，但无产阶级已经觉醒，因此，要趁热打铁，以便取得革命的胜利。

因此，这首诗不仅是对巴黎公社运动失败的血的教训的反思，而且是对工人阶级在长期斗争实践事业中运用马克思主义学说所进行的活动的科学总结。它以诗歌的艺术形式，在简短的篇幅里把马克思主义学说阐述得清晰简明，动人心弦，极大地鼓舞了全世界无产阶级战士的斗争热情，成为千百万劳动者的神圣之歌。这首诗经工人作曲家狄盖特（1848—1932）作曲后，更是传遍了五洲四海。列宁指出："公社被镇压了……但是鲍狄埃的《国际歌》却把它的思想传遍了全世界，在今天公社比任何时候都更有活力。"

在艺术上，本诗具有以下特点：第一，塑造了抒情主人公无产阶级的崇高形象。这是一个完全觉醒了的阶级，是用马克思主义观点武装起来的阶级，他们用劳动创造了世界，现在他们要推翻专制，自己做世界的主人。这是世界文学史上全新而光辉的无产阶级形象。第二，鲜明的论战性。诗人通过"饥寒交迫""受苦""创造世界""夺回劳动果实"这些词，交代了无产阶级奋起斗争的理由及必要性，以高昂的激情、雄辩的气势驳斥了资产阶级不实的诬蔑之词。第三，采用了主歌与副歌结合的形式。主歌点明原因，号召斗争，副歌则以坚定的信念、反复的节奏深化了主题（"英特纳雄奈尔"本义是共产国际，也是"共产主义"的代名词）。

信天翁

波特莱尔著　戴望舒译

时常地，为了戏耍，船上的人员
捕捉信天翁，那种海上的巨禽——
这些无挂碍的旅伴，追随海船，
跟着它在苦涩的漩涡上航行。

当他们把它们一放到船板上，
这些青天的王者，羞耻而笨拙，
就可怜地垂倒在他们的身旁，
它们洁白的巨翼，像一双桨棹。

这插翅的旅客，多么呆拙委颓！
往时那么美丽，而今丑陋滑稽！
这个人用烟斗戏弄它的尖嘴，
那个人学这飞翔的残废者拐躄！

诗人恰似天云之间的王君，
它出入风波里又笑傲弓弩手；
一旦堕落在尘世，笑骂尽由人，
它巨人般的翼翅妨碍它行走。

夏尔·波特莱尔（1821—1867），法国19世纪伟大的诗人、批评家，象征主义诗歌的创始人。出生于巴黎，6岁时，父亲去世，母亲改嫁军官欧比克。继父不能理解波特莱尔的诗人气质和复杂心情，对其采用高压手段、专制作风，导致波特莱尔形成了忧郁、孤傲、反叛的性格。1841年至1842年，他曾乘船拟游印度，但仅在毛里求斯岛住了几个月即返回。这次旅行丰富了他的感受，使其渐趋成熟，并在《恶之花》中增添了不少海洋气息和异国风情。1848年，他曾参加武装起义，但更多的时间消磨在颓废、消极的生活之中，身体每况愈下，以致在46岁的盛年辞世。

波特莱尔一生博览群书，在文艺评论和诗歌创作方面成就很高。其文学生涯开始于画评，而且一举成名，凭借《1845 年的沙龙》和《1846 年的沙龙》确立了其权威艺术家的地位。在诗歌创作方面，他博采浪漫主义、现实主义、唯美主义及古代诗歌之长，而又独树象征主义一帜，著有诗集《恶之花》（1857），散文诗集《人造的乐园》（1860）、《巴黎的忧郁》（1869）。其诗真实地记录了诗人内心中升腾的愿望与堕落的快乐（即灵与肉、善与恶、光明与黑暗）的矛盾斗争，充分展示了其内心分裂后的挣扎、忧伤和苦痛。诗人拒绝把空虚的生活理想化，拒绝虚幻的欢乐与满足，试图回到存在的本质，以艺术家的身份去面对真正的命运，以艺术的形式暴露出最本质的东西，同时也较早地描写了现代都市生活及人性之恶。他提出"应和论"，从哲学的高度，提出了人与自然的"应和"关系，从而奠定了"感觉沟通"理论的坚实的哲学基础，并揭示了人的各种不同感觉之间的相互应和、沟通的"通感"关系，完整而形象地提出了一切感觉相通的观点。这集中体现在其名诗《应和》中："自然是座庙宇，那里活的柱子/有时说出了模模糊糊的话音，/人从那里过，穿越象征的森林，/森林用熟识的目光将他注视。//如同悠长的回声遥遥地汇合/在一个混沌深邃的统一体中/广大浩漫好像黑夜连着光明——//芳香、颜色和声音在互相应和。/有的芳香新鲜若儿童的肌肤，/柔和如双簧管，青翠如绿草场，/——别的则朽腐、浓郁、涵盖了万物，//像无极无限的东西四散飞扬，/如同龙涎香、麝香、安息香、乳香/那样歌唱精神和感觉的激昂。"（郭宏安译）

波特莱尔的诗善于以象征的手法描绘抽象的精神现象，以有声有色的物象暗示微妙的内心世界，感觉敏锐、韵律整齐、结构明晰、语言精练。其生前受到种种斥责攻击，死后，象征主义的大将兰波称他为"真正的上帝"，超现实主义领袖布勒东称其为"道德观上的第一位超现实主义者"，后期象征主义大师瓦雷里（亦译"梵乐希"）认为他是"最重要的诗人"，达到了"光荣的顶点"，艾略特奉他为"现代所有国家中诗人的最高楷模"。他的诗对象征主义及现代主义各流派、对世界各国文学，都产生了深远的影响。

这首《信天翁》选自《恶之花》。该诗集初版收录诗歌 100 首，诗人死后的完整版为 157 首。诗集出版后，当时的文坛泰斗雨果写信给诗人称："你赋予了艺术的天空以人所未知的致命的闪光，你创造了新的战栗。"诗集对现代大都市及其丑恶的描写以及它那超越道德规范地将社会之恶、人性之恶作为审美对象来描写的做法，引来一片谩骂、攻击之声，以致诗人被法庭以"伤风败俗""亵渎宗教"的罪名判罚了 300 法郎，并被勒令删除 6 首诗。但其对现代都市的描写、对丑恶的开掘以及对内心世界的无情解剖，恰恰是其独到、创新的东西，也是其对后世的影响之所在。在艺术方法上，《恶之花》的主要贡献在于提出了

"应和论"（一译"通感论""交感论"）。《信天翁》是其"应和"理论的具体实践。

这首诗发表于 1859 年 4 月 10 日的《法国评论》，是对《恶之花》初版问世后遭到的谩骂与攻击的回击。它以象征的手法，通过信天翁这一客观对应物显示了自己抽象的思绪，反映了诗人深陷在理想和现实的矛盾之中的命运。

信天翁是一种形似海鸥的大海鸟，身披白羽，体长 1 米多，翅膀展开后有 4 米以上。它们长年累月在海洋上空驾风戏浪，像滑翔机在海面翱翔，姿态娴雅，优游自在，不喜欢风平浪静，偏爱狂风巨浪。如果失去了风，它们那现存鸟类中最大的翅膀便会感到飞行困难。在帆船时代，人们把信天翁当作神鸟，禁止伤害它们。英国湖畔派诗人柯勒律治的著名叙事诗《古舟子咏》就讲述了因杀害信天翁而遭报应的传奇故事。19 世纪中期，人们不再把它当作神鸟，甚至把它捉住戏耍，加以摧残。波特莱尔曾有过海上航行的经验，见过信天翁。他结合自己的生活经验，以象征的手法，把抽象的思绪通过信天翁这一自然物象巧妙地传达出来。

诗的前三节在双重对比中展开。一方面，信天翁是一种"海上的巨禽""无挂碍的旅伴"，更是"青天的王者"，具有"洁白的巨翼"，高傲、俊美、自由、纯洁而又与人亲善，是苦涩的人生旅途中的有益旅伴，"青天的王者"尤其显出它的神圣崇高；另一方面，它又被残忍地折断翅膀，垂倒在船板上，遭人侮辱戏弄。两相对照，使信天翁过去空中王者般的飞行与今日甲板上难堪的现实窘境形成强烈反差。最后，更以两个细节把这一反差推向惊心动魄的高潮：有人用烟斗戏弄它的尖嘴，有人则学这残废的飞翔者一瘸一拐。这真是中国俗语说的："龙游浅水遭虾戏，虎落平川被犬欺！"古语说："士可杀而不可辱。"打伤或杀死这"多么美丽"的"青天的王者"，已令人气愤，市井无赖们的百般侮辱更是使人愤怒。最后一节，让诗人的形象与信天翁合一，指出诗人就像信天翁一样，是"天云之间的王君"，出入风波间又笑傲弓弩手。然而，一旦坠落尘世，便尽由他人笑骂。因为，使他不同凡俗、翱翔天云之间的是那"巨人般的翼翅"（象征诗人的才华或诗歌），而在尘世妨碍他行走，使他显得不如俗众甚至丑陋滑稽的也是这双"巨人般的翼翅"！波特莱尔以此向攻击他的世人宣告，自己就是信天翁，而他们只是庸俗残酷、不识好歹的海员！

本诗的艺术特点有二：一是以客观对应物构成象征，诗中，信天翁与天空、海员的关系和诗人与超现实（艺术与美）、现实的关系构成应和，并以此构成象征。诗人属于超现实（艺术或美）的领域，一如信天翁属于天空。这"青天的王者"只有在诗歌和美的王国里才有自由，才能尽显美的华彩。一旦落到现实中，心被物役，身不由己，就失去了自由、熄灭了光芒。昔日突出的才华超凡的美竟变成今日沉重的累赘和醒目的丑陋，成为世俗嘲笑的对象。诗人以信天翁这一象征形象，既含蓄地表达了对世人谩骂的回击，更暗示了其引发的富有喜剧色彩的抽象思考，使之具有普遍意义。诗人使信天翁成为古今中外一切挣扎于现实和理想之间的艺术家与奋斗者的象征，因为人的优点往往也是他的缺点，崇高的理想、特有的才能在世俗的生活中可能会显得一文不值，甚至变成沉重的累赘，成为世俗的笑柄。这就是100多年来这首诗能深深打动一切有识之士，成为广为流传的名篇的原因之一。二是善用对比。信天翁在天云之间的自由飞翔，象征着艺术的或理想的境界，而在现实中的受辱则表现了现实的丑恶与残忍。理想境界的自由美妙与现实的丑恶残忍形成了鲜明的对比，诗人既翱翔于崇高的精神领域和美的世界，又无法脱离丑恶的世俗生活，这反映了诗人在现实生活中的烦恼。

本诗还带有较明显的浪漫主义色彩（结尾点明诗人与信天翁的关系及对比表现出浪漫嘲讽），因此还不是地地道道的象征主义诗歌。

爱伦·坡墓

马拉梅著　葛雷译

正如不朽改变着他自身一样
诗人用一把脱鞘的利剑唤醒
他的世纪，他喊着"死亡胜利"的奇异声音，
又使这个时代感到恐惧！

像往昔的伊特尔听到仙人
赋予人间字眼最纯真的意义时卑微的一跳，
他们，吵嚷地声称这是在污浊的黄汤
中纵饮的巫术。

从大地到云天都怀着敌意，冤家呵！
假如我们不雕下这块无饰的矮石，
——这从冥冥灾殃中落下的缄默的陨石，

来装点光垂千古的坡的坟墓，
其实你本身就是一块花岗岩，至少你向着
未来的飞短流长永远显示着棱角！

　　斯特凡·马拉梅（现通译"马拉美"，1842—1898），法国 19 世纪重要的象征主义诗人、理论家。生于巴黎一个职员家庭。5 岁丧母，从小喜欢沉思。10 岁进寄宿学校，中学时开始写诗。创作深受巴那斯派、爱伦·坡、波特莱尔的影响。马拉梅曾到英国学习英文，回国后长期担任中学英语教师，教学之余对诗歌创作进行大胆探索。1885 年以后，每个星期二下午（一说晚上），他都会在巴黎罗马街的住宅接待一批批的文学家和艺术家，宣讲自己对诗歌、艺术的别出心裁的见解，与客人们切磋诗艺，史称"星期二集会"（或"星期二茶话会"），并持续了 10 年之久。来这里的著名诗人、作家和艺术家有：法国的拉福格、克洛岱尔、瓦雷里、纪德、莫里斯·巴吉斯、普鲁斯特、马奈、德加、德彪西，英国的王尔德，爱尔兰的叶芝，德国的格奥尔格等。马拉梅成为欧美各国诗人

崇拜的偶像，而法国也成为象征主义的中心。

马拉梅在构思与创作上总是深思熟虑，精益求精，往往是"十年磨一剑"，一生创作的诗歌仅几十首。其中重要作品有：长诗《希罗狄亚德》（1865—1875）、《牧神的午后》（1865—1876）、《骰子一掷取消不了偶然》（1897），短诗《窗户》（1862）、《蓝天》（1863）、《爱伦·坡墓》（1875）、《天鹅》（1885），诗论集《乱弹集》（1897）。他提出"纯诗"理论，认为幸福不在世上，只在未被世人玷污的梦中，美也一样，只有在梦幻中才能得到不属于人世的美。美是神圣的，而一切神圣的东西都是神秘的。因此，他的诗极力表现梦幻与神秘的境界，思考人生、艺术等哲理问题。在艺术形式方面，他把语言运用的技巧发展到登峰造极的程度，重点描绘"事物产生的效果"，把存在同时表现为思想，甚至采用乐谱的方式排列语言，并把此前象征主义的单个象征发展成全诗性、整体性的象征，其中又包含了数不清的局部的小象征。因此，他的诗虽以精粹优美著称，却颇为难懂。如《天鹅》："贞洁、活泼、美丽的，今天/它要用陶醉的翅膀撕破这被遗忘冰封的湖面，/多少次奋飞也没有冲出/这浓霜下透明的冰层！//昔日的天鹅回忆着当年/宏丽的气派，而今它无望再挣脱羁绊；/并因在贫瘠的冬天焕发出烦恼之前/没有歌唱它腾飞的碧霄而憾。//它将用颀长的脖子摇撼这白色的苦痛/这不是出自它身困尘埃的烦苦，/而是来自它不忍放弃的长天。//白色幽灵、纯洁的风采注定它以冰雪为伴，/天鹅披着徒然流放中/轻蔑的寒梦不复动弹。"（葛雷译）天鹅是一个总体象征，可以象征一个为了理想而奋斗的人，"陶醉的翅膀""冰封的湖面""贫瘠的冬天"等则是局部的小象征，象征着为了理想而准备大干、奋飞的陶醉，或恶劣的环境，等等，读者可以根据自己的接受屏幕，产生各种不同的理解。

爱伦·坡（1809—1849），美国著名的诗人、小说家、文艺理论家。一生穷困潦倒，郁郁不得志。主要作品有：诗集《帖木儿》（1827）、《艾尔·阿拉夫》（1829）、《诗集》（1831），短篇小说集《述异集》（1840），文艺理论著作《写作的哲学》（1846）、《诗歌原理》（1849）。他主张"为艺术而艺术"，认为艺术是纯审美现象，须以自身为目的，不能杂有道德、说教的目的；诗不是模仿客观现实，而是组合感官的感受，象征地使其变形，从而显示"情"和"美"。他认为真正的诗必须达到使灵魂升华的美的境界。但美不在此岸，而在彼岸，并且这美是一种"哀伤""忧郁"的美，是"死亡与美最密切的结合"。他极其重视诗歌的音乐性，宣称"以韵律创造美"，认为只有音乐的和谐，才能把感受组织成艺术。他还借助梦境和幻觉等形式对人的潜意识的阴暗里层进行了最早的挖掘。由于他的理论和创作，他被认为象征主义的先驱、现代主义的远祖。他对波特莱尔、马拉梅产生了很大的影响。马拉梅对他尤为尊崇，据说，为了能直接阅读、翻译爱伦·坡的作品，他专门跑到英国去学习英语。后来，他翻译了爱伦·坡的《乌鸦》《致海伦》等 20 首诗，现在，这些作品已成为法国翻译史上的精品。

这首《爱伦·坡墓》是一首墓葬诗。墓葬诗一般包括两种类型。一类是诗人自撰的挽诗或墓志铭，如英国 19 世纪末新浪漫主义文学代表作家斯蒂文生（1850—1894）的《挽歌》："在宽广高朗的星空下，/挖一个墓坑让我躺下。/我生也欢乐死也欢洽，/躺下的时候有个遗愿。//几行诗句请替我刻上：他躺在他想望的地方——/出海的水手已返故乡，/上山的猎人已回家园。"（黄杲炘译）一类是为他人写挽歌或悼念他人，这类诗是马拉梅诗歌中的一个重要类别，除本诗外，他还写有悼念戈蒂耶的长诗《悼歌》，以及《波特莱尔墓》《魏尔伦墓》等名作。

本诗写于 1875 年，当时，由于波特莱尔等人的宣传，坡在欧洲具有很高的文学地位，并反过来影响了一向不太看重其创作的美国人。他们为了纪念他，在他生活和去世的城市巴尔的摩为他修建了一座墓碑。马拉梅对此颇为感慨，便用超时空的想象，表明诗人的永恒及其历史地位是不以时风流俗为转移的，真正的天才、不朽的作品具有一种不怕诽谤、不惧攻击的坚强，讥讽了当时随波逐流者的浅薄可笑。

第一节抒写坡死了几十年后，以自己光辉的作品终于唤醒了他的世纪。但"千秋万岁名，寂寞身后事"，毕竟他已长眠于九泉之下，因此，他那"死亡胜利"的奇异喊声又使"这个时代"感到恐惧。第二节回顾坡往昔受到的不公平待遇。曾经，人们像希腊神话中的七头蛇伊特尔（坡生前曾被人攻击为窜进圣诗国的千头伊特尔，马拉梅此处用来反讥攻击者）听到仙人"赋予人间字眼最纯真的意义"时大受刺激、狂喊乱跳一样，咒骂坡的作品是酒醉的胡言（坡生前嗜酒，而且想象奇特，诗意险怪，被人称为在酒精中汲取灵感，甚至骂为"在污浊的黄汤中纵饮的巫术"）。在当时，坡在美国文坛的地位很低，被人贬为"打油诗人"，即使稍有肯定，也认为他是"三分天才，两分胡诌"。直到 1875 年爱伦·坡墓揭幕时，著名诗人惠特曼在仪式中表示敬意的同时，还说坡"在想象文学的电光之中，明亮、眩目，但没有热"。第三、第四节，在总结曾经"从大地到云天"都对坡"怀着敌意"之后，指出假如我们不为他雕下墓碑以示纪念，那就太对不起他了！最后又转过来说明，其实这些都是多余的，坡及其作品本身就是光耀千秋的花岗岩，它将以棱角迎击未来可能有的"飞短流长"（意即坡及其作品本来就是不朽的）。

本诗最突出的特点是出色地运用了象征。首先，爱伦·坡墓就是一个象征，象征着时间的公正、后人的尊敬，更象征着诗人及其作品的不朽。其次，诗中又有不少具有复杂含义的小象征。如"脱鞘的利剑"是指坡的作品终于从被遮掩、封闭的状态中被发现，还是指坡的生命或作品的光辉如利剑出鞘，熠熠闪光、锋芒逼人，这都难以坐实。又如"赋予人间字眼最纯真的意义"，这是马拉梅诗歌美学中有关语言的最本质的思想，也是其"纯诗"理论的基础和出发点，但所指为何，曾引起过大量争论。再如"死亡胜利"的喊声"使这个时代感到恐惧"，是人们想到自己也将为死神所吞噬而人人自危，还是他们感到从此要宽容公正地对待诗人们，不再让其遭受坡生前遭受的委屈，含义难明。全诗篇幅短小而内蕴丰富，手法含蓄、语气婉转，借题墓突出了坡不朽的地位，表达了作者对坡的崇敬。

神　秘

兰波著　　叶汝琏译

　　向着陡坡斜面，在翠绿而茁壮的牧场上，天使们旋转着各自的绒袍。

　　一处处火焰一直跳跃到圆山顶。左边，山梁上那片沃土遭到历来的杀人犯和战役的践踏，而一切灾难的传闻不胫而走。右边山梁背后那条界线表明日出，迸发。

　　然而画幅上的高地却由人类黑夜和海神号盘旋又跳跃的繁响中托出了。

　　繁星与天宇及其他齐放的馨香，徐徐飘送到对面的陡坡，像一只花篮，——迎着我们的脸，就在下边造下那个散发气味的青色深渊。

　　阿尔蒂尔·兰波（又译"韩波""蓝波""韩鲍"，1854—1891），法国象征主义重要诗人。出生于法国北部阿登省的沙勒维尔。父亲是军人，母亲主持家政，对他管束极严。他从小幻想能冲破家庭的束缚，漫游全国，并三次离家出走。其中学语文教师伊桑巴尔对他帮助和影响很大。1871 年至 1873 年间，他与魏尔伦形影不离，流浪于比利时及伦敦，后来二人在布鲁塞尔发生冲突，兰波被魏尔伦开枪打伤。1873 年至 1875 年间，他四处流浪。1876 年，参加荷兰外籍军队赴爪哇。1881 年以后在埃塞俄比亚经商达 10 年之久。他自幼聪慧，10 岁就能写诗，15 岁以拉丁文写诗获学院赛头奖。其创作生涯仅 6 年左右（1870 年开始，1876 年辍笔），留下了七十来首诗和五十余首散文诗。重要作品有长诗《醉舟》（1870），短诗《元音》（1871），散文诗集《地狱的一季》（1873）、《彩图集》（又译《彩画集》或《灵光集》，写于 1873—1875 年间，出版于 1886 年）。其诗在前后期有所不同。前期诗歌具有广泛的社会内容，同情弱小，抨击时弊，在艺术上具有浪漫主义的遗风及波特莱尔"应和论"的痕迹。后期形成了其独特的诗歌观，提出"通灵人"的观点和"语言炼金术"的方法。在内容上集中抒写自身的体验、幻觉、意念，在艺术上把波特莱尔象征的暗示性大加发展，往往只以象征加以隐喻而不指明对象，力求打通一切感官，让彼此没有联系的语言连接起来，如《元音》："A 黑、E 白、I 红、U 绿、O 蓝：元音，/终有一天我要道破你们隐秘的身世，/A，苍蝇身上的黑绒胸衣，/围绕着腐臭嗡嗡地飞行。//阴暗的海湾；E，蒸汽和乌篷的天真，/巍巍冰山的尖顶，白袍皇帝，伞形花的颤动；／I，殷红，咳出的鲜血，醉酒/或愤怒时朱唇上的笑容；//U，圆圈，青绿海水神圣的激荡，/散布着牛羊的牧场的宁静，炼金术士/深刻在抬头纹上的智者的安详。//O，奇异尖锐的庄严号角，/穿越星球与天使的寂寥；/——噢，奥米茄眼中的紫色的幽光！"（王以培译）同时诗人亦潜心于散文诗的创作。他的理论和创作不仅发展了象征主义诗歌，使他成为象征主义的大将，而且成为超现实主义的先驱，对后世影响深远。

这首《神秘》选自《彩图集》。《彩图集》包括散文诗 42 首，它们表达了诗人力求创造一个新世界的强烈愿望。这个世界同现实没有任何表面的相似，它或是梦境中出现的图景，或是幻觉，或是想象，或是童话和虚构织成的画面，而且往往是以丰富多彩的词汇、古怪奇特的意象、和谐美妙的声音表现出来。尤其注意以各种各样的色彩、纷繁多变的意象来表现自己的感觉，大幅跳跃、朦胧晦涩，而又美妙新奇、富有诗意。

《神秘》一诗也是如此。它是诗人对人类生活及其前景的一种诗意而魔幻的感知及表现。全诗可分为三个部分。第一部分为第一段，展示和平、宁静、美好的生活画面：在绿草茵茵、摇青晃翠的牧场上，可爱的天使们向着陡坡斜面，在欢快地旋转、舞蹈。第二部分是第二段，通过西方与东方的对比，表达对光明、进步的向往。和平宁静的生活是可贵的，但一处处大火燃烧起来，而且蔓延到圆圆的山顶。火是人类各种欲望的象征，说明人心欲望的燃炽，终将破坏和平宁静的生活。"左边"，与诗的下文对照，当知是指西方，那里山梁上的土壤已屡遭杀人犯和战役的践踏，到处是灾难的传闻。而右边山梁背后标明日出，说明"右边"是东方，象征着光明与进步。兰波一生憎恶西方，崇敬东方。此处以左边山岗与右边山梁对比，让东方的光明、进步与西方的杀戮、战争进行对照，更可见他那强烈而深沉的爱憎之情。第三部分是第三、四段，说明在黑夜漫漫且充满原始活力（"海神号"即海螺，此处象征着自然力量）之时，人类与宇宙合而为一，天宇、繁星及其他一切都释放出自己的芳香。这些芳香像一只巨大无垠的花篮，并在我们面前形成香气氤氲的湛蓝深渊，和平与宁静将统领一切。

这首诗的特点是：第一，意象繁多，画面跳跃，形成了一幅动荡不已的彩图；第二，意境朦胧，内涵深邃，含蓄地表达了诗人对人类生活及其前景的美好憧憬。

心

阿波利奈尔著　飞白译

吉约姆·阿波利奈尔（一译"纪尧姆·阿波利内尔"，1880—1918），法国现代诗人、作家。原名纪尧姆·德·科斯特罗维斯基，出生于罗马。父亲是意大利军官，母亲是波兰人，童年在风光旖旎的尼斯度过。18 岁赴巴黎，开始创作短篇小说和诗歌，结交了青年画家毕加索、布拉克等人，成为新画派的代言人和拥护者。1913 年出版专著《论立体主义画家们及其作品》，同时把立体主义绘画的创新精神与新技巧引进诗中。1914 年加入法国国籍，并投笔从戎，在军队中继续写作。1916 年负伤，回巴黎治疗，38 岁病逝。

阿波利奈尔是立体未来主义和超现实主义的代表作家，其早期文艺主张过于激进，晚期则趋向客观。在 1917 年的讲演稿《新精神》中，他谈到批判继承的问题，寄希望于随着排印技术的改革，诗歌能成为一种通过视觉进行抒情表达的方式；提倡借鉴电影的艺术手法，消除时空的距离，真幻并存，让不可能变为可能；主张取消标点符号，让诗歌以诗意与内在节奏完成。其一生创作包括小说、戏剧、诗歌等，以诗歌成就最高。主要作品有：小说集《异教始祖与集团》《被杀害的诗人》（1916），戏剧《蒂雷西亚的乳房》（1917，首创"超现实主义"一词，是超现实主义的启蒙之作）、《时代的颜色》（1918）、《卡桑诺娃》，诗集《动物小唱》（又名《奥菲的随从》，1911）、《醇酒集》（一译《酒精集》，1913）、《美好的文字》（又译《意识的图像》《图像集》，1918）。其中，《醇酒集》《图像集》对法国现代诗的发展影响深远。他的诗在内容上既写现实社会的种种问题，也写个人的爱情、友谊及心理感觉；在形式上不断探索、大胆创新，把巴洛克古怪、放肆的风格与自由淳朴的民歌形式结合起来，具有强烈的抒情色彩和浑然天成的音乐性。

阿波利奈尔在诗歌创作方面大胆探索，目的是消除时空距离，让真幻并存，鲜活地展现个人思想与感觉。为此，他把目光转向音乐与绘画，试图把诗歌融入音乐，让音乐融合时空，在旋律的跳跃、对比、流荡中展示思想与情感。

他探索得更多的是，把绘画的手法引进诗中，使视觉成为诗歌抒情表达的一种补充方式。由此，产生了其诗歌创作中极具特色的一种体裁——图像诗（又译"具体诗""立体诗""图画诗""图形诗"），这集中在其诗集《图像集》中。他借鉴立体派画家毕加索、布拉克、德兰等人的手法，把诗歌要表现的主题，用字母或单词排列成一幅画，使诗画合一，一首诗即是一幅美妙的画，一幅画也是一首美妙的诗。这首《心》选自《图像集》。如果按常规写成"我的心啊/宛如一朵颠倒的火焰"，则平庸无趣。诗人别出心裁地利用心的形状与火焰形状的相似，心灵的激情也像火焰的燃烧，只是心的尖端朝下、火焰的尖端朝上等特点，使全诗构成一颗心的图像，并以诗句加以解释，从而使诗句和图像既各自独立，又如红花绿叶般相互映衬，相互阐释，共同构成一幅可视可读的奇妙立体画。光靠抽象的文字或光有单调的图形，是难以产生如此奇妙传神、生动有趣的艺术效果的。这类诗在阿波利奈尔的《图像集》中还有许多，如《镜子》《受伤的鸽子》《献给我的爱》《领带》等等，可翻阅《世界文学》1998 年第 2 期，其中便介绍了几首这类诗。

其实，这类诗在中国已有一千多年的历史了。晋代苏伯玉妻的《盘中诗》即把诗写于圆盘状的图中，构成一个圆形图案。而晋代窦滔妻苏蕙兰心蕙质，以 841 字纵横反复，织成璇玑图，可得诗 9000 余首，更是千古佳话。此后，著名的图像诗还有唐代侯氏寄夫的《绣龟形诗》、清代万树的《璇玑碎锦》（共有图像诗 60 首）、童叶庚的《回文片锦》（收有图像诗 10 首）。但这类诗在重视诗教的中国，一向被视为逞才显己的文字游戏，而很少有人从艺术的发展创新的角度，充分肯定其探索之功，以至这类诗尽管几乎代有佳作，但不少已不知其作者，只能冠以"无名氏作"。

豹

里尔克著　　陈敬容译

扫视栅栏的他的视线，
逐渐疲乏得视而不见。
他觉得栅栏似乎有千条，
千条栅栏外不存在世界。

老在极小的圈子里打转，
壮健的跨步变成了步态蹒跚，
犹如力的舞蹈，环绕个中心，
伟大的意志在那里口呆目惊。

当眼睑偶尔悄悄地撩起，
就有个影像进入到里面，
通过四肢的紧张的寂静，
将会要停留在他的心田。

　　莱纳·玛丽亚·里尔克（1875—1926），奥地利伟大的现代德语诗人，后期象征主义诗歌大师。生于奥匈帝国的古城布拉格一个铁路职员家庭。11 岁进入军官学校，5 年刻板的军校生活形成了他敏感、孤独、忧伤的性格。1895 年进入布拉格大学，改学哲学、艺术史、文学史。1899 年起，开始漂泊不定的侨居生活。1902 年住在巴黎，担任过大雕塑家罗丹的秘书。1919 年迁居瑞士。一生中的两次俄国之行和巴黎生活对其创作影响很大。托尔斯泰对人的爱，俄国作家对生存的关注，罗丹、塞尚严肃认真从事艺术创作的精神、观察思考与表现方法，法国象征主义诗歌等，既使他从此严肃地思考生与死、流逝与永恒、人类与命运等重大问题，也使他形成了独特深邃的艺术风格。
　　里尔克一生的创作主要有：散文诗《旗手克里斯多夫·里尔克的爱和死之歌》（1906），散文《致一位青年诗人的信》10 封（1903—1908）、《奥古斯特·罗丹》（1903—1907），长篇小说《马尔特手记》（1910），诗集《生活与诗歌》（1894）、《宅神祭品》（1895）、《以梦为冠》（1896）、《为我庆祝》（1899）、

《图像集》（1902）、《定时祈祷文》（一译《时间之书》，1905）、《新诗集》（1907）、《新诗集续编》（1908）、《杜伊诺哀歌》10 首（1923）、《俄耳甫斯十四行》55 首（1923），代表作是最后两本集子。里尔克在走向"机械化"的现代工业文明社会里，揭示了人类精神终会被日益强大的技术文明所吞噬的命运，探索了宇宙万物的变化及人类生存的困境、生与死的关系以及如何向死而生等一系列哲学问题，宣扬"生于此在是荣耀的"，毫不动摇地守护人类生于此在的灵魂家园；在艺术上则使象征主义诗歌由注重音乐性转向注重雕塑性，善于以高度形象化的凝练语言、含蓄严谨的艺术手法传达抽象的思想与朦胧的感情，韵律优美、刻画细腻、比喻新奇、表达客观，是 20 世纪影响最大的德语诗人和象征诗人之一。

《豹》选自《新诗集》，其创作受到法国大雕塑家罗丹（1840—1917）深入细致地观察、探索事物灵魂的做法与法国象征主义借自然物象抒写抽象思绪感受的综合影响，使其成为一首杰出的咏物诗。诗人把深入探寻自我的结果还原为知觉，用象征主义的手法曲折含蓄地把抽象观念化成具象，使全诗短小精悍而又意蕴丰富。至今，对其主题的把握，中外学者仍见仁见智、言人人殊。归纳起来，大约可以把这些观点分为以下几类。

第一类观点认为是诗人借豹来思考人的生活空间问题。奥古斯特·施塔尔认为，这首诗表现的是世纪更迭时一个重要的话题——"自然的生活空间的丧失或者对它的威胁"。这是很有眼光而且切合诗意的一种解读。在再次历经了世纪更迭的今天，人类以铺天盖地的城市缩小了大自然的空间，强夺去动物与人类自身的活动空间，以至有识之士发出"救救自然母亲"的呼声，这一解读尤有现实教育意义。

第二类观点认为这是诗人对"咏物诗"这一新的创作手法——以"客观的忠实描写"为标志——以及这一手法所包含的艺术原则所做的图解。林克先生分析了被称为《图像集》的美学纲领的《入口》一诗："不管你是谁：傍晚你踱出/那一间你所熟稔的陋室；/远处唯余你的小屋：/不管你是谁。//你的目光已倦于摆脱/破旧的门槛，此刻它缓缓/升起一棵黑色的树，/置它于天际：窈窕、孤单。//创造一个恢廓的宇宙，/如一声话语在沉默中成熟。/当意志悟出宇宙的真谛，/目光才轻柔地与它分离。"他认为笼中的豹与《入口》的主人公同为诗人的化身。"千条栅栏"与"熟稔的陋室""破旧的门槛"意义相同，象征熟悉的生活环境和陈旧的思想观念，它们已成为思想的桎梏，妨碍诗人认识真实的世界。而"图像"与"树"对等，是诗人观察、感受和艺术创作的对象——大自然、"物"。进而指出，不管是假想的否定——"没有宇宙"，还是现实的肯定——"创造一个恢廓的宇宙"，都旨在说明诗人的观念由主观到客观、由"人的世界"

到"物的世界"的转变。前者虚幻抽象，后者真实具体。同时，这一转变必然意味着对意志的弃绝和对感觉（以视觉最为重要）的倚重，因为一旦感觉受到限制（"步容在极小的圈中旋转"），则难免导致"伟大的意志在那里昏眩"。最后得出结论，这两首诗是都运用了"客观的忠实描写"的姊妹篇，只是以《豹》中的"心"取代了《入口》中的"意志"，"通过四肢紧张的静寂"（全神贯注，耐心等待——"在沉默中成熟"），终于达到彻底觉悟，主客合一——"在心中化为乌有"（"当意志悟出宇宙的真谛，/目光才轻柔地与它分离"）。

第三类观点认为借豹反映了诗人探索人生的复杂情绪。杨武能先生称这首诗"含蓄地表达了作者在探索人生意义时的迷惘彷徨和苦闷的心情"。袁可嘉先生认为本诗"与其说是在描写关在铁笼中的豹子的客观形象，不如说是诗人在表现他所体会的豹子的心情，甚至可以说是他借豹子的外表表现自己当时的心情"。埃德加·奈斯认为本诗的特点是里尔克"从动物的内心状态出发进行叙述，仿佛他与它化为同一"，全诗"圈出了豹的本质"，刻画出"对令人绝望的无聊和单调的想象"，"诗的中心含义在第二段第3、4两行，它们勾勒出这一尊贵动物的本质和命运：最充沛的力量和潜能，但是被压抑，陷于'昏眩'——通过铁栏后的关押，通过监禁，通过剥夺自由，而它是陷于自由的"。陈敬容先生则认为："猛兽落到了犹如老鼠的地步，但又毕竟不同于老鼠，它的意志决不会被铁栏所界定。暂时它仿佛在闭目沉睡，但至少并没有真正死亡。而这，却正是悲剧所在。"

第四类观点从哲学、社会学的角度把豹子象征化、普泛化。或认为它揭示了人的自由意志与社会环境力量的冲突，余虹、奠自佳先生认为："铁栏里豹子的处境，是人处在无形之社会力量压抑下的心理象征。诗歌以触目奇特的形象突出了一个自由意志在社会压抑下的心理状态。疲乏，消沉，反抗，无可奈何的异化。精神意志化为乌有，仅剩下一个供人观赏的外壳。这就是社会'改造'的结果，一场意志力量与社会力量的悲剧性冲突。"或认为其表现了精神自由与现实世界的矛盾以及坦然平静地承受命运、以柔克刚的力量。杨克先生认为，尽管豹面前的铁栏有千条万条，伟大意志也围绕一个中心昏眩，但它善于平静地承受命运，把一切"在心中化为乌有"，"这种以和平反抗暴力的'柔'，有时比那种激烈呐喊的'刚'，更显出大诗人的气度"，"更具有人格的力量"。

中国向有"诗无达诂"的说法，西方人也认为"一千个读者就有一千个哈姆雷特"。当代的接受美学更是指出，读者自身的经验不同，对作品的理解就不同。读者的文化教养、知识水平、欣赏趣味以及个人经历等构成其接受屏幕。在接受屏幕所构成的接受前提下，对作品向纵深发展的理解和期待则形成读者的期待视野。接受屏幕因人而异，期待视野更因时代的发展有所不同，所以对作品的理解就会各不相同。接受美学甚至认为"永远不要以为穷尽了一部作品"。而且，真正的象征作品犹如海上的冰山，露出水面的只是八分之一，水下的八分之七尽可让读者根据水上的八分之一去自由地发挥想象。这就是不同的人对《豹》产生不同理解的原因。我们认为，上述各种理解均可成立，也许还会有新的理解出现。

在艺术上，本诗的特点一是客观冷静的表达方式（只是客观地描写），二是"思想知觉化"的写作手法（把抽象的思想、复杂的情绪借豹子传达出来）。

穷人们

凡尔哈伦著　艾青译

是如此可怜的心——
同着眼泪的湖的，
它们灰白如
墓地的石片啊。

是如此可怜的背——
比海滩间的那些
棕色陋室的屋顶
更重的痛苦与负荷啊。

是如此可怜的手——
如路上的落叶
如门前的
枯黄的落叶啊。

是如此可怜的眼——
善良而又温顺
且比暴风雨下
家畜的眼更悲哀啊。

是如此可怜的人们——
以宽大而懊丧的姿态
在大地的原野的边上
激动着悲苦啊。

爱弥尔·凡尔哈伦（一译"维尔哈伦"，1855—1916），比利时现代著名法语诗人、戏剧家、文艺评论家。生于安特卫普的圣·阿芒镇一个小业主家庭。中学时代开始写诗，1874年进鲁汶大学攻读法律，大学毕业后却一心从事文学创作。1883 年出版的第一部诗集《弗拉芒女人》，歌颂家乡的女性美和自然美，具有浓厚的乡土气息，其后便成为欧洲卓有成就的象征主义诗人。1891 年开始接受社会主义思想，1892 年加入比利时工人党，创作转向现实主义。善于以象征主义的表现手法，描绘五光十色的现代生活画卷，揭示城乡对立，歌唱力、行动、现代化的工业奇迹，被称为"力的诗人""现代生活的诗人"。其在现代派诗歌的大森林里独树一帜，是一名有国际影响的诗人。1898 年，凡尔哈伦定居巴黎。1914 年第一次世界大战爆发，他到处奔波演讲，抗议德国的侵略，不慎于 1916 年在鲁昂被火车轧死。

其一生主要的作品有：戏剧《黎明》（1898）、《菲利浦二世》（1901）、《斯巴达的海伦》（1909），名画家评传《伦勃朗》（1905）、《鲁本斯》（1909），诗集《黄昏》（1887）、《土崩瓦解》（1890）、《恍惚的农村》（1893）、《触手般的城市》（1895）、《幻想的村庄》（1895）、《喧嚣的力量》（1902）、《五光十色》（1906）、《整个弗兰德》（1904—1912）、《熊熊的火焰》（1917）。其中成就最高的是诗歌。其诗题材极其广泛，爱情、战争、农村、城市、宗教、科学，以及各行各业、男女老少，都是他描写的对象。他相信科学，对人类的前途充满信心，揭露资本主义的罪恶，同情下层人民的疾苦。在形式上，他把象征主义的表现手法与现实主义的精确细节结合起来，既浓墨重彩，又细致入微，意象饱满浑厚，诗句深沉有力，情绪高昂，风格豪放。

描写下层人民的苦难是世界诗歌史中一个常见的主题。不同的诗人为这一主题演奏了不同的变奏曲，留下了不胜枚举的名篇佳作。凡尔哈伦一生也写下了不少这类作品，如《乞丐》《背井离乡》，而《穷人们》是其中的力作。

这首诗的独特之处在于从各个不同的角度，以丰繁的意象，对穷人从形到神进行了生动的描绘，表达了诗人对下层人民的同情与热爱。全诗共分为五节，每一节从一个角度描写穷人的可怜。第一节写穷人的心。它浸泡在眼泪的湖中，灰白如墓地的石片，写出了穷人之心的悲苦，为全诗定下了基调。第二节写穷人的背。它比海滩上那些棕色陋室的屋顶有着更重的痛苦与负荷。第三节写穷人的手。它像门前路上的落叶一样干枯焦黄。第四节写穷人的眼。它善良、温顺，但比暴风雨下的家畜的眼更悲哀。第五节写穷人的姿态。它是"宽大而懊丧"的，"激动着悲苦"。全诗就这样从形到神、形神兼顾地为穷人勾勒出了一幅肖像画，充分表现了穷人悲愁、痛苦的形象与善良、温顺的灵魂，从而使穷人成为悲愁、痛苦与善良、宽厚的化身，充分表达了诗人对劳苦大众的同情和热爱。

在艺术上，本诗的特点有二：一是善于运用外形（"是如此可怜的"）与内在（穷人的悲苦）的因素，构成跳跃而整齐的格式；二是善于运用比喻性的意象，含蓄地传情达意，如"眼泪的湖"等。

自由·爱情

裴多菲著　殷夫译

生命诚可贵，
爱情价更高；
若为自由故，
两者皆可抛！

裴多菲·山陀尔（1823—1849），匈牙利19世纪著名诗人、作家，民族文学的奠基人。生于基希凯尔什镇一个屠户家庭。由于生活贫困，他未念完中学，16岁便出外谋生。他当过兵，做过流浪艺人，几乎走遍了匈牙利。他热爱匈牙利，把一生都献给了匈牙利的民族解放事业。1848年春，他曾领导激进青年发动起义，成为匈牙利资产阶级革命的领导者和"歌手"。1849年7月31日，为捍卫匈牙利的独立自由，他在与沙俄哥萨克骑兵的搏斗中去世，年仅26岁。

裴多菲熟悉民间生活，热爱民间文艺，他的创作根植于民间文学的土壤之中，后来又汲取了西欧各国浪漫主义诗人之精华。他15岁开始写诗，在短暂而光辉的一生中，共写了800多首抒情诗和8首叙事长诗，还有一些散文、戏剧、小说。其著名诗歌有：抒情诗集《柏枝集》（1845）、《爱情的珍珠》（1845）、《云》（1846）、《自由·爱情》（1847），叙事诗《农村的大锤》（1844）、《雅诺什勇士》（一译《勇敢的约翰》，1844）、《使徒》（1848）。其诗歌颂大自然的美、人民的生活，咏唱爱情，批判封建专制，反对民族压迫，宣扬独立、改革；善于运用经过提炼的人民语言和民歌形式，格调清新、手法灵活，具有强烈的艺术感染力，深受人民群众喜爱。其中有50多首诗，如《谷子成熟了》《树上的樱桃千万颗》《傍晚》等，已经成了匈牙利真正的民歌，广为流传。

《自由·爱情》是裴多菲非常著名且脍炙人口的一首名作，以生动形象的艺术思维，深刻地表现了生命、爱情与自由的关系。

生命是十分宝贵的，没有生命，就没有人类自身，也没有这五彩缤纷、千姿百态的文化社会。爱情是生命中最娇美艳丽的花朵，没有爱情的生命是苍白、可悲的。热恋中的人们是幸福的，他们不仅爱着，而且被人爱着。在两情相悦里，在灵犀相通中，他们陶醉于美好静谧的月夜，陶醉于充满金色幻想的幽会："幽暗的密林里夜莺停止了歌唱，/一颗星星滑过莹莹的蓝空；/月亮透过树枝交织的绿网,/把青草上的露珠点得颗颗晶莹。//玫瑰沉睡。凉爽随风飘传。/有人吹起口哨,哨声戛然停息。/耳中清晰地听见/一片虫蛀的树叶轻轻落地。//盈盈月色下,你可爱的容颜/多么温柔,又多么恬静!/这个充满金色幻想的夜晚,/我真想让它漫漫延长,永无止境!"(俄国尼基京《幽暗的树林里夜莺停止了歌唱》,曾思艺译)即使是遭遇了有惊无险的意外,他们也感到无限欢欣,觉得意外为爱情增加了不少情趣:"还记得吗,没料到会有雷雨,/远离家门,我们骤遭暴雨袭击,/赶忙躲进一片繁茂的云杉树荫,/经历了无穷惊恐,无限欢欣!/雨点和着阳光渐渐沥沥,云杉上苔藓茸茸,/我们躲在树下,仿佛置身于金丝笼,/周围的地面滚跳着一粒粒珍珠,/串串雨滴晶莹闪亮,颗颗相逐,/滑下云杉的针叶,落到你头上,/又从你的肩头向腰间流淌……/还记得吗,我们的笑声渐渐轻微……/猛然间我们头顶掠过一阵惊雷——/你吓得紧闭双眼,扑进我怀里……/啊,天赐的甘霖,美妙的黄金雨!"(俄国迈科夫《遇雨》,曾思艺译)因此,人们普遍把爱情看得无比珍贵。

西方人更由于古希腊重视个体、蛮族(中世纪以哥特人为代表的非罗马民族)尊重妇女、基督教崇拜圣母玛丽亚等影响而形成一种重视个人生命、崇拜妇女、珍视爱情的传统。他们称爱人(女性)为"我那最好的一半",力求在恋爱中实现人生价值,甚至试图在爱情中把握永恒,使爱情上升为人生的永恒境界,如法国普列维尔的《公园里》:"一千年一万年/也难以/诉说尽/这瞬间的永恒/你吻了我/我吻了你/在冬日朦胧的清晨/清晨在蒙苏利公园/公园在巴黎/巴黎是地上一座城/地球是天上一颗星。"(高行健译)他们往往把爱情看得比生命还重,在事业与爱情发生矛盾时,一般是弃事业而取爱情。

裴多菲却与西方的传统习惯唱反调。在《自由·爱情》一诗中,他首先肯定生命诚然可贵,爱情的价值更高,这是典型的西方观念。接着,他笔锋一转,语出惊人:如果为了自由,这二者都可抛开!这自然也有西方"不自由,毋宁死"这一传统思想的影响,但此处的自由已不仅是个人的人格自由和行动独立,更主要的是指匈牙利民族的独立与自由。裴多菲赋予西方传统的自由以更厚重、更深刻的内涵,发展了这一自由观,而这源于他对祖国、对人民的无比热爱。

这首诗写于1847年1月(一说写于1846年12月31日),是献给森德莱·尤丽亚(1828—1868)的。她是一位伯爵的女儿,裴多菲于1846年秋天的一次舞会上结识了她,并与她热恋。尽管父母横加反对、多方阻挠,尤丽亚还是勇敢抗争,于1847年9月8日与诗人结了婚。在短短两三年的时间里,裴多菲共为她写了102首爱情诗,可见她在他心目中的地位,更可看出,诗人对她爱得有多么热烈、多么深情!诗人满怀深情地向爱人表白:"我愿意是急流,/山里的小河,/在崎岖的路上、/岩石上经过……/只要我的爱人/是一条小鱼,/

在我的浪花中/快乐地游来游去。//我愿意是荒林，/在河流的两岸，/对一阵阵的狂风，/勇敢地作战……/只要我的爱人/是一只小鸟，/在我的稠密的/树枝间做窠，鸣叫。//我愿意是废墟，/在峻峭的山岩上，/这静默的毁灭/并不使我懊丧……/只要我的爱人/是青青的常春藤，/沿着我荒凉的额，/亲密地攀援上升。//我愿意是草屋，/在深深的山谷底，/草屋的顶上，/饱受风雨的打击……/只要我的爱人/是可爱的火焰，/在我的炉子里，/愉快地缓缓闪现。//我愿意是云朵，/是灰色的破旗，/在广漠的空中，/懒懒地飘来荡去……/只要我的爱人/是珊瑚似的夕阳，/傍着我苍白的脸，/显出鲜艳的辉煌。"（孙用译）诗人甚至陶醉在他们炽热的爱情里，感到特别幸福："一连串给我二十个吻吧，/而且要最甜的！/最后还得外加一个。/我的爱妻！/你吻我那么多次了，/我还是不满意。//只有艳丽的花才是花儿，/只有金发姑娘才是女人。/我金发的/娇小的爱人！/燃烧了，你的眼睛/和你的嘴唇！//拥抱我吧拥抱我，我的爱妻！/假如你拥抱，我就是你的：/我还是/活着/直接飞进/天国。//我们快点儿把蜡烛吹熄，/无人白白地给我们银币。/蜡烛的价钱/也十分高昂，/为什么/要白白地点燃。//我们是美满的一对，哈咿哈咿，/婚后的生活一定很甜蜜。/它永远美丽，/永远快乐，/不管是在早晨、晌午，/还是在深夜！"（兴万生译）然而，此时匈牙利国势危急，既要反对奥地利的民族压迫，又要对付沙皇俄国的虎视眈眈。裴多菲在个人爱情与民族自由中做出了艰难的选择——为了国家的独立和民族的自由，宁肯抛头颅洒热血，甚至暂时抛下生命的至宝——爱情！尤丽亚在其心目中的地位越重要、他对她的爱情越深，他这一选择便越伟大、越有意义、越令人感动，也越能激发读者的爱国热情和崇高追求。

本诗的特点有二：一是巧用铺垫和突转，造成强烈的艺术效果。第一句肯定生命的可贵，第二句再铺垫一层——爱情的价值更高。最后，陡地一转，指出如果为了争取自由，二者均可抛开。步步深入的两层铺垫与最后的突转，既表明了诗人坚定的信念，也给读者留下了深刻的印象，造成强烈的艺术效果。二是篇幅短小，思想崇高，哲理深刻。短短的四行诗，鲜明凝练地表达了诗人对生命、爱情、自由的不同凡响的思考，体现了诗人崇高的追求、炽热的情感与哲学的思索，为后人处理个体的生命、爱情与国家、民族的利益关系提供了范例。

现在就说再见吧

塞弗尔特著　汤永宽译

世间总有千百万首诗，
我只加上了不多几首。
它们可能不及蛐蛐叫得高明，
我知道。原谅我，
我快要到达终点。

它们甚至比不上月球表面
最初留下的足迹。
如果有时它们毕竟闪烁发光，
那并不是它们的光，
只因为我爱这种语言。

那能让沉默的嘴唇
颤抖的，
也会让年轻的恋人们亲吻，
当他们在夕阳下散步，
穿过那涂着一抹殷红的田野——
那儿夕阳下山比在热带还慢。

诗歌从来就同我们在一起，
就像爱，
像饥饿，像灾祸，像战争一样。
有时候我的诗显得
愚不可及，使人发窘。

但我不想为自己辩解。
我相信寻找美丽的词句
比杀害生命

要好得多。

雅罗斯拉夫·塞弗尔特（1901—1985），捷克当代著名诗人。生于布拉格郊区日什科夫一个工人家庭，中学未毕业便投身新闻工作和文学事业。20岁时出版反映工人阶级苦难生活的诗集《泪城》（1921），成为捷克第一共和国时期文坛主力军的重要成员。20年代中期，成为捷克"诗人主义"文艺流派的主要成员，致力于描写个人内心的瞬息感受，讴歌生命的欢乐、春天、爱情和美的世界。1936年后，开始走出怀旧与追求内心宁静的小圈子，谴责德国法西斯，表达爱国主义热情。捷克解放后，其诗风转向本国古典抒情诗。

其一生主要诗集有：《全部的爱》（1923）、《无线电波》（1925）、《夜莺唱得多难听》（1926）、《信鸽》（1929）、《从膝上落下的苹果》（1931）、《维纳斯之手》（1936）、《别了，春天》（1937）、《把灯熄掉》（1938）、《披着光明》（1940）、《石桥》（1944）、《满是泥土的钢盔》（1945）、《母亲》（1954）、《哈雷彗星》（1967）、《皮卡迪利的伞》（1979）、《避瘟柱》（1981）、《身为诗人》（1983）。其诗大多取材于平凡的日常生活，歌颂布拉格鲜花盛开的春天，咏唱爱情，描写温柔、忧愁、快意、幽默、欲望及人们之间的爱所产生和包含的感情。笔触轻盈、清通简洁、质朴深沉，融民歌、平凡的谈话与日常生活的场景于一体，具有极强的音乐性。1984年，由于"他的诗富于独创性、新颖、栩栩如生，表现了人的不屈不挠精神和多才多艺的渴求解放的形象"，塞弗尔特获得了诺贝尔文学奖。

这首诗选自塞弗尔特晚年的诗集《避瘟柱》。进入20世纪80年代，诗人经常有一种不久于人世之感，在《鬼怪的喊叫》一诗中他写道："我们徒劳地抓住飘荡的蜘蛛网/和铁蒺藜，/以期不这样急剧地被抛进/黑暗，它比没有星光的/最黑的夜/还要昏暗。//我们每天都会遇到/有人无意地向我们发问，/他们甚至无须启唇：/你何时——？怎样——？此后又会怎样？//不！我们要再跳一会儿，蹦一会儿！/再呼吸一下清香的空气，/哪怕绞索套在脖子上！"（星灿、劳白译）《现在就再见吧》也是诗人自感年事已高，可能要离开人世放下诗笔的感怀之作，可视为诗人谦逊的"诗的遗嘱"。

本诗第一节点明世界上的诗有千百万首，自己只不过增加了不多几首，而且它们可能还不及蟋蟀的歌儿高明。如果年轻，还可重新努力，但自己如今"快要到达终点"，已是无可奈何，只能请求读者的原谅。第二节说明自己的诗歌虽然不如最初登上月球的宇航员的足迹那样具有开拓意义，但它们毕竟是人类美好的思想借由美丽的词句在闪烁发光，而且自己热爱这种诗的语言。第三节接着抒写这种诗歌语言的巨大魅力：能让沉默的嘴唇颤抖，能使年轻的恋人亲吻，能令人置身于布满霞光的大地，使太阳落得比热带还慢。也就是说，诗的语言能使冷静笨拙者激动善言，唤起年轻人心中的热情和理想，使大地充满诗意和美的光彩，延长短暂的时间。第四、五节进而指出，诗歌就像爱、饥饿、灾祸、战争一样，自古就同我们在一起。人类爱美的天性、寻求生存的意义与价值的努力，使之总在寻找一种诗意的栖居的方式，诗歌就是其中最诗意的一种。因此，尽管自己的诗有时写得并不高明，甚至愚不可及，使人发窘，但诗人不想辩解。因为这毕竟是一种美的追求，一种诗意的生存方式的探索，它能使人类活得更富人性、更有美感、更具诗意与活力，"比杀害生命要好得多"。经历了两次世界大战的诗人，对战争深恶痛绝，在《关于战争的歌》里宣称要"把战争掐死"。本诗的结尾也表达了其对美好和平生活的热爱，对战争及一切残害生命的行为和事物的强烈反感。

如前所述，自古希腊罗马以来，西方诗歌中就有一种坚信诗人伟大、艺术永恒的传统，本诗便是这一传统的现代变奏。它既像西方传统的观点一样，认为艺术能使人美好，与人类同在（即艺术永恒），又增加了现代人特有的那种谦逊（认为自己的诗不够高明，不像莎士比亚等人一样认为自己的诗高明得万世流传，使爱人永恒不朽）。这也是现代诗人一种比较普遍的思想，美国诗人华莱士·斯蒂文斯（1879—1955）的《坛子的轶事》写道："我把一只坛放在田纳西，/它是圆的，置在山巅。/它使凌乱的荒野/围着山峰排列。//于是荒野向坛子涌起，/匍匐在四周，再不荒莽。/坛子圆圆地置在地上/高高屹立，巍峨庄严。//它君临着四面八方。/坛是灰色的，未施彩妆。/它无法产生鸟或树丛/不像田纳西别的事物。"（赵毅衡译）本诗中的坛子是艺术的象征，它是灰色的，说明其朴素（既是谦逊也是现代艺术的特点），但它具有赋予自然以秩序的能力，生活的诗意也就蕴含其中了。

《现在就再见吧》运用朴素的、类似家常谈话的散文式语言，造成一种让人身临其境的亲切感，在似乎漫不经心的娓娓叙说中，道出了最为本质的东西，给人以大巧若拙、炉火纯青之感。

致防线背后的朋友

特朗斯特罗姆著　李笠译

一

给你的信如此简短。而我不能写的
就像古老的飞船膨胀，膨胀
最后穿越夜空消失。

二

信落在检察官的手上。他打开灯
灯光下，我的言辞像栅栏上的猴子飞蹿
抖动身子，静静站立，露出牙齿！

三

请回味句中的含义。我们将在两百年后相会
那时旅馆墙上的高音喇叭已被遗忘，
我们终于能安睡，变成正长石

托马斯·特朗斯特罗姆（1931—2015），瑞典当代最杰出的诗人。20 世纪 50 年代，他 23 岁时出版第一本诗集《十七首诗》便立刻引起轰动，成为瑞典文坛的一件大事，被称为"一鸣惊人和绝无仅有的突破"。但其一生只出版了十余部诗集，共 200 多首诗歌，以至瑞典文学院常任秘书彼得·恩隆德说"他的作品真不多，你可以把所有作品都汇入一本不太大的口袋书，他不是多产作家"，但其诗歌"语言精美……简洁准确，隐喻鞭辟入里"，而且主题往往是死亡、历史和回忆等人生重大命题，而"正是这些命题一起组成了人生的多棱镜，人类在此间才显得重要。在读过托马斯·特朗斯特罗姆的诗歌以后，你从来不会感觉渺小"。

特朗斯特罗姆的主要诗集有《十七首诗》（1954）、《途中的秘密》（1958）、

《半完成的天空》(1962)、《声响与足迹》(1966)、《真理的障碍》(1978)、《凶猛的广场》(1983)、《巨大的谜语》(2004)。诗人 1990 年因中风发作导致脑溢血以致右半身瘫痪，但他仍坚持纯诗写作，并且出版诗集。他成功地把欧洲传统的抒情诗尤其是古希腊诗歌、巴洛克诗歌与象征主义、表现主义、印象主义、超现实主义等现代主义诗歌结合起来，运用意象、隐喻，准确、敏锐、坚实、经济地表现内心世界，含蓄新颖、音韵优美，被誉为当代欧洲诗坛最杰出的象征主义和超现实主义大师。1987 年诺贝尔文学奖得主布罗茨基承认："我偷过他的意象。"1992 年诺贝尔文学奖得主沃尔科特认为："瑞典文学院应毫不犹豫地把诺贝尔文学奖颁发给特朗斯特罗姆，尽管他是瑞典人。"

1956 年，特朗斯特罗姆获《人民画刊》抒情诗奖；1958 年，获《晚报》文学奖；1966 年，获贝尔曼奖；2004 年，获中国"新诗界国际诗歌奖"；2011 年，由于其作品"简练、细腻，充满深刻的隐喻"，并且"以凝练而清晰透彻的文字意象给我们提供了洞悉现实的新途径"，获得了诺贝尔文学奖。其诗歌目前已被译成至少 47 种文字。

特朗斯特罗姆的诗歌深深受到古典诗歌和艾略特、帕斯捷尔纳克及瑞典诗人埃克罗夫等人的现代主义诗歌的影响，而法国超现实主义诗人艾吕雅对其影响尤大。他十分推崇艾吕雅那种明快的风格和以超现实技巧敏锐地表现感觉与思想的经济手法："艾吕雅轻轻触碰了某个开关，花园就在眼前。"他力图使明快的风格与含蓄的内涵结合起来，善于以经济的手法、简短的篇幅，新奇动人地表达复杂的感受和深刻的思考，如《记忆看见我》："醒得太早，一个六月的早晨/但回到睡梦中又为时已晚。//我必须到记忆点缀的绿色中去/记忆用它们的眼睛尾随着我。//它们是看不见的，完全融化于/背景中，好一群变色的蜥蜴。//它们如此之近，我听到它们的呼吸/透过群鸟那震耳欲聋的啼鸣。"（北岛译）这首诗的标题出人意料——不是"我看见记忆"，而是"记忆看见我"。全诗即围绕这一新奇的创意而展开，别出心裁地写出了人与过去的关系，点明了记忆虽然如变色的蜥蜴，但又总以一种"剪不断，理还乱"的方式尾随着人。这首《致防线背后的朋友》是诗人的一首代表作也是名作，它也充分体现了这一风格。

这首诗可分为两部分。第一部分为第一诗节，点题并说明自己的信写得"如此简短"。为何"如此简短"？是因为事情太多，无暇多写，还是情况紧急，来不及多写，抑或是辞不称意，难以多写？从"不能写的"一语中可知，虽然信很简短，但该写的似已写出。更深沉的情感、更丰富的内涵、太明显的意思是"不能写的"，它们像古老的飞船一样膨胀，穿越夜空消失无踪了。第二部分包括第二、第三诗节。首先点明"不能写"的原因：因为这信须经过检查官之手，他冷酷无情，甚至吹毛求疵，此刻在灯光下，他正觉得"我的言词像栅栏上的猴子飞蹿"，对他抖动身子，露出牙齿。表明这是一个黑暗、专制、没有思想自由的环境。接着，请朋友"回味句中的含义"。尽管检察官疑神疑鬼，但由于"我"的信写得简短含蓄，他一无所获，信终于传到"你"的手上。信虽简短含蓄，但我们心有灵犀，只要"你"细加回味，就能把握句中真意。并且指出，两百年后我们终将相会，那时不再有高音喇叭、窃听器之类监听并且放大人的情感和思想的控制工具，人们将能自由思想、自由交流。表明现状是黑暗压抑的，只有寄希望于未来。结尾更是指出，到那时，人们不仅能自由交往，而且能够遗忘历史的黑暗、专制与残酷（高音喇叭便是最好的象征），能够忘怀一切地安睡，变成具有生命力的石头——"正长石"。

诺贝尔文学奖评审委员会认为："特朗斯特罗姆的多数诗集带有一个特点，显现为简练、具体而苦涩的隐喻……"特朗斯特罗姆诗歌的中文译者李笠也认为："特朗斯特罗姆的诗始终在讲述……隐秘的现实世界，它们在描述'权力'占领生活中墙之间的空隙时，表达了对这一状态的内心感受，即，封闭的自由在缺少行动时，必须向内心、向具有色彩和童年的下意识寻求……特朗斯特罗姆最独特的才能是对意象——诗的最大奥秘的处理。他被称作'隐喻大师'。"正因为特朗斯特罗姆诗歌具有这些突出特点，再加上资料有限，无法确知本诗的具体写作背景，而且本诗运用了象征、比喻的手法，又写得"如此简短"、含蓄，寓意相当丰富，具有多重象征意蕴，因而，本诗的寓意或主题可作多种理解：第一，可理解为这是写思想、感情、欲望等与言词的关系。按照弗洛伊德的理论，人的精神活动包括意识、前意识和无意识（或译"潜意识""下意识"）。意识是人的自觉性活动，受社会舆论和伦理道德的影响，可用语言表达。无意识包括人的原始盲目的冲动和各种本能，及其出生后被压抑的欲望，虽无法用语言表达，但它是人的行动的总指挥。前意识介于上述二者之间，由可以回忆起来的经验构成，主要从事警戒工作。最深刻的思想、最本能的欲望、最激烈的感情往往是不能写也无法写的，因为一是有意识、前意识这两位"检察官"打开灯来监督、检查，二是言词难以尽意。第二，可理解为一对相爱却受到家长阻挠的恋人的情事。两人虽然深情相爱，但父母充当检察官，让好事多磨。第三，可理解为揭露社会的专制、高压，思想没有自由。一切都处在检察官灯光的照射中，一切都可能被监控的高音喇叭放大。由此可见，本诗堪称极其简短但表述中蕴涵丰富寓意的上乘之作。

向阳花

雅科布森著　郑敏译

是哪个播种人，走在地上，
播下我们内心的火种？
种子从他紧握的掌心射出，
像彩虹的弧线，
落在
冻土上，
沃土上，
热沙上。
它们静静地睡在那儿，
贪婪地吸着我们的生命，
直到把土地轰裂成片片，
为了长出
这朵你看到的向阳花，
那株草花穗，或是
那朵大菊花。
让青春的泪雨来临吧，
让悲哀用宁静的手掌抚摸吧，
事情并不是你所想的那么阴暗。

　　劳尔夫·雅科布森（1907—1994），挪威当代著名诗人。生于奥斯陆一个医生家庭，早年在奥斯陆大学学习，第二次世界大战后主要生活在奥斯陆东北部的汉漠城，从事新闻工作。20世纪30年代开始发表诗作，1933年出版了第一本诗集，一生共出版了12本诗集、6本诗选。其诗歌多次获挪威文学奖，并先后被译成20多种文字，他亦被认为是挪威第一个现代诗人，也是挪威重要的现代主义诗人。
　　雅科布森的主要诗集有：《土与铁》（1933）、《芸芸众生》（1935）、《特别快车》（1951）、《秘密生涯》（1954）、《草叶中的夏季》（1956）、《致光明的信》（1960）、《以后的沉寂》（1965）、《小心，大门要关了》（1972）、《呼吸练习》（1975）、《诗集》（1973，1977，1982）、《夜间的音乐》（1994）等。其诗融现实主义与象征主义于一体，把自然、人类思想和社会现实结合起来，其中又以描写大城市的生活为主，钢铁、沥青、水泥、电话线、煤气管道都是他写作的对象，雅科布森尤其擅长描写房子、机器、汽车、树木和焦炭。其诗用松散的诗行结构破除了 19 世纪诗歌的严谨风格，形象鲜明奇特，比喻新颖生动，诗风幽默、飘逸而深刻，对当代美国的新诗创作影响颇大。

雅科布森的诗歌风格多样，不少诗轻快而清新，如《结霜的窗》："星群！/看吧，窗上有霜。在大地的窗上/像冻结的露瓣啪裂开的正是星星。/让我们对它们呵气/延伸我们心灵的预兆，/我们给予沉睡的水晶以年青的温暖，/因此它们才化为快乐的泪，像小溪/微笑着流走，并允许我们/对风暴般发蓝的天空予以一瞥。"（董继平译）也有不少诗写得颇为深沉，如《马的记忆》："老人手上的皱纹/渐渐弯曲，很快就要指向死亡。/他们带着自己的秘密语言，云话和风字母，全是/心灵在这荒年采集的符号。//悲伤淡去，转而面对星星，/但是对于马的记忆，对于女人的脚和儿童的记忆/从他们脸上浮现，流泻向青草的王国。//在大树里我们经常看见/动物侧面的安详的形象，/而风在青草中速写——如果你高兴——/奔马和疾跑的儿童。"（黄灿然译）

雅科布森的诗最大的特点就是把象征主义与现实主义结合起来，往往以象征主义的方法，或描写、反映社会现实，或思考生命和艺术的哲理。前者如《铺路石》："把我们践踏在脚，使劲往下踩，/根本忘记我们的存在，/可是我们的肌体上承担着整个世界，/在重压下觉察到它的力量在壮大。//碎纸和香蕉皮沾满了我们的身体，/和我们终生做伴的是臭烘烘的阴沟。/霓虹灯映亮的大商店就矗立在我们身边。/哦，我们的各路人马通向世界的尽头。//我们默默无闻地承担着纽约和伦敦，/一声不吭地让小汽车飞来驶去。/咬紧牙关用出全部力量来支撑/哪怕连腿关节都累得变了颜色。//花岗石的孩子，/被投入火山口里去锻造。/从地球的筋骨上切割下来，/又变成支持地球的材料。/从意大利的罗马到伊拉克的尼尼微，/我们无处不在。//蓝色地图集里展示我们的存在，/我们见到新的大陆诞生。/看到它们抖掉浪花/站立起来迎接光明。//要是有那么一天，/我们听得地球发出隆隆响声，/全世界都步伐雄壮地朝新纪元前进，/哦，灰色的兄弟们，我们赶快跟上去。"（石琴娥译）全诗叙述了铺路石默默无闻地任人践踏、让汽车飞驰，承担了整个世界的交通重担，并能跟上新纪元的发展。诗中的一切仿佛是现实生活中最平凡的事物和现象，但由于象征手法的运用，又使铺路石代表着一种忍辱负重、默默奉献、紧跟时代步伐的精神，也可以说是公而忘私、勤于奉献、不甘落后的下层人民的象征，现实主义和象征主义就这样巧妙而和谐地结合起来了。后者则如这首《向阳花》。

这首诗表面看来是描写日常生活中常见的播种、植物生长、开花结果，以及劳动者为此付出的辛勤劳动——不仅是播种，更有为照料植物而花费的心血与时间（诗中称为"贪婪地吸着我们的生命"），从而象征性地表达了诗人的思想：新的生命成长不易，需要养育者付出诸多的时间、劳动和心血。但若细细阅读，便会发现，这首诗实际思考了艺术品与艺术家的关系。艺术家在生活中不停地学习、积累、感受、思考，前人的经验与许许多多生活印象投射或播种到他的心里，在其广袤的心灵土地（包括冻土、沃土、热沙）上"静静地"孕育，吸收艺术家生命的灵气。终于有一日，创作的灵感如狂风骤至，艺术的花朵竞相绽放，摇曳着一片新鲜灿丽。擅长运用比喻的诗人（他曾因把电话线比喻为神经纤维，把煤气管道比喻为人体的血管而名噪一时）巧妙地把生活感受比喻为不知哪个播种人在我们内心播下的火种，并指出尽管世界并非完美，有青春的泪雨，甚至有悲哀降临，但这种子毕竟开成了鲜花，一切便充满了希望。推而广之，本诗可象征人类一切有意义的活动中的斗争和痛苦的过程。

　　本诗的特点有二：一是既写实又象征，使写实富有立体感，造成了多种解读的可能。二是善用比喻，语言生动而优美，如将被撒落的种子形象地比喻为"像彩虹的弧线，落在……"，又如全诗把生活的种种经验、感受投射进人们的心里比喻为播种人在播种，等等。

自画像

彼得森著　施蛰存译

在睡眠中，
我寻找我的公主。

在早晨，
我拗折所有的花朵。

在太阳光下，
我建造我的孤独。

到了夜晚，
我雕刻出我的未来。

我节省我的生命，
我的死
将决不存在。

古斯塔夫-曼奇·彼得森（1912—1938），丹麦现代诗人、超现实主义画家，用丹麦文、瑞典文和英文写诗。西班牙内战期间，其志愿参加国际纵队，帮助西班牙人民进行反法西斯斗争，在一次战役中不幸牺牲。

彼得森的主要诗集有《裸体的人》（1932）、《下面的土地》（1933）、《诗十九首》（1937）。其诗善于以客观冷静的手法反映生活、思考人生，语言朴实、诗风含蓄。

彼得森诗歌的一个显著特点是，善于通过相当客观冷静的描述，展示生活中的种种场景，十分含蓄地表达诗人对现实和人生颇为深刻的思考。表面看来每一句话都明白易懂，但诗歌真正的意图却朦朦胧胧，可作多种理解，尤其是可从正反两方面进行理解。如《特殊的神迹》："每天夜晚他感到疲劳，/每天他听人指挥做工，/毫不经心。/他成长到三十岁——/还是光身——//有一个晚上，他睡不熟，/那个晚上，他想到/该有些什么事/特殊地/落到他身上——/大清早，/

他偷了五磅钱/去和一个认识的女人……/还喝醉了酒/整天、整夜，还有第二天。//到了傍晚，/他给逮捕了，/安静地，毫不惊心。/过一时，他回来了，/但是，啊——！//他每天晚上睡觉，/白天听人指挥做工，/和他认识的那个女人在一起，/安静地生活，到六十岁，/讲起人的生命，/他微笑。"（施蛰存译）全诗客观冷静地描述了一位穷苦工人的一生经历：到三十岁时还是独身，突然产生的冲动使他享受到了生命的乐趣，但也随即被捕，回来后他继续安静地生活。由于高度的客观，尽管全诗的每一句话都明白易懂，但诗人的创作意图却有点朦胧。是反映下层人民的困苦无奈，宣扬服从于命运（工人后来又"安静地生活"）？还是激励人们不能太服从于命运，有时要靠自己去制造点"特殊的神迹"，使生命至少有一个亮点（毕竟后来他和认识的那个女人生活在一起了）？难以弄清。

这首《自画像》也是如此。诗人仅仅客观冷静地描述了"我"的一系列行为：在睡眠中寻找心爱的公主，在早晨拗折了所有花朵，在阳光下建造孤独，到夜晚雕刻出未来。诗人说，这是为了节省生命，把一天从早到晚安排得满满的，让死亡不可能存在。这究竟是诗人在进行自我刻画，还是在进行自我嘲讽？我们实难猜测。不管怎样，有一点是可以肯定的，这首诗表现了诗人对现实的强烈不满和其人生的孤独之感。"我"在睡眠中寻找心爱的公主，说明她在现实中是找不到的；"我"在阳光下建造孤独，说明白天虽然众声喧哗，人群熙熙攘攘，但"我"的心灵找不到任何慰藉，联系下一句，也可以说明，只有在众声喧哗、人潮如织、阳光灿烂的白天甘于寂寞、甘于孤独，才能在晚上雕刻出未来；夜晚雕刻未来，进一步说明当时的世界，白昼的喧嚣不止，人们太过于注重现实中的利害得失，只有在夜晚才有雕刻未来的可能。也许有人会认为，这首诗中诗人的行为太过反常，尤其是拗折美好的花朵这一举动；诗人的一些想法也不切实际、颇为滑稽，如试图通过拗折容易引发生命无常之感的花朵（"花红易衰""年年岁岁花相似，岁岁年年人不同"）来主观地逃避死亡的念头，以及结尾所说节省生命使死不存在的观念。的确，这一切无不具有强烈的反讽意味，应该是诗人的自我嘲讽。但现代派诗人一向以标新立异、不同流俗而自豪。因此，本诗可认为是诗人的自我刻画与自我嘲讽兼而有之。诗人一方面强调自己的与众不同，一方面又暗暗进行自我调侃、自我嘲讽，这也是现代诗人的一大特点。

十　月

希梅内斯著　赵振江译

面对无垠的田野，
我躺在卡斯蒂利亚的土地上，
秋天灿烂的夕阳
撒满柔和的金光。

耕犁缓缓地开拓，
黑色的田垄成行，
张开朴实的手掌
将种子撒进大地敞开的心房。

我愿掏出自己的心灵，
满怀高尚的深情
抛向可爱家乡的宽宽的田垄；

看这耕耘和播种
会不会感动春天，
将纯洁、永恒的爱情之树带到人间。

胡安·拉蒙·希梅内斯（1881—1958），西班牙现代著名诗人、翻译家。生于安达卢西亚莫格尔镇一个商人家庭。1896 年，考入塞维利亚大学法律系，开始作画写诗。不久因病放弃学业，回家休养。1897 年开始发表诗作。1900 年应邀到马德里，结识了当时著名的现代派诗人鲁文·达里奥，并深受其影响，出版了第一本诗集《紫罗兰的灵魂》，以清新的风格和浓郁的乡土气息引起文坛注目。1902 年，与友人合办刊物《阳光》。1905 年至 1911 年返回家乡专心创作。1916 年与翻译家珍诺比娅·坎普鲁比结婚，合译了泰戈尔等人的作品。1936年，西班牙内战爆发，他流亡波多黎各、古巴、美国。1952 年迁居波多黎各，在大学任教，直到逝世。

希梅内斯一生创作了几十部诗集，其创作周期可分为三个时期：早期

（1900—1905）受现代主义影响，诗歌韵律精致、意境优美、色彩朦胧、感情忧郁，主要诗集有《白睡莲》（1900）、《悲哀的咏叹调》（1903）、《遥远的花园》（1904）。中期（1906—1916）为转折期，试图把亚历山大诗体形式、民歌谣曲与现代派技巧熔为一炉，将忧伤和激情融为一体，主要作品有：诗集《春天的谣曲》（1907）、《哀歌》（1908）、《有声的孤独》（1908）、《牧歌》（1911）、《迷宫》（1911），散文诗集《小银和我》（一译《普拉特罗和我》，1914）。晚期（1916—1958）形成了其独特的风格，语言纯朴、用词精当，风格清新自然，主要诗集有《新婚诗人的日记》《永恒》（均1917）、《石头与天空》（1918）、《美》（1923）、《一致》（1925）、《全季》（1936）、《一个诗人与海的日记》（1948）、《底层的动物》（1949）、《流去的河》（1951—1953）及著名长诗《空间》（1954）。希梅内斯提出"纯诗论"，要求摆脱韵律和节奏的束缚，大胆追求直接的表达方式，提倡自由体。其诗歌理论与创作实践对西班牙现代诗歌产生了很大的影响，因而他被洛尔迦、阿尔维蒂、豪尔赫·纪廉等"一九二七年一代"奉为导师，亦被称为西班牙最杰出的纯抒情诗人。1956年，由于"他那西班牙的抒情诗为最高尚的情操和艺术的纯洁提供了一个范例"荣获诺贝尔文学奖。

希梅内斯称尼加拉瓜现代主义诗人达里奥为"天才的、伟大的、亲切的、像钻石一样的大师"，且诗歌创作深受其影响。进而，他把现代主义兼重色彩和音乐、富于感官美的特点与民歌的质朴、自然、清新、具有音乐性的抒情结合起来，陶醉于世界的纯真美，宣称诗歌应该通过自然景物抒发个人情感，引导人们追求永恒的美和理想的境界。他提倡"纯粹的诗"，并以诗歌创作实践了自己的理论，以丰富的想象、形象的比喻、鲜明的色彩、使人感情产生起伏的鲜明节奏、流畅活泼的语言，优美细腻或纯真哀婉地描写故乡的一切——花园、泉水和月色。如《黎明》："太阳染上蜜般的金黄/四野寂静、葱绿/——石块和葡萄园，山丘与平原——/微风带来清新和温柔，/蓝色的花儿伸出围墙/空无一人，抑或尚未来人，/云雀用水珠和翅膀/点缀在/广阔的耕地上。/这儿，那儿，开阔，无人，/红色的村庄光彩辉煌。"（陈光孚译）进而情景交融地表现自己的心灵被陶醉并得到净化，如《歌》："上面是鸟的歌声，/下面是水的歌声。/从上到下/打开了我的心灵。//水摇曳着花朵，/鸟摇曳着星星。/从上到下/颤动着我的心灵。"（赵振江译）或展示其精神在艺术中得到的升华，如《可爱的金黄》："我们渐渐进入金黄之中，/一种纯金将我们穿透/将我们淹没，将我们点燃/使我们化作永恒。//灵魂是多么高兴/因为重又燃烧/重又变成唯一的实质/重又化入高高的天空！//……在更加蔚蓝的海上/在更加金黄的太阳/灵魂将我们解放，平静的心/使我们向着自己的圆满扩张。//金黄，金黄，金黄，金黄，/只有金黄，都是金黄，/只有音乐、光辉和快乐的金黄！//啊，我又回到火焰，/我又变成活生生的

语言！"（赵振江译）

  这首《十月》是一首绘景抒情的十四行诗。卡斯蒂利亚的十月是播种的时节。在秋天的一个傍晚，灿烂的夕阳将柔和的金光洒遍田野。诗人躺在大地上，看着一粒粒种子随着农民那一双双朴实大手的挥动，欢快地落入大地敞开的心房，不禁触景生情，也想把自己深情的心灵播种在家乡可爱的田垄，以期在春天长成纯洁、永恒的爱情之树，献给人生，献给淳朴的乡亲。

  本诗的特点，一是绘景抒怀浑然一体，以撒播种子象征播种充满博爱之情的心灵，展示了诗人的赤子之心与高尚情操；二是意境优美、语言朴实、格调清新、情操高尚。

风　景

洛尔迦著　叶君健译

田野，
长满了橄榄，
一开一合，
像一把叠扇，
橄榄林上面
一片深沉的天，
那寒冷的晨星
就像淡墨的雨点。
灯心草在摇动，
河岸上覆着薄薄一层阴暗。
灰色的空气起了皱纹，
那些橄榄树
充满了
一声声的叫喊。
一群
被迷住了的鸟儿，
摇着大尾巴，
四周罩上一片黑暗。

　　费德里科·加西亚·洛尔迦（1898—1936），西班牙现代著名诗人、戏剧家。生于格拉纳达一个农民家庭，自幼喜爱安达卢西亚的民歌和民间戏剧。曾先后在格拉纳达和马德里大学学习文学、哲学、音乐和法律，参与创办大学剧团，经常在安达卢西亚和卡斯蒂利亚演出戏剧，并进行诗歌创作。19 岁他在马德里参加知识分子反法西斯联盟。后结识诗人希梅内斯，在创作上受其影响，并和青年诗人阿尔维蒂、画家达利等交游。1929 年他去美国旅行，并在拉美国家进行讲学活动。20 世纪 30 年代，他组织"茅屋"剧团，到西班牙各地巡回演出。1935 年，他与智利诗人聂鲁达一起创办了诗刊《诗歌的绿马》。1936 年西班牙内战爆发，他在格拉纳达被佛朗哥的长枪党党徒杀害，年仅 38 岁。

洛尔迦一生留下的作品主要有：喜剧《玛丽亚娜·皮内达》（1927）、《血婚》（1933）、《叶尔玛》（1935）、《贝尔纳达·阿尔瓦的家》（1936）等，叙事长诗《伊格纳西奥·桑切斯·梅希亚思挽歌》（1935），诗集《诗篇》（1921）、《最初的歌》（1922）、《歌集》（1924）、《吉普赛谣曲》（1927）、《诗人在纽约》（1929）、《深歌集》（1931）、《垂柳诗集》（1936）等。其诗大多描写西班牙美丽的景色，表现西班牙人民的苦难、愿望和憧憬，把西班牙民歌的优秀传统与现代先锋派的要素天衣无缝般地融合起来，既有民歌浓艳的色彩、强烈的节奏、吉普赛式不受文明束缚的原始的火热激情，又有弗洛伊德的"力必多"、非理性因素和象征主义的梦幻、神秘与象征色彩及超现实主义的潜意识、超现实手法；想象狂放、音调优美、色彩鲜明、语言清新、意味隽永，富有浓郁的生活气息和独特的抒情风味。不仅影响了后辈西班牙诗人，也对世界范围内的西班牙语诗歌产生了深远影响，并受到非西班牙语国家的人民的喜爱。

洛尔迦多才多艺，在绘画、音乐、文学方面均有很高的造诣。他善弹吉他，会作曲，常常弹着吉他即兴创作，或即兴朗诵、演唱自己的诗。他的作品在民间尤其是青年中流传甚广。

他的诗歌风格多样，有时纯真清新、富于童趣，如《海螺》："他们带给我一个海螺。//它里面在讴歌/一幅海图。/我的心儿/涨满了水波，/暗如影，亮如银，/小鱼儿游了许多。//他们带给我一个海螺。"有时朴实自然、冷静客观，如《猎人》："在松林上，/四只鸽子在空中飞翔。//四只鸽子/在盘旋，在飞翔。/掉下四个影子，/都受了伤。//在松林里，四只鸽子躺在地上。"有时又纯用口语创作，像民歌一样生动活泼，如《水呀你到哪儿去？》："水呀你到哪儿去？//我顺着河流，/一路笑到海边去。//海呀你到哪里去？//我向上面的河流/找个地方歇脚去。//赤杨呀，你呢，你做什么？//我对你什么话也没有，/我呀……我颤抖！//我要什么，我不要什么，/问河去呢还是问海去？//（四只没有方向的鸟儿，/在高高的赤杨树上。）"有时则把民歌的通俗活泼与现代派技巧结合起来，含蓄深沉地表现人间的苦难，如《海水谣》："在远方，/大海笑盈盈。/浪是牙齿，/天是嘴唇。//不安的少女，你卖的什么？/要把你的乳房耸起？//——先生，我卖的是/大海的水。//乌黑的少年，你带的什么，/和你的血混在一起？//——先生，我带的是/大海的水。//这些咸的眼泪，/妈妈，是从哪儿来的？//——先生，我哭出的是/大海的水。//心儿啊，这苦味儿/是从哪里来的？//——比这苦得多呢，/大海的水。//在远方，/大海笑盈盈。/浪是牙齿，/天是嘴唇。"（以上均为戴望舒译）有时，他发挥绘画、音乐之长，精心描绘西班牙的自然风景，使诗歌既富画意，又具音乐性，如这首《风景》。

由于是翻译作品，其强烈的音乐节奏已难以完美体现，只能从译诗中感知其中一部分，所以这里着重探讨本诗的画意。全诗描写的是黎明时分西班牙的乡村田野景色，总的色调是黑色。在这黑色的背景里，先写全景，由田野、天空构成广大空间；接着，写中景——长长的河岸，灰色的空气；再写近景——一片橄榄林；最后是特写镜头——一群鸟儿，摇着大尾巴（结尾几句，陈光孚先生译得似更忠实——"一群被迷住了的/鸟儿，摇着长长的尾巴/在阴影中翩翩"）。这种出神入化的绘画手法，已十分类似现代电影技巧。

全诗有上（天空）有下（田野），有动（摇动的灯心草，鸣叫、摇动尾巴的鸟儿）有静（田野、天空、橄榄林、河岸），有声（灯心草的沙沙声、鸟儿的鸣叫声）有色（主要是黑色，即使比喻和描述也服务于这一总的色调，如把寒冷的晨星比作"淡黑的雨点"，写河岸"覆着薄薄一层阴暗"），而生动形象的比喻（如把长满橄榄、有起有伏的田野比喻为叠扇）、化无形为有形的通感手法（如"灰色的空气起了皱纹"，化触觉为视觉）、故作悖理的悬念（先写橄榄树充满叫喊，不合情理，再点明是鸟儿歌唱），更使它成为情趣盎然的风景画。

假 如

爱明内斯库著　戈宝权译

假如树枝敲打着窗户，
　　而白杨在迎风摇晃，
那只是让我回想起你，
　　让你悄悄地走近我的身旁。

假如繁星在湖水上闪耀着光芒，
　　把湖底照得通亮，
那只是为了让我的痛苦平息，
　　让我的心胸变得开朗。

假如浓密的乌云消散，
　　月亮重新放射出清光，
那只是为了让我心中对你的思念
　　永远不会消亡。

米哈伊尔·爱明内斯库（1850—1889），罗马尼亚19世纪著名诗人。原姓爱明诺维奇，生于摩尔多瓦博托沙尼县的一个小地主家庭。童年时他就饱读西欧古典文学名著，熟悉民歌和民间故事，热爱家乡美丽如画的自然景色。1867年至 1868 年，他未上完中学便跟随剧团在各地巡回演出，同时进行创作。自1869 年秋起，他在维也纳、耶拿、柏林等地上大学，阅读了歌德、席勒、海涅、雨果等的作品，并接触到马克思的学说。1874年回国，先后担任雅西中央图书馆馆长，雅西学院教师、督学，及布加勒斯特《时代报》编辑等职，晚年在贫病交加中去世。

爱明内斯库一生创作了许多抒情诗与叙事诗，著名的有：长诗《皇帝与无产者》（1871—1874）、《克林》（1876）、《金星》（1883），抒情诗《它美丽得……》（1866）、《湖》（1876）、《在树林里》（1883）、《当回忆……》（1883）、《假如》（1883）、《傍晚在山岗上》（1885）、《星星》（1886）。代表作为《金星》，他也因该诗在罗马尼亚文学史上享有"诗坛金星"的美称。其诗讴歌生活与自然的美，歌唱爱情，鞭挞压迫、掠夺人民的统治阶级，反映了下层人民的疾苦。他善于从民间文学中汲取养分，使其诗歌构思严谨、形象丰满、诗句优美、风格清新。1944 年，罗马尼亚解放后，他被追认为科学院院士，成为公认的"罗马尼亚最伟大的诗人"。

爱明内斯库的诗歌在当代仍有很大影响，并获得了很高的评价。他有不少抒情诗被谱成歌曲，至今仍在广泛传唱。罗马尼亚当代著名诗人米哈伊·班纽克称他为"罗马尼亚最伟大的诗人"，是"美的诗人，爱情的诗人，渴望生活的诗人，对祖国大地、对人民怀有深厚感情的诗人"。著名作家米哈伊尔·萨多维亚努则认为："他把诗歌艺术提高到了迄今为止还没有人超越过的高峰，他丰富了韵律、脚韵和艺术表现力；他赋予简单的词以新的价值和惊人的和谐，赋予感情以独特的深度，赋予想象力以无限的视野。"

我们要补充的是，他对大自然有深切的热爱、细致的观察，他善于生动、出色地描绘大自然的景物，并且使其诗歌具有强烈的艺术感染力。这是其诗歌的一大特点，也是他对罗马尼亚诗歌的一大贡献。他虽然不是象征主义诗人，但他的一些思想、方法与象征主义颇有相通之处。他认为人与自然是相通的，人及人的思想感情均可在自然中找到对应物："倘若白天与你邂逅相遇，/夜晚我定会梦见一棵菩提，/倘若白天我遇见一棵菩提，/整个夜晚你都将凝望着我的眼睛。"（高兴译）因此，他让自己的每一缕情思都与自然万物相连，尤其是在爱情诗中，如《湖》："在林间蔚蓝的湖面上/漂浮着朵朵黄色的睡莲；/湖水泛起阵阵白色的细浪，/把一叶扁舟轻轻摇晃。//我沿着湖边徘徊，/仿佛在倾听，/仿佛在期待/她从芦苇丛中升起，/温柔地倒在我怀里；//让我们纵身跳进小舟，/在湖水的激荡声中，/让我放开手中的舵，/丢下那划船的桨；/在柔和的月光下，/让我们心灵沉醉，随波漂荡，/任轻风在芦苇中沙沙作响，/任潺潺的湖水碧波荡漾！//但是她没有来临……我独自/在这满是睡莲的/蔚蓝色湖旁，/白白地悲叹、忧伤。"（徐文德译）一方面，蔚蓝的湖水、黄色的睡莲、白色的细浪、翠绿的芦苇使诗人深深陶醉，引发种种幸福美好的爱情遐想；另一方面，在如此美好且适宜谈情说爱的环境里，"她"却没有来临，反衬出诗人的落寞、孤独、忧伤。

这首《假如》在运用自然景物来抒写爱情心理和恋爱激情方面更为出色。开篇即把毫无生命的自然之物和心中熊熊燃烧的爱之火焰融为一体，使自然之物人格化，让其与"我"同欢乐共忧伤、同呼吸共思维，"我想"即是自然万物之所想。这样，随风摇曳的树枝、照亮湖底的繁星、重放清辉的月亮，无一不在传递着"我"的缕缕情思、丝丝心绪，人与自然和谐地到达"天人合一"的美妙境界。与此同时，诗人又选用宁静的夜晚、摇曳的白杨、晶亮的繁星、青黛的湖面、浓云散去后的月亮等柔和清新的意象构成爱情的诗意境界，营造了一种温柔清丽的爱的气氛，含蓄细腻地传达了自己对恋人的深情思念与真挚的爱。

在艺术上，本诗最大的特点是思想感情与自然景物融合为一，借自然景物传达了深深的思念之情。第二个特点是环环相扣，层层递进：第一节写想念"你"，希望"你"悄悄来到"我"身旁；第二节进而写"你"没来，"我"很痛苦，但大自然的善解人意，让"我"的痛苦得以平息；第三节紧接第二节，并推进一步——尽管"你"没来使"我"产生了怨恨的乌云，但乌云散后，"我"对"你"的思念如月亮重放清光，永远不会消亡，这是进而发出的爱的誓言。

告　别

——给我的妻子

瓦普察洛夫著　吴岩译

有时候我会在你熟睡时回来，
做一个意料不到的客人。
不要把门关上，
不要让我留在外边儿街上。

我会悄悄地进来，轻轻地坐下，
在黑暗中对你凝目而视，
当我的眼睛看够了的时候，
我就亲你，亲你而离去。

尼古拉·瓦普察洛夫（1909—1942），保加利亚现代著名革命诗人。生于班斯科一个革命家庭。1926 年高级中学毕业后，他进入瓦尔纳的航海学校学习。在航海实习期间，接受了共产主义思想。1932 年毕业后，他为生活所迫，先后当过工厂伙夫、磨坊工、火车司炉、机工。1933 年加入保加利亚工人党（共产党）。1941 年进入工人党中央军事委员会，积极领导人民进行反法西斯的武装斗争。1942 年 3 月他在执行任务时被捕，同年 7 月 23 日英勇就义。1952 年他被世界和平理事会追授和平荣誉奖。

尼普察洛夫一生的主要作品是剧本《波涛怒号的时候》（1938）和诗集《马达之歌》（1940）。他的诗把保加利亚革命诗人波特夫、斯密尔宁斯基的诗歌传统与未来主义手法结合起来，以高昂有力的时代旋律，表达无产阶级的革命思想；歌颂机器、城市、工业文明和正义战争，反映了人民群众的要求和愿望，抒发了对祖国的热爱。其诗风格豪放、语言朴实、情绪激昂、音韵铿锵。

这首《告别》体现了瓦普察洛夫性格和诗歌中柔情、婉约的一面。

在人们的心目中，瓦普察洛夫是一个顶天立地、一心扑在革命事业上，而又坚强不屈、视死如归的奇男子，这主要是由于他的《就义之歌》："战斗是艰苦而残酷的，/战斗，正像人们所说的，是史诗。/我倒下了。另一个人就接替我——/何必特别标榜一个人呢？//遭到刽子手——再遭到蛆虫，/就是这样简单的逻辑。/可是，我的人民啊，因为我这样的热爱你们，/在暴风雨中我们必将和你们在一起。"（吴岩译）此外，还有他 1942 年 7 月 6 日在法庭上正义凛然的精彩发言以及最后的宁死不屈、以身殉"道"（祖国的解放、人民的未来、无产阶级的革命事业）。尽管他反对标榜个人，但他的形象在人们的心目中还是无比的高大、光辉。

但人们一般还不知道，瓦普察洛夫同时也是一位深情款款、细腻体贴的好丈夫。这首写给妻子葆伊卡·瓦普察洛夫的诗就是明证。

由于当时的革命工作主要是地下斗争，所以诗人不能像正常人的生活那样早出晚归，只能偶尔让人"意料不到"地顺便悄悄回家看看。他担任领导工作，肩上的担子之重、任务之多，更使他往往只能在夜深人静、妻子熟睡时回家。这深情体贴的丈夫，"悄悄地"走进屋里，"轻轻地"坐下，不忍吵醒熟睡的妻子，只是凝神饱看妻子的睡态，看够了再轻轻地亲她一下，又踏上艰险的征程。

对照瓦普察洛夫的《告别》一诗，笔者总觉得我国古代传说中的大禹治水三过家门而不入显得有点不近人情，而且，神话往往能体现一个民族的思维原型，中国人往往喜欢走极端，若是强调或重视某一方面，就要将其夸大或推进到极端，以致贬斥甚至取消另一面。孔子早就发现了民族思维习惯中的这一弊病，一再强调"中庸"，并且宣称"过犹不及"。这种极端思维，在宋代理学中表现为"存天理，灭人欲"。鲁迅先生就在《答客诮》一诗中写道："无情未必真豪杰，怜子如何不丈夫。知否兴风狂笑者，回眸时看小於菟（於菟：老虎）。"

真正的英雄绝非不食人间烟火的怪物，他与普通人一样有七情六欲，只是他的理想更远大、意志更坚定，更善于处理使命和感情上的公私关系。该多情时，他会比一般人更柔情似水，细腻体贴；该无情时，他往往会多情似无情。《告别》即是如此。它朴实、真挚、细腻地写出了诗人兼革命战士、革命领导者对妻子的多情（"轻轻""悄悄""凝目而视"，尤其是结尾接连两个"亲你"叠用，既写出了亲吻之轻柔，又渲染了万般爱意），以及多情似无情（好不容易见面却不叫醒对方，是体贴她、不忍惊醒她。最后的毅然离去，既是为了革命事业，也是为了彻底改变这种聚少离多而往往不告而别的局面，以便今后能过正常的恩爱生活，更是为了大多数人能过这种正常的恩爱生活）。

航海者

密茨凯维奇著　孙玮译

如果看见一只轻舟，
被狂暴的波浪紧紧地追赶，——
不要用烦忧折磨你的心儿，
不要让泪水遮蔽你的两眼！
船儿早已经在雾中消失了，
希望也随着它向远方漂流；
假如末日终究要来到，
在哭泣中有什么可以寻求？
不，我愿同暴风比一比力量，
把最后的瞬息交给战斗，
我不愿挣扎着踏上沉寂的海岸，
悲哀地计算着身上的伤口。

　　亚当·密茨凯维奇（1798—1855），波兰19世纪著名诗人，波兰浪漫主义诗歌的创始人。生于诺伏格罗特克一个小贵族家庭。1816年，他考入当时波兰的文化中心维尔诺大学攻读语言文学，加入了爱国学生组织"学友社"，并开始诗歌创作。1823年他因参加爱国运动被沙皇政府逮捕，1824年流放俄国，与普希金成为好友。1829年后他辗转西欧，长期过着漂泊生活，曾到魏玛访问过歌德，并先后在瑞士、法国的大学里任教。1848年，他在罗马组织了"波兰志愿军"，为意大利和波兰的自由而战斗。次年，他在巴黎主编《人民论坛报》，揭露欧洲的反动同盟，鼓励人们进行反抗斗争。1854年俄土战争爆发，他赴土耳其组织军队抗俄，因感染霍乱而逝世。

　　密茨凯维奇一生创作了许多抒情诗、叙事长诗，主要作品有：诗集《歌谣和传奇》（1822）、《诗集》（1823）、《十四行诗集》（1826），叙事长诗《格拉席娜》（1823）、《康拉德·华伦洛德》（1828）、《先人祭》（1823—1833）、《塔杜施先生》（一译《潘·塔代乌士》，1834）等。其诗充满了争取独立自由和民族解放的斗争热情，"所鼓吹的是复仇，所希求的是解放"（鲁迅语），也歌颂爱情、友谊、大自然。在艺术上，他把波兰古典诗歌的传统、欧洲启蒙运动作家及浪

260

漫主义的特点与民间诗歌的精华融为一体。其诗风格豪放而沉郁，语言简洁又优美，音韵和谐却铿锵，把波兰民族诗歌推到新的顶峰，在世界文学中产生了很大的影响。

密茨凯维奇流放俄国期间，结交了不少有益的朋友，赢得了真诚可贵的友谊，留下了一些动人诗篇，在文坛传为千古佳话。其中，最值得一提的，是他与俄国大诗人普希金的友谊。两位大诗人于 1826 年 10 月在莫斯科一见如故（反专制、反压迫、追求自由的思想、对民间文学的热爱、由浪漫主义到现实主义的艺术追求、惺惺相惜等是其基础），结成挚友。密茨凯维奇在《彼得大帝的塑像》一诗中记述过他们的深厚情谊："有两个青年黄昏时分站在雨里，/他们手拉着手，同披着一件雨衣：/一个是那漂泊者、西方的来客、沙皇暴力的无名牺牲者；/另一个是俄国诗人，他以诗歌而名驰北国。/他们相识的时间不长，但已足够——/几天以来他们早就成了朋友。/他们的精神高于地上的障碍，/像阿尔卑斯山上两座亲近的巍峨巉崖，/虽有一股奔腾的流水把他们分开，/但对这个敌人的喧嚣他们并不去理会，/那高耸入云的顶峰紧紧地拥抱了起来。"（张铁夫译）

其次，是他与安娜·查列斯卡娅夫妇的友情。1825 年，密茨凯维奇在从彼得堡去敖德萨的路上，于基辅结识了安娜及其丈夫查列斯基。不久，查列斯基一家迁居敖德萨，诗人常去他们家里做客，关系十分亲密。长诗《康拉德·华伦洛德》就是献给他们夫妇的。这首《航海者》则是诗人离别敖德萨时，写给安娜留作纪念的。密茨凯维奇既是一位伟大的诗人，又是一位为民族的独立和解放而奋斗的战士，这首诗充分体现了他诗人的柔情与战士的斗志。

全诗可分为两个部分。第一部分为前 8 行，劝慰安娜不要因离别而哭泣，表现了诗人的细腻与柔情。首先，点明"轻舟"被"狂暴的波浪"紧紧追赶，为安娜的担忧、哭泣做铺垫。接着，写安娜对自己的深情留恋：船儿早已在雾中消失了，希望也随之远飘而去，可她还在凝望（这一手法类似李白——"孤帆远影碧空尽，唯见长江天际流"，以帆船远去还在凝望写出恋恋不舍之情，但密诗较之李诗内涵要丰富些，也暗暗表达了自己的依恋之情），并劝慰她不必烦忧、哭泣，因为泪水解决不了什么问题。这种假设自己远去、对方送别的情景，运用了侧面着笔的艺术手法，设身处地地替对方着想，既缩短了两人之间的距离，使对方深感亲切，同时体现了自己的细腻与体贴，又巧妙地表现了自己的依依难舍之情，因而写对方也是写自己，手法高妙。第二部分为最后 4 行，正面表明自己的战斗决心，从精神上鼓舞安娜。尽管只是轻舟一叶，"我"也要拼全力搏击暴风雨，即使毁于战斗也在所不惜，决不做懦夫孬种。诗人以顽强、大无畏的牺牲精神和高昂的战斗意志让安娜对自己放心。

全诗的特点，一是将诗人的柔情与战士的斗志相结合，既侧面描写，又正面抒情，刚柔相济、侧正相辅地塑造了一个颇具立体感的抒情主人公的形象；二是运用象征手法（航海者象征搏风暴斗恶浪的诗人和斗士，暴风雨象征恶劣的形势、黑暗的环境），豪放中蕴含沉郁，激昂中不失细腻。

非洲、美洲、大洋洲篇

尼罗河颂（一）

恩纳著　孙用译

万岁，尼罗河！
你在这大地上出现，
平安地到来，给埃及以生命：
阿孟神啊，你将黑夜引导到白天，
你的引导使人高兴！
繁殖了拉神所创造的花园。
给一切动物以生命；
不歇地灌溉着大地；

从天堂降下的行程；
食物底爱惜者，五谷底赐与者，
普塔神啊，你给家家户户带来了光明！

　　恩纳（约生活于公元前 13 世纪埃及拉美西斯之子麦尔纳普塔时期），古埃及著名诗人，一生创作了不少优秀的作品。据传，最有名的诗歌是《尼罗河颂》和故事《两兄弟的传奇》（又译《两兄弟的故事》《昂普、瓦塔两兄弟》）。

　　河流与人类的关系密切，滔滔的河流不仅给人类带来生命的源泉——水，而且挟带肥沃的泥土，沉积成河岸边的一片片沃野，使农业丰收，人群集居，城市兴起，商业繁荣。河流还以其奔腾的水声、一年四季有所变幻的水色，引发人们诗意的想象；更以其洪水滔滔、巨浪滚滚、拔树移山、吞噬生命的烈性让人们深感神秘、畏惧，产生一种宗教般的崇拜虔敬之情。古埃及是世界四大文明古国之一，也是当时最富庶的国家。埃及的富庶与文明，在很大程度上是尼罗河所赐。古希腊历史学家希罗多德指出："埃及是尼罗河的赠礼。"埃及人也有一句十分流行的古话："尼罗河就是埃及，埃及就是尼罗河。"尼罗河每年定期泛滥，使两岸土地日益肥沃，故埃及的农业很早便发展起来。而在开发土地、发展农业的同时，富庶的埃及人在劳动中、闲暇时，创造了古埃及辉煌的文化艺术。

　　由于当时条件有限，人们不可能勘探尼罗河的河源，了解其全貌。再加上尼罗河每年定期泛滥，人们感到颇为奇异，故而对尼罗河深感神秘，顶礼膜拜。

每年六月半，尼罗河水开始高涨：先是呈淡绿色（现在已知这是尼罗河的一条重要支流白尼罗河经过卑湿区域时获得这种颜色），不久之后，变成淡红色（现在已知这是尼罗河的另一条重要支流青尼罗河挟带火山灰注入的缘故）。而且，一年一次的尼罗河洪水的高涨程度，如果稍有变化，天灾凶年就难以避免：如若水量过多，就会漫过堤岸，淹没田宅，人亦为鱼鳖；假如水量不足，就会旱地千顷，颗粒无收。人们对尼罗河的依赖、对尼罗河奇异景况的感受，成为尼罗河一切神奇幻象的魔力之源，而这又使人们对尼罗河既热爱又畏惧，产生了一种由衷的宗教崇拜之情。他们还把尼罗河神化。在埃及神话中，尼罗河神常与土地神和丰收之神同名，是一位能与太阳神相提并论的伟大的自然之神，象征着繁殖、多产、丰收和富足。这非常有利于文学和艺术的发展。在埃及的文学发展史中，尼罗河给了人们神秘而无穷的想象，成为埃及文学中引发人们创作灵感的源泉之一。如，有一个故事说尼罗河水是由神的哭泣而来，一年一次的洪水，人们称之为"埃西斯之泪"——埃西斯是埃及神话中主神奥西斯之妻，是繁殖女神。因此，对尼罗河的赞颂，成为埃及文学的重要主题之一。古埃及莎草纸的手抄文献中已有诗歌歌颂尼罗河的美："鱼类的世袭地，鸟类的故园……/生产的大麦，创造的小麦，/是它在教堂里作庆典。/没有它，呼吸便被窒息，/所有的人就要变得苍白无力，/神便无祭物品味，/成千上万的人就会死去……/当尼罗河一诞生，/大地就一片欢腾，/一切生机勃发，/人们高兴得嘴都难以合拢……/是尼罗河带来了丰盛的食物，/是尼罗河创造了一切之美……"（乔修业、常谢枫译）人们尤其喜欢以长诗的形式，淋漓尽致地表达自己对尼罗河的热爱与敬畏之情，如一首长诗中有一节这样写道："啊！尼罗河，我称赞你，/你从大地涌流而出，养活着埃及……/一旦你的水流减少，/人们就停止了呼吸。"

恩纳这首《尼罗河颂》是众多尼罗河颂诗中的佳作。这首诗共 14 节，汉译文 135 行。这里选译的是长诗的第一节。这节诗表达了对尼罗河的无比热爱与敬畏之情。开篇以"万岁，尼罗河"虔敬地赞颂尼罗河。接着，把尼罗河神化，具体称颂他平安到来，"给埃及以生命"。诗人先是赞美将黑夜引导到白天的阿孟神（阿孟神被称为诸神之父，他创造了宇宙，是埃及的大神），并暗喻尼罗河神也像阿孟神一样，对生命有一种"使人高兴"的引导。然后，诗人称赞尼罗河神繁殖了拉神（拉神是埃及的太阳之神，很爱花，创造了人间花园）所创造的花园。尼罗河神以生命之水使这花园郁郁葱葱，百花烂漫。"繁殖"一词朴实含蓄而又生动有力。进而诗人又明确赞美尼罗河神给一切动物以生命，不歇地灌溉大地，使五谷丰收。最后，说尼罗河神为食物的爱惜者，五谷的赐予者，赞美他像普塔神（普塔神是埃及的创造之神，宇宙的建筑师）一样给家家户户带来光明。"从天堂降下的行程"是指尼罗河神跨行天上，其行迹与地上的河相同。全诗语言朴实生动，风格雄浑壮丽。

受不了呵，穷苦的黑人！

大卫·狄奥普著　金志平译

受不了呵，穷苦的黑人！……
鞭子在呼啸，
呼啸在你流血流汗的背上。
受不了呵，穷苦的黑人！

白天很长，
长得背不动你白色主人的白象牙。
受不了呵，穷苦的黑人！
你的孩子们饿了，
饿了！而你的小屋是空的，
空的！因为你妻子不在那儿睡觉，
她睡在领主的床上。
受不了呵，穷苦的黑人！
像苦难一般黑的黑人！

　　大卫·狄奥普（1927—1960），塞内加尔现代诗人，用法语写作。出生于法国，父亲是塞内加尔人，母亲是喀麦隆人。曾在喀麦隆、塞内加尔、法国求学，获文学学士学位。1957年至1958年，以文学教授的身份在达喀尔中学任教，后在新独立的几内亚担任中学校长。1960年从金迪飞回塞内加尔时，因飞机失事，遇难身亡。其创作以诗歌为主，早期5首诗歌（包括《受不了呵，穷苦的黑人！》《反抗暴力》）被桑戈尔收入《黑人和马尔加什法语新诗选》（1948）。代表作为1956年出版的诗集《锤击集》，他也因此被称为"西非最有希望的法语诗人""战后青年黑人性诗人的领袖""最引起人们注意、最有才华的50年代新非洲诗人"。其擅长写作政治诗，是非洲战斗诗歌的代表作家。其诗一方面歌颂非洲的人民和自然风景，一方面又严厉谴责殖民主义的残暴行为。风格自然朴素，语言简练犀利。

　　这首诗通过描述黑人备受压迫与凌辱的具体事实，表达了对白人殖民主义者的愤怒，号召黑人起来反抗。开篇是一声发自心灵深处的沉重叹息："受不了呵，穷苦的黑人！"为全诗定下总的基调。接着，从三个方面具体展示"受不了"的现实事例。第一，成年男性黑人整天为其主人流血流汗，换来的却是皮鞭的毒打。第二，如此夜以继日（"白天很长"说明夜晚也成了白天工作的继续）地奔波劳累，却无法养家糊口，以至自己的孩子饥肠辘辘，啼饥号寒。第三，更有甚者，如此当牛做马地为主人劳作，不但自己饱受鞭打，孩子忍饥挨饿，而且，妻子还要被主人霸占，名誉被毁、人格受辱！是可忍，孰不可忍！结尾，既是深深的感叹，在白人的统治下，黑人已成为黑色苦难的化身；又是唤醒，黑人啊，你都已成为黑色苦难的化身了，难道还不该觉醒吗？！

　　本诗的艺术特点有二。一是善于择取平凡的日常生活中最能打动人心、最能说明问题的一些具体事例，生动深刻地阐明主旨。这也是狄奥普此类诗歌的一个显著特点，他的另一首诗《痛苦的时刻》也是如此："白人杀死了我父亲：/因为我父亲骄傲。/白人侮辱了我母亲：/因为我母亲美丽。/白人强迫我的哥哥/在烈日下作牛马：/因为我哥哥强壮。/白人对我伸出双手，/红红的/沾满了黑人的鲜血，/还用主人的口吻喊道：/'小鬼！拿椅子，手巾，打水来！'"（金志平译）二是反复运用"受不了呵，穷苦的黑人！"这句深沉的感叹，让它在诗歌的开头、中间、结尾四次出现，成为诗歌的主旋律，使具体事例连成一个整体，并突出、深化了具体事例所包蕴的强烈感情，触动黑人的灵魂，促使他们觉醒过来，为改变这种屈辱的现状而拼死斗争。同时，也唤起其他民族的同情，赢得道义上、精神上的支持与援助。

忧伤的歌手

索因卡著　　周永启译

我的皮肤被浮石磨出了裂纹，
我浑身是纯烟草的经脉
直到汗毛根，直到纤维过滤孔，

你的网是西塔尔琴弦织成
笼进神灵的悲恸：我长久游荡在
被夜色折磨的至高王后的

泪水之宫，你拉紧
歌曲的韧带为幽明两界
把仪式的重压担承。你

从暴风雨中提取奇异的挽歌
从月宫的灰土中筛取稀有的矿石
夜间往苦闷的宝座奔驰。

啊，多少花瓣被碾碎
为了芳香，蛾翼上负荷了多重的气压
为了微量彩虹的余光，

过分的苦痛，啊，隔离哭泣时的
助产士，按在宇宙弦索上的手指，茫茫无边的
复活节的苦痛，为了永恒的一点暗示。

我愿摆脱你的暴虐，使
肉体免于突然陷入地震之中
感觉久久不能平静。

我不愿一头栽下

石缝和火山的罅隙中，乘着

黑色的烈马，拉着灰色旋律的缰绳。

渥雷·索因卡（1934—　），尼日利亚当代杰出的诗人、剧作家、小说家，用英语写作。生于尼日利亚西部阿比奥库塔的雅鲁巴族家庭。先入尼日利亚伊巴丹大学学习。1954年，赴英国里兹大学攻读文学，并在伦敦皇家宫廷剧院任校对员和剧作者。1958年毕业后，开始发表剧本并演出，并从事各种体裁的文学创作。1960年以洛克菲勒戏剧研究者的身份回到尼日利亚，因参加政治活动两度被捕入狱。曾在伊巴丹大学、拉各斯大学和伊费大学任教，并组建"1960年假面剧团""奥里森剧团"。1986年辞去教职，从事专业创作。先后担任英国剑桥大学、美国康奈尔大学的客座教授，并担任联合国教科文组织戏剧研究所所长。1986年，因为"以宽阔的文化视野和诗人的含蓄，勾画出人类存在的悲欢苦乐"而荣获诺贝尔文学奖，接着又被授予尼日利亚最高的民族勋章。一生作品颇丰，在诗歌、戏剧、小说、散文方面都有颇高成就，主要作品有：诗集《伊但纳及其他》（1967）、《狱中诗抄》（1969）、《地穴里的梭子》（1972），长诗《阿比比曼铁神》（1976），戏剧《雄狮与宝石》（1959）、《路》（1965）、《未来学家的安魂曲》（1985），长篇小说《痴心与浊水》（原名《解释者》，1965），散文《那人死了》（1972）、《阿凯的童年》（1981）等。

索因卡的诗歌有着丰富的词汇和出色的表现手法，往往把抒情般的沉思和忧郁、痛苦之情，还有对死亡的脉脉温情，以及尖刻、辛辣的讽刺，怪诞、机智的描述等，巧妙地糅在一起。手法曲折隐晦，形象生动奇丽，不时有机智引人、鞭辟入里的警句，表现了对人性的深刻理解，以及对人类命运的深切关心。《忧伤的歌手》是索因卡的一首名诗，它主要表现了诗人对神奇音乐的现代感受。

抒写诗人对音乐的感受，在世界诗歌史上属于品艺诗这一门类，名篇佳作极多。英国17世纪诗人德莱顿有传世名作《亚历山大之宴》（又名《音乐的力量》），以洋洋铺叙的五大诗段，戏剧化地描写了音乐带来的"颂扬"（"崇高"）及"陶醉""悲哀""爱的柔情""复仇的狂热"等几种感情和境界，展示了音乐表现情感、引发情感的千变万化的神秘力量。俄国19世纪著名诗人费特的名诗《致一位女歌唱家》则从情感的角度，用音乐般的语言来表现自己对音乐的独特感受："把我的心带到银铃般的悠远，/那里忧伤如林后的月亮高悬；/这歌声中恍惚有爱的微笑，/在你的盈盈热泪上柔光闪耀。//姑娘！在一片潜潜的涟漪之中，/把我交给你的歌是多么轻松，——/沿着银色的路不停地向上浮游，/就像蹒跚的影子紧随在翅膀后。//你燃烧的声音在远处渐渐凝结，/如同晚霞在海外溶入黑夜，——/却不知从哪里，我真不明白，/一片响亮的珍珠潮突然涌来。//把我的心带到银铃般的悠远，/那里忧伤温柔如微笑一般，/我沿着银色的路不停地飞驰，/仿佛那紧随翅膀的蹒跚的影子。"（曾思艺译）1956 年诺贝尔文学奖获得者、被称为"20 世纪西班牙抒情诗歌之父"的希梅内斯在《音乐》一诗中，则以意象派精巧、清新的意象极其简洁含蓄地表达了对音乐的感受："在寂静的夜晚，/你是水，真正和谐的声音，/你充满清新——如同玉簪花/装在深不可测的杯中——星辰。"（陈孟译）我国描写音乐的诗歌更多，光是唐代，著名的诗篇就有李颀的《听安万善吹觱篥歌》《听董大弹胡笳兼寄语弄房给事》，李白的《听蜀僧濬弹琴》，韩愈的《听颖师弹琴》，白居易的《琵琶行》，李贺的《李凭箜篌引》。当代诗人彭燕郊对绘画、舞蹈，尤其是音乐有相当细腻、深刻的感受，更有把这一感受出神入化地传达出来的手段，他的《钢琴演奏》《小泽征尔》《听杨靖弹〈霸王卸甲〉》淋漓尽致地展示了音乐令人神往的神奇魅力（详见湖南文艺出版社 2006 年版《彭燕郊文集》诗卷下册）。

相比之下，索因卡这首诗更类似李贺的《李凭箜篌引》，想象十分奇特，只是手法更为现代，内容更加深邃。

诗歌的开头就比较别致。它不直接写音乐，而从"我"写起，写"我"久经生活风风雨雨的折磨，皮肤和神经都已十分粗糙（皮肤被浮石磨出了裂纹，经脉、汗毛根甚至纤维过滤孔都如纯烟草一般），为下文被音乐深深感动做铺垫和反衬。接着，抒写歌手的音乐带给自己的神奇感受，这一感受写得颇具层次，富有转折。"你"所张开的歌声的神奇音乐之网，仿佛由西塔尔琴弦织成，它"笼进了神灵的悲恸"，说明这歌声不只是动人、深沉，还具有一种弥天漫地的忧伤甚至悲苦（"神灵的悲恸"不仅指歌声忧伤悲苦，而且指其弥天漫地）。正因为如此，已被生活的风风雨雨折磨得神经麻木的"我"都被深深打动了，竟然感到就像"长久游荡在被夜色折磨的至高王后的泪水之宫"，浸泡在浓浓夜色般的忧伤愁苦之中，感受到了心灵深处的震颤，情不自禁地流下了泪水（"至高王后的泪水之宫"即指感动得流泪不止）。然而，这歌声仿佛通灵一般，善解"我"意，正当"我"内心地震般地被震撼，而且难以承受的时候，它又拉紧歌曲的韧带为"我"承担了"幽明两界"（象征着黑暗与光明、地狱与人间、恶与善、本能与精神）的重压，为"我"撑起了一片崭新的天空。进而，展开瑰异的想象，从这歌曲的来源深入写其神奇——它从暴风雨中提取了奇异的挽歌（隐喻其令人骚动而狂暴的悲哀），从月宫的灰土中筛取了稀有的矿石（隐喻其神异、珍贵），也从碾碎的花瓣上采集了芳香（写其有香、有味感），从七彩长虹中撷取了余光（写其有色，有美丽的视感）。但它毕竟是相当忧伤苦闷的（"夜间往苦闷的宝座奔驰"，既明确指出其苦闷，突出标题"忧伤的歌手"，又通过"夜间"写出这是一种被压抑的甚至心灵深处的苦闷，结合上文"神灵的悲恸"，可以说这是一种与生俱来的本能的生命忧伤，因此它才具有打动一切尤其是像"我"这样一个被生活折磨得麻木的人的神奇艺术魅力），带来了"过分的苦痛"。与此同时，它也是让人内心深处被压抑的悲伤得以宣泄的助产士，更是"按在宇宙弦索上的手指"，是"复活节的苦痛"，它从宗教关心人的终极问题的高度，在苦痛中寻求永恒的那一点暗示，探寻着人生的出路。可是，它给灵魂带来的震撼与痛苦太强烈了，以致令饱受生活折磨、沉浸于悲哀之中的"我"，都感到难以忍受。最后两节，诗人希望摆脱歌曲那忧伤的"暴虐"，以使肉体不再"陷入地震之中"，让心灵在长久的激荡中平静下来。因为"你"的歌曲使"我"深感仿如乘着黑色的烈马，拉着灰色旋律的缰绳，在狂奔疾驰，就要一头栽进石缝和火山的罅隙中。这是从反面着笔，透过一层极力描写展现音乐的神奇效果，其手法类似于韩愈的《听颖师弹琴》的结尾："推手遽止之，湿衣泪滂滂。颖乎尔诚能，无以冰炭置我肠。"音乐竟使人深感享受不了其美，其效果之神奇就可想而知了！不过，虽然同是写音乐的神奇效果使人无法承受，而且都试图摆脱它，但韩愈的手法古典而传统，索因卡的写法则是一种典型的现代手法。

《忧伤的歌手》在艺术上的特点有以下两处：

第一，善设转折，化虚为实。全诗主要表现的是忧伤歌手的忧伤歌声的巨大艺术魅力，但主要从"我"的感受来写，而且写得颇有层次，富于转折。诗中精心设置了两处转折。开头极力抒写"我"的皮肤尤其是神经的粗糙乃至麻木，而"我"竟被歌曲深深打动，这一转折突出了音乐的神奇力量；接着，由忧伤的音乐为"我"承担了重压成为宣泄痛苦的"助产士"转到希望摆脱其"暴虐"以脱离情感的"地震"，进一步突出了音乐撼人灵魂的力量。"我"饱经沧桑被生活折磨得麻木以及对音乐的感受都是抽象的东西，索因卡却通过一系列意象，使之在音乐的感受过程中成为可见可触可感的形象，极其生动地化虚为实，给人留下了深刻的印象。

第二，想象奇特，手法现代。李贺的《李凭箜篌引》也善于用浪漫奇特的想象，抒写音乐的神奇效果，表现对音乐的独特感受："昆山玉碎凤凰叫，芙蓉泣露香兰笑。十二门前融冷光，二十三丝动紫皇。女娲炼石补天处，石破天惊逗秋雨。梦入神山教神妪，老鱼跳波瘦蛟舞。吴质不眠倚桂树，露脚斜飞湿寒兔。"该诗写作手法颇为现代。作为当代诗人，索因卡这首诗的奇特想象更胜李贺，如从暴风雨中提取挽歌，从月宫的灰土中筛取稀有矿石，从花瓣中采集芳香，从彩虹中撷取余光，等等。而歌声使"我"产生一头栽下"石缝和火山的罅隙"的感觉，更是匪夷所思、出人意料的奇特想象。诗歌的表现手法也较李贺更为现代，它不仅表现在诗歌整体的象征、寓意上（"忧伤的歌手"在某种程度上，就是忧伤的人生或被压抑的忧伤本能之类的象征），而且表现在一些艺术技巧上，如"我浑身是纯烟草的经脉"，仿佛写实，但又是一种象征写法，生动凝练又含蓄深沉地写出了诗人饱经沧桑后的粗糙和麻木；"你拉紧歌曲的韧带为幽明两界把仪式的重压担承"，则极其现代而又简洁含蓄地构成了丰富的象征："歌曲的韧带"把歌曲拟人化了，"幽明两界"隐喻着歌声关乎人的生死这一根本问题，歌曲承担了"仪式的重压"隐喻着歌声试图减轻人生的繁文缛节，使心灵深处的苦闷得以宣泄；"乘着黑色的烈马，拉着灰色旋律的缰绳"则以现代隐喻和象征的手法，生动形象地写出了歌声的暴烈和忧伤的深沉。诗歌还大量运用了现代诗歌常用的通感手法，如歌曲从碾碎的花瓣上采集了芳香，写其有香、有味感，把听觉变成嗅觉、味觉，而歌曲从七彩长虹中撷取了余光，则写其有色，有美丽的视感，把听觉变成了视觉。

　　正因为如此，这首《忧伤的歌手》十分奇特而生动形象地表现了索因卡对神奇音乐的现代感受，成为世界诗歌史上描写音乐的又一不可多得的名篇。

回声沉默了

——献给巴勃罗·聂鲁达

芒达拉著　温永红译

黑人岛畔的芦苇
在哽咽悲泣
低吟的哀歌
从四面八方传来
吸血的乌鸦
飞过破烂不堪的屋顶
一阵狂风
叼住了萎蔫的花蕾
由于缺少细雨和风

河塘里的水都已干涸
只有几尾可怜的鱼
在网里挣扎。
妇女们披散开头发
受惊的昆虫
连忙跳回到藏身的草丛
一位伟大的旅客离开了我们！
形形色色的嗜血动物吸吮过你的内脏
把你的血到处洒遍
看，在你的岸边
万物都变得肃杀凄凉

　　亚迈纳·芒达拉，扎伊尔当代诗人、专论作者、记者。常在世界各地作采访旅行，撰文纵论各种国际问题。1973 年出版处女集《黄昏杂咏》，立即引起评论界和读者们的关注，颇受好评。诗风朴素自然，手法较为现代，具有较强的艺术感染力，如《生命的树》："你是树/茂盛的枝叶在迎风摆动/在我的胸中敲响了胜利的手鼓。//你是树/你的浆液阻止了苍空/破裂成无数的碎片。//你是树/将帮助我跨过/神仙们的河流和死亡的阴影。"（李恒基译）除诗歌外，还出版过一些论著，如《扎伊尔妇女和文学》《论文学和文化》。

《回声沉默了》是为悲悼聂鲁达逝世而作。巴勃罗·聂鲁达（1904—1973），是智利著名诗人，也是拉丁美洲最著名的诗人之一，同时还是 20 世纪最有影响力的现代诗人之一，其诗歌关心民族和人民的生活与命运，注目人类的幸福与未来，宣扬人类与大地的和谐，致力于世界的和平；集超现实主义、浪漫主义、象征主义于一身，题材广阔、想象丰富，格调清新、语言绚丽，气势磅礴、富于哲理，在世界各国均产生了深远的影响。1971 年，由于"诗歌以大自然的伟力复苏了一个大陆的命运和梦想"，且"与人类和大地和谐"，"讴歌奋斗"，"为维护理想和未来呐喊"，"有益于全人类"，"具有世界意义"而荣获诺贝尔文学奖。1973 年 9 月 23 日，聂鲁达在圣地亚哥逝世。噩耗传来，崇敬聂鲁达的人们沉浸在巨大的悲痛之中。这首诗即创作于这样一个背景下。

聂鲁达晚年定居内格拉岛（又译黑人岛、黑岛），撰写自传体回忆性散文。这首诗即巧妙地通过内格拉岛上的一切来表达深深的悲痛、哀悼之情。诗歌以拟人、夸张、对比等手法，尽力抒写聂鲁达去世后，内格拉岛上的变化：芦苇哽咽悲泣，低吟的哀歌从四面八方传来；乌鸦"哇哇"悲叫，飞过破烂不堪的屋顶；因缺少和风细雨本已萎蔫的花蕾，此时更被狂风叼住，到处翻飞；河塘干涸，鱼儿在网里凄惨挣扎；妇女们披头散发；受惊的昆虫急蹦乱跳，躲进草丛……这一切，只是因为"一位伟大的旅客离开了我们！"。这种夸张的手法，既突出了聂鲁达与大自然及人民的密切联系（由目前这"肃杀凄凉"的景象不难想象聂鲁达生前与自然万物及人们的和谐亲密），又造成一种天地万物同悲的凄惨感觉，十分巧妙而深刻地写出了聂鲁达在天地万物和人们心目中的重要性，也烘托出诗人自己那真挚深广的悲痛之情。

本诗最大的特点是善于运用多种艺术手法，借物抒情。它不直写聂鲁达去世后诗人极其悲痛，而运用拟人（芦苇哽咽，狂风叼住）、夸张（聂鲁达的逝世使万物肃杀凄凉）、对比（聂鲁达生前与死后岛上情景的变化）等手法，极力通过自然万物来渲染、烘托悲悼之情。不言情而情自现，可谓"不著一字，尽得风流"。这种颇为高明的手法也为聂鲁达所常用，由此亦可见其对诗人的影响。

归 来

阿诺多·桑托斯著　范德玉译

一面面无色的旗帜，
在风中摇曳。
一辆卡车奔驰向前，
歌声在唱，
——唱归家的男子汉。

洪亮的歌传向远方，
传向星星点点的茅屋，
那里，母亲们正在翘望。
旗帜——渴望的旗帜，
在风中摇曳。

飘落的歌声追寻
那铺着苇席的地板，
离别的歌犹如
街上的尘土飞散。

摇曳着，摇曳着，
无色的旗帜激荡起多少渴念。

在一个个小镇里，
新生儿的啼哭正在响起。

阿诺多·桑托斯（1936— ），安哥拉当代著名诗人，出生于罗安达。代表作品有《夫加》《逃亡》《岁月之诗》等。其诗意象轻灵、语言生动、形象鲜明、细腻真挚、满蕴激情、耐人寻味，如《傀儡》："一面面五颜六色的旗帜/你们不过是风的傀儡/却在那里趾高气扬/你们摇曳着风的阴谋，风的野心/没有了风/你们不过是一堆阳痿的布//一辆辆五花八门的汽车/你们不过是路的傀儡/却在那里飞扬跋扈/你们行使着路的指示，路的方向/没有了路/你们不过是一堆早泄的铁//还有谁？/还有谁是谁的谁？/还有谁是傀儡？/还有谁是傀儡的傀儡？/傀儡是否读懂了风声？//没人知道傀儡的孤寂/正如一列爬行在深夜的火车/也有不愿充当傀儡的旗帜/它们雕在墙上/跌宕起伏/凹凸飘扬的渴望。"（佚名译）

《归来》抒写的是游子归乡的心情。

描写游子归乡的感受，是世界文学中很有诱惑力的题材。在中国，这方面的名篇佳作很多，如唐代宋之问的《渡汉江》："岭外音书断，经冬复历春。近乡情更怯，不敢问来人。"本诗就突出地表现了古代交通不便，长期未与亲人联系的情况下近乡时矛盾复杂的心情。唐代贺知章的《回乡偶书二首》："少小离家老大回，乡音无改鬓毛衰。儿童相见不相识，笑问客从何处来。""离别家乡岁月多，近来人事半消磨。惟有门前镜湖水，春风不改旧时波。"这两首诗则抒发了久客伤老、人事无常的感慨。清代叶燮写有《客发苕溪》："客心如水水如愁，容易归帆趁疾流。忽讶船窗送吴语，故山月已挂船头。"该诗则抒写了久客归乡那种轻快、亲切之感。桑托斯这首诗与贺知章的感受不同，重在写归途中的感受与想象，这与宋之问、叶燮的诗有点相似，但更富生活气息、现代色彩和地方风情。

这首诗开篇即亮出在风中摇曳的"一面面无色的旗帜"。这"旗帜"既可理解为家乡实有的东西，它们在诗人远离家乡时一直"渴望"着他回家，现在正在召唤他，也在欢迎他（它是故乡的一种象征）。这是一种从对方着笔的高明方法，不说自己如何思念家乡，渴望回到家乡，而说家乡如何渴望自己、欢迎自己回来，委婉深厚地传达了思乡、归乡的迫切心情。这"旗帜"也可理解为诗人思想心绪的形象化与具体化——中国有句俗语"心旌摇摇"（由成语"心旌摇曳"演变而来），非洲诗人与中国古人的思路不谋而合，可见文与心确有共通之处。然后，诗人点明自己正在归乡途中："一辆卡车奔驰向前。"他听到家乡歌唱"归家男子汉"的熟悉歌声，洪亮的歌声悠悠扬扬地传向远方，诗人的想象也随之飞向远方。那里，有星星点点的茅屋；那里，母亲们正在翘首等待。随着歌声的飘落，诗人完成了由现在向过去的时间转换，追寻到昔时的离别——在那"铺着苇席的地板"的屋里，"离别的歌"犹如"街上的尘土飞散"。结尾，对应开头，既是写实，又可视为象征。新生命的啼哭特别能唤起人的柔情，唤醒人对生命的爱护与关怀，激起人对未来的无限希望。因而这两句表面上看是客观描写，实际上却是借其抒发诗人热爱家乡，希望家乡更美好、更富生命活力的满怀深情。但强调"一个个小镇里"，意即每一个小镇里，都有新生儿的啼哭，似又使诗歌蒙上一层象征的影子。它可以象征家乡充满新生命、新活力，也可象征诗人自己在归乡途中，感触良多，产生了无数新的念头、新的思绪，对家乡有了新的认识。

这首诗最主要的特点是，似写实又似象征，或者说在写实中巧妙地蒙上一层似有似无的象征的影子。全诗初看似乎写的完全是日常生活中朴实的归乡、离别情景，洋溢着浓郁的生活气息，且有独特的地方色彩。但诗中三次出现"旗帜"，而且是"无色的旗帜"，而现实生活中似乎并不存在"无色的"旗帜；还有多次激荡起的渴念，以及结尾一个个小镇里"新生儿的啼哭"，却又使人感到一种隐隐的象征。这样，全诗就在这似写实又似象征的张力之中，构成引人深思、令人遐想的诗歌空间，产生了强烈的艺术魅力。诗歌语言自然朴实，意境恬淡优美，手法似传统而颇现代。

万紫千红的春天一定到来

狄布著　张铁夫译

东方将晓，看，
在我眼前，
升起了一片血红的曙光。

有一个人在纵情歌唱，
歌声在群山上空飞翔，
飞向流放、忧伤和苦难的地方。

大地寒风呼啸、冰雪茫茫，
风雪狂飞怒舞，但有一个人
在歌唱，她唱总有一天会获得解放。

她唱薄荷又会鲜花怒放，
棕榈又会结出累累硕果，
我们的苦难终会一扫而光……

啊，你忧心忡忡的姑娘，
在这血雨腥风的寒冬，
你在把万紫千红的春天歌唱。

穆罕默德·狄布（1920—2003），阿尔及利亚当代诗人、作家，用法语写作。生于特雷姆森城一个木工家庭。由于家境贫寒，中学未毕业就开始工作，先后当过铁路工人、织地毯工人、会计、记者、小学教师。1946年做记者时发表诗作，并开始文学生涯。1959年被殖民当局驱逐出境，在法国寓居五年，于阿尔及利亚独立后回国。60年代，创作受到流行的法国象征主义影响。70年代，创作又回到现实主义。主要作品有：诗集《守护的影子》（1961）、《格式》（一译《陈言集》，1970）、《火，好火》（1979），长篇小说《阿尔及利亚三部曲》《大房子》（1952）、《火灾》（1954）、《织布机》（1957）、《记得大海的人》（1962）、《野蛮的神》（一译《巴巴里地区的神》，1970）、《好猎手》（1973），短篇小说集《护身符》（1966），戏剧《争取持久和平》《一千个美女为了一个妓女》（1980），儿童文学《巴巴·法克朗》（1959），等，作品曾获阿尔及利亚作家协会奖（1966）和诗歌学会奖（1971），并被译成多种文字。其诗风格豪放、语言朴实，主题大多是为阿尔及利亚民族的独立与解放歌唱。

狄布是一个颇为现代的诗人，不少诗写得现代而朦胧，如《疯狂的时刻》："黑色的疯狂时刻/已到。它的特征是——/仇恨，叫喊和刮风，/抹去黎明的眼睛。//诞生出穴居的黑暗，诞生出海洋的火光，/它丈量着深海的痛苦，/它重复着死亡。//要认识它并不困难，/它是黑色的。它的特征是——/浴满鲜血的葡萄藤，/黎明之叫喊与疯狂。"（王容若译）；又如《巴黎风景》："彩云旋舞在黑暗笼罩的天际，/在塞纳河之上掠过命定不祥的水流，/黎明的巴黎呈现灰色与暗紫，/夜依然像灰蓝的烟雾般停留。//天空有时仍然以虚假的安宁/如此帮助我挨捱困难的白昼，/你感觉不到自己已失去原有的身份，/谁的影子循此偷偷地开溜。//煤气喷嘴突然发出木樨草的气味……我看见——我的天使在大地之上飘飞，/向我指示着肉眼不见的道路。//巴黎安慰你们，很快就要更近地……/我在黎明的薄冥中行走。巴黎的送奶女工/敲响着铁桶，疾速地叫卖牛乳。"（王容若译）。但当现实需要的时候，他也能创作相当现实而易懂的诗歌，如这首《万紫千红的春天一定到来》，它创作于阿尔及利亚独立前。

阿尔及利亚是非洲难得的一个疆土辽阔、资源富饶的国家，历来为外国殖民者所垂涎，奥斯曼帝国、西班牙、葡萄牙曾先后入侵该国。但英勇的阿尔及利亚人具有强烈的独立自主意识和从不屈服、敢于反抗的斗争精神。他们奋起保家卫国，并且善于斗争，把侵略者一个个赶出了自己的领土。1827年的一天，法国驻阿尔及利亚的领事傲慢地对阿尔及利亚国王侯赛因宣称，法国政府拒绝偿还阿尔及利亚以往借给法国的贷款。面对强国咄咄逼人的无理挑衅，侯赛因毫不畏惧，愤怒地举起手中的扇子，朝这位气焰嚣张的法国领事脸上狠狠打去，这就是阿尔及利亚历史上著名的"扇子事件"。1830年6月30日，法国以"扇子事件"为借口，派兵侵占了阿尔及利亚。在长达130多年的历史长河里，富有反抗精神的阿尔及利亚人民不屈不挠地先后发动了50多次武装起义，终于在1963年3月迫使法国政府签订了停火协议，并于同年7月3日宣告独立，成为非洲第一个通过武装斗争获得独立的国家。《万紫千红的春天一定到来》就创作于这样一个大背景下。其时，阿尔及利亚人民的武装斗争如火如荼，声势浩大，法国殖民军则进行血腥、残酷的镇压。诗人满怀人民必胜、正义必胜的信心，以及期盼美好未来的乐观主义精神，以象征的手法，侧面反映了阿尔及利亚人民在法国殖民统治下的苦难生活，正面展示了民族独立与解放的美好前景。

开篇以象征的方式，鼓舞人心地写出了漫漫长夜即将过去，美丽的晴天就要到来的现状。"血红的曙光"既是拥有美好光明的白昼的象征，也暗寓了胜利是用血的代价换来的。接着，通过唱歌的姑娘及其歌声，诗人巧妙地表达了斗争必胜的信念。姑娘忧心忡忡，因为现在正是"血雨腥风的寒冬"，到处是"流放、忧伤和苦难"，风雪严寒大发淫威。但她仍然充满信心地纵情歌唱，歌唱总有一天会获得解放，歌唱鲜花怒放、硕果累累的秋天一定到来，阿尔及利亚人民的苦难终会一扫而光。这首诗在主题、情调与艺术手法上与我国歌剧《江姐》中的著名歌曲《红梅赞》颇为相似，但情感较《红梅赞》稍显复杂。《红梅赞》以象征的手法，通过红梅笑迎飞雪、傲视严寒、喜庆新春，表达了一种乐观的战斗精神；而本诗则在通过以自然物象象征胜利将临、光明即至后，又推出姑娘的形象，她既是诗人情感的具体化、形象化，又可视为阿尔及利亚人民的代言人。她形象美好，情感细腻复杂，既对血雨腥风的现状"忧心忡忡"，又对未来的胜利充满信心。这样，诗歌的情调就既细腻又豪放，既忧郁又乐观，颇具艺术感染力。

海市蜃楼

朗费罗著　杨德豫译

诗歌的美妙幻影！
　你到处把我引诱：
在荒凉僻静的田野，
　在稠人广众的街头！

逼近你，你消失无踪，
　捕捉你，你已经溜走；
悠扬的乐曲却依然
　日夜不停地演奏。

有如困乏的旅客
　奔走在沙漠、荒原，
瞥见蔚蓝的湖水，
　绿荫笼罩着湖岸；

壮丽的城池，高塔，
　耀眼的黄金屋顶；
他走近一瞧，都隐去，
　化作了轻烟淡影——

就这样，我奔波，瞻望，
　老是望见：我前方
有一座诗歌的金城
　闪耀在瑰丽的梦乡；

我刚刚走近门边，
　金城便消失不见；
我只得彷徨，等待

奇景再一次出现。

亨利·瓦兹沃思·朗费罗（1807—1882），美国 19 世纪著名诗人、学者，生于新英格兰地区缅因州波特兰城一个律师家庭。由于住处临近大西洋，又受到爱好诗歌的母亲的影响，他从小就熟悉海洋、船舶和水手的生活，熟悉美国的历史、民间传说、移民的故事和印第安人的神话。1825 年其在博多因学院毕业后，受学院委派去欧洲研究语言和文学。1829 年回国后，先后在博多因学院和哈佛大学任教。朗费罗从小就显露出不平凡的文学气质，13 岁开始在波士顿的《美国文学报》发表作品。1854 年，辞去教职，专门从事文学创作。一生作品颇丰，主要作品有：诗集《夜吟》（一译《夜籁》，1839）、《奴役篇》（1842）、《布吕赫钟楼及其他》（1845），长诗《伊凡吉琳》（1847）、《海华沙之歌》（1855）、《迈尔斯·斯坦狄什的求婚》（1858），长篇小说《卡万诺夫》（1849），译著《神曲》等。

他主张"为人生而艺术"，强调艺术应造福人类，认为诗人的使命是"高举点燃的火把，照亮黑暗的国土"，"使人民更加高尚和自由"（《普罗米修斯》），并具体提出了诗人的三项任务：娱悦、鼓舞、教导，决心"以隽永的诗的形式创造出美国人共同的文化遗产，并在这个过程中培育一代诗歌读者"。其诗歌创作实践了自己的理论主张，贴近现实；既优美亲切地描写日常生活、自然景物、民间故事传说，以引人入胜的诗情画意表现对普通劳动者的理解、同情和对生活的热爱；又义正辞严地对奴役和压迫、殖民统治、战争以及当时社会的其他罪恶和弊病进行揭露和声讨；技巧娴熟、音韵优美、形象丰富、文字朴实、情调隽永、韵味盎然。1957 年，世界和平理事会把他列入世界文化名人。

这首《海市蜃楼》主要写诗人与诗歌的微妙关系。诗人感到"诗歌的美妙幻影"总在引诱自己，无论是荒凉偏僻的田野，还是稠人广众的街头（意即无论是孤独之时还是热闹之中），诗歌的情影时时刻刻在他的眼前萦绕。然而，当诗人试图逼近它、捕捉它时，它却悄悄溜走，消失无踪，只留下悠扬迷人的乐曲，日夜不停地演奏，使诗人神魂颠倒。就像一个奔走在沙漠、荒原中的困乏旅客，猛然发现蔚蓝的悠悠湖水和丛丛绿树围抱中耀眼的黄金城，但走近才发现，不过是海市蜃楼。诗歌的金城也"闪耀在瑰丽的梦乡"，使诗人长途奔波，赶近时又"消失不见"，只得彷徨着"等待奇景再一次出现"。这种情景并非任何人都会遇见，它必须经过人们长久的执着追寻、探索之后才会出现，一如许多人都见过果实落地却一无所获，而长期思考又机缘巧合的牛顿见了苹果落地，却茅塞顿开，一下子发现了万有引力一样。在中国诗歌理论中，这叫作"妙悟"。

诗人与诗歌为何会产生这种神秘而微妙的关系呢？其原因大约有三：一是

因为灵感的瞬间爆发性和飘忽不定性。诗歌创作需要灵感，灵感是诗人长期思考与劳动后在某一瞬间的灵光一闪，豁然顿悟，来去如电，飘忽不定，稍纵即逝，其来使诗人如神灵附体，其去使诗人茫然若失。这样，极易使诗人产生一种"捕捉你，你已经溜走"的感觉。二是因为感觉、语言与诗的关系。越新鲜的感受、越深刻的思想，与语言的距离越大，庄子云："言不尽意"。俄国诗人费特认为"语言苍白无力"，希望"如果不要言词，只用心灵倾诉该多好"，纳德松则宣称："世界上没有一种痛苦甚于语言的痛苦。"而丘特切夫说得更现代、更深刻："说出的思想已经是谎言。"因此，真正的感受、真正的思想几乎是无法表达的，表达出来的，也许只是金蝉脱壳的心灵蜕下的一层皮。对此，现代诗人感悟尤深。德国现代诗人格奥尔格（1868—1933）在《言词》一诗中写道："是不解的思索，还是梦？/载我远渡重洋，到达遥远的故乡。//期待晨曦中女神降临/倘能在她的源流中找到名//啊！我会把它抓握得更紧更牢/它会涌出奇彩，从现在一直到将来……//当我经此幸福的航程返归，/我的收获既丰富又如此易脆，//她找啊找，透露出如此信息：'此间并无深渊'。//顷刻间烟飞云散，/我的故乡何曾在此珍宝渊源……//哎，无奈中我伤感地明白：/词之缺如，物将焉成。"诗人指望在梦境和遐想中祈求命运女神赐给他言词，以便自由地表达思想和感情，但女神告诉他，这里没有他所求的东西，诗人伤感地明白了："词之缺如，物将焉成。"没有恰当、有力的言词，怎能传达思想感情，怎么会有诗！美国当代作家林·赫京尼恩的散文名篇《我的生活》虽然意在消解本文的终极意义，但也含有词不达意、词难达意的内涵："不是这句。　下面写什么？　我再次重新开始写，不是这句。　上周我写了'我因烤肉时间长手掌肌肉酸痛而不能握笔'。下面写什么？今晨我的嘴唇起了水泡。　把那一句插进去。我再次重新开始写。灰暗的光线阴沉地照入黄色的房间。不是这句，滚烫的油脂溅在炉顶上。"正因为如此，诗人自然会产生一种瞻之如在眼前、走近化作淡影轻烟的感觉。三是因为诗歌本身既具体又抽象，难以把握，而且诗人要进的是一座诗歌的"金城"，构建这一"金城"的诗歌当然为数不会太多，捕捉的难度就更大，难怪诗人要感慨："逼近你，你消失无踪。"

这首诗形式整齐，韵律畅美，比喻生动形象，语言朴实优美，颇能体现朗费罗的艺术风格。但第一、二节的内容与后三节的内容似有重复之嫌。

为你，啊，民主哟！

惠特曼著　楚图南译

来呀，我要创造出不可分离的大陆，
我要创造出太阳所照耀过的最光辉的民族，
我要创造出神圣的磁性的土地，
　　　有着伙伴的爱，
　　　　　有着伙伴的终生的爱。
我要沿着美洲的河川，沿着伟大的湖岸，
　　并在所有大草原之上，栽植浓密如同树林的友爱，
我要创造出分离不开的城市，让它们的手臂搂着彼此的脖子，
　　　以伙伴的爱，
　　　　　以雄强的伙伴的爱。

为你，啊，民主哟，我以这些为你服务，
　　啊，女人哟，
为你，为你，我颤声唱着这些诗歌。

　　瓦尔特·惠特曼（1819—1892），美国19世纪著名民主诗人，生于纽约长岛一个农民家庭。由于家境贫寒，11岁被迫辍学，外出谋生。先后当过律师事务所差役、木匠、排字工人、乡村小学教师、报纸编辑和记者。工作之余，惠特曼刻苦自学，饱览各类文化知识，阅读过大量世界文学名著。1839年开始写诗。1848年前往新奥尔良，美国的辽阔疆域、大好河山和日新月异的城市，大大开阔了他的眼界。南北战争中，他积极参加支援前线的后勤工作，接触了近10万个伤员。《草叶集》是他最重要也几乎是唯一的著作。该书1855年7月由惠特曼自费出版第一版，收入12首诗，几经增订，至1892年第9版，增至383首。诗集取名"草叶"，是因为"哪里有地，哪里有水，哪里就长着草"，"草是自然界最普通、最平凡的东西"，象征着平凡而顽强的生命。在内容上，诗集歌颂人、自然、劳动、劳动者，讴歌民主和自由，赞美自我和人的力量，宣扬人与人之间（包括同性之间和异性之间）广泛而热烈的友爱式的博爱。在形式上，其诗歌冲破了美国诗坛对英国诗歌形式的因袭，创造了"自由体"的诗歌形式。

这首《为你，啊，民主哟！》选自惠特曼《草叶集》中的《芦笛集》。惠特曼对人与人的关系和情感有一种不同凡俗的见解。在《草叶集》中的《亚当的子孙》这组诗中，他描写了异性之爱，极力歌颂爱的天性，而且超前地像英国作家劳伦斯一样，力图消除人们对肉体之恋的罪恶感，恢复伊甸园故事的神圣清白，进而达到和谐幸福，社会稳定、兴旺的状态。《芦笛集》组诗则通过同性爱来宣扬加强人与人之间的团结。他认为，这种"伙伴之爱"可作为人与人（即男人与男人）之间紧密团结的纽带，为美国的强大和世界人民的和平友好提供一个可靠的基础。异性爱、同性爱的共同和谐，便能实现惠特曼毕生追求的总主题和最终目的——普天下的民主、自由、博爱，及在此基础上建立的仁爱、美好、富于生命活力和创造力的新世界。《为你，啊，民主哟！》即是惠特曼毕生追求的总主题的一次变奏。

全诗分为三节。第一节描写通过男人与男人之间"终生"的"伙伴之爱"，造成"友谊的民主精神"，并以此创造出"太阳所照耀过的最光辉的民族"，让他们形成"不可分离的大陆"和"神圣的磁性的土地"。第二节抒发把这一"雄强的伙伴的爱""友谊的民主精神"推广到世界各地的豪情，表示不仅要在美洲，而且要在"所有大草原上"，"栽植浓密如同树林的友爱"，创造出世界范围内"分离不开的城市"。第三节点题，表明这一切为的是民主和女人，即为了美好和谐的新世界。因为民主首先建立在平等、友爱的男性之爱的关系上。在《信念》一诗中，他写道："前桅顶上始终悬着一个信念——/在这神圣的世界大船上，在这破浪向前的时间和空间，/全世界人民齐心掌舵，合力打桨，向着一个共同的终点。"诗中的"人民"应该是指团结友爱的男人。民主也建立在男人与女人的异性平等的爱上。男人与男人，男人与女人，构成广大的群众。而"一切，都要为了活着的人"，"群众，应当是一切主题的主题"（《我曾不断地探索》)，因此，"我，歌唱民主，因为，/那是群众的智慧，丰收的土壤"（《平凡》）。

这首诗的特点是风格豪放，善用排比（"我要创造"）、层递（由美国而美洲终至全世界）、拟人等修辞手法，篇幅短小而气势宏大，包蕴广阔。

给黑人女郎

休斯著 胡风译

> 到第克西南方去的路上，
> （碎了我底心）
> 在一个十字路口的树上，
> 他们绞死了我底爱人。
>
> 到第克西南方去的路上，
> （打烂了的尸体挂在空中）
> 我叩问了白种的耶稣教主，
> 祈祷到底有什么用？
>
> 到第克西南方去的路上，
> （碎了我底心）
> 在一棵有结疤没叶子的树上，
> 爱人成了裸体的黑影。

兰斯顿·休斯（一译休士，1902—1967），美国现代黑人诗人、作家，20世纪20年代哈莱姆文艺运动的领导者和代表人物。曾在哥伦比亚大学和林肯大学学习，当过货船厨师和旅馆服务员。访问过苏联、中国和日本，在西班牙战时曾任报纸记者。青年时代开始发表诗作，一生著作多达60余种。在诗歌、戏剧、长篇小说（如《不无笑声》）、短篇小说（如短篇小说集《白人的行径》）、幽默小品、儿童文学方面都有所建树，但以诗歌成就最为突出。休斯共著有16部诗集，重要的有《疲倦的布鲁斯》（1926）、《哈莱姆的莎士比亚》（1942）、《单程票》（1949）、《延迟的梦之蒙太奇》（1951）等。他的创作深深扎根于美国黑人民族的土壤之中。他真实地描绘种族歧视给黑人带来的痛苦生活，揭露社会的不平等现象，表现黑人的愤怒与渴望，讴歌黑人的美好感情及其蕴含的巨大力量，颂扬黑人源远流长的文化和传统。他冲破传统习惯的束缚，创造性地把黑人的民歌艺术引入诗歌创作，并以黑人的方言来描写黑人的生活和经历，形成了感情真挚、节奏明快、语言朴素、风格豪迈的崭新诗歌形式。因而，被称为"哈莱姆的桂冠诗人"，对美国和非洲黑人诗歌的发展都有深远的影响。

休斯最著名的诗歌是《黑人谈河流》："我了解河流，/我了解像世界一样古老的河流，/比人类血管中流动的血液更古老的河流。//我的灵魂变得像河流一般深邃。//晨曦中我在幼发拉底河沐浴。在刚果河畔我盖了一间茅舍，河水潺潺催我入眠。/我瞰望尼罗河，在河畔建造了金字塔。/当林肯去新奥尔良时，我听到密西西比河的歌声，/我瞧见它那浑浊的胸膛在夕阳下闪耀金光。//我了解河流：古老得黝黑的河流。//我的灵魂变得像河流一般深邃。"（申奥译）这首诗把黑人的历史比作河流，在短短的篇幅里，回顾了四大文明的其中两个发源地——幼发拉底河与尼罗河以及黑人的故乡——非洲的刚果河和为解放黑奴而进行的南北战争的战场——密西西比河，以寻根溯源的方式，象征性地表明了黑人的历史是人类历史的一部分，同河流一样古老而源远流长，黑人在建设美国和创造世界文明中做出了不可磨灭的贡献。

这首《给黑人女郎》与《黑人谈河流》在漫长的历史中寻找自己民族的力量和文化的源流以激起强烈的民族自豪感不同，它更着眼于以现实生活的悲惨遭遇来唤起黑人的愤怒与斗志。美国的黑人为了种族的正义、民族的平等进行了不屈不挠的斗争，但遭到残酷的迫害，许多人惨死。这首诗通过一位黑人女郎的诉说，愤怒地控诉了种族歧视主义者的罪恶。黑人女郎的爱人因为反对种族歧视与压迫，竟先遭毒打，再被活活绞死，挂尸于十字路口的秃树上。黑人女郎悲痛欲绝，叩问白种的耶稣教主："祈祷到底有什么用？"因为白种的上帝大肆宣扬博爱，不仅要爱自己的亲人、朋友，而且要爱自己的仇敌；宣扬大家都是上帝的子民，在上帝面前人人平等；宣扬只要真心信奉上帝，一定会得到保佑。然而，事实却是黑人被白人踩在脚底下，不许反抗，稍有反抗，便会遭遇飞来横祸，死于非命。这样，"祈祷到底有什么用？"这一反问，就显得含蓄深沉而又愤怒有力，揭穿了上帝所宣扬的博爱、仁慈、平等、公正的虚妄，直斥宗教的欺骗。

这首诗最大的特点首先是叙述者与抒情主人公在不知不觉中合二为一。本来，诗题《给黑人女郎》应该是诗人（叙述者）写给黑人女郎，代其倾诉，一般以第三人称"她"或第二人称"你"的人称形式展开。但诗人巧妙地以第一人称"我"的形式进行，使叙述者与黑人女郎合二为一，既通过"我"痛苦与愤怒的叩问使人产生身临其境的真切感，又由于叙述者的融入而使"我"成为黑人悲惨命运的代表。其次是精心构思，善选传情之物。诗人为了唤醒黑人，精心选择了传达愤怒之情的人物——热恋中的黑人女郎，女性的不幸本已令人同情，何况是热恋中失去爱人的黑人女郎！最后，该诗活用民歌艺术，以反复的手法构成悲愤缠绵的旋律（"到第克西南方去的路上"三次出现，"碎了我底心"两次出现）。

庙

非马著

天边最小最亮的那颗星
是飞甍的檐角

即使是这样宽敞的庙宇
也容纳不下
一位唯我独尊的
神

　　非马（1936—　），美籍华裔当代诗人。本名马为义，出生于台湾省台中市，祖籍广东。1954 年入台北工专学习，并开始诗歌与散文创作。1961 年赴美学习，1969 年获美国威斯康辛大学研究所核工博士。后任职于美国阿冈国家研究所，从事核能发电研究。他是"笠"诗社唯一的一位非台湾籍诗人，曾获"吴浊流文学奖""笠诗翻译奖"及"笠诗创作奖"。著有诗集《在风城》（1965）、《非马诗集》（1980）、《白马集》（1984）、《笃笃有声的马蹄》（1986）、《路》（1986）等。其诗歌以对社会人生的热切关怀和冷静的哲理思考著称。非马极其善于将乡土诗歌的精神本质与现代诗歌的表现手法结合起来，往往采用矛盾逆折的构思，运用压缩和跳接的意象，使诗具有非确定性与多重意义，机智而口语化，新奇而警策，极具张力。

　　作为一个受过系统科学思维训练的诗人，非马的诗独具一种科学的智慧美，这主要表现在诗歌的构思上。他曾一再谈到自己的写诗技巧与方法："从平凡的事物里引出不平凡，从明明不可能的境域里推出可能。这种不意的惊奇，如运用得当，往往能予读者以有力的冲击，因而激发诗思，引起共鸣。"这样，其诗歌构思的一大特点，便是喜欢运用"矛盾逆折"的构思方法。这种方法就是把相互矛盾的两种意念或两个情景同时紧密组合在一起，造成一种相互对立又互相合成的独特张力。它既可出现在同一诗行或连续的几行诗句里，也可体现于全诗的整体构架之中。这种手法既古典，也现代。说它古典，是因为中国古典诗歌中不乏运用者，如李白的《越中览古》："越王勾践破吴归，战士还家尽锦衣。宫女如花满春殿，只今惟有鹧鸪飞。"该诗将昔时的繁盛与今日的凄凉同时组合在一起，构成强烈的对比，冲击着读者的心灵，引起读者对人事无常、盛衰难定的深深感慨；说它现代，是因为这是非马在世界现代诗人的影响下所形成的一种常用的艺术手法。

的确，这种手法在非马的诗歌创作中随处可见，如《醉汉》："把短短的巷子/走成一条/曲折/回荡的/万里愁肠//左一脚/十年/右一脚/十年/母亲啊/我正努力向您/走/来。"诗中"短短的巷子"与"万里愁肠"，"左一脚十年、右一脚十年"便构成奇特的张力。与《醉汉》一样，这首《庙》也是把字面意义相反的词或反义词组合在一起（如"天边""即使这样宽敞的庙宇"与"也容纳不下""一位唯我独尊的神"），让其在相反相抗中又相辅相成，构成一种表面不和谐而内在意义对立却又统一的和谐。进而，非马以这种手法结构全篇，让整首诗建构在两种对立事物的矛盾逆折之上，如《越战纪念碑》："一截大理石/二十六个字母/便把这么多年轻的名字/嵌入历史//万人冢中/一个蹒蹒独行的老妪/终于找到了/她的爱子/此刻她正紧闭双眼/用颤悠悠的手指/沿着他冰冷的额头/找那致命的伤口。"刻石纪念本是为使死者流芳千年，然而独行的老妪在碑上寻找爱子致命伤口的细节，使全诗具有强烈的反讽意味，意义突转，点出在残酷的死亡中、在亲人惨痛的回忆里，一切功名、荣耀都是虚幻，只有锥心的痛苦、人性的悲哀是永恒的。再如《巧遇——哀韩航零零七》："冰雪的空中/两百六十几个/热切想家的/心/恰好是/冷血的/飞弹/苦苦追寻的/对象。"《龙》："没有人见过/真正的龙颜/即使恕卿无罪/抬起头来//但在高耸的屋脊/人们塑造龙的形象/绘声绘影/连几根胡须/都不放过。"诗人或者让热切的心与冷血的飞弹矛盾地组合，或者以从未见过龙的样子却声形绘影地塑造龙的形象甚至连几根胡须都不放过构成反讽。

这首《庙》用的也是矛盾逆折的整体构思法。全诗分为两节。第一节极写天边这所庙宇之宽敞——天边最小最亮的那颗星成为它遥远的飞耸的檐角，想象新奇而生动。第二节笔锋陡转，点出一种截然相反的现象——即使如此宽敞的庙宇，也容纳不了一位唯我独尊的神！庙宇再大、再宽敞也容纳不了唯我独尊的神，这强烈的矛盾形成诗歌的张力，表达了一种含蓄深沉而简洁有力的反讽，从而很好地表现了诗歌的主题——对唯我独尊之神，亦即对专制独裁、妄自尊大、目中无人者的揭露、挖苦与讽刺。短短的六行诗，却写得跌宕起伏，寓意深刻，矛盾逆折构思法起了主要的作用。

错　误

郑愁予著

我打江南走过
那等在季节里的容颜如莲花的开落

东风不来，三月的柳絮不飞
你的心如小小的寂寞的城
恰若青石的街道向晚
跫音不响，三月的春帷不揭
你的心是小小的窗扉紧掩

我达达的马蹄是美丽的错误
我不是归人，是个过客……

　　郑愁予（1933— ），美国当代华裔诗人，本名郑文韬，出生于山东济南，原籍河北。1949年随父去台湾，在新竹读完中学后，考入中兴大学法商学院，毕业后任职于基隆港。1958年赴美，在爱荷华大学国际写作班学习，获艺术硕士学位，后担任耶鲁大学东亚语文系教授。初中二年级开始写诗，1947年参加北京大学暑期文学研究会，1949 年春在湘水之滨出版石印诗集《草鞋与筏子》（用笔名青芦）。50 年代中期加入"现代派"，后成为"创世纪"诗社成员。出版的诗集有：《梦土上》（1955）、《衣钵》（1965）、《窗外的女奴》（1968）、《燕人行》（1980）等，诗选集则有台湾志文出版社的《郑愁予选集》（1970）、北京中国友谊出版公司的《郑愁予诗选》（1984）、三联书店香港分店的诗人自选集《莳花刹那》（1985）。他将中国传统意识和西方现代派的表现技巧相结合，使之满足中国的需要，让内容和形式结合得浑然一体，诗风婉约、思绪飘逸、想象奇诡、格调轻盈、语言柔丽、音韵华美，在现代的精神感受中交响着宋词元曲的遗韵，一如其"愁予"之名的古典来源（屈原《九歌·湘夫人》："帝子降兮北渚，目眇眇兮愁予。"辛弃疾《菩萨蛮·书江西造口壁》："江晚正愁予，山深闻鹧鸪。"）。其诗歌风格在港台诗评界有"愁予风格"之称，其人又被称为"中国的中国诗人"。

《错误》是郑愁予最为著名的一首爱情诗。关于这首诗表达的思想感情，不同地区尚有不同看法。这归结于对"错误"形成缘由的不同理解。

　　我国港台地区以黄维梁与水晶为代表。黄维梁在《怎样读新诗》中认为，这首诗中的"我"透视了女子的内心世界，不仅知道她此刻在寂寞中等待，而且知道她已等待了漫长的时间（"那等在季节里的容颜如莲花的开落"）。因而，"我"极可能就是女子日夜盼望的"归人"。从诗歌的语言描述来看，开始是"我"的动作，结尾是"我"的声明。显然"我"是诗中故事的主动人物，控制着女子感情的起伏——"我"与女子分别后，骑马周游江南，"我"深知女子在寂寞中盼望"我"归来。她时刻留意着青石道上的声音，准备随时迎接归人。终于，"我"骑马归来了，这"达达的马蹄"声对她来说是美丽的，因为终于盼到了归人，然而，"我"只是"打江南走过"，这只是一次并不停留的路过，她发现了自己的误会，自然又失望又伤心。可见，这"错误"是"我"一手造成的。水晶先生则指出："错误的形成，只因为少女的心扉紧掩；或者，她另有所盼，另有所期。诗人遂在交臂错过惊艳的一刹那，在少女眼中，不是归人，而'是个过客……'了。"

　　国内大多数诗人、诗评家都赞同黄维梁博士的观点，但任悟先生提出了不同看法，他认为："故事的主动人物非男主人公'我'莫属。但'错误'的造成，既不是因为少女的矜持，也未必是由于'我'的变态心理。"女主人公对"我"的深情是毫无疑问的，"我"对伊人的挚爱也通过第二节五句的温柔、细腻、端丽、典雅而跃然纸上。正基于此，诗末才喟叹："我达达的马蹄是美丽的错误／我不是归人，是个过客。"联系前文，伊人"春帷不揭""窗扉紧掩"，而此处"我"又"不是归人，是个过客"，二人显然并未谋面。那么，"美丽的错误"源于"我不是归人，是个过客"，是写"我"的最终感慨。"但'我'路过家门而不入，并不是为了更有力地操纵女子的心，以变态地满足'我'的私欲。否则的话，'我'也不会把'我不是归人，是个过客'归结为'错误'——'错误'二字，实际上流露出一种深深的遗憾以至歉疚。"最后，他得出结论，"最合理的解释是，诗中的男主人公并没有'打江南走过'的真实行为，'打江南走过'只是他的幻想，也就是弗洛伊德所说的'白日梦'。……不仅'那等在季节里的容颜如莲花的开落'是一种幻象，而且中间一节有关伊人的一切描述也是一种幻象。""我"从幻想中得到虚无缥缈的情感慰藉，是为"美丽"，而幻象结束后回到现实，发现幻想的欺骗，又深感"错误"。任悟先生最后总结道："'错误'与'美丽'这两个相互悖立的词语于此而达到沟通，并被诗人奇妙地组合在一起，用来传达'我'在现实与幻想的对撞之下所产生的复杂的情感。这便是'美丽的错误'一词的深层意义，也是全诗的灵魂之所在！"

我们认为，水晶先生的观点稍嫌主观，黄维梁博士、任悟先生的观点可并存参看。这首诗的确写的是游子、思妇的一种缠绵的爱情。我们在这里，着重谈谈由此诗可看到的郑愁予诗歌的艺术风格——"愁予风格"。它表现如下：

一是中国式的婉约。多以中国古典诗歌的意象构成柔婉的意境，如"春帷""窗扉"乃至"马蹄"，这些和作为中心意象的江南小城、思妇盼望归人的真挚爱情等等一起构成了深婉而优美的艺术意境，类似于温庭筠的小令《望江南》："梳洗罢，独倚望江楼。过尽千帆皆不是，斜晖脉脉水悠悠，肠断白蘋洲。"郑愁予的许多诗都与此类此。

二是善用比喻，文字简洁。郑愁予一向以善用比喻著称，他的"小鸟跳响在枝上，如琴键的起落"（《岛》）曾广为流传。这首诗篇幅短小，意蕴丰厚，在很大程度上得力于善于运用比喻，使意象鲜明，且用语简练，如思妇长久等待、情绪忽忧忽喜等内涵以"等在季节里的容颜如莲花开落"轻松道出，而以"寂寞的城""小小的窗扉"比喻思妇的心，也颇言简意赅。

三是"愁予句法"。它包括两个方面。第一，是将长短不齐的语句加以参差错综的排列，形成语句的变化，构成一种独特的音乐美。如第一句 6 个字、第二句 15 个字构成第一节，既有长短句交错的动态音乐美，又以第一句的短句切合"我"的匆匆路过，第二句的长句默契思妇等待的悠长。第二节则先巧妙地化长为短，并与"你的心"是"寂寞的城"及"恰若青石的街道"这一长句搭配。第二，是改变约定俗成的语句联结方式，颠倒词语文句的顺序，加强语势和语言的变化，构成倒装句式，这是郑愁予惯用的艺术手法之一，如结尾本应是"我不是归人，是个过客……/我达达的马蹄是美丽的错误"，前面是因后面是果，但诗人却采用了倒装句，先交代结果再点明原因，既突出了这个美丽的错误，又在内涵上深化了自己的歉疚，还给诗歌留下了袅袅的余音和无限的余味。

四是词语的矛盾修饰法，即以矛盾、反常的词语相互搭配，获得一种出人意料的陌生化效果，一种强有力的诗之张力。这是西方诗人尤其是现代诗人常用的方法之一，如莎士比亚的"美丽的暴君！天使般的恶魔！"（《罗密欧与朱丽叶》），英国现代诗人奥登（1907—1973）的"痛苦的狂喜"（《怀念叶芝》），俄国象征主义诗人勃留索夫（1873—1924）的"洪亮的寂静"以及勃洛克（1880—1921）的"在自己的别人的祖国里""心与心的交谈全在一句无言的问候里""漆黑混沌的光彩照人的女儿""冰雪篝火""在炎热的暴风雪的异样压抑下"。郑愁予这首诗中最突出的则是"美丽的错误"。"错误"本是令人遗憾、使人难堪的，以"美丽"修饰之，则增添了一份诗意的惋惜、歉疚，更具诗歌的张力，一如余光中《碧潭》一诗中的"美丽的交通失事"，令人称道。

高效能望远镜

欧文·雷顿著　李文俊译

在我底下，城市成了一片火海：
最先救自己的是消防队员。我看见
教堂的塔尖倾倒在他们脚下。

我看见经纪人把孤儿院
烧焦的小尸体踢在一边，仔细
丈量土地，为日后的投资作准备。

一对恋人从狂热的拥抱中挣脱
愤怒地朝相反方向飞奔，
肘弯处还追逐着一团团火焰。

接着，显贵们驱车经过大桥，头上
这拱形火圈真是奇观，心里
暗记谁溜得比自己早，日后定严惩不贷。

剩下的市民，让这意外的好事
乐得咧歪了嘴，大叫老天有眼
帮自己出了气，他们但求

火光烧得更亮，好让他们
看清隔壁的仇家怎样走向灭亡。

透过高效能望远镜，我看到这一切。

欧文·雷顿（一译莱顿或厄文·雷顿，1912—2006），加拿大当代英语诗人。出生于罗马尼亚，1913 年随家迁居加拿大。1933 年获魁北克麦克唐纳学院理学士学位。1942 年至 1943 年间曾在加拿大空军部队服役。1946 年获蒙特利尔麦克基尔大学文学硕士学位。先后在一些中学和大学任教，或以寄宿作家的身份生活于大学校园内。1969 年以后，先后参加加拿大和美国《北方评论》《协约》《黑山评论》等刊物的编辑工作。他是加拿大最多产也最优秀的诗人之一，自 1945 年诗集《此时此地》问世后，每年至少出版一本诗集或小说，一生中共出版了 10 多本诗集、20 多本小说和批评著作，著名的诗集有：《现在正是地方》（1948）、《在我的狂热中》（1954）、《寒冷的绿色成分》（1955）、《为太阳准备的红地毯》（1959）、《为独臂魔术师准备的球》（1963）、《为了我的兄弟耶稣》（1976）、《为了我地狱里的邻居》（1980）等。其中以 1965 年出版的《诗集》成就最高，收入了其巅峰时期的诗歌精品。欧文·雷顿于 1957 年获"加拿大联邦研究员奖"，1960 年获"总督奖"，1961 年获西安大略大学"校长勋章"。从 60 年代起，他就以"蒙特利尔诗人"和"犹太青年诗人"的称号一跃成为加拿大诗坛的领袖人物，这也就无怪乎他自称 20 世纪最伟大的诗人了。他是一位兼具浪漫主义气质和浓郁现代派色彩的现实主义诗人，在创作中热情奔放、思想敏锐、目光犀利、立意出奇。他受美国黑山派诗歌的影响，致力于改革诗歌形式；其诗歌主题偏重于政治和性爱（他主张在诗歌中描写性，他认为拯救诗人灵魂的唯一途径就是性爱），讽刺社会陋习和文学界的经院习气，进而歌颂性爱，赞美想象，关心并揭示人类的普遍境遇，其诗歌往往具有惊世骇俗的力量。他认为，人世间只有爱和想象有价值，因为只有这二者具有生生不息的创造性，这一人生哲学在《肥沃的泥土》（一译《肥沃的垃圾》）一诗中得到精练概括："这些树上有最鲜艳的苹果，/但直到我，预言家，开口，/它们并不知道自己存在的意义，/也不知道还有别的什么传奇花环似的挂在/它们扭曲如一个谣言的/黑色枝条上。风的喧闹声是空洞的。//那些有翼的家伙也好不了多少，/虽然它们始终带着我狡黠的眼睛，/无论它们飞落何处。请留下，我的爱；/你会看到，它们多么优雅地/将我产在榆树叶上，/或者将我包裹在夏日初升的光尘中。//在八月，如果工匠和瓦匠/像我们身边的苍蝇那样密集，/为那些并不需要房子的人们，建造/昂贵的房屋，除非他们放过/我，让我从他们喷洒着防虫剂的橱柜呼啸而去，/否则他们的买家将没有欢笑，没有安宁。//我能无偿为他们扩建房间，/送给他们疯狂的/用来计时的日晷，但我已经看到/在黄昏和周日的下午我无规则的脚印/如何使他们惊恐：他们喷药数个小时，以消除它的阴影。//如何主宰现实？爱是一种方法；/想象是另一种。坐在这里，/坐在我身边，宝贝；用你的手握住我坚硬的手。/我们将铭记蝴蝶在树篱间的消失，/用他们翅膀上的微型手表；/我们的手指抚触土地，如同两尊佛。"（倪志娟译）诗中明确指出，有两种把握或主宰现实的方法，一种是爱，另一种是想象。因此，诗人既赞美爱情的伟大、想象的美妙，又津津乐道于暴力和性爱。他的写作风格深受英国诗人奥登的影响，善于以口语入诗，机智诙谐、遒劲雄健，颇有深度。

雷顿关心生命，歌颂性爱与想象，赞美充满生命活力的人生，如《一场癫狂的欢乐》："大卫王酒性上脸，/在约柜前跳起舞来；/众童女在彼此私语，/长老们噘起嘴巴，/但王知道，主必喜悦于/眼前的一个英武男人/以生命的自豪起舞。//因为以色列的主有时/也蹒跚于醉意的双脚上：看哪，/在鹰与飞蛾任性的飞行里，/在雷暴中，当闪电/劈开黎巴嫩的香柏树，/哦，主也穿着燃烧的鞋袜/盘旋在耶路撒冷的山上。//大卫王一边绕着约柜/跳得跌宕起伏，一边唱道：'嗨，以色列人哪，请听！请都来听！/神自己也拖着醉步在摇晃，/每个夜晚/都以我们的篝火为衣，/忽南忽北，他在我们的谷中起舞！'//黑须的勇士跃起相随，/当他在约柜前跌倒又爬起；/没有人在听，人群中没有一个/被他癫狂的欢乐点燃。于是他俯身/三次亲吻约柜，/带着最后一声欢叫，一路高歌撞进自己的帐中，/写下一首放浪的诗篇，赞美上帝。"（阿九译）该诗借大卫王的生命欢舞和最后陶醉于性爱，赞美了生命的激情、生命的舞蹈和生命的活力。诗人进而描写充满活力与生机的自然，并借此巧妙地反讽人类社会，如《一只蜘蛛跳着小巧的快步舞》："一只蜘蛛在脆弱的秋千架上/跳着一个小巧的快步舞/自远处一块三叶草田里/听见一只蚂蚁在打喷嚏/那时的君王贤明公正/而且石头也显得感情丰富，/一个死人翻身起来讲故事/一个老顽固改掉了旧规矩。/小马倌忘记了自己的骄傲/皇后供认不讳自己的痒处/睡吧！比这一切都妙的是，/穷人也曾为富人祝福。"（汤潮译）同时他也关心衰老和死亡，如《尼斯老妓》："别说是土豪达人，就连很有学问的智者，/都会独自或结伴造访她的寓所，/为将他们文明的双唇紧贴在她的大腿上，/或去实地考察她丰腴的香臀。//她从来不缺愿出高价的主顾，她本人/也早已致富：言谈中她如此暗示。/大多数时候她平躺着就能发财，/但有时也得侧卧着赚些银子。//她读过赖希，就是那个维也纳医生。/还有劳伦斯，她曾整日捧读其诗歌小说；/卡夫卡一开始几乎令她震撼痴狂，/但多读之后她对他稍感失望。//她说瑞典语、法语、波兰语和一口流利的德语；/甚至学过一点印地语——天知道怎么回事。/她还学会了用俄语叫床和娇喘，/尽管俄语的节奏至今还让她为难。//她像拿破仑的妹妹一样水性杨花，/能榨干一头公牛或者种马；/银行大亨跪在她的裆前与她热吻相拥，/更有西班牙和意大利的前朝王公。//法国南部诸位风流的市长大人/被情欲或地区的荣誉感所驱动，/会开着雷诺跑车来到她的街区，/按下她的门铃，快活地鱼贯而入。//生着粉刺的少年，被拉比和神甫/教化得笨拙而胆怯，又饥渴而盲目，/也受了爱神的蛊惑，来追寻她资深的大腿：对这些人啊，她会加倍地温良以对。//翻译了几行史文朋的诗句之后，/她斥资买来了几根最精致的皮鞭，/虽说大多数贵族来时都带着手杖，/它们则用来调教某个健忘的英伦大员。//我们一起去看浪花如健儿般冲向海滩，/像一道绿色的浪沫将它打碎；/我们一起看夕阳垂落，而这暮年的妓女/却读出它给白云抹上一丝朗姆酒的色泽。//她的举止那样迷人，她的低语如此甜蜜；/就连众修女都会忌妒她的谈吐。/她会被她足下共浴人的触摸所打动，/而我则感佩于那污水中升腾的活力。//而当她在拥挤的码头上与我话别，/顺便追忆她可圈可点的往昔岁月，/我与她一同哀悼她凋谢的花容玉体，/并给了她男人从未给过的东西：泪水。"（阿九译）诗中尼斯妓女年轻时美丽迷人，充满生命活力，她多才多艺，喜爱文学，而且性能力超强，但终究敌不过时光，现在她已变成尼斯老妓，只能追忆可圈可点的往昔岁月。在《母亲》一诗中，诗人更是描写了母亲的衰老以及由此引发的对上帝乃至不可抗拒的自然规律的诅咒："当我看见冰冷的枕上母亲的头颅/瀑布般的白发倾泻在她沉陷的双颊上/想起她曾爱过上帝，也放肆地诅咒过上帝的创造物/悲哀在我的心头悄悄萦绕/回荡她嘴里最后吐出的不是水却是诅咒/一个小小的黑洞，宇宙间一处黑色的裂纹/她诅咒绿色的大地、星辰和悄然无语的树木/以及那不可逃避的日益衰老……"（汤潮译）在《对付这种死》一诗中他写到触目皆是、到处包围着人的死亡："我看见了高雅体面的/死/像面包和红酒被端上宴席/在商店、在办公室/在娱乐场、在憩息处/从面对着/两条路/街头拐角的/教堂里；/我看见死亡/像冰一样/端上了宴席。/缓慢注定的死亡/与它相对/身体/这炽烈的太阳/你发出的呼吸/你玫瑰般可爱的/脸颊/还有想象力中/神秘的/生命/从劳役/和石头中/筹划着自由。"（汤潮译）

这首《高效能望远镜》表现的是社会政治问题。它通俗易懂，但具有一种震撼心灵、发人深思的艺术魅力。它形象地揭示了当代社会里，人们丧失了信仰，一切以自我为中心，无情无义，人性之恶在灾难中原形毕露。这主要得力于诗人构思的新奇、手法的别致。诗人巧妙地虚构了城市里的一场大火，让自上至下的各类人在大火中露出原形：消防队员不去扑火，最先救的却是自己；教堂的塔尖倒了，无人理会、没人在意；孤儿院的经纪人——那些"慈善家"们，不是忙于寻找、营救幸存的儿童，而是急忙把"烧焦的小尸体踢在一边"，仔细丈量土地，为来日大发横财做准备；热恋中的情侣不是义无反顾、不怕牺牲地搭救对方，而是弃对方于不顾，大难来时独自逃命；显贵们在这危急时刻非但不组织灭火、救援，反而驱车疾驰，一面欣赏"拱形火圈"的奇观，一面在心里暗记谁溜得比自己早，以便日后严惩不贷；市民们不仅不同情他人的不幸，不帮助他人渡过难关，反倒"让这意外的好事乐得咧歪了嘴"，大叫"老天有眼，帮自己出了气"，甚至求"火光烧得更亮"，以使他们"看清隔壁的仇家怎样走向灭亡"，这真是一个颠倒的世界，人性完全被扭曲了！

诗中的这场火，既是虚构的一个考验人性的场景，也是一种深刻的揭露。

它揭露了人们心灵幽暗处的各种欲望之火：自私、贪婪、嫉妒、报复……它们一齐发作，烈焰熊熊，烧毁了信仰（教堂倒塌是其象征），烧掉了善良、仁慈、博爱、克制、同情等人性中的美德。这与著名现代派大师艾略特的长诗《荒原》中的"火"，有某种相似之处。但《荒原》中的"火"还有"净化"之意（人们的灵魂经火冶炼得到净化），雷顿笔下的火则除了烧出人性的丑恶，使各种丑相原形毕露外，再无其他。在虚构这场大火的同时，诗人还巧妙设置了一架"高效能望远镜"，让"我"居高临下，俯视细察火中的情景。这是全诗得以展开的一个巧妙的策略，同时也以"我"的冷静观察、平稳叙述，与火海中触目惊心的场景构成强烈的对照，既产生深刻有力的反讽艺术效果，又使人感到叙述者宛如上帝，沉重哀婉地目睹这一切，并决定该如何拯救这个世界。全诗就这样通过"大火"与"望远镜"两个虚设的象征物，在各种人物与自身本应采取的相反的行动的对比中，在火海中人们的忙乱与叙述者不露声色的观察、叙述的对比中，在"我看到了这一切"后外表的冷静与内心的震撼、深深的怜悯的对比中，通俗含蓄地传达了诗人哀世而又力图救世的良苦用心。由于这首诗突出的艺术成就，美国诗人威廉·卡洛·威廉斯认为就凭这首诗，雷顿就足以成为西方的大诗人之一。

行行珠泪解疑云

索尔·胡安娜著　赵振江译

亲爱的，今晚当我与你说话，
正如你的面孔和行动所表明，
用语言已经无法说服你，
但愿你能看透我的心胸。

爱神啊，增强了我的毅力，
战胜了那似乎不可战胜的情绪，
因在痛苦倾泻出的泪水里，
破碎的心啊，渗着血滴。

够了，亲爱的，不要再严酷无情，
别让狂暴的激情将你折磨，
别让卑鄙的疑惧打扰你的安宁——

那全是虚假的迹象、愚蠢的阴影。
在点点珠泪中，你会看到
并摸到我破碎的心灵。

　　索尔·胡安娜·伊内斯·德·拉·克鲁斯（1651—1695），墨西哥殖民时期杰出的女诗人。从小聪明过人，3 岁开始学习写作，8 岁写出颇具才情的诗歌。15 岁时，由于博学多才且容貌美丽，被邀入宫，成为当时副王总督曼塞拉侯爵夫人的侍从女官。一年后即厌倦频繁的社交和贵族的百般纠缠，离开宫廷。两年后，进入圣赫罗尼莫修道院，潜心读书、写作及科学研究。28 年里，她设法搜集了 4000 多册图书，购置了许多科学仪器，使其所在的修道院成为当时墨西哥的文化中心。1695 年，瘟疫蔓延墨西哥城，一向热衷于慈善事业的她，自愿看护病人，不幸染疾逝世。其一生创作颇丰，在诗歌、戏剧、散文方面均有建树。其散文杰作《答索尔·菲洛特亚·德·拉·克鲁斯的信》被称为"美洲出现的最有人情味和最高尚的文学文献之一"；戏剧《家庭的责任》《爱情更是迷宫》也于当时有一定的影响。而她的诗歌尤为被人称颂，被誉为"第十个缪斯"，作品包括自由诗、十四行诗、民间歌谣、叙事诗。975 行的长诗《初梦》是其代表作，但最受群众喜爱的是她的爱情十四行。其诗激情洋溢，语言华丽，往往大量运用比喻、拟人、对比、夸张等手法，有明显的巴洛克风格。

《行行珠泪解疑云》是索尔·胡安娜杰出的爱情十四行之一，智利著名文学史家阿图罗·托雷斯-里奥塞科认为，索尔·胡安娜的爱情十四行诗"具有彼特拉克全部高雅的柏拉图主义，而在简洁和象征力量方面则接近于莎士比亚"，本诗即为显例。

本诗中所表达的情绪颇为复杂。第一，诗人身披圣服，终身未嫁，心中却燃炽着爱情的火焰，这本身就是一种矛盾；第二，爱情中产生了误会和猜疑，诗人虽然心灵碎了，却仍然渴望得到意中人的真正理解。但作为一个女性，要主动说明一切，澄清误会，需要相当大的勇气。诗人正是在克服了上述双重"困难"之后，以极大的勇气，向意中人表白了其对爱情的忠贞，体现了对纯真爱情的热烈追求。

短短的十四行诗，写得颇有层次与起伏。第一节，开门见山地点明，意中人对自己产生了一时难以消除的猜疑与误会——你的面孔和行动表明，"用语言已经无法说服你"。第二节，写这误会给自己带来的打击与折磨：心灵破碎了，渗着血滴，随泪水倾泻出来。在这无以复加的委屈与痛苦之中，爱神帮助诗人"增强毅力"，给她力量，使她"战胜了那似乎不可战胜的情绪"，终于鼓足勇气，向意中人表白了其对爱情的忠贞。第三节，既表白爱情，又劝慰对方，不要再折磨自己，不要让"卑鄙的疑惧"打扰安宁，显示了对对方的关心与女性那种细腻体贴的爱。第四节，进一步指出，那狂暴的激情、无谓的猜忌、卑鄙的疑惧全都是"虚假的迹象、愚蠢的阴影"，因为"我"的爱是极其真挚且全身心投入的。在"我"的点点珠泪中，"你"不仅可以看到而且可以摸到"我破碎的心灵"。诗人既坦诚大胆地把痛苦破碎的心和情真意切的爱捧给意中人，又毫不乞求，表现出独立自尊的人格。

诗中包含了爱的炽热、苦的浓烈和情的温柔这样复杂细腻的感情，表达得深刻感人而又藏而不露，简洁有力而又缠绵炽热。既有莎士比亚的善于转折、简洁有力，如其十四行诗之第 150 首："啊，你从何处获得如此强大的力量，/不费吹灰之力就占领了我的心房？/非要我说我所看到的真实都是假象，/要我说明媚的太阳并不使白昼增光！/你何处学来的本领将丑恶化为善良，/使得你所有的丑恶行径都闪耀光芒！/使得你身上具有的一切最坏的东西，/而我看来却比世上最美的还要辉煌！/我所见所闻使我对你产生九分的恨，/谁教你又使我对你的怜爱增加十分？/啊，虽然我钟爱着他人之所憎，/你也不该厌恶我，跟着别人！/既然你的卑劣恰唤起了我的痴情，/你更应爱我，正是惺惺惜惺惺！"（袁广达、梁葆成译）又有彼特拉克爱情十四行的纯真细腻与复杂缠绵，如："如果这就是爱情，那么我的感受是什么？/如果这不是爱情，天哪，它的本质又如何？/如果它是凶残的，痛苦中为什么感到甜蜜？/如果它是善良的，美意中为什么又有折磨？//如果爱火出自情愿，那又何必哭泣难过？/如果情感出自无奈，怨天尤人岂不嫌多？/啊，爱情，你甜蜜而苦涩，让人欲死欲活，/你岂能违背我的意愿而随意摆布我？//如果我曾企盼你，那么抱怨就是错上加错，/现在我好像撑着一条无桨的破船航行，/毫无目标地在逆风逆流中颠簸……；//我已无计可施，却又屡屡出错，/我不知道现在自己追求什么，/只感到炎夏时冷得发抖，隆冬时热得如火。"（李国庆、王行人译）

夏　夜

帕斯著　赵振江译

吹乱了星星的轻风
沐浴在河中的夏季
地的嘴唇
口的气息
请你摸一摸夜的身体。

嘴唇的土地，
一座垂死的魔鬼在那里喘息，
天在嘴唇上下雨
水在歌唱，诞生了天堂福地。

夜树烈火熊熊，
木片儿就成了繁星，
是小鸟，又是眼睛。
梦游的河，奔流不停，
炽热的盐舌
在昏暗的海滩抗争。

一切都在呼吸、生活、奔流不停，
光芒在于颤动，
眼睛在于空间，
心脏在于跳动，
夜晚在于它的无有止境。

一个无垠的起源
在夏夜里诞生。
在你的瞳孔上诞生了整个天空。

奥克塔维奥·帕斯（1914—1998），墨西哥当代著名诗人、散文家，生于墨西哥城郊区的米斯夸克小镇，父亲是墨西哥革命（1910—1917）中著名将领埃米利亚诺·萨帕塔派驻纽约的代表。帕斯少年时酷爱文学作品，艾略特的《荒原》尤其令他着迷。他 17 岁开始其文学生涯，并和几位朋友共同创办了《楼梯扶手》（1931）、《墨西哥谷地手册》（1933）等诗歌杂志。1937 年赴西班牙参加反法西斯作家联盟。回国后，主办了《车间》等文学刊物，形成诗歌流派——"车间派"。1944 年至 1945 年到美国研究拉丁美洲诗歌。1945 年 12 月，被外交部派往巴黎任职。此后，帕斯相继出任驻日本、瑞士、印度等国的外交使节，并去东南亚、斯里兰卡、阿富汗等地旅行，广泛接触了东方的古今文化。对中国从《周易》、孔孟老庄、王维、李白、《红楼梦》到当代的艾青及其他一些青年诗人的作品，都相当熟悉。1971 年回国继续从事创作。1977 年获墨西哥国家文学奖，1981 年获西班牙塞万提斯文学奖，1990 年由于"作品充满激情，视野开阔，渗透着感悟的智慧并体现了完美的人道主义"而荣获诺贝尔文学奖。帕斯一生创作颇丰，出版诗集 20 多部，各类文集和专著 20 余部。主要作品有：散文集《孤独的迷宫》（1950），散文诗《鹰还是太阳》（1951），长诗《太阳石》（1957）、《白》（1967），诗集《野生的月亮》（1933）、《人之根》（1939）、《火蝾螈》（1962）、《东山坡》（1969）、《回归》（1976）、《心中之树》（1987）等。他以鲜明的个性、炽烈的激情、丰富的想象融合了西方现代文化（包括超现实主义、存在主义、象征主义、结构主义等）和拉美大陆的史前文化、西班牙文化乃至东方的哲学与文学，形成了独具一格、不同凡响的艺术风格。

帕斯十分喜爱夏季，因为夏季是生命开始进入成熟的季节。夏季的白昼已够迷人，一切都勤奋地努力着，驱走阴影，在暴雨的急鼓中，在太阳的燃烧里，酿造出生命的辉煌（《夏天的武器》）。夏季的夜晚更有一种动人心魂的美。夏夜炎热、迷乱、神秘，但又充满深沉的生命活力，尤其是当有轻风吹拂，或有雨水洒落时，世界似已无垠地洞开，茫茫空间中梦幻氤氲，有心人往往会捕捉住宇宙的玄奥，猛然彻悟。于是，帕斯写下了这首《夏夜》。

诗的第一节写夏夜的炎热。在轻风的吹拂下，人们顿感凉爽，可见此前一直很炎热。夏季沐浴在河中，便是把抽象的季节拟人化，而"地的嘴唇，口的气息"这一拟人化写法（这类似于热恋情人在相互亲热时的迷乱、炽热），更突出了夏夜的炎热。第二节前两句点明夏季不仅炎热而且长久无雨。夏季无雨，让人十分难受。希腊诗人、1979 年诺贝尔文学奖获得者埃利蒂斯在《夏天的躯体》一诗里写道："太阳不绝地燃烧/果树涂红了它们的嘴/土地的毛孔缓缓地张开/在淙淙作声、喃喃而语的水边/一棵大树直瞪着太阳的眼睛。"帕斯则更进一步写到夏季的干渴：山已像垂死的魔鬼在喘息。恰在这时，老天下雨了。夏天的雨狂暴，凶猛，"第一滴雨淹死了夏季/那些诞生过星光的言语全被淋湿"（埃利蒂斯《海伦》），但也带来生命的活力：小溪潺潺，河流淙淙，树干枝梢上万道泉水竞流，世界变成了"天堂福地"。此时此刻，生命被引入一种神秘玄奥之境。第三节写生命在活力盈溢的时刻的梦幻和力量。在这神秘的夏夜，水的滋润，风的凉爽，使生命的活力被空前激发，万物进入到一种魔幻般的梦中（包括诗人）：夜树的生命之火熊熊燃烧，那木片儿仿佛变成了颗颗繁星，这繁星在树林里闪烁，像小鸟，又像眼睛。人和万物都在梦游，千万个梦游，汇成奔流不停的河。生命的活力空前，一切禁锢一切束缚都无济于事——"炽热的盐舌/在昏暗的海滩抗争"。第四节写走出梦幻后对生命活力的哲理式感悟：一切都在"呼吸、生活、奔流不停"，"光芒在于颤动，眼睛在于空间，心脏在于跳动"，而"夜晚在于它的无有止境"。第五节写诗人所获得的彻悟：懂得了无垠的起源，洞察了宇宙的玄奥。

这首诗最大的特点是把东方式在自然中妙悟宇宙奥秘的主题与西方现代派的技巧完美地结合起来。西方一向强调人与自然对立，人以主体的姿态战胜自然客体；东方则强调人是自然万物之一，人应友好和谐地与自然相处，并从自然中获得智慧与教益。诗人与自然合一，并通过自然感悟生命活力，窥知宇宙奥秘，这是相当东方化的。在写作手法上，诗人综合使用了西方意象主义的新奇的意象（如"地的嘴唇""炽热的盐舌"），象征主义的象征和寓意（东方情调、对生命的活力和宇宙奥秘的感悟及"夏夜"的寓意），超现实主义的魔幻（"一座垂死的魔鬼在那里喘息""梦游的河，奔流不停""在你的瞳孔上诞生了整个天空"）等。

母亲的诗：被吻

米斯特拉尔著　王永年译

　　我被吻之后成了另一个人：由于同我脉搏合拍的脉搏，以及从我气息里察觉的气息，我成了另一个人。如今我的腹部像我的心一般崇高……

　　我甚至发现我的呼吸中有一丝花香：这都是因为那个像草叶上的露珠一样轻柔地躺在我身体里的小东西的缘故！

　　加夫列拉·米斯特拉尔（1889—1957），智利现代最杰出的女诗人。原名卢西拉·戈多伊·阿尔卡亚迦，后因倾慕意大利诗人、作家卡夫列夫·邓楠遮（1863—1938）和法国诗人、1914 年诺贝尔文学奖获得者费德里克·米斯特拉尔（1830—1914），合取两人之名而构成自己的笔名。其生于智利北部科金波省比库尼亚镇一个小学教员家庭。3 岁丧父，家境贫寒，没有受过正规教育，同父异母的姐姐艾梅丽娜是她的启蒙教师。她从小爱好文学，14 岁开始写诗。16 岁当了乡村小学助理教师。17 岁时爱上一个铁路员工罗梅里奥，在他自杀后创作了一些诗歌。1914 年以悼念爱人的三首《死的十四行诗》荣获智利首都圣地亚哥当时最重要的赛诗会的第一名。后自学成才，担任过中学校长、大学教师，并出任智利驻拉丁美洲、欧洲许多国家的领事。晚年长期担任智利驻联合国大使。一生创作颇多，但对出版要求很严，所以出版的诗文集较少，重要的诗集有：《绝望》（一译《孤寂》，1922）、《柔情》（1924）、《有刺的树》（一译《塔拉》，1938）、《葡萄压榨机》（1954）、《诗歌全集》（1958）、《智利诗歌》（1967），散文选集主要有《妇女读本》（1923）、《唱给智利的歌》（1957）。"她那富于强烈感情的抒情诗歌，使她的名字成为整个拉丁美洲的理想的象征"，1945 年更是成为拉丁美洲第一位荣获诺贝尔文学奖的文学家。1951 年获智利国家文学奖。其早期诗歌多写个人爱情悲剧，表现母爱和儿童生活，情绪忧伤、格调清新、笔触细腻、文字朴素；后期诗歌则关心被压迫、被遗弃的人们的困苦，关心祖国、拉美大陆乃至世界的前途与命运。她富有人道主义精神，思想开朗、视野广阔、感情深沉、文笔酣畅，被尊为拉美的"抒情女王"，其诗对聂鲁达及其他许多拉美诗人都有较大的影响。

　　米斯特拉尔终生未嫁，也未做过真正的母亲（她收养过弟弟的孩子，当过母亲，但并未生育）。但歌颂母爱、表达对孩子的爱，是她一生创作中最常见的主题。首先，这源自她那强烈的爱情和母性感情。她曾一再表示，想要一个儿子，在致阿根廷女诗人阿方希娜·斯托尔尼的诗中，她写道："儿子，儿子，儿子，在痴情似火的日子里，/我想要一个儿子，是我的也是你的，/那时连我的骨头里都回荡着你的窃窃私语，/我的前额一天比一天更神采奕奕。"在《不生育的女性》一诗中，她表达了自己深深的遗憾："不能在怀中摇动婴儿的女性，/婴儿的香气沁入她的内心，/她的胸怀像大地一样空旷；/无限的忧伤浸透她的灵魂。//百合使她联想到幼儿的双鬓，/钟声向她要求另一个祈祷的声音；/宝石色乳峰里的泉水也在询问，/为什么他的嘴唇搅乱了自己平静的波纹。//看到她的眸子，人们会想起锄头的耕耘；/会想到她在儿子眼睛上瞩目凝神，/惊喜的目光绝不会看到十月的落叶纷纷。//听到麦涛她会加倍地抖动，/一个行乞的孕妇也会羞得她满脸通红，/因为人家的乳房像一月的丰收一样欣欣向荣！"（赵振江译）其次，这源自她对母亲的敬爱与深情："母亲，在你的腹部深处，默默中我的眼睛长成，还有我的口和手，您用最丰沛的鲜血浇灌我成长，就像是水滋润着埋在地下的风信子的鳞茎一样。我用您的感觉来感觉事物，我借用您的肉体行走在这世上。让进入我心中、缠绕在我心中的大地上所有的光芒把您颂扬。"最后，她曾长期担任中小学教师，了解儿童，热爱儿童，这也激发了她的母性情感。正因为如此，她创作了不少儿童诗、摇篮曲及歌颂母爱的诗歌，出版了以表现母爱与儿童生活为主的诗集《柔情》。

《被吻》选自米斯特拉尔 1934 年发表的组诗《母亲的诗》。弗洛伊德认为，文学创作是作家的"白日梦"，而梦是被压抑的或不能实现的潜伏的愿望以一种伪装的形式得到满足（简言之，梦是愿望的满足）。米斯特拉尔的《母亲的诗》在某种程度上印证了这一理论。正因为渴望有个儿子却又无法实现，诗人便把潜意识中的这种愿望与自己对母亲的敬爱、对儿童的热爱结合起来，以文学的形式，来实现这个白日梦。《母亲的诗》以女性特有的情怀和感触，真切细腻、优美动人地描绘了一个怀孕的妇女，即一个母亲对即将出世的孩子的无比欣喜与热爱之情。孩子是爱情的结晶，也是一个新的生命，但他和母亲从根本上讲又可以说是一个整体，他给母亲带来了少女时期所感觉不到的惊喜的变化。《被吻》写的就是孩子给母亲带来的千万种惊喜感觉中的一种。这是《母亲的诗》组诗的开篇。"被吻"是爱的激情的象征性表现。在狂热的爱的激情中，女性受孕了。"我"惊奇地发现，"我"变成了"另一个人"，深感腹部像心灵一样崇高；甚至发现，自己的呼吸中有一丝花香。而这"都是因为那个像草叶上的露珠一样轻柔地躺在我身体里的小东西的缘故"，新生命给"我"带来了无比的惊喜与优美动人的想象。在这组诗的其他一些诗里，"我"甚至想象，这小小的生命不仅轻柔如草叶上的露珠，形貌也十分美好：脸蛋娇艳如玫瑰花瓣，头发乌黑卷曲如乌莓一样，身体是阳光和轻风变成，心灵是诗歌和音乐化就，他是 20 年鲜花烂漫、绿草如茵的旖旎日子的结晶，是爱与美的珍品。

这首小诗先写自己"被吻"后的种种新奇、优美的感觉，再交代这是因为有了新生命的缘故，表现了母爱的觉醒和对新生命的向往与热爱。感情真挚，情调优美，语言清新、朴实。

情诗第七首

巴勃罗·聂鲁达著　陈实译

挨近薄暮，我把悲哀的网
撒向你深海的眼。

我的孤独在最高的火堆那边
蔓延并且燃烧，溺者一样挥动臂膀。

我向你远在他方的眼发出红色讯号
像海水涌向灯塔边沿。

遥远的女人，你只守望黑暗，
你的视野有时冒起恐惧的岸。

挨近薄暮，我把悲哀的网抛向
震撼你深海的眼的汪洋。

黄昏星为夜鸟所啄，闪亮
如我为你迷恋的灵魂。

黑夜跨着阴暗的马驰骋
把蓝花穗撒落原野。

　　巴勃罗·聂鲁达（1904—1973），智利当代著名诗人。原名内夫塔利·里加尔多·雷耶斯·巴索阿尔托，少年时代为了瞒过不准自己写诗的父亲，就以喜爱的捷克诗人杨·聂鲁达（1834—1891）和另一个名字"巴勃罗"合成自己的笔名。其生于帕拉尔城一个铁路工人家庭，从小爱好写诗，诗才出众，但父亲认为写诗是不务正业，于是横加反对。1920 年 11 月，聂鲁达在特穆歌城的赛诗会上获头等奖，同时被选为该城学生文学协会的主席，从此开始了其文学生涯。

1921 年，聂鲁达到首都圣地亚哥师范学院学习法语。自 1927 年起，其先后多次出任智利驻亚洲、拉美和欧洲一些国家的外交官。1945 年他当选为国会议员，同年加入智利共产党。1948 年，智利政府宣布共产党为非法组织，法院下令逮捕聂鲁达，其被迫转入地下。后来流亡国外，致力于和平运动，1950 年获斯大林国际和平奖。1952 年聂鲁达返回智利，于 1957 年任智利作家协会主席。其晚年定居黑岛。1971 年，由于其"诗歌以大自然的伟力复苏了一个大陆的命运和梦想"，且"与人类和大地和谐""讴歌奋斗""为维护理想和未来呐喊""有益于全人类""具有世界意义"，荣获诺贝尔文学奖。

聂鲁达一生创作时间长达 50 余年，留下了 50 余部作品集（包括去世后由其妻玛蒂尔德·乌鲁蒂娅整理出版的 8 部诗集及一些散文集）。主要作品有：诗集《二十首情诗和一支绝望的歌》（1924）、《西班牙在我心中》（1936）、《大地上的居所》（1925—1945）、《诗歌总集》（亦译《漫歌集》，1950）、《元素之歌》《葡萄园和风》（均 1954）、《新元素之歌》（1956）、《爱情十四行诗一百首》（1957）、《黑岛纪事》（1964）、《船歌》（1967），散文集《我承认，我历尽沧桑》（回忆录，1974）等。

聂鲁达的诗立足于拉美现实，广受欧美古典作家及现代派作家的影响。他曾说过："我们都依傍前人，因为很清楚，如果没有贡戈拉（1561—1627，西班牙著名诗人），就不会有鲁文·达里奥（1867—1916，尼加拉瓜著名诗人）；没有兰波，就没有阿波里奈尔；没有拉马丁（1790—1869），就不会有波特莱尔；而没有所有这些诗人就不会有我巴勃罗·聂鲁达。我把所有的诗人都视作我的老师，这不是我的谦虚，恰恰是我的骄傲，因为要不是我熟读了在我们的国土上以及在诗歌的所有领域写下的这一切杰作，哪里会有我今天的一切呢！"其中对他影响最大的是象征主义、超现实主义和以洛尔迦为代表的西班牙谣曲及惠特曼、马雅可夫斯基的诗歌。有评论家指出，他"兼收并蓄法国先锋派、西班牙谣曲、美国惠特曼的自由诗体和苏联马雅可夫斯基政治诗歌的特点，奠定了拉丁美洲 20 世纪诗歌的创作基础"。他以此反思拉美的历史，赞美受压迫、受奴役的民族和人民的反抗精神，歌颂劳动、爱情、和平，其诗歌题材广阔、气势恢宏、感情浓烈、想象丰富、格调清新、语言绚丽、形式优美、哲理深邃，具有高度的思想性和艺术性，并产生了世界性的影响。

这首情诗选自聂鲁达的成名作《二十首情诗和一支绝望的歌》。这部诗集是20 岁的青年大学生聂鲁达的杰出才华的初次展露，它忧伤而略带绝望地歌唱纯真的爱情。聂鲁达后来在回忆录里写道："《二十首情诗》是有关圣地亚哥及其大学生走动的街道、大学校园和分享着爱情的忍冬花香味的浪漫曲。"他认为"对于诗人来说，所有的道路都是开放的"，"首先诗人应该写爱情诗。如果一个诗人,他不写男女之间的恋爱的话,这是一个很奇怪的诗人,因为人类的男女结合是大地上面一件非常美好的事情",当然,"如果一个诗人,他不描写自己祖国的土地、天空和海洋的话,也是一个很奇怪的诗人,因为诗人应该向别人显示出事物和人们的本质、天性"。何况20岁,正是风华正茂、才气横溢、激情满怀、浪漫翩翩的年龄,既渴望被人爱,也期盼真诚热烈地爱人,许许多多动人的爱情故事就产生于这个年龄。才华出众的聂鲁达由于贫穷(当时父亲断绝了对他的生活经费的供给),更由于其多情的心灵,加倍地渴望爱的慰藉。他与一些女子(究竟多少个,由于诗人沉默不语,至今未能确证),演出了一幕幕爱情悲喜剧,并最终留下了这本使他名震智利的诗集。

这本诗集中的女子究竟是谁?这是聂鲁达生前一个难解的谜,不少研究者费尽心机,往往也只是徒劳而返。时至今日,随着聂鲁达的回忆录《我承认,我历尽沧桑》及一些书信的出版,这个谜才被初步揭开,能比较肯定的已有三位姑娘。她们分别是黛莱莎·莱昂·贝蒂安斯(诗人称之为"玛丽索尔"的特木科姑娘)、阿尔维蒂娜·阿索卡尔(诗人称之为"玛丽松布拉")及玛丽亚·帕罗迪。而这首情诗是献给阿尔维蒂娜的,她比聂鲁达大一岁,与他是同一个专业的大学同学,并且和诗人一样是外省南方人,放假回家,还可乘同一列火车,共一段路。在一起上课的过程中,他们产生了爱情。可惜的是,大学二年级时阿尔维蒂娜遵父命转到500公里外的一所大学学习,聂鲁达只有绝望地以诗和书信表达爱的激情。阿尔维蒂娜保存了聂鲁达从1921年至1932年写给她的115封(一说111封)信件,并且始终默默地珍藏着。直到1975年她的侄儿用不正当的手段获取了这批信件并予以出版,才使这段恋情为世人所知。阿尔维蒂娜最突出的性格特点是沉默寡言,聂鲁达献给她的第15首情诗即写此事。

这首情诗也写到阿尔维蒂娜的沉默,但更多地表现的是一种爱而未得到热情回应的孤独和悲哀。薄暮时分,鸟儿归巢,人们回家,此时此刻,面对着柔和的光线,人最容易温柔地感伤、幻想,也最渴望爱的慰藉与人情的温暖。但此时恋人不在身旁,诗人对她的爱的呼唤,似未得到相应狂热的回应,因而,诗人极感孤独与悲哀。开篇,诗人即把"悲哀的网"撒向恋人像深海一样深不可测的眼睛,希冀能有所收获。接着,诗人展示了自己的孤独,一再倾诉自己的执着追求和深深迷恋。然而,"你"没有回音,"你"不愿投身爱情的大火,宁肯一味地沉默不语,"守望黑暗",对"我"红色的爱的"讯号",眼中有时甚至感到恐惧。但"我"仍未彻底绝望,依旧充满希冀——结尾的"蓝花穗"点明了这一点。德国浪漫主义诗人诺瓦利斯(1772—1801)在其未完成的长篇小说《亨利希·封·奥夫特尔丁根》(1802)中,描写青年奥夫特尔丁根四处奔波,寻找自己梦中的一朵"蓝花",从而使"蓝花"成为文学史中无限渴望、无限憧憬和美好希望的象征。聂鲁达此处写到的蓝花穗便与此有关。

这首情诗内容并不复杂，主题也比较单一，艺术手法却相当高明。它把深情的倾诉与颇为现代的象征、比喻等手法结合起来，哀婉动人地唱出了一支深沉的恋曲。如：以"红色讯号"象征热烈的爱，以黑夜跨着阴暗的马驰骋、在原野洒落蓝花穗象征爱情的希望。本诗中比喻不仅使用次数多而且运用得相当出色，有明喻，如孤独像"溺者一样挥动臂膀"，"我"向"你"发出的"红色讯号""像海水涌向灯塔边沿"，新奇确切；有借喻，如"悲哀的网""深海的眼"，形象生动。有比喻的颇为现代的延伸，如把孤独比喻为火，引申出"在最高的火堆那边蔓延并且燃烧"；又如把"你"的眼睛比喻为深不可测的海洋，而把"你"对"我"红色的爱的"讯号"的惊惶进而引申为"你的视野有时冒起恐惧的岸"，这是更富想象力与现代性的一种艺术方法。

第一队，代号113

马蒂著　　乌兰汗译

妈妈，擦干眼泪，看我一眼：
我年轻力壮，不怕道路艰险，
我用荆棘填满了你的心房，
但是，相信吧，玫瑰会在荆棘中生长！

何塞·马蒂（1853—1895），古巴近代著名诗人、散文家，独立运动时期的革命领袖，民族英雄。生于哈瓦那一个西班牙小官吏家庭。少年时期因鼓吹独立被捕入狱。1871年被流放西班牙，在朋友的赞助下，先后在马德里和萨拉戈萨学习法律、哲学和文学。1875年毕业后离开西班牙，辗转于法国、英国、墨西哥、危地马拉、委内瑞拉等地，当过教授，编过杂志，创作了不少诗歌和政论，宣扬民族解放。1878年回国继续进行革命工作，第二年被再次流放西班牙。1881年后长期侨居美国，主办《美洲杂志》《黄金时代》等刊物，并从事秘密的革命活动。1892年组织了古巴革命党。1895年2月，组织和领导了古巴民族独立的武装起义，同年5月19日在战斗中光荣牺牲。

其短暂的一生中创作丰富，写有诗歌、小说、剧本、演讲词共五十卷左右。其诗主要汇集在《伊斯玛艾丽约》（1882）、《自由的诗》（1878—1882）和《纯朴的诗》（1891）三部诗集中。他认为："我们不应该仅仅吟咏个人的痛苦和欢乐，而且应该写出对世界有益的诗歌。"因此，他的诗既写家庭的温馨、个人的亲情，更歌唱民族的独立，想象丰富、构思精美、感情炽烈、色彩艳丽、诗句简洁、韵律整齐。由于马蒂极具个性的风格、诗歌语言的新颖独创及许多主张，他被视为拉美现代主义文学（尤其是诗歌）运动的先驱。

马蒂家境贫寒，但他学习刻苦用功。他的中学校长——著名的浪漫主义诗人、革命者门第维（一译孟迪凡）发现他是一个既有英雄气质又有艺术天分的出众学生，从1866年起负担了他全部的生活、学习费用，竭尽全力对他进行培养。门第维的家是革命者之家，是古巴独立解放运动的活动中心。这对少年时代的马蒂影响很大。他主动承担了协助老师编辑革命报纸《自由祖国》的一些工作。1869年，西班牙殖民政府勒令报纸停刊，并逮捕了门第维。在抄家时发现了马蒂的一封信，于是这位16岁的学生、小有名气的诗人被作为嫌疑犯关进监狱。在审讯过程中，他不仅不寻求保释，反而控诉当局，因而被判 6 年徒刑，不久被送到采石场服了 7 个月的苦役。然而，监狱成了他最好的学校，苦役、刑罚成了他最好的老师。在这段时间里，他结束了蒙昧的少年时期，成为自觉、坚定的革命战士："我的梦想变成了现实……我国的人民呵，/可爱的古巴人民，他们已把胸膛挺起，/他们咬紧牙关过了三百年的痛苦生活，/他们受了三百年暗无天日的压迫奴役。/从艾斯康勃里山峦到茫茫的卡乌托江，/到处风雨狂作，我们的炮声霹雳……/凶恶的强盗突然吓得丢魂丧魄，/脸色苍白，全身战栗。/不久以前的战场——变成他丢人的地方，/他在那里葬送了自己的勇气，/葬送了往年的光荣和胜利……/如今我国人民砸碎了锁链，/沿着自由胜利的大道昂首走去。/我的梦想实现了。没有任何东西比它更美丽！"（《十月十日》，1869 年，乌兰汗译）

这首《第一队，代号 113》是 1870 年马蒂在政治监狱采石场第一工作队（代号 113）里服苦役时寄给母亲的照片上写的一首题诗。它以朝气蓬勃的革命豪情和对胜利的无比信心，安慰母亲，表达了不畏艰险、斗争到底的决心。诗的第一句劝妈妈擦干眼泪，不要担心，不必害怕。第二句申足理由，进一步开导母亲："我年轻力壮，不怕道路艰险。"第三句调子转为柔和："我"被捕入狱，被罚做苦役，无疑使母亲伤心痛苦，仿佛是"我"用荆棘填满了母亲的心房。第四句调子再转高昂，充满必胜的信心，同时也紧承第三句并推进一层，安慰母亲："相信吧，玫瑰会在荆棘中生长！"意即胜利的花朵必将在荆棘丛中开放。短短四行的小诗，既有对母亲的关心、热爱与安慰，又有对自己所从事的事业的高昂激情与必胜信心，刚柔兼济，跌宕起伏，充分体现了少年诗人的艺术功力。

火与海的命题

卡兰萨著　姜浩银译

连天空和它的云彩也无法永远相望，
只有火与海才能如愿以偿，
只有你的脸，只有海与火呵，
那火焰，那波涛和你的明眸才能如此相望。

你将属于那火与海，幽深的眼睛，
你将属于那波涛和火焰，乌黑的发辫，
你必会明白篝火是怎样熄灭，
你必会明白泡沫的秘密何在。

像浪涛戴着蓝色的花冠，
像火焰一般轻捷、闪光，
惟有你无边的脸庞哪，
像火，像海，像死亡。

埃林阿尔多·卡兰萨（1913—1989），哥伦比亚当代著名诗人，曾先后主编《天府之国》《安第斯大学》《时报文学增刊》等刊物，担任多所大学的文学教授。一生勤于写作，主要诗集有《节日开始时的歌》（1936）、《六首哀歌和一首颂歌》（1936）、《你的蓝色——伤感的十四行诗》（1944）、《放声高歌》（1944）、《这是一个国王》（1945）、《如今成了梦的日子》（一译《如今成了梦境的岁月》）（1946）、《遗忘集》（一译《被遗忘的心》）（1949）等。其诗受象征主义诗歌影响颇深，善于用富有质感的形象抒发内在的感情，构思新颖、用笔简练、热情洋溢、色彩明朗。

《火与海的命题》是一首新颖别致的爱情诗。诗人有过一段两相情愿、刻骨铭心的爱情。这爱情，或许因为某种原因中断了，导致两人天各一方，无法再续前缘。更可能的是，女方不幸去世，只留下"欢乐趣，离别苦"，只留下"人生长恨水长东"，供痴情的诗人细细品味，酝酿就一首首精品诗歌。诗人的另一首爱情诗《忧伤》提供了较此诗更为明确的信息："从今以后，你的名字就叫做沉默，/而你在空间占据的那个地方/将称为忧伤。//在红酒里我要写进一个名字，/那个曾与我心灵紧紧相依，/微笑在紫罗兰中的你的名字。//现在，我久久地忘情凝望，/这只触摸过脸颊的手，这只梦幻着与你在一起的手。//这只另一世界、遥远的手哎，/它熟知你的一朵玫瑰和另一朵玫瑰/以及那微温的、湿润的青贝（"玫瑰"喻指恋人的双颊，"青贝"指牙齿）。//有一天我将去寻找我自己，/恋人哪，去到松林和絮语之间，/寻找我干渴的幽灵。//从今以后，你的名字就叫作沉默，/用那天在松林中与你相伴的这只手，/我把它写入我的诗章。"（姜浩银译）诗中直接说到恋人的名字叫"沉默"，并且指出她在空间占据的那个地方（不用"生活"，也不用"居住"，而用"占据"空间某个地方，含蓄地说明那地方很可能是坟墓）叫"忧伤"，此后又提到自己的手是"另一世界、遥远的手"，这说明恋人多半已经去世。当年苏东坡失去爱妻王弗以后，写下了著名的悼亡词《江城子》："十年生死两茫茫，不思量，自难忘。千里孤坟，无处话凄凉。纵使相逢应不识，尘满面，鬓如霜。　夜来幽梦忽还乡，小轩窗，正梳妆。相顾无言，惟有泪千行。料得年年肠断处，明月夜，短松冈。"该诗表现出诗人的深情款款，缠绵悱恻。而今，失去恋人的卡兰萨也写出了一首首怀念恋人、痴情似火的好诗。

《火与海的命题》也是为悼念恋人而作。恋人英年早逝，香消玉殒，但音容宛在，笑貌犹存。温馨的恋情不仅未随时光的流逝渐渐淡薄，反而如大海的浪涛，一浪高过一浪地冲击着诗人的心灵。"不思量，自难忘"呵！所以诗人要在《忧伤》一诗中通过松林中浪漫的幽会，通过抚摸过恋人的手来追忆温馨的恋情和恋人美丽的脸庞。而这首诗则通过描写恋人的明眸和脸庞给自己留下的深刻、强烈的印象来纪念恋人。第一节开篇即为劈空而来的一句："连天空和它的云彩也无法永远相望。"是什么竟使得广袤无垠的天空和千变万化的云彩都无法长久凝望呢？第二句并未回答问题，而是说"只有火与海才能如愿以偿"。到第三、四句才点明那是你的脸、你的明眸，只有海与火，只有那火焰和海中的波涛"才能如此相望"。你的脸、你的明眸只有火焰、只有波涛才能相望，手法比较现代，意思稍显隐晦。诗人大约以此强调恋人的脸庞与明眸有一种如火的纯净与热烈，更有一种大海的深不可测与波涛的激情汹涌。第二节深入一层，由火的纯净、海的激情等想到火也带来死亡，海在某种程度上更是生命的坟墓，从而明确指出，你的一切——幽深的眼睛，乌黑的发辫等，既能使"我"深感如火如海，也将把你带入那无人回还的火与海及其火焰与波涛之中，那时，你就会明白"篝火是怎样熄灭""泡沫的秘密何在"（篝火的熄灭隐喻死亡，泡沫的秘密是有生有灭）。第三节再次强调你的美丽与神秘：你无边的脸庞（这是一种激情的放大与夸张，也说明恋人的确已逝世），像浪涛戴着蓝色的花冠，又像火焰一般轻捷、闪光，也像火，像海，像死亡，美得如此纯净，如此不同凡俗，又如此短暂，如此神秘！

全诗构思新颖，想象奇特，手法颇富象征意味，语言优美。火与海、火焰与波涛的一再出现，使诗歌缠绵委婉，恰到好处地传达了诗人的一腔深情。

月　亮

——给玛丽娅·儿玉

博尔赫斯著　西川译

那片黄金中有如许的孤独。
众多的夜晚，那月亮不是先人亚当
望见的月亮。在漫长的岁月里
守夜的人们已用古老的悲哀
将它填满。看她，她是你的明镜。

　　豪尔赫·路易斯·博尔赫斯（1899—1986），阿根廷当代具有世界影响的诗人、小说家、翻译家。出生于布宜诺斯艾利斯，父亲是律师、心理学家和翻译家，祖母和家庭教师都是英国人。博尔赫斯从小热爱文学，阅读了大量欧美文学名著，6 岁时学写小说，9 岁从事翻译。第一次世界大战期间，随父母到瑞士日内瓦生活，学会了德语。战后曾赴剑桥大学就读。1919 年至 1921 年在西班牙结识了许多极端主义派的青年诗人。1921 年回到阿根廷，在布宜诺斯艾利斯的公共图书馆任职，并从事文学创作。1950 年至 1953 年担任阿根廷作家协会主席。

　　主要作品有：诗集《布宜诺斯艾利斯的激情》（1923）、《面前的月亮》（1925）、《圣马丁札记》（1926）、《阴影颂》（1969）、《老虎的金黄》（1972）、《深沉的玫瑰》（1975）、《铁币》（1975）等，短篇小说集《世界丑闻》（1935）、《交叉小径的花园》（1941）、《布罗蒂的报告》（1970）、《沙之书》（1975），以及大量的散文和文学评论。思想上深受尼采、叔本华等不可知论和宿命论的影响，认为人生在世犹如身处迷宫，既无方向，也无出路，作品的基调是孤独、迷惘、彷徨和失望。创作手法上则博取西班牙极端主义流派、卡夫卡、爱伦·坡等之长，形成独树一帜的超现实主义风格，富有玄学色彩和神秘因素，充满异国情调。博尔赫斯构思新颖而奇特，思想深邃、想象丰富、知识渊博、语言优美，被称为"作家的作家"。1956 年获阿根廷国家文学奖，1961 年获西班牙福门托文学奖，1979 年获西班牙塞万提斯文学奖。西方评论界公认他是阿根廷最重要的当代作家，且对世界各国影响颇深。

这首《月亮》是赠给玛丽娅·儿玉的。玛丽娅·儿玉是博尔赫斯晚年授课的研究生班中一位有日本血统的阿根廷年轻女子，也是博尔赫斯的忠实学生和业余秘书。她善解人意，对博尔赫斯的理解细腻而深入。她总是默默地微笑着，从不表露自己，博尔赫斯需要她时，她总在身旁，耐心地等待指示，并尽心尽力地照顾这位双目失明的老人。1986年，87岁的博尔赫斯与她结婚，婚后几个月博尔赫斯就去世了。

本诗开篇即点出月亮的纯净、美丽（"那片黄金"），强调其孤独（"有如许的孤独"）。在广袤无垠、深蓝如海的夜空中，一轮黄金般的明月，在漫漫长夜中，独自前行，这是何等的美丽、纯净而又孤独、寂寞。这是中西诗人所共同感知的，但他们的表达方式有所不同。中国诗人往往借嫦娥偷吃不死之药升天的神话故事，将月亮拟人化，以表达自己深广的孤寂，如李商隐的《嫦娥》："云母屏风烛影深，长河渐落晓星沉。嫦娥应悔偷灵药，碧海青天夜夜心。"西方诗人则不像中国诗人这么委婉含蓄，直接写出月亮所含有的这一份孤独，托物言情。月亮不仅孤独，而且随着时光的流逝与人事的变化，也会有所变化："众多的夜晚，那月亮不是先人亚当望见的月亮。"这与东方诗人的感受与表达方式也不尽相同。张若虚在《春江花月夜》中写道："江天一色无纤尘，皎皎空中孤月轮。江畔何人初见月？江月何年初照人？人生代代无穷已，江月年年只相似。不知江月待何人，但见长江送流水。"李白《把酒问月》："今人不见古时月，今月曾经照古人。古人今人若流水，共看明月皆如此。"日本现代诗人土井晚翠的《荒城之月》："而今荒城中霄月，清辉不改照何人？倾圮颓垣野藤绕，松林呼啸狂飙奔。"同样写的是时光的飞逝、月亮的永恒、人事的无常，东方人强调的是月亮的不变与永恒，从不变中感知人事的变化；而西方人则从变化中（此时所看到的月亮不同于先祖亚当看到的）把握人事的变化。这鲜明地体现了东西民族思维方式的特性与不同。月亮不仅孤独、变化，而且充满悲哀，因为"在漫长的岁月里，守夜的人们已用古老的悲哀将它填满"。这样，月亮就成了孤独、变化（无常）、悲哀的象征。结尾，诗人含蓄地点题：月亮，"是你的明镜"。潜台词是：你的美丽清纯一如月亮，但你也像月亮一样，是孤独、悲哀、终会变化的——随着时光的流逝，你会衰老，也许，你不仅保不住你的美丽，甚至会失去你的清纯。那么，唯一的办法是，摆脱孤独，摆脱悲哀，投入爱情之中，以热烈的爱来对抗时光的流逝。

这首诗可能写于博尔赫斯和玛丽亚·儿玉结婚之前，是年老的诗人含蓄地向年轻的女学生巧妙地表达爱情的杰作。由于年龄相差悬殊，自己又双目失明，几如废人，老诗人不能不有所顾虑，因而采取了这种含而不露，颇富潜台词的表达方式。

本诗虽只有短短的五行，却写得颇有层次，含蓄深沉，富有哲理，真可谓短小精悍，言简意赅。

我要斗争

吉尔摩著　宋雪亭译

狠狠地咬呀，生活！
我不怕你的牙齿！
如同翻腾的波浪
冲击着岩石似的，
用铁掌打我的灵魂，
免得它趋于平静。

我并不怕你，生活！
我也决不会逡巡，
虽然在本可享安乐的
地方，你制造着斗争；
我宁愿创伤遍体，
不愿偷偷地死去。

我要深深地被激动，
像男人被激动那样，
我所遭受的打击
对于我有益无伤。
我要和生活搏斗，
好使我精神抖擞。

自尊心必须有活动余地，
弱者也需要柔软的草场，
在那儿他们乖乖地活着，
如同柔嫩的小草一样；
但我一定要狂呼不已，
"给我风暴，不然我会死！"

玛丽·吉尔摩（1865—1962），澳大利亚现代著名女诗人，原名玛丽·卡麦龙，生于新南威尔士州哥尔本附近柯塔瓦那一个农村建筑承包工家庭。吉尔摩半工半读完成学业后，在悉尼教过书，帮助并培养了"澳大利亚的高尔基"——亨利·劳森。后吉尔摩当选为澳大利亚工会的执行委员，参加过空想社会主义者威廉·莱恩领导的"新澳大利亚运动"。1893年曾组织200余人去巴拉圭建立社会主义乌托邦，1899年失败后去到阿根廷。1902年回到澳大利亚，主编《工人报》的妇女专栏达24年之久。吉尔摩的父母是下层人民，却有很好的文化修养。父亲教她爱好历史、哲学和自然，母亲教她爱好艺术和音乐，为她打下了良好的文化和艺术基础。她15岁开始写诗，自从1910年出版第一本诗集《结婚及其他》后，作品接二连三地问世，直到1954年出版最后一部诗选《十四人》。其重要诗集有：《多情的心》（1918）、《翻倒了的车》（1925）、《野天鹅》（1930）、《被剥夺了继承权的人》（1941）、《战场》（1942）、《为了祖国澳大利亚》（1945）、《诗选》（1948）等。其诗歌内容与现实生活、政治斗争密切相连，揭示工人、农民的悲惨生活，抨击社会弊端，描绘母爱、家庭深情，歌颂爱情、勇敢和正直，具有爱国主义和人道主义精神，富有澳大利亚丛林和乡土气息。其诗歌在早期充满激情，后期则更加深沉，风格热情自然，语言朴实率直，用语简单明白，但能引起读者颇为丰富的联想，具有较强的艺术感染力。1937年吉尔摩因出色的文学成就获得英国爵位。

　　玛丽·吉尔摩是澳大利亚与朱迪丝·莱特齐名的著名女诗人。H.M.格林在其《澳大利亚文学史》中称她"不仅是澳大利亚其他女诗人不可比拟的，而且也难得有多少男诗人可以与她相颉颃；她甚至并不逊色于她自己时代和当今最优秀的诗人，她在英语诗歌史上占有重要地位"。这首《我要斗争》在风格的豪放方面印证了格林"难得有多少男诗人与之相颉颃的说法"。

　　一般说来，由于几千年的男女分工，女性形成了特有的阴柔美——喜爱柔和、宁静，愿意恬淡地安享生活之乐、家庭之趣，吉尔摩却迥异于流俗。从小艰难困苦的环境、长期的斗争生活形成了她渴望战斗、不断进取的性格，这集中地体现在《我要斗争》一诗中。

　　诗分四节，反复申说"我要斗争"这一主题。第一节把生活拟人化，鼓动其用牙齿狠狠地咬，甚至以巨浪扑岸之势用铁掌打击自己的灵魂，以免它"趋于平静"。第二节进而声明自己对生活的严酷毫不害怕，虽然生活在本可享受安乐的地方制造斗争，自己却十分喜欢，宁愿遍体鳞伤地战斗，也不愿安安乐乐地偷偷死去。第三节宣称自己要像男人那样被激动，一切打击都有助于自己精神抖擞地与生活搏斗。第四节在强烈的对比中结束——鄙弃需要柔软草地（隐喻温静舒适的环境）、像柔嫩小草般乖乖活着的弱者，再次呼应开头，把全诗推

向高潮："给我风暴，不然我会死！"（"我"与"弱者"构成了鲜明的对比）

　　本诗在主题思想方面与前述莱蒙托夫的《帆》有某些共同之处，都是不满平静安乐的生活环境，而不安地祈求风暴，渴望斗争。但前者思想单纯，后者情感复杂；前者坦率直露，后者含蓄形象；前者极力铺开，反复申说，后者激情内蕴（以"帆"象征之），简洁有力。

我们的爱情多么自然

赖特著　刘伟平译

我们的爱情多么自然，
野兽也把脚步放慢，
轻轻地来到
我们的爱情之岸。

我的眼睛盯着你，
你也向我紧看，
像是蜜蜂见了蜜糖，
犹如烈焰烧向烈焰。

我们本该作伴，
每当你我相见，
星光在树梢上闪烁，
鸟兽也回窝安眠。

当你不在我的身边，
我的心沉重如铅。
我能听到人间的呼吸，
尽管它离我们很近。

我的心缩成一团，
缄默无言，
遥看青山之巅，
一场山崩难于幸免。

我们的爱情多么自然——
但我又感到忧烦，
我想伸手将你抚摸，

可你却不在我的身边。

朱迪丝·赖特（一译"莱特"，1915—2000），澳大利亚当代著名女诗人。生于新南威尔士州阿米代尔一个牧场主家庭。从小在乡村牧场长大，热爱那里的自然风光。1933 年进入悉尼大学学习，广泛阅读了英国、法国、意大利等国的文学名著，并涉猎了历史、心理学、人类学和哲学等方面的著作。大学毕业后，于 1938 年至 1939 年间游历欧洲。第二次世界大战爆发前夕回国，并开始文学创作，担任过秘书、市场调查员等职务。1943 年去布里斯班任昆士兰大学统计员，并参与同文学刊物《密安津》相关的工作。赖特 6 岁开始写诗，第一部诗集《流动的形象》（1946）出版后，获得澳大利亚文学界的好评和重视，被公认为一位很有成就的诗人，对此她深受鼓舞，此后从事专业写作。1970 她当选为澳大利亚人文学院院士，1992 年被授予女皇诗歌金奖，成为澳洲获此殊荣的第一位诗人。其他重要的诗集有：《女的对男的说》（1949）、《通道》（1953）、《两次战火》（1955）、《鸟》（1962）、《五种感觉》（1963）、《城市日出》（1964）、《另一半》（1966）、《赖特诗集》（1971）、《第四季度和其他诗歌》（1976）、《虚幻的寓所》（1985）、《人类的模式：诗选》（1992）等。此外，还著有短篇小说集《爱的性质》，文学评论集《因为我被邀请》《澳大利亚诗歌中的主题》等。

赖特认为诗人是宇宙及其永恒嬗变的阐释者，因而她的诗歌富有哲学意蕴，思考并表现环境的变迁、历史与现实的关系、时间与人的关系，揭示爱的意义及其所带来的新生和创造力，同时她也广泛关注社会问题，谴责社会的丑恶现象，关注战争、民族乃至环境污染与生态危机等问题。在艺术上，她受现代派诗人庞德、艾略特、叶芝、狄兰·托马斯等的影响，而又自成一格，善于以现代手法处理本国及当代生活的题材，语言干脆直接，但时有奇思玄想出现。

赖特的爱情诗往往把爱情放在宇宙的嬗变、生命的流逝与延续（即人类世代繁衍不息）的背景中来写，既有强烈的情感抒发，又有深刻的哲理启悟，往往超越了个人经历而具有普遍意义。为了使爱情具有普遍的哲理意义，她尝试了多种方法：

或以生命和幸福的短暂（死亡袭来）来突出爱情的重要与甜蜜，使人人心有同感，如《恋人伴》："我们在世上相会又别离。/我们，一对迷惘的侣伴，/在黑夜中握手无言，/在短暂的幸福中，忘却了黑暗。/我们向往过许多，现在都抛弃，/只为了这一件，这一件，/到了那狭窄的墓穴里，/我们将永远孤单。//死神已向我们袭来。/他的脚步声已传到我们耳边，/快用你火热的胳臂搂住我冰凉的胸脯，/现在我已忘掉了一切恐惧忧烦。/在黑夜里摸我抱我吧，/黑暗的前奏曲已经响成一片，/死神的绳索已经伸向/我们这对热恋的侣伴。"（刘伟平

译）

或从生命的延续、创造者与被创造者的角度，来展示爱情对于生命的重要意义，如《女的对男的说》："夜间没有眼睛的劳动者，/我身上无私、无形的种子，/为了它复活的日子而成长——/沉默，迅速，深深地隐藏，/预见着没有想象过的光明。//这不是有孩子面孔的孩子；/还没有名字来将它称呼：/但你和我已经很熟悉它。/这是我们的猎人和猎物，/躺在我们怀抱里的第三者。//这是你手臂所知道的力量，/这是我胸部肌肉的弧线，/这是我们的眼睛的水晶珠。/这是血液的疯狂的树子，/它长出复杂而含苞的玫瑰。//这是创造者和被创造者；/这是问题和回答；这是：/顶撞着黑暗的盲目的头颅；/这是刀口上强烈的闪光。/哦，抱着我，因为我害怕。"（邹绛译）

或把极其个人化的爱情置于大自然中，以自然万物来加以衬托与深化，使其具有普遍性，如这首《我们的爱情多么自然》。

全诗实际上表达的只是爱人不在身边时的思念、孤独、忧烦。这样一种离情别绪和缠绵的思念，一般人会写得比较单薄，颇为伤感，如中国清代女诗人贺双卿的《凤凰台上忆吹箫》："寸寸微云，丝丝残照，有无明灭难消。正断魂魂断，闪闪摇摇。望望山山水水，人去去、隐隐迢迢。从今后，酸酸楚楚，只似今宵。　　春遥。问天不应，看小小双卿，袅袅无聊。更见谁谁见，谁痛花娇？谁望欢欢喜喜，偷素粉、写写描描？谁还管，生生世世，夜夜朝朝？"即使词风具有豪壮一面的李清照，也只能以善于捕捉女性的细腻心理取胜，如《一剪梅》："红藕香残玉簟秋。轻解罗裳，独上兰舟。云中谁寄锦书来？雁字回时，月满西楼。　　花自飘零水自流。一种相思，两处闲愁。此情无计可消除，才下眉头，却上心头。"其《蝶恋花·离情》也是如此："暖雨晴风初破冻。柳眼梅腮，已觉春心动。酒意诗情谁与共？泪融残粉花钿重。　　乍试夹衫金缕缝，山枕斜敧，枕损钗头凤。独抱浓愁无好梦，夜阑犹剪灯花弄。"

而赖特却能写得开阔而又具有普遍意义。这主要在于她善于把这一感情结合自然万物来写，让哲理暗寓其中，而且境界颇为广阔，情绪比较稳健（这也是现代女性的一个特点）。第一节在点明"我们的爱情多么自然"后，即以野兽放慢脚步，来到爱情之岸加以衬托，突出其自然、美好，具有强烈吸引力，是自然生命活力中最富诗意、最具活力的一种感情。第二节通过心灵的窗户——眼睛来写两人爱情之热烈，用蜜蜂与蜜糖、烈焰等自然物象使之形象化、普遍化。第三节更以两人爱情的自然、强烈以至感动自然万物（使星光兴奋地闪烁，鸟兽恬然安眠），进一步深化主题。最后三节在此基础上，写爱人不在身边时的痛苦、孤独、忧烦。也就是说，全诗可以分为两个部分，第一部分为前三节，极力抒写爱情的自然、强烈，强调其是自然活力中最富有诗意和魅力的一种。

第二部分为后三节，由此写别离之苦，便既真实可信，又衬托出今日分离的痛苦。而且，诗人以人间的呼吸暗示这一情感是人类共有的，并以沉重的铅、山崩等自然物象表现心灵的沉重与痛苦。这样，纯属个人的思念、孤独、痛苦，就变成了具有普遍意义和哲理意味的爱的思念。每人都可以从中感受到与自然合一的一种生命的力量与激情，以及更深沉更锐利的离别之苦。

捕　捉

爱德蒙著　杨国斌译

我见三个人
面对大海：
坐在长椅上说笑——
三个矮小狡黠晒黑的法国人，
说到趣处
像有交叉的闪电
舔过他们。

在时间永恒的滴嗒声中
此情此景决不会在以前发生，

至少不似这般，不尽相同——
靠海堤那人
穿宽松的旧夹克
腰扎饰带
有个黑指甲盖
裤膝上露个窟窿
——以此为证。

　　劳丽丝•爱德蒙（1924—2000），新西兰当代杰出女诗人。少女时代开始写诗，但直到 1975 年才开始发表诗作。1975 年出版的第一部诗集《空中》，获新西兰最佳处女作奖，使她一举成名，从此，她每隔两三年便推出一本新作，迄今为止，她已出版了十来本诗集，许多剧本、小说、评论文章，还有一部长篇小说，成为当今新西兰最重要的诗人。其主要诗集有：《梨树》（1977）、《惠灵顿书简》《七个》《北方的盐》（均 1980）、《捕捉》（1983）、《诗选》（1984）、《季节与生灵》（1986）。她不喜欢现代派诗歌，尤其反对诗人卖弄文字，她善于从繁重的家务和个人生活中获取灵感，其诗歌主题主要是乡村生活的艰辛、自然环境的冷漠、时间的流逝、生命的短促、爱的饥渴、死的悲痛、女性的生活等。

其卓越之处在于，能从日常的平凡中发掘出不平凡的诗意，描写个人经历而又能超越自我，赋予作品以普遍意义。在艺术上，她善于以女性特有的细致观察力，捕捉并直观地显形生活中瞬间的契机和诗情，技巧高明、音乐性强、语言简洁有力。

这首诗选自诗集《捕捉》。表面看来，它描绘的是平凡生活中的一个小景——三个晒黑的矮小法国人在海边的长椅上说笑，靠海堤的那个人穿着宽松的旧夹克，裤膝上露着一个窟窿，手上有个黑指甲盖。但实际上，透过诗歌的标题《捕捉》及诗中的句子"在时间永恒的滴嗒声中/此情此景决不会在以前发生"，可以知道，诗人是要借此表达对时间的一种哲理思索：时间瞬息万变，每一瞬间各不相同，都有其存在的独特价值。只要捕捉住生活中最富特色、最具有意义的瞬间，便可使之成为永恒。联邦德国的约瑟夫·斯旺博士的话颇有见地，他指出："劳丽丝·爱德蒙所关心的是生活中瞬间的运动和力量……这种力量就在于事物的日常轮廓之中。"

古希腊哲学家赫拉克利特曾说："太阳每天都是新的。"并且指出："一切皆流，无物常住。"他把万物比作一道川流，断言："人不能两次走进同一条河流。"这首《捕捉》是赫拉克利特思想的继承与发展，而且更生活化、普通化和艺术化。这种时间永恒流逝，每一瞬间各不相同的思想，任何关心生命存在的意义与价值并对人生与时间有所思考的人，都会有所发现，因而这种思想具有普遍意义。

《捕捉》的艺术特点有二：一是具有双重意义——描绘了海边的一段生活小景；揭示了时间瞬息万变，每一瞬间都有其独特意义的哲理。这可使读者浅者得浅（生活小景的描画也富有情趣），深者见深。二是形式的普通朴实、平铺直叙与内容的新颖深刻、富于哲理。全诗仿佛即兴抓拍的一个日常生活镜头，娓娓叙说了海边一个平常的生活瞬间，而且是平铺直叙，但其内涵却新颖深刻，表达了颇为深沉的人生哲理。